KB015962

오래된
골동품 상점 2

오래된 골동품 상점 2

개정 2판 1쇄 발행 2024년 6월 20일

지은이 찰스 디킨스
옮긴이 이창호
펴낸이 권기남
펴낸곳 B612북스

주 소 경기 양주시 양주산성로 838−71
전화번호 031)879−7831 팩스 031)879−7832

이메일 b612book@naver.com
홈페이지 blog.naver.com/b612books
출판등록 2012년 3월 30일(제2012−000069호)

ISBN 978-89-98427-41-2 (04800)
          978-89-98427-39-9 (세트)

B612북스, 2024, Printed in Seoul, Korea
• 책값은 뒤표지에 표시되어 있습니다.

The old curiosity shop

오래된 골동품 상점

2

찰스 디킨스 저
이창호 옮김

B612 북스

차례

본문 · 9

일러두기

1. 이 책은 찰스 디킨스의 『The Old Curiosity Shop』(1998. OXFORD WORLD'S CLASSICS)을 번역 저본으로 했다.
2. 본문 중 각주는 모두 옮긴이의 것이다.

오래된
골동품 상점

2

38장

  우리는 이 시점에서 공교롭게도 키트의 운을 따라가 볼 여유가 생겼고, 이런 모험의 필수 요건들이 우리의 편리와 의향에 아주 잘 맞아 우리가 가장 가고 싶은 길을 단호하게 추구하게 되었다. 앞선 열다섯 개 장에서 여러 문제가 진행되는 동안 키트는 독자들이 짐작하는 바와 같이 갈랜드 씨 부부와 아벨 씨, 조랑말, 바버라에게 점점 익숙해졌고, 점차 그들 모두를 빠짐없이 자신의 특별한 개인적인 친구로 여기며 핀칠리의 아벨 씨 오두막을 자기 집처럼 생각하게 되었다.

  잠깐! 글들은 쓰였고, 쓰인 대로 될 수도 있지만, 그 글들이 키트가 새집의 풍족한 식사와 안락한 숙소를 누리며 옛집의 초라한 음식과 가구를 얕보기 시작한 개념으로 전달된다면, 그 글들은 잘못되었고 부정을 범했다. 누가 키트만큼 두고 온 가족들을 (비록 어머니와 두 어린 동생뿐이지만) 신경 쓰겠는가? 어떤 자랑 하고 싶어 하는 아버지가 꼬마 제이컵에 대해 매일 저녁 바버라에게 지치지 않고 말한 키트처럼 온 마음을 다해 자기 신동의 놀라움을 이야기했을까? 키트의 말처럼 키트 어머니 같은 어머니가 전에 있었던가? 키트의 열띤 설명을 바르게 판단한다면, 빈곤함 속에서도 그들 가족처럼 여유 있는 사람들이 또 어디 있겠는가?

가족 간의 사랑과 애정이 고귀하다면 가난 속에서도 그러한지 이곳에 잠시 머물러 보자. 부유한 자와 자부심이 강한 자를 가정으로 묶는 유대는 땅 위에서 구축될지 모르지만, 가난한 자와 그의 초라한 가정을 연결하는 유대는 더 순도가 높은 금속이며 하늘의 도장이 찍혀 있다. 높은 혈통의 사람은 상속받은 저택과 토지를 자신의 일부로서, 태생과 권력의 성취물로서 사랑할지도 모르고, 그것들과 그의 관계는 긍지와 부와 승리의 관계다. 누군가가 과거에도 살았고, 내일이면 또 다른 누군가가 살게 될 공동주택에 가난한 사람이 가지는 애착은 더 가치 있는 것에 뿌리를 두고 있으며 더 순수한 땅에 깊이 박혔다. 그의 가재도구는 은이나 금이나 귀한 돌이 섞이지 않은 피와 살이고, 그는 마음속 애정 말고는 가진 것이 없다. 해진 옷과 고된 노역과 빈약한 식사에도 불구하고, 그들이 카펫이 없는 바닥과 벌거숭이 벽을 귀하게 여길 때 그 사람은 하늘이 준 집을 사랑하는 것이니 보잘것없는 오두막은 신성한 장소가 된다.

아! 국가의 운명을 결정하는 자들이 이것만 기억한다면, 그들이 지독하게 가난한 사람들이 사회적 체면 따위는 아예 포기하거나 찾을 수 없는 좁고 지저분한 곳에 살면서 모든 가정적인 미덕이 샘솟는 집에 대한 사랑을 마음속에 불러일으키기가 얼마나 어려운지 안다면, 그들이 큰길과 웅장한 집을 벗어나 오직 빈곤만 걸어 다니는 샛길 가의 비참한 주택들―많은 지붕 낮은 집들은 그와 대비된 모습으로 그들을 조롱하려고 지금 죄악과 범죄와 끔찍한 질병의 한가운데 위풍당당하게 서 있는 교회 첨탑보다 더 진실하게 하늘을 가리킬 것이다―을 개선하려고 애쓴다면 얼마나 좋으랴. 구빈원과 런던 병원과 감옥에서 공허한 목소리로 이 진리는 매일 전파되고 수년 동안 공포되어 왔다. 이것은 가벼운 문제가 아니다. 천박한 노동자들의 외침이 아니다. 수요일 밤 집회[1] 때마다 형식적으로 지껄이는 사람들의 건강과 안위에 대한 단순한 문제가 아니다. 집에 대한 사랑에서 국가에 대한 사랑이 싹튼다. 그렇다면 일조 유사시에 누가 진정한 애국자며 더 나은 사람들인가? 땅의 나무, 개울, 흙, 그리고 땅이 만들어내는 모두를 소유하며 땅을 숭배하는 사람들인가, 아니면 드넓은 영토에 한 뼘의 땅도 없음을 자랑하며 자신들의

---

1 영국 하원들은 수요일 밤이면 고해의 시간을 가졌다.

국가를 사랑하는 사람들인가?

키트는 그런 문제들에 대해서는 아는 바가 없었지만, 옛집이 꽤 누추했고, 지금의 새집이 옛집과는 매우 다르다는 사실은 알고 있었다. 그런데도 그는 감사하는 만족과 애정에 찬 걱정으로 늘 옛집을 돌아보았고, 아벨 씨의 후한 인심 덕에 모으게 된 1실링이나 18펜스 혹은 그보다 적은 돈을 동봉해 네모로 접은 편지를 어머니에게 보냈다. 가끔 집 근처에 있을 때 키트는 어머니를 볼 여유가 있었는데, 그럴 때면 어머니의 기쁨과 긍지, 제이컵과 막내의 열렬한 시끄러운 환호, 모든 이들의 진심 어린 축하가 대단했다. 그들 모두는 아벨 씨의 별장 이야기를 찬양하며 경청했고, 언제나 놀랍고도 장엄한 이야기를 들었다.

키트는 노부부와 아벨 씨와 바버라에게 인정받고 있었지만, 분명한 사실은 그들 가족 중 누구도 고집 센 조랑말 위스커―이 세상에서 가장 완고하고 자기 의견을 고집하는 조랑말―만큼 키트를 편애하지는 않았고, 키트의 손에서만큼은 어느 동물보다 온순해서 다루기가 쉬웠다. 사실 위스커는 키트에 의해 다루기 쉬워진 딱 그만큼만 다른 사람의 말을 더 듣지 않았고 (어떤 위험을 무릅쓰고서라도 키트를 가족으로 계속 남기려고 작정한 듯), 그토록 좋아하는 키트가 고삐를 쥐고 있을 때조차 가끔 여러 기괴하고 무분별한 행동을 해서 노부인의 신경을 극도로 불안하게 하곤 했다. 하지만 키트는 위스커의 행동이 그저 장난이라거나 주인에게 애정을 표현하는 방식이라고 대변했고, 갈랜드 부인은 힘들게 점차 그 말을 믿게 되었고, 결국에는 키트의 말을 맹신해서 위스커의 돌발행동 중 하나로 마차가 뒤집어졌어도 좋은 의도에서 그렇게 했다고 꽤 만족할 정도가 되었다.

게다가 단기간에 말과 관련한 일에 완벽한 성과를 보여준 키트는 곧 아주 괜찮은 정원사, 집안일에서도 쓸모 있는 사람, 아벨 씨에게는 없어서는 안 될 수행원이 되었다. 아벨 씨는 키트에게 매일 신뢰와 인가의 새로운 증거를 보냈다. 공증인 위서든 씨도 키트를 다정하게 대했고, 심지어 척스터 씨도 간혹 체면을 버리고 머리를 가볍게 끄덕이거나 '구경하기'라는 특정한 형태의 인정으로 키트를 존중하거나 사교적인 인사와 지지가 합쳐진 경례를 해주었다.

어느 날 아침 키트는 아벨 씨를 마차에 태우고 공증 사무실로 갔다. 평소처럼 그를 사무실에 내려주고 근처에 돈을 내고 말을 맡기는 곳으로 출발하려던 참이었다. 그때 사무실 문을 열고 척스터 씨가 나타나서는 조랑말의 가슴에 공포를 안겨주고 열등한 동물에 대한 인간의 우월성을 주장하려는 의향에서 "워어어어!"하고 한참을 소리쳤다.

"마차 세워, 속물!" 척스터 씨가 소리쳤다. 그리고 키트에게 말을 전했다. "안에서 찾는다."

"아벨 씨가 뭘 잊었나요?" 키트가 마차에서 내리며 물었다.

"나한테 묻지 말고 가서 확인해 보면 알 것 아니야. 워어어어. 내 말이면 흠씬 두들겨 팰 텐데." 척스터 씨가 대답했다.

"신사적으로 대해주세요." 키트가 말했다. "그렇지 않으면 위스커가 말썽을 부릴 거예요. 그렇게 계속 귀를 잡아당기지 않는 게 좋아요. 위스커가 좋아하지 않거든요."

척스터 씨는 이 충고에 아무 대꾸도 하지 않고 고상하고 무뚝뚝한 태도로 키트를 '젊은 친구'라고 부르며 어서 다녀오라고만 했다. '젊은 친구'가 자리를 떠난 뒤 척스터 씨는 주머니에 손을 넣고 조랑말 따위는 안중에도 없는 듯 보이려 애썼지만, 우연히 그곳에 느긋하게 서 있게 되었다.

키트가 아주 조심스럽게 구두에 묻은 흙을 긁어내고 (여전히 서류 더미와 양철통에 존경심을 잃지 않고 있었기에) 사무실 문을 두드리자, 공증인이 직접 문을 열어주었다.

"오! 들어오너라. 크리스토퍼." 위서든 씨가 말했다.

"저 아이입니까?" 나이는 좀 들어 보이지만, 풍채가 좋고 무뚝뚝한 한 신사가 방안에서 물었다.

"네, 저 아이입니다." 위서든 씨가 대답했다. "바로 이 사무실 앞에서 고객 갈랜드 씨가 받아주었습니다. 착한 아이니 믿어도 됩니다. 이 아이의 젊은 주인이자 제 수습 직원인 아주 특별한 동료 아벨 갈랜드 씨를 소개하죠. 무척 특별합니다." 공증인이 실크 스카프를 꺼내 얼굴 앞에서 요란하게 흔들며 재차 말을 반복했다.

"만나서 반갑습니다, 선생." 낯선 신사가 말했다.

"저야말로 영광입니다." 아벨 씨가 상냥하게 대답했다. "크리스토퍼와 얘기 나누려고요?"

"예, 그렇습니다. 얘길 좀 나눠도 될까요?"

"물론입니다."

"비밀스러운 얘기는 아닙니다. 아니 여기에서는 비밀로 할 필요가 없다고 말하는 편이 나을 겁니다." 아벨 씨와 위서든 씨가 자리에서 일어서려 하자, 낯선 신사가 말했다. "이 아이가 일했던 골동품 상점 주인에 관해서입니다. 주인에 대해 정말 궁금한 점이 많아서요. 나는 오랫동안 이 나라를 떠나 살았습니다. 혹시 형식이나 격식에 어긋난 행동이 있으면 용서해 주길 바랍니다."

"용서라니요. 당치도 않습니다. 절대 그렇지 않습니다." 공증인이 말했다. 아벨 씨도 그렇게 말했다.

"아이의 주인이 살았던 골동품 상점의 주변 사람들에게 수소문하다가," 낯선 신사가 말했다. "이 아이가 그곳에서 일한 사실을 알게 되었습니다. 이 아이의 어머니가 사는 집을 찾아갔더니 이곳에 가면 만날 수 있다고 하더군요. 그래서 오늘 아침 이곳으로 오게 되었습니다."

"무슨 이유든 상관없습니까." 공증인이 말했다. "찾아준 것만으로도 영광입니다."

"선생." 낯선 신사가 말했다. "지나치게 겸손하군요. 그런 신분은 아닌 듯한데. 그러니 무의미한 칭찬으로 원래 인품을 낮추지는 마세요."

"에헴!" 공증인이 헛기침했다. "아주 솔직한 분이군요."

"그리고 솔직한 상인이지요." 낯선 신사가 대꾸했다. "오랫동안 이 나라를 떠나 살았기 때문에 그렇게 생각하는지 모르지만, 세상에 솔직한 사람이 드물다면 솔직한 상인은 훨씬 드물다는 게 내 생각입니다. 무례를 범했다면 내 거래가 이를 보상할 겁니다."

위서든 씨는 노신사의 대화 방식에 약간 당황한 듯했다. 키트는 위서든 씨에게 저렇게 쉽게 마음대로 말하면 자신에게는 어떤 식으로 말할지 의아해하며 입을 떡 벌리고 신사를 바라보았다. 신사는 기질상 화를 잘 내고 성급한 구석이 있었지만, 키트에게 모질게 말하지는 않았다.

"얘야, 만약 내가 찾고 있는 사람들을 되찾고 돌보기 위해서라기보다 다른 목적이 있어서 이런 질문을 한다고 생각한다면 그건 내게 아주 큰 잘못을 저지르는 것이고, 너 자신을 속이는 것이다. 그러니 네 생각에 속지 말고 내 말을 믿어주길 바란다." 신사가 공증인과 그의 제자를 돌아보며 덧붙였다. "나는 아주 난처하고 예상치 못한 입장에 처해 있습니다. 사실 나는 멋진 목적을 가지고 이 도시에 왔고, 그 목적을 달성하는 데 어떤 장애물이나 어려움도 없으리라 생각했습니다. 그런데 계획을 진행하자마자 바로 미스터리한 일로 난관에 부딪히고 말았습니다. 난관을 헤쳐 나가려고 노력했지만, 더 암담해질 뿐이었습니다. 하지만 이 문제에 대해 대놓고 소문을 내면 그토록 찾아 헤맨 그들이 내게서 더 멀리 달아날까 봐 그렇게 못했습니다. 네가 도움을 준다면 후회하지 않도록 해주마. 네 도움이 절실한 걸 이해한다면 날 도와주렴. 네가 도움을 주면 한시름 놓을 것 같구나."

신사의 고백에는 소박함이 묻어 있어서 심성 고운 공증인의 응답을 바로 끌어냈다. 위서든 씨는 신사의 염원이 잘못된 판단은 아니며 키트의 도움을 받는다면 금방 이룰 것이라고 말했다.

그런 다음 키트는 낯선 신사에게서 옛 주인과 손녀, 그들의 외로운 생활, 그들의 비사교적인 습관, 철저한 은둔 생활 등에 대한 상세한 질문을 받았다. 밤마다 집을 비운 노인, 그럴 때마다 혼자 외롭게 집을 지킨 아이, 노인의 병과 회복, 퀼프가 그 집을 빼앗은 사건, 그들의 갑작스러운 실종 등에 대해 많은 질문과 대답이 오갔다. 마침내 키트는 그 건물은 세를 놓았고, 그 일에 대해서는 베비스 막스 거리의 사무 변호사 샘슨 브라스 씨에게 문의하면 좀 더 자세한 내용을 들을 수 있다고 신사에게 알렸다.

"문의할 필요 없다." 낯선 신사가 머리를 흔들며 말했다. "내가 그곳에 살고 있으니까."

"브라스, 그 변호사 집에 산다고요!" 이 문제의 인물에 대해 전문적인 지식을 지닌 위서든 씨가 놀라 소리쳤다.

"그렇습니다." 낯선 신사의 대답이었다. "어느 날 그의 하숙집에 들어갔다가 방이 있는 걸 보게 되었습니다. 어디에 사는지는 중요하지 않았으니까요. 다만 그곳에 살며 어떤 정보라도 얻을까 하는 실낱같은 희망은 품었는데, 별 도움이 안 되더군요. 그래요. 지금 브라스의 집에 삽니다. 그게 수치스러운 일입니까?"

"단지 견해의 차이일 뿐입니다." 공증인이 어깨를 으쓱하며 말했다. "그가 좀 의심스러운 인물이기는 합니다."

"그래요?" 낯선 신사가 그 말을 따라 했다. "어떤 점이 의심스러운지 좀 듣고 싶군요. 그 문제는 아주 오래전에 풀린 걸로 아는데. 그래도 개인적으로 좀 말해줄 수 있을까요?"

위서든 씨가 동의하자, 두 사람은 공증인의 개인 방으로 걸어 들어가 15분가량 은밀한 대화를 나눈 뒤 다시 사무실 응접실로 돌아왔다. 신사가 위서든 씨의 방에 모자를 두고 온 것으로 보아 짧은 시간에 아주 친근한 관계가 된 듯했다.

"오늘은 시간을 더 빼앗지 않으마." 신사가 키트의 손에 5실링짜리 동전을 쥐여주고 위서든 씨를 바라보며 말했다. "내가 다시 부르마. 오늘 일은 네 주인 내외 말고는 아무에게도 말하면 안 된다."

"어머니가 알면 기뻐할 텐데…." 키트가 말을 더듬었다.

"뭘 알면 기뻐해?"

"넬에 관해 뭐든지. 해가 되지 않으면."

"그래? 비밀만 지켜준다면 어머니에게는 말해도 괜찮다. 하지만 그 외의 다른 사람에게는 안 된다. 그 점 잊지 말고 가려서 행동해야 한다."

"명심하겠습니다." 키트가 대답했다. "감사합니다. 안녕히 계세요."

그런데 우연히 그렇게 되었다. 신사는 자신들 사이에 나눈 이야기를 아무에게도 발설하지 말라고 키트에게 명심시키려는 열망에서 문까지 그를 따라 나가 다시 주의를 주었다. 또 우연히 그렇게 되었다. 그 순간 그쪽으로 고개를 돌리던 리처드 스위블러 씨가 신비에 싸인 하숙인과 키트를 함께 보게 되었다.

이것은 정말 우연이었다. 이 일은 이렇게 발생했다. 고상한 취미를 가진 세련된 신사 척스터 씨는 스위블러 씨가 영구 회장으로 있는 '영예로운 미남자들'의 회원이었다. 브라스의 심부름을 하러 가던 스위블러 씨는 조랑말을 뚫어지게 바라보며 서 있는 영광스러운 동지를 발견하고, 집회소의 규칙에 따라 회원을 응원하고 격려해야 하므로, 영구 회장으로서 형제간의 인사를 나누려고 길을 건너갔다. 스위블러 씨가 척스터 씨에게 이례적인 축복을 하고, 현재 어떻게 지내는지 날씨는 어떤지 묻는 일상적인 말을 다 하기도 전에 눈을 들다가 베비스 막스의 독신 신사와 크리스토퍼 누블스가 진지하게 대화하는 장면을 목격했다.

"이봐!" 딕이 말했다. "누구야?"

"오늘 아침 우리 소장님을 만나러 왔어." 척스터 씨가 대답했다. "나도 그에 대해 더는 아는 바가 없어."

"적어도 이름은 알 것 아닌가?" 딕이 말했다.

이 말에 척스터 씨가 '영예로운 미남자들'의 회원이 되어 목소리를 높이며 대답했다. "이름을 알면 '영원히 축복받으리.'"

"나의 친애하는 친구여, 내가 아는 건," 손가락으로 머리카락을 쓸어 넘기며 척스터 씨가 말했다. "그 사람 때문에 내가 여기에 20분째 서 있고, 그 때문에 저 사람이 끔찍이 싫어져서 시간만 있으면 관 속까지 쫓아가고 싶네."

그들이 이런 말을 주고받는 사이 대화의 주인공은 (리처드 스위블러 씨를 알아보지 못한 듯했다) 공중 사무실로 다시 들어갔고, 키트가 계단을 내려와 그들을 만났다. 스위블러 씨가 키트에게 다시 물어보았지만, 척스터 씨의 대답과 별반 다르지 않았다.

"아주 점잖은 신사분이에요." 키트가 말했다. "그게 제가 아는 전부입니다."

이 대답에 격분한 척스터 씨는 어떤 특별한 말의 대상도 없이 일반적으로 고상한 척하는 속물들은 머리를 박살내고 코를 비트는 것이 방편이라고 말했다. 스위블러 씨는 척스터 씨의 이런 감정에 동의를 표하지 않고 잠시 딴 데 정신이 팔렸다가 키트에게 어느 쪽으로 가는지 물어보았고, 대답을 듣고는 자신도 그쪽으로 가는 길이라며 마차를 같이 타는 폐를 끼치고 싶다고 부탁했다. 키트는 기꺼이 그가 제안한 영광을 거절했을 테지만, 스위블러 씨가 이미 그 옆에 자리를 잡았기 때문에 강제로 끌어내리는 것 외에 다른 방법이 없어서 그대로 힘차게 출발했다. 마차가 어찌나 힘차게 출발했는지 회장과 척스터 씨의 작별 인사가 중간에 끊어졌고, 척스터 씨는 들고 있던 옥수수를 조랑말에게 빼앗겼다.

마냥 서 있는 것에 싫증이 난 위스커는 스위블러 씨가 휘파람까지 불며 마구 소리치자 여기에 자극받아 그들이 대화를 나누기 힘들 정도로 힘껏 내달렸다. 특히, 스위블러 씨의 훈계에 격분해 가로등과 수레바퀴를 향해 다가갔고, 인도로 뛰어들어 담장에 자기 몸을 줄[2]처럼 거칠게 긁으려는 강한 욕구를 표출했다. 마침내 마구간 입구에 도착한 마차가, 위스커가 늘 마구간 안으로 함께 끌고 가려는 인상을 주며 마차를 안으로 끌고 가는, 작은 출입구에서 빠져나온 후에야 스위블러 씨는 비로소 키

---

2 쇠붙이를 쓸거나 깎는 데 쓰는 강철로 만든 연장.

트와 말할 기회를 얻었다.

"힘든 일이야." 리처드가 말했다. "맥주 한 잔 어때?"

키트는 처음에는 거절했지만, 곧 동의하고 그들은 함께 근처 술집으로 자리를 옮겼다.

"우리, 친구를 위해 건배하자. 그런데 그 사람 이름이 뭐지." 딕이 투명한 거품이 든 술잔을 높이 치켜들며 말했다. "왜, 오늘 아침 너에게 말하던 친구 말이야. 좋은 사람이긴 하지만 별난, 아주 별난 친구야. 그 사람 이름이 뭐더라."

키트가 그와 건배했다.

"그가 우리 집에서 같이 살고 있다." 딕이 말했다. "적어도 내가 일종의 관리 파트너로 있는 회사가 점유한 집에서 말이야. 얻을 게 별로 없는 까다로운 사람이긴 해도 우리는 그를 좋아해. 좋아하고말고."

"그만 가봐야 해요." 키트가 일어설 채비를 하며 말했다.

"서두르지 마, 크리스토퍼." 그의 후원자가 대답했다. "네 어머니를 위해 건배해야지."

"고맙습니다."

"네 어머니는 정말 훌륭한 분이야." 스위블러 씨가 말했다. "내가 넘어지면 누가 나를 일으켜 세우고 상처가 낫게 입맞춤해 주었던가? 나의 어머니지. 아름다운 여인이여. 그 남자는 자유로운 영혼이야. 우리는 반드시 그가 네 어머니를 위해 뭔가 하도록 해야 해. 그자가 네 어머니를 아니?"

키트는 고개를 저으며 질문자를 곁눈질하다가 고맙다는 인사를 남기고 그가 다른 말을 꺼내기 전에 급히 자리를 떠났다.

"흥!" 스위블러 씨가 곰곰이 생각에 잠기며 말했다. '이것 참 이상하군. 브라스의 집에서는 알 수 없는 일들만 일어나니. 일단 잠자코 있어야 해. 아직 의심할 사람이 없으니 혼자 알아봐야지. 이상해. 정말 이상한 일이야.'

잠시 깊이 사색하고 과도하게 지적인 표정을 지은 후, 스위블러는 맥주를 좀 더 마시고 주변에서 지켜보던 소년을 불러 잔에 남은 몇 방울의 술을 신주[3]로 바닥에 털고 바에 갖다주라며 빈 술잔을 건넸다. 그리고 무엇보다 냉철하고 절제된 삶을 위해 알코올이 들어 있는 독한 술은 자제하라는 격려의 말을 덧붙였다. '영예로운 미남자들'의 영구 회장은 소년에게 도덕적인 조언을 남기고 (그는 그 조언을 반 페니 동전보다 훨씬 값지게 생각했다) 양손을 주머니에 쑤셔 넣고는 여전히 생각에 잠겨 유유히 술집을 빠져나갔다.

---

3 과거 신에게 바치던 술.

39장

아벨 씨를 저녁까지 기다렸지만, 키트는 그날 하루 종일 어머니 집을 멀리했고, 기쁨을 한꺼번에 만끽하기 위해 내일의 즐거움은 생각하지 않으려 애썼다. 바로 내일이 그토록 애타게 기다린 1년의 총급여 6파운드 가운데 1/4에 해당하는 30실링을 처음으로 받는 첫 번째 분기의 마지막 날이었기 때문이다. 내일은 반나절 동안 신나게 놀고, 꼬마 제이컵에게 굴도 맛보게 하고, 연극도 보러 갈 계획이었다.

모든 상황이 그날에 유리하게 돌아갔다. 갈랜드 씨 부부는 급여에서 제복 비용을 빼지 않고 그 큰 금액을 고스란히 지급하겠다고 예고했고, 낯선 신사가 준 5실링 덕에 총금액이 늘어났으니, 그 자체가 정말 하늘이 준 완벽한 행운이었다. 이 모두는 누구도 예상하지 못한, 터무니없는 꿈에서도 기대하지 못한 일이었다. 그뿐만 아니라 내일은 바버라의 분기 지급일이기도 해서 그녀 또한 하루 반나절 동안 휴가를 얻었고, 바버라 어머니가 파티를 열어 키트 어머니와 함께 차를 마시며 친분을 쌓기로 했다.

다음 날 이른 아침 키트는 분명 창밖을 보며 구름이 어느 방향으로 흘러가는지 살폈을 것이고, 지난밤 작은 모슬린 천 조각에 풀을 먹여 다림질하고 프릴로 주름을 잡은 후 다음 날 입을 옷에 바느질하느라 늦잠을 자지 않았다면, 바버라 역시 그렇게 했을 것이다. 하지만 이 모두를 위해 이른 시각에 일어난 두 사람은 식욕이 없어서 저녁을 위해 아침을 조금만 먹었고, 바버라 어머니가 바깥 날씨가 정말 좋다고 말하며 안으로 들어왔을 때(손에는 커다란 우산을 들고 있었는데, 바버라 어머니 같은 부인들은 우산 없이는 좀처럼 나들이하지 않는 법이다), 위층으로 올라와 금화와 은화로 임금을 받아 가라는 종소리를 들었을 때, 그들은 무척 들떴다.

'크리스토퍼, 네 임금이다. 수고했다'라고 말했을 때 갈랜드 씨는 얼마나 다정했을까. '바버라, 네 것은 여기 있다. 고생 많았다'라고 말했을 때 갈랜드 부인은 또 얼마나 다정했을까. 키트는 임금 영수증에 굵은 글씨로 서명하지 않았을까, 그리고 바버라도 영수증에 떨리는 손으로 서명하지 않았을까. 갈랜드 부인이 바버라 어머니에게 와인을 따라주는 모습은 보기에 얼마나 아름다웠을까. 바버라 어머니는 '인자한 마님을 위하여, 인자한 주인어른을 위하여, 사랑하는 딸 바버라를 위하여, 크리스토퍼를 위하여'라고 말했을 때 크게 소리치지 않았을까. 또 그녀는 큰 컵 한 잔의 양인 듯 쭉 들이켜지 않았을까, 장갑을 끼고 서 있는 그녀는 얼마나 고상해 보였을까. 그들은 마차 일등석에 앉아 이 모든 일들을 떠올리며 많이 웃고 얘기하지 않았을까, 그리고 휴가를 떠나지 못하는 사람들에게 애석함을 표하지 않았을까!

하지만 키트 어머니, 어느 누가 좋은 혈통을 가진 그녀가 평생 숙녀처럼 살아왔다고 생각하지 않겠는가! 키트 어머니는 도자기 가게의 심장을 따스하게 데워주었을 찻그릇들을 내놓으며 그들을 맞이할 준비를 했고, 꼬마 제이컵과 막내는 아무도 헌 옷이라고 눈치채지 못할—신만이 헌 옷임을 알리라!—좋은 옷을 입고 완벽한 상태로 있었다. 키트 어머니는 자리에 앉은 지 5분도 안 돼 바버라 어머니가 정확히 자신이 예상한 여성의 모습이라고 말하지 않았을까! 바버라 어머니는 키트 어머니 역시 자신이 예상한 바로 그 모습이라고 말하지 않았을까, 키트 어머니는 바버라에 대해 바버라 어머니를 칭찬하지 않았을까, 바버라 어머니는 키트에 대해 키트 어머니를 칭찬하지 않았을까. 바버라는 또 제이컵에게 푹 빠지지 않았을까, 그 아이가 그런 것처럼 누군가가 자신을 원하거나 그 아이가 사귄 것처럼 그런 친구를 사귀었을 때, 제이컵처럼 으스댄 아이가 있을까!

"우리 둘 다 미망인이군요." 바버라 어머니가 말했다. "친하게 지낼 운명 같아요."

"맞는 말이에요." 누블스 부인이 대답했다. "왜 좀 더 일찍 만나지 못했을까요."

"그래도 아들과 딸 덕에 늦게나마 이렇게 만나게 되어 정말 기뻐요. 이제 친하게 지내면 되죠?" 바버라 어머니가 말했다.

이 말에 누블스 부인도 전적으로 동의했고, 조목조목 옛일을 추적하던 두 부인은 자연스럽게 고인이 된 남편에게로 돌아가 그들의 삶과 죽음, 그리고 장례식에 관해 얘기하며 메모를 비교하다가 서로 여러모로 상황이 아주 비슷한 사실을 알게 되었다. 이를테면 바버라 아버지는 키트 아버지보다 정확히 네 살하고도 10개월이 많았고, 한 명은 수요일에 다른 한 명은 목요일에 세상을 떠났고, 다른 특별한 우연의 일치와 더불어 두 사람 모두 좋은 배우자에다 수려한 외모를 지녔었다. 남편에 대한 두 부인의 회상이 즐거운 휴가를 망칠 듯해서 키트는 대화를 일반적인 주제로 바꿨고, 두 사람은 곧 다시 활기를 되찾고 이전처럼 즐거워했다. 많고 많은 일 가운데 키트는 하필이면 골동품 상점과 넬의 뛰어난 미모를 (이미 바버라에게 수천 번 얘기했다) 언급했다. 하지만 그의 생각과 달리 다른 사람들의 관심은 조금도 끌지 못했고, 심지어 키트 어머니조차 (우연히 동시에 바버라와 눈이 마주쳤다) 넬이 예쁜 것은 사실이지만, 결국 어린아이일 뿐이고 넬처럼 귀여운 아가씨는 흔하다고 말했다. 바버라도 그 의견에 동의한다고 하며 키트가 분명 뭔가 잘못 생각하는 것 같다고 조심스럽게 말했다. 키트는 그 말을 듣고 깜짝 놀랐고, 바버라가 자신을 의심하는 이유가 무엇인지 이해할 수 없었다. 바버라 어머니 역시 보통 열네 살에서 열다섯 살 정도에 얼굴이 바뀌고 어릴 때 예쁜 아이가 커서는 평범해진다고 말하고는 이 사실을 매우 설득력 있는 예를 들어가며 설명했다. 특히 유망한 젊은 건축가가 바버라에게 특별한 관심을 보였지만, 바버라는 어떤 말도 하지 않을 것이며 자신은 그 점이 (오히려 잘된 일이지만) 매우 안타깝다고 했다. 키트도 이에 동의한다고 솔직히 말했다. 그런데 왜 바버라가 갑자기 말이 없어졌는지, 왜 어머니가 마지막 말은 하지 말았어야 했다며 책망하듯 째려보는지 키트는 의아해했다.

하지만 이제 벌써 연극을 생각할 때였다. 그 연극을 위해 많은 준비가 필요했기 때문이다. 귀퉁이로 흘러나오는 과일을 싸매느라 지체했지만, 오렌지와 사과가 가득 담긴 보자기는 물론이고 숄과 보닛도 챙겨야 했다. 마침내 모든 준비를 끝내고 그들은 서둘러 집을 나섰다. 누블스 부인이 잠에서 완전히 깬 막내를 안고, 키트가 한 손으로 꼬마 제이컵의 손을 잡고 다른 한 손으로 바버라를 호위했다. 그 모습을 보고 뒤따라오던 두 어머니가 그들에게 한 가족 같아 보인다고 말하자, 바버라가 얼굴을 붉히며 "그러지 마세요, 어머니!"라고 말했다. 하지만 키트는 바버라에게 신경 쓸 필요가 없다고 말했다. 키트에게 구애가 얼마나 관심 밖의 일인지 바버라가 알았다면 정말 신경 쓸 필요가 없었을 것이다. 오, 불쌍한 바버라!

마침내 애슐리의 극장에 도착했다. 그들이 아직 열리지 않은 극장 문 앞에 도착하고 대략 2분이 지났을 때 꼬마 제이컵은 사람들 틈에 끼어 납작해졌고, 아기는 사람들에게 이리저리 치였고, 바버라 어머니의 우산은 몇 미터 밖으로 튕겨 나갔다가 사람들 어깨를 타고 다시 제자리로 돌아왔다. 한 남자가 어머니를 난폭하게 밀치고 들어가는 바람에 키트가 그의 머리를 사과가 담긴 보자기로 후려쳐서 한바탕 큰 소동이 벌어지기도 했다. 하지만 매표소를 통과한 후 입장권을 손에 쥐고 죽을힘을 다해 극장 안에 무사히 도착한 일행은 자신들이 직접 고르거나 사전에 예약했다면 차지하지 못했을 아주 좋은 자리에 앉았다. 그들은 이 모든 것을 극장 나들이를 하면 으레 겪는 일이라 생각하며 가볍게 웃어넘겼다.

오, 이런! 세상에! 애슐리는 정말 멋진 곳이었다. 그곳에는 온갖 페인트칠, 금박, 거울, 앞으로 닥칠 놀라운 사건을 암시하는 어렴풋한 말들의 냄새, 그 멋진 신비의 대상을 가린 천막, 깨끗한 흰색 톱밥이 깔린 서커스 무대, 무대 안으로 들어와서 자리를 차지하는 단원들, 그리고 이미 모든 내용을 알고 있기 때문에 공연이 시작되기를 원치 않는다는 듯이 단원들을 무관심하게 쳐다보는 바이올린 연주자들이 있었다. 줄에 매달린 길고, 선명하고, 찬란한 불빛들이 천천히 떠올랐을 때, 그것은 그들 모두에게 번쩍이는, 얼마나 타오르는 듯한 빛깔이던지! 작은 종이 울리고 힘찬 북소리와 맑은 트라이앵글 소리와 함께 본격적으로 음악이 울려 퍼지자, 극장은 그야말로 흥분의 도가니였다. 바버라 어머니는 누블스 부인에게 맨 위층 관람석의 전망이 좋고 칸막이석보다 비싸지 않아서 놀랐다고 말했을지도 모르고, 바버라는 기쁨에 몸을 떨며 웃어야 할지 울어야 할지 몰라 난감해했을지도 모른다.

드디어 연극이 시작되었다! 꼬마 제이컵이 처음부터 당연히 살아 있다고 믿은 말들, 그가 이전에는 보지도 듣지도 못한 결코 살아 있는 사람이라고 믿어지지 않는 배우들, 바버라의 눈을 깜박이게 한 발포 소리, 바버라를 울게 한 슬픈 여인, 바버라를 떨게 한 폭군, 바버라를 웃게 한 하녀와 함께 노래를 부르며 춤을 춘 남자, 살인자를 목격하고 뒷발로 일어나 살인자가 잡혀갈 때까지 줄곧 네 발로 서지 않으려고 고집을 부린 조랑말, 감히 군화를 신은 군인과 친분을 쌓으려 한 광대, 스물아홉 개의 리본 위를 뛰어넘어 말 등에 안전하게 착지한 여인 등 이 모든 것들이 유쾌하고, 멋지고, 놀라웠다. 꼬마 제이컵은 손이 아프도록 손뼉을 쳤고, 키트가 매 공연 막바지에 '앙코르'를 외쳐서 연극의 막이 세 개나 추가되었고, 바버라 어머니는 무아지경에 빠져 우산의 면직물이 닳도록 바닥을 두드렸다.

이 모든 황홀한 광경이 펼쳐지는 중에도 바버라는 차를 마시며 나눈 키트의 말을 여전히 떠올리는 듯했다. 극장을 나올 때 몹시 감정적으로 어색하게 웃으며 넬이 연극에서 리본을 뛰어넘은 여인만큼 아름답냐고 키트에게 물어보았기 때문이다.

"그녀만큼 아름답냐고?" 키트가 말했다. "그보다 두 배는 아름다워."

"오, 크리스토퍼! 난 그 여인이 세상에서 가장 아름답다고 확신해." 바버라가 말했다.

"말도 안 돼!" 키트가 대답했다. "분명 아름답지. 그걸 부정하지는 않아. 하지만 그건 입은 옷과 분장 때문일 거야. 그게 얼마나 큰 차이를 만드는데. 바버라 너도 그녀보다 훨씬 예뻐."

"오, 크리스토퍼…" 바버라가 고개를 숙이며 말했다.

"언제나." 키트가 말했다. "너희 어머니도 마찬가지야."

가여운 바버라!

이 모든 것에도 불구하고―심지어 이 모든 것에도―특별한 유흥은 계속되었다. 키트는 그곳에 사는 사람처럼 대범하게 굴가게로 걸어 들어가 계산대나 그 뒤에 서 있는 사람은 쳐다보지도 않고 앞장서 칸막이가 쳐진 개인석으로 무리를 이끌고 갔다. 붉은색 커튼이 쳐지고 흰색 탁자 보와 양념 통이 단정하게 놓인 칸막이석이었다. 키트는 웨이터처럼 행동하며 자신을 '선생님'이라고 부르는, 구레나룻이 난 인상이 험악한 남자에게 가게에서 가장 큰 굴 서른여섯 개를 주문하며 서둘러 달라고 말했다. 그러자 웨이터는 서두른다고 말했을 뿐만 아니라 실제로도 신속하게 움직였다. 웨이터는 곧 갓 구운 빵과 신선한 버터와 그들이 본 것 중 가장 큰 굴을 가지고 왔다. 그때 키트가 웨이터에게 "맥주 한 통"이라고 말하자, 웨이터는 '선생님, 제게 한 말입니까?'라는 대답 대신 "맥주 한 통이요? 네, 선생님"이라고 말하고는 밖으로 나가 맥주 한 통을 가지고 왔고, 작은 광주리—시각장애인이 데리고 다니는 개가 동전을 받기 위해 입에 물고 있는 바구니처럼 생겼다—에 담긴 맥주 통을 탁자에 올려놓았다. 누블스 부인과 바버라 어머니는 웨이터가 돌아가자, 그가 지금껏 본 사람 중 가장 날씬하고 품위 있어 보인다고 추켜세웠다.

키트 일행은 본격적으로 저녁 식사를 시작했다. 바버라, 바보 같은 바버라는 굴을 두 개밖에 먹을 수 없다고 선언했고, 네 개를 먹기 전에 믿을 수 없을 만큼 더 간절하게 굴을 먹고 싶어 했다. 하지만 바버라 어머니와 누블스 부인이 그녀 대신 굴을 다 먹고 웃으며 아주 즐거워했기 때문에, 이들을 보며 흐뭇해하던 키트도 강한 공감대를 형성하며 똑같이 웃고 먹었다. 하지만 그날 밤 가장 큰 놀라움을 안겨준 사람은 바로 꼬마 제이컵이었다. 제이컵은 마치 굴을 먹기 위해 태어나고 자란 아이처럼 후

추와 식초를 뿌려가며 능숙하게 굴을 먹어 치웠고, 얼마 후 식탁 위에는 굴 껍데기가 탑처럼 수북이 쌓였다. 저녁 내내 잠 한숨 자지 않았지만, 막내 역시 커다란 오렌지를 입에 억지로 넣어보려고 애쓰다가 천장에 매달린 샹들리에 불빛을 빤히 쳐다보며 얌전하게 앉아 있었다. 막내는 눈 한번 깜빡이지 않고 그 가스등을 응시하며 어머니 무릎에 앉아 굴 껍데기로 얼굴에 자국을 내고 있었는데, 그 정도면 아무리 냉정한 사람이라도 그에게 사랑하는 마음이 넘쳐났으리라. 간단히 말해 저녁 식사는 더할 나위 없이 완벽했다. 마지막으로 식사를 마치기 위해 뜨거운 무언가를 한 잔 주문한 키트가 '갈랜드 씨 부부를 위해 축배를 들자'고 제의한 뒤 다 함께 돌려 마시며 여섯 사람은 가장 행복한 시간을 보냈다.

모든 행복에는 끝이 있기 마련이다. 그렇기에 다음의 시작이 더 큰 기쁨이 된다. 사실은 시간이 늦어져서 그들은 집으로 돌아가는 데 동의했다. 그래서 키트와 누블스 부인은 길을 약간 벗어나 바버라와 바버라 어머니가 그날 밤 묵기로 한 친구의 집까지 그들을 안전하게 데려다주고, 문 앞에서 다음 날 핀칠리로 일찍 돌아가기로 약속하고 다음 분기에는 무엇을 할 것인지에 대한 계획을 세우고 헤어졌다. 키트가 제이컵을 등에 업고, 어머니와 팔짱을 끼고, 막내에게 입을 맞추며, 그들은 즐겁게 집으로 향했다.

40장

다음 날 아침 휴일이 일깨우는 막연한 후회로 가득 차 키트는 동틀 녘 자리에서 일어났고, 차분한 햇살과 일상적인 의무와 일들로 돌아가야 한다는 이유 때문에 지난밤은 즐거웠다는 믿음이 약간 흔들렸지만, 바버라와 바버라 어머니를 만나기 위해 약속 장소로 갔다. 키트는 어제의 피로로 아직 잠들어 있는 가족들이 깨지 않게 조심하며 벽난로 위 선반에 분필로 '어머니의 착실한 아들로부터'라는 주의를 환기하는 글귀를 남기고 봉급을 올려놓았고, 마음은 주머니보다 무거웠지만, 큰 압박감은 던 기분으로 갈 길을 갔다.

아, 휴가여! 어째서 휴가 뒤에는 항상 아쉬움이 남는가! 우리는 어째서 기억 속에 휴가를 1~2주 정도 밀어두었다가 차분하고 덤덤한 마음으로 또는 즐거운 회상으로 여길 수 있을 때 한꺼번에 꺼낼 수 없는가! 어째서 휴가는 두통과 나른함을 연상시키는 어제 마신 와인의 풍미처럼, 그리고 땅 아래에서는 넓은 대지에 끝없는 포장도로를 만들고 땅 위에서는 보통 저녁 식사 시간이나 그 무렵까지 지속되는 미래에 대한 선한 의도[4]처럼 우리 주위를 어슬렁거리며 사라지지 않는가!

바버라가 두통이 생긴들, 바버라 어머니가 성마른 구석이 있어서 애슐리의 연극을 과소평가하고 지난밤에 본 광대가 생각보다 나이가 더 많은 것 같다고 생각한들 이상할 것이 뭐 있으랴. 키트는 그런 바버라 어머니의 말을 듣고도 놀라지 않았다. 정말 놀라지 않았다. 키트는 그 놀라운 광경 속의 변화무쌍한 배우들이 지난밤에도 같은 연극을 했고, 비록 자신은 그곳에 없지만, 그날 밤에도 다음 날에도 같은 연극을 할 것이고, 앞으로 몇 주 혹은 몇 달 동안 같은 연극이 반복되리라는 의구심을 품고 있었다. 그것이 어제와 오늘의 차이점이다. 우리는 모두 연극을 보러 가는 사람이거나 연극을 보고 집으로 돌아오는 사람이다.

하지만 태양은 처음 떠오를 때 그 빛이 미약하나 시간이 지날수록 힘과 용기를 응집하는 법이다. 그들은 조금씩 자신들의 본성에서 점점 더 즐거운 상황을 떠올리기 시작했고, 이야기하

---

4 '지옥은 좋은 의도로 포장되어 있다'는 속담을 인용하고 있다.

고 걷고 웃는 사이에 좋은 마음으로 핀칠리에 도착했기 때문에, 바버라 어머니는 피로가 덜하거나 기분이 더 나아진 적이 없다고 선언했다. 키트 역시 그랬다. 내내 말이 없던 바버라도 마지막에는 자신도 그렇다고 말했다. 가여운 바버라! 바버라는 너무도 조용했다.

적절한 때 집에 도착한 키트는 갈랜드 씨가 아침 식사를 하러 내려오기 전에 위스커를 경주마처럼 말쑥하게 손질해 놓았다. 노부인과 노신사와 아벨 씨는 이런 그의 시간 엄수와 성실성을 극찬했다. 아벨 씨가 런던행 마차를 타기 위해 걸어서 집을 나서는 평소 그 시각(시간을 칼같이 지키는 사람이라 평소 그 시각이 아니라 평소 그 분, 그 초라고 해두는 편이 더 옳을 것이다)에, 키트와 노신사는 정원에 일하러 갔다.

정원 일은 키트가 맡은 일 중에서 그에게 적지 않은 즐거움을 주었다. 날씨가 좋은 날, 그것은 집안 잔치였다. 노부인은 자리에 앉아 작은 탁자 위에 반짇고리를 올려놓았고, 노신사는 땅을 파거나 커다란 전지가위를 들고 삐죽삐죽 튀어나온 가지를 손질하며 정원수를 다듬거나 키트의 이런저런 일을 아주 열심히 도왔고, 위스커는 작은 방목장에서 평온한 사색에 잠겨 그들 모두를 바라보았다. 오늘 그들은 포도덩굴을 손질할 계획이었다. 그래서 키트가 짧은 사다리 위로 반쯤 올라가 덩굴을 자르며 망치질을 시작했고, 그동안 노신사는 키트가 하는 일을 유심히 바라보다가 그가 요청할 때마다 못이며 천 조각을 건네주었다. 노부인과 위스커는 평소처럼 그 모습을 지켜보았다.

"크리스토퍼," 갈랜드 씨가 말했다. "그래, 새로운 친구가 생겼다고?"

"무슨 말씀인지?" 키트가 사다리에서 내려다보며 대답했다.

"네게 새로운 친구가 생겼다고 아벨이 그러더구나." 갈랜드 씨가 말했다. "공증 사무실에서."

"아, 네, 맞아요. 무척 후하게 대해줬어요."

"그랬다니 기쁘구나." 갈랜드 씨가 미소를 지으며 말했다. "하지만 그는 더 후하게 처신할 생각이 있는 사람이야, 크리스토퍼."

"정말 그래요. 참 친절한 분이에요. 하지만 그렇게 안 했으면 해요." 키트가 잘 박히지 않는 못을 힘껏 내리치며 말했다.

"너를 고용하고 싶은 눈치던데…. 조심해라. 떨어져서 다칠 수도 있으니까."

"저를 고용해요?" 잠시 하던 일을 멈추고 솜씨 좋은 곡예사처럼 사다리 위에서 순식간에 뒤돌아보며 키트가 소리쳤다. "그렇게 말했지만, 진심이라고 생각하지 않았어요."

"오! 아니다, 그는 진심으로 한 말이야." 갈랜드 씨가 말했다. "아벨에게도 그렇게 말했다."

"그런 말은 듣지 못했어요!" 주인과 여주인을 애처롭게 바라보며 키트가 중얼거렸다. "좀 놀라워요."

"크리스토퍼." 갈랜드 씨가 말했다. "이 일은 네게 중요한 사안이다. 그러니 잘 이해하고 신중하게 생각해야 한다. 그 신사는 나보다 많은 돈을 줄 수 있어, 아니, 더 많은 돈을 주길 바란다. 주인과 하인 사이의 여러 관계를 헤쳐 나가고 더한 친절과 신뢰가 필요하겠지만, 분명 돈은 더 많이 줄 거야."

"글쎄요," 키트가 대답했다. "하지만 그 후에는…."

"내 말 들어보아라." 갈랜드 씨가 키트의 말을 가로챘다. "그게 전부가 아니야. 네가 예전 주인에게 아주 충직한 직원이었던 걸 잘 안다. 그 신사의 목적은 무슨 수단을 동원해서라도 그들을 찾는 것이니, 만약 그들을 찾는다면 도움을 준 네게 그만한 보상을 할 거야." 노신사가 힘주어 말했다. "게다가 분명 네가 사심 없이 깊은 애착을 가지고 있는 그들을 다시 만나 얘기하는 기쁨도 누릴 수 있잖니. 이 모든 걸 고려해야 해, 크리스토퍼. 경솔하게 행동하거나 서둘러 결정하지는 마라."

이 마지막 주장이 빠르게 생각을 파고들자, 키트는 이미 확고해진 결심을 지키는 상태에서 한 번의 쑤시는 듯한 고통과 한 번의 순간적인 에는 듯한 아픔을 겪었고, 모든 희망과 환상이 실현되는 것을 느꼈다. 하지만 그것은 순식간에 사라졌고, 키트는 신사가 처음에 그렇게 했을지도 모른다고 생각했던 것처럼 다른 사람을 알아봐야만 한다고 단호하게 대답했다.

"그분에게 제가 이곳을 버리고 그분을 따라간다고 생각할 권리는 없어요." 30분 정도 망치질하고 다시 뒤를 돌아보며 키트가 말했다. "저를 바보라고 생각하나 봐요?"

"크리스토퍼, 네가 그 제안을 거절하면 그렇게 생각할지도 모르지." 갈랜드 씨가 진지하게 말했다.

"그러라고 하세요." 키트가 대답했다. "그분 생각까지 신경 쓸 필요는 없잖아요? 제가 왜 그분 생각까지 신경 써야 해요? 가난하고 배고픈 저를, 주인어른이 생각하는 것보다 훨씬 심각하게 불쌍하고 배고픈 저를 거리에서 받아준 주인어른과 주인마님을 떠나 다른 사람에게 가는 건 바보짓이고, 아니 바보보다 더 바보 같은 행동인 걸 아니까요. 주인마님, 만약 넬이 돌아오면 말이에요." 키트가 불쑥 여주인 쪽으로 몸을 돌리며 말했다. "그때는 문제가 달라져요. 넬이 저를 원하면 제가 먼저 마님에게 집안일을 다 했을 때 그녀를 위해 가끔 제가 뭔가 할 수 있게 해달라고 요청할지도 몰라요. 하지만 넬은 분명 주인 할아버지가 말한 대로 부자가 되어 돌아올 거예요. 그러면 부자인 젊은 아가씨가 저를 원할까요? 아니요, 원하지 않을 거예요." 슬픔에 잠겨 고개를 마구 흔들며 키트가 덧붙였다. "넬은 제가 필요하지 않을 거예요. 물론 넬이 보고 싶지만, 넬이 부자가 되어 제가 보고 싶지 않기를 바랄 뿐이에요."

이쯤에서 키트가 아주 단단하게 필요 이상으로 못을 세게 박고 나서 다시 뒤를 돌아보았다.

"그리고 위스커가 있잖아요." 키트가 말했다. "마님, 위스커가 (위스커는 제가 자기 얘기하는 걸 아주 잘 알기 때문에 바로 울기 시작할 거예요) 과연 저 아닌 다른 사람이 접근하게 할까요? 정원과 아벨 주인님 문제도 그래요. 아벨 주인님이 저와 헤어질까요? 마님, 저보다 정원을 더 좋아하는 사람이 있을까요? 주인님, 며칠 전에도 아벨 주인님은 수년을 함께 하고 싶다고 말했는데, 만약 아벨 주인님이 저와 곧 작별하기를 원한다면 제 어머니 마음이 무너질 거예요. 마님, 동생 제이컵도 이를 느끼고 눈이 빠지게 울지도 몰라요."

그 순간 공증 사무실 직원이 편지를 가지고 왔다고 전하기 위해 바버라가 달려오지 않았다면, 키트가 얼마나 오랫동안 번갈아 가며 주인어른과 주인마님에게 열변을 토하며, 대개는 엉뚱한 사람을 돌아보며, 사다리 위에 서 있었을지 모른다. 바버라는 키트의 연설가 같은 모습에 놀란 표정을 지으며 갈랜드 씨에게 편지를 건넸다.

"오!" 편지를 읽은 후 갈랜드 씨가 말했다. "그 사람을 이쪽으로 오라고 해라." 바버라가 명령대로 행하려고 자리를 떠나자, 갈랜드 씨가 키트에게로 돌아서며 이제 그 문제는 더 논의하지 않을 것이고, 자신들이 키트와 헤어지는 것보다 키트가 자신들과 헤어지는 것을 더는 꺼릴 수 없다고 말했다. 노부인은 이에 대해 매우 관대하게 공감했다.

"또한, 크리스토퍼," 손에 든 편지를 힐끔거리며 갈랜드 씨가 덧붙였다. "그 신사분이 가끔 한 시간이나 그 이상 혹은 반나절 동안만이라도 네가 필요하다고 하면 우리는 너를 보내야 하고, 너도 그렇게 해야 한다. 오! 그 젊은 양반이 오는군. 안녕한가?"

척스터 씨에게 건넨 인사말이었다. 그는 모자가 한쪽으로 지나치게 기울어 머리카락이 길게 삐져나온 채로 거들먹거리며 걸어 올라왔다.

"반갑습니다, 어르신." 척스터 씨가 인사에 답했다. "반갑습니다, 부인. 집이 정말 멋집니다. 아주 쾌적한 동네예요."

"키트를 데리러 온 모양이군?" 갈랜드 씨가 말했다.

"이륜마차가 대기하고 있습니다." 그 직원이 대답했다. "아주 멋진 회색 말입니다. 경주마를 볼 줄 안다면?"

그런 자질은 없고 말의 장점을 잘 평가하지 못한다고 하며 말 감식을 거절한 갈랜드 씨가 척스터에게 가볍게 식사나 하자고 제의했다. 척스터 씨는 순순히 그 제의를 받아들였고, 곧바로 맥주와 와인을 곁들인 다과가 차려졌다.

이 식사 자리에서 척스터 씨는 환대하는 사람들을 매혹하기 위해, 도시에 사는 사람들의 정신적 우월성에 대한 확신으로 그들에게 깊은 인상을 심어주기 위해, 자신의 능력을 최대한 발휘했다. 이런 시각에 따라 그는 그날 일어난 작은 추문으로 담화를 이끌었는데, 자리를 함께한 친구들은 그를 비범하게 똑똑한 사람이라고 간주했다. 이에 그는 미즐러 후작과 바비 경의 견해 차에 관한 문제를 정확하게 말할 상황에 놓여 있었다. 이 두 사람의 견해차는 신문에 잘못 보도된 바와 같이 비둘기 파이 때문이 아니라 문제의 샴페인 병에서 비롯한 것으로 보였다. 권위 있는 신문에서 잘못 밝혔듯이 바비 경이 미즐러 후작에게 '미즐러, 우리 둘 중 한 명은 거짓말을 하고 있네. 하지만 나는 아니야'라고 말한 것이 아니라 '미즐러, 자네는 내가 어디 있는지 알지. 그러니 필요하면 나를 찾아오게'라고 말했는데, 물론 이것은 이 흥미로운 문제의 국면을 송두리째 바꿔 놓았고, 완전히 다른 시각으로 보이게 했다. 그는 또한 식스베리 공작이 이탈리아 오페라 하우스의 바이올레타 스테타에게 정확히 얼마를 주는지도 그들에게 알렸다. 대중들이 아는 바와 같이 돈은 반년이 아니라 분기별로 지급되는 듯했고, 보석, 향수, 집안의 하인 다섯 명이 사용할 머리 화장품, 이틀마다 바뀌는 극장 사환의 가죽 장갑은 (이것만으로도 엄청난 혜택이었다) 별도였다. 척스터 씨는 노부부가 이 말을 정확한 정보라고 믿을 수 있으니, 이 몰입하게 하는 요점에서 잠시 그들의 마음을 쉬게 하자고 요청하고는 공연계 소문과 신문에 난 궁정에 관한 기사로 그들을 즐겁게 했다. 그렇게 훌륭하고 매혹적인 대화는 그가 45분 이상 어떤 도움도 없이 혼자 떠들다가 끝나버렸다.

"말도 이제 충분히 쉬었을 테니," 척스터 씨가 품위 있게 자리에서 일어나며 말했다. "그만 가볼까 합니다."

갈랜드 씨 부부 중 누구도 이를 만류하지 않았고 (분명 척스터 같은 사람은 그의 올바른 행동 영역에서 벗어날 수 없다고 생각하며), 척스터 씨와 키트는 곧바로 시내로 향했다. 마부석 옆에 키트가 걸터앉고, 척스터 씨는 마차 안에 홀로 앉아 부츠 신은 다리를 각각 앞쪽 창문에 걸쳤다.

그들이 공증인의 집에 도착했을 때 키트는 사무실로 따라 들어갔고, 아벨 씨는 키트를 부른 신사가 외출 중이라 얼마간 돌아오지 않을 수도 있으니 자리에 앉아 기다리기를 바랐다. 이 예측은 맞았다. 키트가 저녁 식사를 하고 차를 마신 뒤 법률 목록의 가벼운 사건들과 우편 번호부를 읽고도 몇 번이나 꾸벅꾸벅 졸던 끝에 신사를 만났기 때문이다. 신사는 무척 다급하게 사무실 안으로 들어왔다.

신사는 잠시 위서든 씨와 밀실로 들어가 대화를 나눴고, 아벨 씨가 안으로 호출되어 회의를 도왔다. 그런 다음 신사가 도대체 무엇을 원하는지 궁금해하는 키트도 회의실로 불러들였다.

"크리스토퍼." 키트가 회의실로 들어서자, 신사가 돌아보며 말했다. "네 주인 할아버지와 손녀를 찾았다."

"설마요! 정말 찾았어요?" 기쁨에 찬 키트가 눈을 반짝이며 물었다. "지금 어디 있어요? 잘 지내요? 여기, 여기 근처예요?"

"이곳에서 멀다." 신사가 고개를 저으며 말했다. "하지만 내가 오늘 밤 그들을 데리러 떠날 계획이다. 나와 함께 가주길 바란다."

"제가요?" 키트가 기쁨과 놀라움에 가득 차 소리쳤다.

"거기가…." 낯선 신사가 생각에 잠겨 공증인을 바라보며 말했다. "걔를 데리고 온 사람이 60마일 정도 된다고 했습니까?"

"60~70마일 정도 됩니다."

"흥! 밤새 달리면 내일 아침 일찍 도착하겠군. 문제는 그들이 나를 알지 못하고, 가여운 아이가, 신의 가호가 있기를, 누구든 할아버지를 계획적으로 뒤쫓는 사람으로 오해하리라는 겁니다. 내가 나쁜 사람이 아니라는 걸 확인시키기 위해서라도 노인과 손녀 모두가 알아보는 이 아이를 데려가는 것보다 더 좋은 방법이 있을까요?"

"분명히 없지요." 공증인이 단호하게 대답했다. "무슨 수를 써서라도 크리스토퍼를 데려가야 합니다."

"무슨 말씀인지?" 침울한 얼굴로 두 사람의 대화를 듣고 있던 키트가 말했다. "그 일이라면 안타깝게도 저는 도움보다는 해가 될 겁니다. 넬은 분명 저를 믿지만, 할아버지는 그렇지 않아요. 할아버지가 아픈 후로 아무도 저를 할아버지에게 데려가려 하지 않았어요. 넬도 할아버지 근처에는 오지도 눈에 띄지도 말라고 당부했어요. 죄송하지만, 제가 가면 신사분의 계획을 망칠 겁니다. 저야 당연히 가고 싶지만, 신사분은 저를 데려가지 않는 편이 나아요."

"또 다른 문제에 부딪혔군!" 성급한 신사가 소리쳤다. "세상에 나처럼 괴로운 사람이 또 있을까! 그들을 아는, 그들이 신뢰하는 다른 사람은 없을까? 그들의 삶이 고립되어 있는데, 내 목적을 실현해 줄 사람이 없단 말인가?"

"그런 사람이 없을까, 크리스토퍼?" 공증인이 말했다.

"한 사람 있긴 해요." 키트가 대답했다. "어머니."

"그들이 네 어머니를 아니?" 독신 신사가 말했다.

"네, 어머니가 늘 상점을 왕래했거든요. 할아버지와 넬은 저만큼이나 어머니에게 친절했어요. 어머니도 두 사람이 돌아오기를 바라고요."

"그렇다면, 도대체 네 어머니는 지금 어디 있느냐?" 성미 급한 신사가 모자를 집으며 말했다. "그녀는 왜 여기 없지? 왜 내가 가장 필요할 때 이곳에 없단 말인가?"

한 마디로 독신 신사는 곧바로 사무실을 뛰쳐나가 키트 어머니를 강제로라도 사륜마차에 태워 데려갈 기세였다. 다행히 아벨 씨와 위서든 씨의 협력으로 이런 기이한 납치 사태를 간신히 막을 수 있었다. 두 사람은 불만을 표명하는 것으로 그를 저지했고, 짧은 통보를 보내 키트 어머니가 함께 갈 수 있는지, 여정에 참여할 의사가 있는지 키트가 그 가능성을 타진하도록 그를 설득했다.

이 일로 키트 입장에서는 약간의 의심이 일었고, 독신 신사의 경우는 약간 과격한 성격이 드러났고, 위서든 씨와 아벨 씨는 분위기를 진정시키기 위해 많은 말을 해야 했다. 결국 이 문제를 무게 있게, 신중하게 생각한 키트는 어머니를 대신해 두시간 안에 여행에 필요한 모든 준비를 마치고 그녀를 사무실로 데려오겠다고 약속했다.

다소 과감하면서도 되돌리기 쉽지 않은 약속을 하고 키트는 즉각적인 이행을 위해 곧바로 집으로 향했다.

41장

키트는 혼잡한 거리로 들어서 사람들의 물결을 헤치고, 복잡한 도로로 돌진하고, 좁은 길과 골목으로 뛰어들어 이유 없이 멈추거나 방향 바꾸기를 거듭했다. 그러다가 문득 멈춰 서보니 —한편으로는 습관적으로, 한편으로는 숨이 차서—골동품 상점 앞이었다.

울적한 가을 저녁이었고, 그는 그 오래된 장소가 그곳에 음산하게 내려앉은 황혼처럼 쓸쓸해 보였던 적이 없다고 생각했다. 창문은 깨지고 녹슨 새시가 창틀에 부딪혀 덜그럭거렸다. 황폐한 집이 만든 칙칙한 장벽은 거리의 눈 부신 불빛과 부산함을 길게 두 줄로 나누며 그 가운데 차갑고, 어둡고, 공허하게 서 있었다. 이것은 키트가 그곳에 살던 사람들에게 품었던 밝은 희망과 불쾌하게 뒤섞이며 쓸쓸한 모습을 만들어냈고, 실망이나 불행처럼 다가왔다. 키트는 굴뚝으로 힘찬 소리를 내며 타오르는 불, 창문에 비치는 휘황찬란한 거리의 불빛, 활기차게 오가는 사람들, 명랑한 대화 소리, 새로운 희망과 일치하는 활기찬 무언가를 기대했을 것이다. 그는 꿈에도 골동품 상점의 모습이 바뀐다고 생각하지 않았지만—변할 수 없다고 믿었다—간절한 염원과 기대 속에 우연히 마주한 상점은 오가는 인파를 가를 뿐 애절한 그림자로 암울했다.

하지만 다행히 키트는 멀리 떨어진 흉조로 괴로워할 만큼 많이 배우거나 사색적인 아이가 아니었고, 이 점에서 자신이 본 바를 지지할 정신적 상황도 아니었기에, 이전의 생각들과 불편하게 부딪치는 상점을 초라한 집 그 자체로만 바라보았다. 그래서 이곳을 지나치지 않았다면 더 좋았으리라 생각하며—왜 그런 생각이 드는지 이유는 알 수 없었지만—곧 지체한 시간을 만회하기 위해 더 빨리 달렸다.

'혹시 어머니가 집에 없으면 어떡하지!' 가난한 집 근처에 다다른 키트가 생각했다. '그러면 찾을 방도가 없는데. 성질 급한 신사분이 아주 난처할 텐데. 역시 불빛이 보이지 않네. 문도 닫혔고. 이번만큼은 하느님도 이렇게 말하는 날 용서해야 해. 이게 리틀 베델의 소행이라면 리틀 베델이 더 먼 곳으로 가버렸으면 해.' 키트가 복장을 점검하고 문을 두드리며 말했다.

두 번째 노크에도 안에서는 아무런 대답이 없었다. 하지만 어떤 부인이 길 건너편에서 누가 누블스 부인을 찾느냐고 물었다.

"저예요." 키트가 말했다. "어머니 지금 리틀 베델에 계시죠?" 어쩔 수 없이 아주 불쾌한 비밀 집회 장소의 이름을 꺼내며 그 단어를 악의적으로 강조해 말했다.

이웃의 부인이 고개를 끄덕였다.

"제발 거기가 어딘지 알려주세요." 키트가 말했다. "급한 일이 생겨서 예배 중이라도 모셔가야 해요."

이웃 중 누구도 그곳에 다니는 사람이 없었고, 리틀 베델이라는 이름만 알뿐 교회의 위치를 아는 사람이 거의 없었기에, 문제의 접점으로 가는 방향을 알아내기는 쉽지 않았다. 다행히 신앙심보다 가볍게 차나 한잔 마시려고 누블스 부인을 따라 한두 번 교회에 가 본 그녀의 친구로부터 교회 위치를 알아내고 키트는 바로 떠났다.

리틀 베델은 좀 더 가까이에 좀 더 곧은 도로에 있을 수도 있었지만, 집회를 주재하는 목사가 교회까지 가는 구불구불한 길을 천국에 이르는 길에 비유할 수 있도록, 교구 교회와 넓은 대로가 대조되도록 일부러 멀고 험한 길을 택해 세워진 듯했다. 마침내 키트는 약간의 어려움을 겪은 뒤 예배당을 찾았고, 예를 갖추기 위해 문 앞에서 심호흡하고 안으로 들어갔다.

가장 작은 규모의 예배당이라는 뜻을 가진 리틀 베델은 실제로도 그 크기가 무척 작아서 한 가지 측면에서 아주 잘못 지어진 이름은 아니었다. 작은 좌석 몇 개와 작은 연설 단 하나가 있는 그곳에서, 직업은 제화공이지만 목사로 불리는, 한 명의 작은 신사가 청중의 수에 비해 절대 작지 않은 목소리로 절대 짧지 않은 설교를 전하고 있었다. 신도 수가 적기도 했지만, 그마저도 대부분 졸고 있어서 실제 설교를 듣는 이는 그리 많지 않았다.

그런 신도들 속에 키트 어머니가 있었다. 그녀는 간밤의 피로로 눈을 감지 않으려고 애썼지만 어려워 보였고, 목사의 설교가 감기는 눈을 강력하게 지지하면서 결국 졸음에 굴복당해 잠에 빠졌다. 하지만 깊이 잠이 들지는 않았는지 간간이, 목사의 교리를 인정하는 듯, 들릴 듯 말 듯 한 목소리로 감탄사를 내뱉었다. 막내 역시 누블스 부인의 팔에 안겨 깊이 잠들어 있었다. 어려서 긴 설교의 영적 양식이 굴의 반만큼도 흥미롭지 않았던 꼬마 제이컵은, 잠잘 때의 습관인지 아니면 설교 내용이 꼭 자신을 가리키는 듯해 두려운지, 깜빡깜빡 졸다가도 간혹 놀라 잠에서 깨곤 했다.

'오기는 왔는데….' 키트가 좁은 통로를 사이에 두고 어머니 건너편 빈자리에 살며시 앉으며 생각했다. '어떻게 다가가 나오도록 설득한담. 20마일은 떨어진 듯해. 예배가 끝날 때까지는 절대 잠에서 깨지 않을 테고, 시간은 가고 있고! 목사가 잠시 자리를 비우거나 찬송가라도 불러주면 좋으련만.'

하지만 한두 시간 안에 그런 일 중 하나라도 일어나리라 믿을 만한 구석은 없었다. 목사는 전에 자신이 한 일을 신도들에게 이해시키기 위해 설교를 계속했고, 그는 약속한 것의 절반만 지키고 나머지는 잊어버려도 적어도 그 시간만큼은 선한 사람이 분명했다.

절망과 불안 속에서 키트는 예배당 이쪽저쪽으로 눈을 굴리다가 우연히 설교단 앞에 놓인 작은 자리에 시선을 떨구게 되었다. 그를 보는 순간, 키트는 자신의 눈을 의심할 수밖에 없었다. 바로 퀼프였다.

눈을 두세 번 비벼 보았지만, 분명 퀼프가 그곳에 있었고, 정말 퀼프였다. 퀼프는 무릎 위에 양손을 가지런히 올리고, 모자는 작은 나무 발판 사이에 두고, 흉측한 얼굴에 낯익은 미소를 지으며 눈을 천장에 고정한 채 앉아 있었다. 분명 키트나 키트 어머니를 곁눈질하지는 않았고, 그들의 존재조차 의식하지 못하는 듯했다. 하지만 키트는 그 교활한 작은 악마가 어머니와 자신을 감시하고 있다는 생각을 머릿속에서 지우지 못했다. 아니면 퀼프가 그곳에 있을 이유가 없지 않은가.

하지만 키트는 리틀 베델 신자들 사이에서 퀼프의 유령을 보게 되어 놀랐고, 그것이 어떤 문제나 성가신 일의 전조는 아닐까 하는 의구심이 들었다. 그는 저녁이 가까워지고 문제가 심각해지자, 그보다 더 급한 문제를 해결해야 했기에 마음을 가라앉히고 어머니를 데리고 나갈 방법을 찾았다. 제이컵이 깨는 순간을 기다려 시선을 끌어보기로 했다. 이것은 그리 어렵지 않은 일이라 (재채기 한 번에 바로 효과가 나타났다) 그는 제이컵에게 어머니를 깨우라는 신호를 보냈다.

하지만 공교롭게도 그 순간 설교의 한 가지 요점을 힘차게 설명하던 목사가 단상 안에 고작 자신의 다리 정도만 남긴 채 설교단 너머로 몸을 기울였다. 그러는 동안 그는 오른손을 격렬하게 움직이고, 왼손으로는 단상을 잡고, 긴장한 얼굴과 태도로 위협하며 제이컵의 눈을 똑바로 응시하거나 응시하는 듯했다. 그래서 제이컵의 눈에는 근육 하나라도 움직이면 말 그대로, 비유적인 표현이 아니라, 목사가 당장 '응징'할 것처럼 보였다. 이 끔찍한 상황에서 형의 갑작스러운 출현에 산만해지고 목사의 눈빛에 매료된 비참한 제이컵은 조금의 움직임도 없이, 정말 울고 싶어도 그러기가 두려워서, 어린 눈이 눈구멍에서 빠지도록 목사의 응시에 답하며 꼿꼿이 앉아 있었다.

'과감해야 할 때는 과감해야 해.' 키트는 이렇게 생각하며 조용히 자리에서 일어나 어머니 쪽으로 다가갔고, 스위블러 씨가 그 자리에 있었다면 이렇게 말했을 듯 말없이 아기를 '낚아챘다.'

"쉿! 어머니." 키트가 속삭였다. "같이 나가요. 할 말이 있어요."

"여기가 어디냐?" 누블스 부인이 물었다.

"축복받은 리틀 베델이에요." 키트가 신경질을 내며 대답했다.

"정말 축복받았구나!" 누블스 부인이 그 말을 알아듣고 말했다. "오, 크리스토퍼, 정말 은혜로운 밤이구나!"

"네, 네, 그래요." 키트가 재빨리 말했다. "하지만 지금은 같이 가야 해요. 사람들이 모두 우리를 쳐다봐요. 소리도 내지 말고, 제이컵도 데리고, 지금이에요."

"거기 서라, 사탄아! 거기 서!" 그들이 막 움직이려고 했을 때 목사가 소리쳤다.

"목사님이 너한테 서라고 하는구나, 크리스토퍼." 누블스 부인이 속삭였다.

"거기 서라, 사탄아! 거기 서!" 목사가 다시 큰 소리로 외쳤다. "귀는 하느님께 향하고 있으면서 정작 딴 사람의 목소리를 듣는 그 여인을 유혹하지 마라. 양 떼 속에서 어린 양을 찾았구나." 막내를 손가락질하며 더 크게 소리쳤다. "소중한 어린 양을 데려가려 하다니. 늑대처럼 한밤중에 어슬렁거리며 나타나 연약한 어린 양을 감언이설로 구슬리는구나!"

누구보다 온화한 성격의 키트도 목사의 악담에는 화를 참지 못하고, 자신이 처한 상황에 흥분해, 막내를 팔에 안은 채 설교단을 향해 몸을 돌리며 크게 소리쳤다.

"아니요. 이 아이는 제 동생이에요."

"그 아이는 내 형제다!" 목사가 다시 소리쳤다.

"아니에요." 키트가 분노하며 말했다. "어떻게 그런 말을 할 수 있죠? 악담하지 마세요. 제가 무슨 해를 끼쳐요! 부득이한 사정만 아니면 이들을 데리러 여기까지 오지도 않았어요. 조용히 나가려고 했는데 당신이 막은 겁니다. 원하는 만큼 사탄을 욕했을 테니, 이제 나가봐도 되죠."

이렇게 말하고 키트는 당당하게 예배당 밖으로 걸어 나갔고, 누블스 부인과 제이컵도 그 뒤를 따랐다. 밖으로 나온 키트는 모든 사람이 잠에서 깨어 놀라는 가운데서도 퀼프만은 그 소동 내내 무슨 일이 일어났는지 전혀 보지 않고 천장에서 눈도 떼지 않는 모습을 본 사실을 떠올렸다.

"오 키트!" 누블스 부인이 손수건으로 눈물을 훔치며 말했다. "무슨 짓을 한 거니! 이제 다시는 그곳에 갈 수 없게 되었구나! 다시는!"

"듣던 중 반가운 소식이네요. 지난밤에 즐긴 약간의 쾌락 때문에 오늘 밤 울적하고 슬픔에 잠기게 되었나요? 어머니는 항상 이런 식이예요. 어머니는 행복하거나 즐거운 생각이 들 때마다 이곳에 와서 그 사람과 함께 죄를 뉘우쳐요. 하지만 그보다 더 부끄러운 건 바로 그렇게 하는 어머니예요."

"그만해라, 아가야." 누블스 부인이 말했다. "진심이 아닌 것 안다. 하지만 넌 지금 사악한 말을 하고 있어."

"진심이 아니라고요? 아니요, 진심이에요!" 키트가 대꾸했다. "악의 없는 즐거움과 유쾌함이 하늘나라에서는 셔츠 깃보다 더 큰 죄가 되는 걸 믿지 않아요. 저 안의 사람들이 셔츠 깃을 떼어야 할 때를 모르듯 쾌락도 분별 있게 제대로 즐길 줄 모른다고 생각해요. 이게 제 믿음이에요. 하지만 어머니가 울지 않는다고 약속하면 이제 이 일에 대해 더는 말하지 않을게요. 됐죠. 자, 이제 어머니가 가벼운 막내를 안고 제이컵은 제게 주세요. (서둘러야 했기 때문에) 가면서 놀랄 만한 이야기를 들려줄게요. 괜찮아요. 지금 어머니는 평생 리틀 베델을 못 본 듯한 표정이군요. 제가 바라듯 앞으로 절대 못 볼 거예요. 그리고 여기 막내를 받아요. 제이컵, 형한테 업혀서 목을 단단히 붙잡아. 그리고 리틀 베델의 목사가 너를 소중한 어린 양이라고 부르거나 형제라고 말할 때마다 1년 열두 달 똑같은 말만 한다고 하고, 그 자신도 어린 양이라고 하면 몸에 민트만 조금 치면 맛이 훨씬 좋다고 말해. 그러면 난 그를 훨씬 더 좋아할 거야. 이게 네가 해야 할 대답이야, 제이컵."

농담 반 진담 반 이런 식으로 계속 이야기하고, 기분 좋게 행동하려고 결심하는 간단한 과정의 하나로 어머니와 동생과 자신의 기운을 북돋우며, 키트는 힘차게 그들을 앞에서 이끌었다. 집으로 가는 길에 어머니에게 공증인 사무실에서 있었던 일과 리틀 베델의 엄숙함을 방해한 목적에 관해 설명했다.

키트 어머니는 자신이 해야 할 일을 듣고 적잖이 놀라며 혼란에 빠졌다. 사륜 역마차를 타는 것은 큰 영광이고 존엄하지만, 어린아이들을 두고 떠나는 것은 도덕적으로 불가능하다는 점이 가장 중요했다. 하지만 이런 상반되는 고민뿐만 아니라 지금 세탁 중인 옷을 어떻게 할지와 옷장에 입을 만한 옷이 없다는 사실 등 다른 많은 고민이 있었다. 하지만 이런 문제는, 이런 문제에 대해 하나씩 반대하는 키트와 넬을 되찾는 기쁨과 그녀를 데리고 의기양양하게 돌아오는 기쁨에 묻혀버렸다.

"10분 안에 준비해야 해요." 집에 도착한 키트가 말했다. "판지 상자가 있어요. 필요한 걸 넣고 바로 출발해요."

키트가 전혀 긴급하게 필요하지 않은 물건을 어떻게 상자에 쑤셔 넣었는지, 정말 쓸 일이 없어 보이는 물건들은 어떻게 빼버렸는지, 어떻게 집으로 와서 아이들을 돌보도록 이웃을 설득했는지, 처음에는 울고 보채던 아이들이 불가능하고 들어본 적 없는 온갖 장난감을 약속받고 얼마나 진심으로 웃었는지, 키트 어머니는 아이들에게 입맞춤하며 얼마나 떠나지 않으려고 했는지, 그런 어머니에게 키트는 어떻게 화를 내지 않고 참을 수 있었는지 이야기하려면 독자와 내가 할애할 수 있는 것보다 많은 시간과 지면이 필요할 것이다. 그러니 이런 문제들은 모두 건너뛰고, 키트와 그의 어머니는 약속한 두 시간을 조금 넘겨 공중인 사무실에 도착했고, 그곳에는 이미 마차가 대기하고 있었던 사실만 말해도 충분하리라.

"정말 사두마차네!" 키트가 준비된 마차를 보고 무척 놀라며 말했다. "어머니가 타고 갈 마차예요. 여기 어머니가 오셨어요. 저희 어머니예요. 어머니는 준비가 다 되었습니다."

"좋다!" 신사가 말했다. "부인, 긴장하지 마세요. 잘 보살필 겁니다. 부인을 위해 준비한 새 옷과 필수품을 넣은 상자가 어디 있지?"

"여기 있습니다." 공증인이 말했다. "이걸 마차 안에 넣도록 해라, 크리스토퍼."

"네." 키트가 대답했다. "이제 준비가 끝났습니다."

"자, 출발하지." 독신 신사가 말했다. 그리고 그는 공손하게 손을 내밀어 키트 어머니가 마차에 오르도록 돕고 자신도 그 옆에 자리를 잡았다.

발판이 올라가고, 문이 닫히고, 바퀴가 돌아가고, 마차가 덜컹거리며 출발했다. 키트 어머니가 창밖으로 젖은 손수건을 흔들며 제이컵과 막내에게 많은 메시지를 남기며 소리쳤지만, 그중 한마디라도 알아들은 사람은 아무도 없었다.

키트는 길 한가운데 서서 눈물을 머금은 채 그들을 눈으로 좇았다. 그들이 떠나는 모습을 보았기 때문이 아니라 다시 돌아올 마차에 대한 학수고대의 눈물이었다. '할아버지와 넬은 떠났어,' 키트는 생각했다. '맨발로 말이야. 그들에게 말을 건네거나 친절한 작별 인사 한마디 해주는 사람 없이. 그리고 돌아올 거야. 사두마차를 타고 부자 신사분과 함께. 그러면 모든 고생은

끝이야. 넬은 내게 글쓰기를 가르친 것도 잊어버리겠지….'

그다음에 키트가 무슨 생각을 했던 생각하는 데 얼마의 시간이 걸렸다. 마차가 떠난 후에도 한참을 그곳에 서서 반짝이는 가로등 불빛을 바라보았고, 마차의 바퀴 소리가 더는 들리지 않을 때까지 밖에 남아 있던 위서든 씨와 아벨 씨가 도대체 무엇이 그를 저토록 붙잡고 있는지 궁금해할 때까지 집으로 돌아가지 않았기 때문이다.

42장

생각에 잠기고 기대에 부풀어 있을 키트는 잠시 뒤로하고, 작은 넬의 운명을 따라가 보는 것이 우리가 마땅히 해야 할 일이니, 몇 장 앞으로 돌아가 이야기를 멈춘 곳에서 다시 실타래를 풀어보자.

자매의 뒤를 멀찌감치 떨어져 따라가던 저녁 시간의 배회 중 한 번에서, 소녀는 그들을 동정하며 그들의 시련이 자신의 영적 고독과 닮은 사실을 깨닫고, 비록 자매가 주는 소박한 즐거움이 눈물로 얼룩진 삶과 죽음 같은 것이었지만, 그런 순간들을 깊은 기쁨의 시간으로 만드는 위로와 위안을 느꼈다. 황혼이 진 고요한 시간의 배회 중 한 번에서, 하늘과 땅, 공기, 잔물결을 일으키며 흐르는 강, 멀리서 들려오는 종소리들이 자신들은 혼자 있는 아이의 심정과 같다고 주장하며 소녀의 마음을 진정시키는 생각들을 불러일으켰지만, 아이의 세상이나 가벼운 즐거움은 아니었다. 지금은 유일한 즐거움이자 걱정으로부터 탈출구가 된 배회 중 한 번에서, 빛이 어둠 속으로 사라지고 저녁이 지나서 밤이 깊었지만, 어린 영혼은 여전히 어둠 속에 남아 사람들의 시끄러운 말소리와 화려한 불빛의 눈 부심이 진정한 고독인 듯 자연 속에서 동료애를 느꼈다.

자매가 숙소로 돌아간 뒤 소녀는 혼자가 되었다. 소녀는 영롱한 별 쪽으로 눈을 들어 공기로 가득한 넓은 세상에서 부드럽게 아래를 내려다보며 그 별들을 응시하다가 갑자기 눈앞에 나타난 새로운 별들을 발견했다. 그리고 그 너머 또 그 너머에서 또 다른 별들이 나타나더니 마침내는 거대한 우주 공간에서 영원불멸의 존재처럼 높이 떠올라 커다란 구가 되어 반짝였다. 소녀는 잔잔한 강물 위로 몸을 숙이고, 산꼭대기에서 세상을 집어삼킨 노아의 비둘기가 불어난 물에서 반짝이는 별과 심해에 가라앉은 시체를 바라보듯, 그 속에서도 장엄하게 빛나는 별을 들여다보았다.

아이는 나무 아래에 조용히 앉아 밤의 정적과 그 정적의 경이로움에 소리를 죽이고 있었다. 그 시간과 장소는 회상을 불러일으켰고, 소녀는 차분한 희망을 품고—아마도 체념이라기보다는 작은 희망—과거와 현재와 다가올 미래에 대해 생각했다. 노인과 넬 사이에는 이전의 어떤 슬픔보다 견디기 어려운 점진

적인 분리가 있었다. 매일 저녁, 가끔은 낮에도 노인은 혼자 자리를 비웠다. 비록 소녀는 그가 어디를 가는지, 왜 가는지—얼마 들어 있지 않은 지갑에서 계속 돈이 빠져나갔고, 그것은 그의 초췌한 얼굴에 너무도 잘 드러났다—잘 알고 있었지만, 그는 엄격하게 입을 다물고 심지어 그녀의 존재마저 피했다.

소녀가 이런 변화에 대해 슬프게 생각하며, 말하자면 모든 것을 자신과 연관 지어 생각하며, 자리에 앉아 있을 때 멀리서 교회 시계가 아홉 시를 알렸다. 그 소리를 듣고 자리에서 일어난 소녀는 왔던 길을 되짚어가며 생각에 잠겨 마을로 향했다.

소녀는 냇물을 가로질러 풀밭으로 이어지는 작은 나무다리에 힘겹게 도착했다. 그때 우연히 반짝이는 붉은 빛을 발견하고는 조심스럽게 앞쪽을 보았고, 그 결과 집시 야영장으로 보이는 곳에서 새어 나오는 불빛임을 알았다. 집시들은 길에서 멀지 않은 곳에 모닥불을 피워 놓고 주위에 앉거나 누워 있었다. 가진 것이 없어 두려운 것도 없었기에, 소녀는 길의 방향을 바꾸지 않고 (사실, 그 길이 아니면 먼 길로 돌아가야 했다) 속도만 조금 높여 계속 앞으로 걸어갔다.

하지만 소심한 호기심이 발동한 소녀는 모닥불 쪽을 대충 훑어보기 위해 그 장소로 다가갔다. 모닥불과 그녀 사이에 하나의 형체가 있었고, 모닥불을 배경으로 한 그 윤곽이 너무 뚜렷해서 소녀는 갑자기 발걸음을 멈췄다. 그러고는 소녀는 자신을 설득하듯, 그럴 리 없다고 확신하듯, 아니면 자신이 생각한 사람이 아니라고 자신을 안심시키듯, 다시 발걸음을 옮겼다.

하지만 내용이 무엇이든 모닥불 근처에 모여 있던 사람들이 다시 대화를 시작하는 순간, 그 목소리의 어조—그녀는 대화의 내용이 무엇인지 알아들을 수 없었다—가 소녀에게는 본인의 어조처럼 익숙하게 들렸다.

소녀는 몸을 돌려 뒤를 돌아보았다. 조금 전까지 앉아 있던 사람이 양손으로 지팡이를 짚고 상체를 거기에 기댄 채 서 있었다. 그 자세는 목소리만큼이나 소녀에게 익숙했다. 바로 할아버지였다.

소녀는 가장 먼저 그를 부르고 싶은 충동을 느꼈고, 다음에는 그의 동료가 어떤 사람이며 무엇을 목적으로 함께 있는지 궁금해했다. 희미한 불안감이 뒤따랐지만, 그것이 일깨운 강력한 호기심에 굴복해 소녀는 그 장소로 가까이 다가갔다. 하지만 공터를 가로지르지 않고 울타리를 따라 앞으로 살금살금 움직였다.

이렇게 소녀는 모닥불에서 불과 몇 발짝 떨어지지 않은 지점까지 다가갔고, 몇 그루의 어린나무들 사이에 서서 들킬 염려 없이 보고 들을 수 있었다.

소녀가 도보로 여행하며 본 다른 집시 야영지처럼 그곳에도 여자나 아이는 없었다. 그런데 한 명의 집시—키가 크고 탄탄한 체격이었다—가 때로는 모닥불을, 때로는 검은 속눈썹 아래로 그곳에 있는 나머지 세 남자를 보며, 그들의 대화에 신경 쓰면서도 반은 관심이 없는 채, 약간 떨어진 곳의 나무에 기대 팔짱을 끼고 서 있었다. 소녀는 그 세 사람 중 한 명이 할아버지고 나머지 두 사람이 지난번 폭풍우가 치던 날 밤 선술집에서 노름한 아이작 리스트와 그의 걸걸한 동료임을 알아차렸다. 그들에게는 일반적인, 천장이 낮은 둥근 형태의 집시 천막이 근처에 단단히 쳐져 있었지만, 그 안에 사람은 없었다. 혹은 그래 보였다.

"가는 겁니까?" 건장한 사내가 바닥에 편한 자세로 누워 노인의 얼굴을 올려다보며 말했다. "조금 전까지만 해도 하고 싶어서 안달이더니. 가고 싶으면 가시오. 영감 마음이지 뭐."

"그를 난처하게 하지 마." 아이작이 말했다. 그는 모닥불 맞은편에 개구리처럼 쪼그리고 앉아 있었는데, 몸을 많이 비틀고 있어서 모든 것을 사시 눈으로 보는 듯했다. "나쁜 뜻으로 한 말은 아닙니다."

"자네들 때문에 거지가 되었어. 내 돈을 강탈하고 게다가 날 조롱하는군." 노인이 두 사람을 번갈아 바라보며 말했다. "화를 돋우는군."

백발의 아이처럼 우유부단하고 나약한 노인은 자신을 손에서 가지고 노는 예리하고 간사한 자들의 모습과 대조되었고, 그들의 얘기를 듣고 있는 작은 아이의 가슴은 미어졌다. 하지만 소녀는 감정을 억누른 채 그곳에서 일어나는 일들을 모두 지켜보며 그들의 표정과 말을 마음에 새겼다.

"망할 영감 같으니! 무슨 뜻입니까?" 건장한 사내가 팔꿈치로 몸을 지탱한 채 약간 일어나 앉으며 소리쳤다. "거지로 만들어! 영감도 그럴 수 있으면 그렇게 할 작정 아니었소? 투덜대고, 보잘것없고, 한심한 노름꾼이 바로 영감입니다. 돈을 잃으면 순교자인 척하지만, 돈을 따면 그렇지 않지. 잃은 사람을 조금도 불쌍하게 여기지 않아. 강탈이라니!" 그가 목소리를 높였다. "강탈이라니! 그런 비신사적인 단어로 뭘 말하고 싶은 겁니까?"

다시 땅바닥에 대자로 누운 건장한 사내가 화를 주체할 수 없어 허공에 대고 발길질을 한두 번 했다. 그런데 누가 봐도 특정한 목적을 위해 걸걸한 남자가 불량배 역할을 맡고 친구가 중재자 역할을 맡은 것이 분명했다. 단지 노인만 모를 뿐이었다. 그 둘이 서로서로, 그리고 집시 남자—이 집시 남자는 흰 이를 드러내고 연기를 잘 보았다는 듯 웃었다—와 공개적으로 눈빛을 교환하는 것으로 알 수 있었다.

그들 가운데 잠시 무기력하게 서 있던 노인이 화가 난 사내 쪽으로 돌아서며 이렇게 말했다.

"지금 자네 입으로 강탈이라는 말을 하고 있잖아. 그러니 그렇게 폭력적으로 굴지 말게. 자넨 폭력적이었어, 안 그래?"

"여기 강탈한 사람은 없습니다! 신사들 사이에는…신의만….." 건장한 사내는 그 문장을 무척 어색하게 마치는 듯했다.

"그에게 심하게 하지 마, 자울." 아이작 리스트가 말했다. "그가 감정을 상하게 한 것에 대해 미안해하잖아. 자, 하려던 말이나 계속해 봐."

"난, 정말 유쾌하고 인정 많은 양이라니까." 자울 씨가 소리쳤다. "얻는 것 없이 내 인생의 소중한 시간을 조언—그 조언이 받아들여지지 않는 걸 알면서, 그리고 얻는 것 없이 욕만 먹는 걸 알면서—만 하며 여기 이렇게 앉아 있으니 말이야. 그래도 여태 그렇게 살아왔으니 뭐. 그렇게 경험하고도 내 따뜻한 마음은 변하지 않는구먼."

"그가 미안해하잖아." 아이작 리스트가 나무랐다. "그리고 자네 말을 계속 듣고 싶어 해."

"영감이?" 자울이 말했다.

"아아!" 탄식하며 자리에 앉은 노인이 몸을 앞뒤로 흔들었다. "그래 계속해, 계속해 봐. 싸워봐야 소용없지. 별수 있나. 그래 계속해 봐."

"그러면 계속하지." 자울이 말했다. "내가 어디까지 얘기했지. 영감이 갑자기 일어났을 때 말입니다. 그러니까 영감이 이제 운이 좀 트이는 것 같은데, 아 분명 그럴 것 같은데, 판돈이 바닥나 계속할 수 없다고 (그래, 거기까지 얘기했지. 영감은 한 번 앉은 자리에서 충분히 길게 계속할 자금을 가진 적이 없으니까), 굴러서 들어오는데 판돈이 없다고 했습니다. 말하자면 우선 그럴 수 있을 때 돈을 빌렸다가 돈이 생기면 그때 갚으라는 겁니다."

"그래 맞아," 아이작 리스트가 끼어들었다. "만약 밀랍 인형의 여주인이 전시로 돈을 벌고, 그 돈을 잠잘 때 양철통에 넣어 보관하고, 불이 날까 봐 두려워서 방문도 잠그지 않는다면 정말 쉬운 일일 듯해. 신의 뜻이 아니라 할 수 없지. 이래 봬도 난 모태 신앙인입니다."

"아이작 자네도 알겠지만," 자울이 집시 남자에게 끼어들지 말라는 신호를 보내고 노인에게 바짝 다가가며 말했다. "알지 아이작, 낯선 방문객들이 낮 동안 쉴 새 없이 들락날락하잖아. 그 방문객 중 한 명이 여주인 침대 밑에 몰래 들어가거나 옷장에 몸을 숨기거나 아니면 찬장에 숨어 스스로 자물쇠를 채울 가능성이 없지도 않지. 의심받을 사람은 넘쳐난다고. 그리고 범인을 가려내려면 한참이 걸릴 거야. 영감이 얼마를 가져오든 잃은 돈을 만회할 때까지 내가 상대해 주리다."

"그럴 수 있어, 자울?" 아이작 리스트가 다그쳤다. "판돈이 그렇게 두둑해?"

"충분히 두둑하지!" 자울이 아이작을 무시하는 척하며 대답했다. "이봐, 저 밀짚에서 궤짝 좀 갖다줘."

집시에게 한 말이었다. 네발로 기어 천막 안으로 들어간 집시가 이것저것 뒤지며 부스럭거리다가 현금 궤짝을 가지고 밖으로 나왔다. 자울이 목에 걸고 있던 열쇠로 궤짝을 열었다.

"이거 보여?" 자울이 돈을 한 움큼 움켜쥐고는 손가락 틈으로 물이 새어 나가듯 동전을 다시 궤짝 안으로 흘리며 말했다. "이 소리 들려! 금화 소리 들어봤어? 자, 제자리에 돌려놓게… 그리고 판돈 얘기는 두 번 다시 꺼내지 마, 아이작. 이런 현금 궤짝을 갖기 전까지는 말이야."

눈에 띄게 겸손해진 아이작 리스트가 자신은 한 번도 자울 씨처럼 정직한 거래로 존경받는 저명한 사람의 신용을 의심해 본 적이 없고, 궤짝을 보자고 한 건 자신의 의심이 맞는지 확인하기 위해서가 아니라, 자신에게는 그런 궤짝이 없지만, 아주 많은 돈을 보면 기분이 좋아지기 때문에 그랬는데, 그저 허상이거나 꿈같은 즐거움에 불과할지도 모르지만, 개인 주머니에 있는 안전한 장소에 넣지 않을 바에야 그것이 자기 입장에서는 큰 기쁨의 원천이라고 말했다. 리스트 씨와 자울 씨가 자신들끼리 나누는 대화임에도 말하는 동안 눈을 가느다랗게 뜨고 노인을 보는 모습은 놀라웠다. 노인은 모닥불에 시선을 고정하고 귀로는 그들의 모든 대화를 열심히 들으며—저도 모르게 끄덕이는 머리, 간간이 실룩거리는 얼굴을 보면 그런 듯했다—곰곰이 생각에 잠겨 앉아 있었다.

"내 조언은," 자울이 태연히 다시 바닥에 누우며 말했다. "간단해. 그래, 사실 이미 해준 조언이야. 친구처럼. 내가 영감을 친구로 생각하지 않는다면 어째서 내 전 재산을 빼앗을 수단이 있는 사람을 도우려 나서겠나? 나와 상관없는 사람의 안녕을 생각하는 건 사실 어리석은 짓이지만, 원래 성격이 그런걸. 나를 탓하지 말게, 아이작 리스트."

"자넬 탓해!" 아이작 리스트가 말했다. "절대 그렇지 않아, 자울. 나도 자네처럼 관대해지고 싶어. 자네 말처럼 영감이 게임에서 이기면 가져온 돈을 원래 자리에 갖다 놓기만 하면 돼. 한데 만약 돈을 잃으면…."

"그건 전혀 신경 쓸 문제가 아니지." 자울이 말했다. "그래도 영감이 돈을 잃는다고 가정하면, 내가 아는 한 그럴 가능성은 거의 없지만, 자기 돈보다 남의 돈을 잃는 편이 낫지 않을까?"

"아하!" 아이작 리스트가 미친 듯이 기뻐하며 소리쳤다. "승리의 즐거움이여! 돈을 주워 담는 기쁨이여! 돈, 그 찬란하고 밝게 빛나는 소브린 금화. 누군가의 주머니 속으로 돈을 쓸어 담는 기쁨이여! 최후의 승자가 되는 달콤함이란! 갑자기 게임을 접고 돌아가지만 않으면 그 기쁨을 누릴 텐데. 그런데 영감은 그렇게 하지 않을 거잖소."

"그렇게 할 거야." 자리에서 일어나 서너 걸음을 재촉하던 노인이 황급히 돌아와서 말했다. "한 푼도 남기지 않고 싹 쓸어 담아주지."

"훌륭합니다!" 아이작이 벌떡 일어나 노인의 어깨를 힘차게 치며 말했다. "아직도 혈기가 왕성하다니, 정말 존경합니다. 하하하! 조 자울이 영감에게 조언한 걸 후회하고 있을 겁니다. 우리 저 친구를 한 번 비웃어 줍시다. 하하하!"

"저 친구가 설욕전을 받아주기로 했어." 노인이 주름진 손으로 자울을 가리키며 흥분해서 소리쳤다. "잘 듣게, 많든 적든, 동전 한 닢까지 모두 판돈으로 건다고 했어. 명심해!"

"내가 증인이니, 공정하게 봐주겠습니다." 아이작이 대답했다.

"말을 뱉었으니," 자울이 머뭇거리는 연기를 하며 말했다. "지키겠습니다. 게임은 언제 할 겁니까? 빨리 끝내면 좋겠는데. 오늘 밤?"

"우선 돈부터 구해야 하니까," 노인이 말했다. "내일 하자고."

"오늘 밤으로 하지 그러세요?" 자울이 다그쳤다.

"지금은 늦었어. 흥분해서 허둥댈 테니까." 노인이 말했다. "차분할 때 해야 해. 그러니 오늘은 안 되고, 내일 밤에 하지."

"그러면 내일 밤으로 합시다." 자울이 말했다. "언제든 이곳으로 오시오. 행운을 빕니다! 자, 잔을 채우세!"

집시가 양철 컵 세 개를 가지고 와서 넘치도록 브랜디를 따랐다. 노인이 술잔을 옆으로 밀치고 혼잣말했다. 소녀의 귀에 강렬한 기원의 말과 함께 자신의 이름이 들렸는데, 너무도 간절해서 그 말을 삼키는 듯했다.

'오, 하느님, 저희를 가엾게 여기소서!' 아이가 마음속으로 소

리쳤다. '그리고 시험에 든 저희를 보살펴주소서! 어떻게 하면 할아버지를 구할 수 있을까요.'

그들의 나머지 대화는 작은 목소리로 계속되었고, 충분할 만큼 간결했다. 단지 그 계획의 실행과 의심을 피하는 최선의 예방책에 관한 이야기였다. 그때 노인이 자신을 부추긴 자들과 악수하고 자리를 떴다.

그들은 천천히 물러가는 노인의 구부정한 뒷모습을 지켜보았고, 그가 고개를 돌려 뒤를 돌아보면—자주 그랬다—손을 흔들거나 짧은 격려의 말을 외쳤다. 노인의 모습이 도로 위 한 점이 될 만큼 멀어지고 나서야 두 사람은 서로를 돌아보며 대놓고 웃음을 터뜨렸다.

"자!" 자울이 모닥불에 손을 쬐며 말했다. "결국, 해냈어. 생각보다 설득하는 데 시간이 좀 걸렸군. 3주 전이었지. 그때부터 이 작업을 했는데, 이제 먹히는군. 얼마를 들고 오려나?"

"얼마를 가져오든 반씩 나누자고." 아이작 리스트가 말했다.

자울이 고개를 끄덕였다. "빨리 처리하고 영감과 관계를 끊어야 해. 그렇지 않으면 의심받을 수 있으니까. 후딱 해치우세."

리스트와 집시는 묵종했다. 세 남자는 희생자의 도박 열병을 조금 재미있어하다가 충분히 논의한 그 문제는 마무리 짓고 아이가 알아들을 수 없는 전문 용어로 대화를 나누기 시작했다. 그들의 대화는 아주 흥미로운 문제와 연관 있어 보였지만, 소녀는 지금이 들키지 않고 몰래 도망칠 좋은 기회라고 판단했다. 그러고는 울타리 그림자에 가려진 채, 또는 울타리나 말라버린 배수로로 없는 길을 만들어, 느리고 조심스러운 걸음걸이로 살금살금 도망쳐 이윽고 도박꾼들의 시야에서 벗어나 길 위로 나왔다. 그러고 나서 소녀는 도중에 들장미 가시에 살이 찢겨 피를 흘리며 최대한 빨리 집으로 달려갔다. 하지만 더 많이 찢긴 것은 마음이었고, 정신이 혼미해져 쓰러지듯 침대에 몸을 던졌다.

소녀의 머릿속에는 노인을 그곳에서 끌어내 지금 당장 도망쳐야 한다는 생각이 가장 먼저 떠올랐다. 노인을 다시 그 끔찍한 노름의 유혹에 빠지게 하느니 차라리 길에서 굶어 죽는 편이 났다고 생각했다. 그때 소녀는 다음 날 밤까지는 범죄를 저지르지 않는다는 말을 떠올렸고, 그사이 우선 무언가를 하기로 결심했다. 그때 소녀는 노인이 그 순간 범죄를 저지르고 있을지도 모른다는 끔찍한 두려움으로, 밤의 적막을 가르며 날카로운 비명이 들리는 두려움으로, 그가 유혹에 이끌려 돈을 훔치다가 발각되어 여인과 싸우기라도 하면 무슨 짓을 저지를지 어떻게 할지 모른다는 두려움으로 주의가 산만해졌다. 참을 수 없는 고문이었다. 소녀는 돈이 있는 방으로 살그머니 다가가 문을 열고 안을 들여다보았다. 오, 하느님 감사합니다! 다행히 그는 그곳에 없었고, 잘리 부인은 곤히 잠들어 있었다.

소녀는 다시 방으로 돌아와 잠을 청했다. 하지만 어떻게 잠을 잘 수 있겠는가! 이런 공포 속에서 어느 누가 잠자리에 들 수 있단 말인가! 공포는 더 강렬해졌다. 소녀는 옷을 벗다 말고 부스스한 머리를 하고 노인의 침실로 달려가 그의 손목을 꽉 쥐고 그를 잠에서 깨웠다.

"무슨 일이냐!" 침대에서 벌떡 일어나 혼이 빠진 듯한 소녀의 얼굴에 시선을 고정하고 그가 소리쳤다.

"악몽을 꿨어요." 그런 공포가 아니면 만들 수 없는 힘으로 아이가 말했다. "무시무시하고 끔찍한 꿈이에요. 전에도 이런 꿈을 꿨어요. 할아버지와 닮은 백발의 남자가 한밤중에 어두운 방으로 들어가서 자는 사람의 금을 훔치는 꿈이에요. 일어나세요. 일어나!" 노인은 사지를 부들부들 떨었고, 기도하는 사람처럼 두 손을 모았다.

"제게 이러지 마세요." 아이가 말했다. "제가 아니라 하늘에 기도하세요. 우리를 이 시련에서 구원해달라고! 이 꿈은 너무 진짜 같아요. 잠을 잘 수가 없어요. 이곳에 머무를 수가 없어요. 이런 꿈을 꾸게 되는 이 집에 할아버지를 혼자 둘 수 없어요. 일어나세요. 우린 도망쳐야 해요!"

노인은 소녀를 유령인 듯―그녀는 세상 모든 사람의 모습을 하고 있었을지도 모른다―바라보며 더 격렬하게 몸을 떨었다.

"이럴 시간이 없어요. 1초도 늦추면 안 돼요." 아이가 말했다. "일어나세요. 함께 떠나요!"

"오늘 밤에 말이야?" 노인이 기어들어 가는 목소리로 물었다.

"네, 오늘 밤에." 아이가 대답했다. "내일 밤은 너무 늦어요. 다시 악몽을 꾸고 말 거예요. 도망치는 일 말고 다른 어떤 것도 우리를 구할 수 없어요. 일어나세요!"

노인이 자리에서 일어났다. 이마에는 식은땀이 맺혀 있었다. 그는 소녀가 길을 인도할 천사의 전령이라도 되는 듯 고분고분 따라나설 준비를 했다. 소녀가 그의 손을 잡고 앞장섰다. 그가 돈을 훔치려던 방을 지나칠 때 소녀가 몸서리를 치며 그의 얼굴을 살폈다. 정말 창백했다. 그런 얼굴이 아니면 어떤 얼굴로 소녀를 마주했겠는가!

소녀는 자신의 방으로 그를 데리고 갔다. 하지만 그를 놓칠지 모른다는 불안감에 여전히 그의 손을 꽉 잡은 채 짐을 꾸리고 바구니를 팔에 걸었다. 노인은 소녀의 손에서 자기 가방을 빼앗아 어깨에 둘러멨고―또한 소녀가 가지고 온 지팡이도 들었다―소녀가 앞장서 걸었다.

갑갑한 거리를 지나 좁고 구불구불한 변두리를 후들거리는 다리로 재빨리 통과했다. 잿빛 고성으로 둘러싸인 가파른 언덕을 향해 그들은 한 번도 뒤돌아보지 않고 빠른 걸음으로 힘겹게 움직였다.

그들이 허물어진 성벽 가까이에 다다랐을 때 은은한 빛을 품은 달이 온통 소녀 주위로 떠올랐다. 성벽은 오랜 시간에 걸쳐 만들어진 담쟁이덩굴, 이끼, 너울거리는 풀들로 화관을 쓰고 있었다. 아이는 골짜기의 깊은 그림자 속에 잠든 마을을 돌아보았다. 저 멀리 굽이치는 강을 따라 늘어선 불빛과 언덕을 바라보다가 소녀는 전처럼 잡고 있던 노인의 손을 살그머니 움켜쥐고 눈물을 쏟으며 그의 목을 끌어안았다.

43장

　소녀의 순간적인 나약함은 지나갔다. 아이는 지금껏 자신을 지탱해 준 각오를 다시 끌어모았고, 자신들은 불명예와 범죄를 피해 멀리 도망치고 있고, 할아버지를 보살필 길은 타인의 조언이나 도움의 손길이 아니라 오직 자신의 단호함에 달렸다는 생각을 간직하려 애썼다. 그리고 그에게 더는 뒤돌아보지 말고 앞으로 나아가라고 독려했다.

　노인이 우월한 존재와 함께 있는 듯 소녀 앞에서 움츠러들고 부끄러워하는 반면, 아이는 본성이 고양되고 전에 가져 본 적 없는 힘과 자신감이 가슴 속에 채워지는 것을 느꼈다. 책임은 오롯이 소녀 혼자만의 몫이었다. 두 사람의 생명의 짐이 그녀의 어깨에 지워졌고, 이제 그녀는 두 사람을 위해서만 생각하고 행동해야 했다. '내가 지금까지 할아버지를 구한 거야.' 소녀는 생

각했다. '위험과 곤경에 처할 때마다 그걸 기억하자.'

어느 때보다 자신들을 가족처럼 친절하게 대해준 친구에게 타당한 변명의 말 한마디 없이 떠나왔다는 생각—그래서 언뜻 보면 그들을 배반하고 배은망덕한 행동을 했다는 죄책감에 대한 생각—과 심지어 자매와도 헤어졌다는 생각이 소녀의 가슴을 슬픔과 후회로 가득 채웠으리라. 하지만 지금 거칠고 방황하는 삶에 대한 새로운 불확실성과 불안감에 다른 생각은 모두 묻혀버렸고, 그들이 처한 상황에 대한 절망감이 소녀를 다시 일깨우며 자극했다.

이미 사려 깊은 배려심이 유년의 매력적인 우아함과 어여쁨이 섞여 있는 연약한 얼굴에 창백한 달빛의 가냘픔이 묻어나자, 그 맑디맑은 눈동자, 숭고한 지성, 굳은 결심과 용기로 꼭 다문 입술, 아직은 여리지만 확고한 자세가 자신들의 고요한 이야기를 들려주었다. 하지만 이야기를 듣는 것은 곁을 바스락거리며 스치는 바람뿐, 그들의 짐을 떠안은 바람은 아마도 어느 어머니의 머리맡으로 그것을 싣고 갔고, 어린 시절의 희미한 꿈은 활짝 핀 상태로 시들어 깨어날 줄 모르는 잠 속에서 쉬고 있었다.

밤이 빠르게 살금살금 기어갔고, 달이 기울고, 별들은 창백하고 희미해져 아침이 차갑게 천천히 다가왔다. 그때 먼 언덕 뒤로부터 고결한 태양이 떠오르며 안개를 유령 같은 모습으로 몰아내고 다시 어둠이 올 때까지 대지에서 유령의 형체를 모두 쓸어버렸다. 태양이 하늘 높이 더 솟아오르자 그 빛 속에 따스함이 생겼고, 두 사람은 잠을 청하려고 물가 둑 위에 몸을 뉘었다.

하지만 넬은 잡은 노인의 팔을 놓지 않았고, 그가 깊이 잠든 후에도 한참을 말똥한 눈으로 지켜보았다. 끝내는 그녀도 밀려드는 피로를 이기지 못했다. 노인의 팔을 잡은 손이 풀렸다가 쥐었다가 풀리기를 반복하며 그들은 나란히 잠이 들었다.

분간할 수 없는 목소리가 꿈과 뒤섞이며 소녀를 잠에서 깨웠다. 무척이나 투박하고 거친 외모의 한 남자가 그들을 내려다보고 있었고, 동료 두 명이 길고 무거운 배—배는 그들이 잠을 자는 사이 둑 가까이 접근했다—에서 이 모습을 지켜보았다. 그 배는 노도 돛도 없이 두 마리의 말이 끌고 왔는데, 말들은 느슨하게 한 줄을 물에 담근 채 길 위에서 휴식을 취하고 있었다.

"어이!" 사내가 거친 목소리로 말했다. "여기에서 뭘 하는 거니?"

"그냥 잠이 좀 들었어요." 넬이 대답했다. "밤새 걸었거든요."

"밤새 걷다니, 이상한 여행자구나." 먼저 그들에게 다가간 사내가 말했다. "밤새 걷기에는 한 사람은 세 배나 늙었고, 또 한 사람은 세 배나 어리구나. 대체 어디로 가는 길이지?"

넬이 머뭇거리다가 손가락으로 대충 서쪽을 가리켰다. 그러자 사내가 어느 도시 이름을 대며 그곳으로 가느냐고 되물었다. "네, 바로 그곳이에요." 넬은 계속되는 사내의 질문을 피하려고 이렇게 대답했다.

"어디에서 왔지?" 사내가 다음 질문을 했다. 이 질문에는 대답하기가 좀 더 수월해서, 넬은 사내가 모를 가능성이 크기도 하고 더는 질문을 못 하게 하려고 교장이 사는 마을 이름을 댔다.

"혹시 강도를 만났거나 학대를 당한 건 아닐까 하고 생각했는데," 사내가 말했다. "됐다. 그러면 잘 있어라."

사내의 작별 인사에 답하고 그가 떠나자 마음을 놓으며 넬은 사내가 말에 올라타는 모습을 눈으로 좇았고, 배가 움직였다. 그런데 배가 얼마 못 가서 멈추더니 사내가 가까이 오라고 손짓했다.

"불렀나요?" 넬이 배가 멈춘 쪽으로 달려가며 말했다.

"괜찮다면 우리와 함께 가도 좋다." 배에 탄 남자 중 한 명이 말했다. "우리도 너와 같은 곳으로 가는 중이거든."

아이는 잠시 주저했다. 소녀는, 전에도 한 번 이상 무척이나 두려워하며 생각했듯이, 할아버지와 함께 본 남자들이 아마도 벌이에 대한 열망으로 자신들을 따라와서 할아버지에게 영향력을 행사하고 자신을 곤경에 빠뜨리리라는 생각에, 또 이 남자들과 같이 가면 지나온 흔적이 바로 그 지점에서 싹 사라져 누구도 추적하지 못하리라는 생각에, 그 제안을 받아들이기로 결심했다. 배가 다시 둑 쪽으로 가까이 다가왔고, 더 생각할 겨를도 없이 소녀와 할아버지는 배를 타고 유유히 운하를 미끄러져 앞으로 나아갔다.

눈부시게 빛나는 강물 위로 태양이 기분 좋게 비쳤다. 강물은 가끔 나무들로 그늘을 드리웠고, 광활한 대지로 나아가며 시냇물과 교차하고 나무로 우거진 언덕과 농경지와 포근한 농장을 지나갔다. 간혹 나무들 사이로 시골의 소박한 교회 첨탑, 초가지붕, 박공널이 빼꼼 고개를 내밀었고, 한 번 이상 멀리 보이는 마을에서 거대한 교회 첨탑이 안개를 뚫고 어렴풋이 모습을 드러냈다. 모여 있는 주택들 위로 공장과 작업장이 시야에 들어오기도 했는데, 그것들이 먼 거리에 머물러 있는 시간의 길이로 그들은 자신들이 얼마나 느리게 여행하는지 알 수 있었다. 그들이 탄 배는 주로 저지대나 드넓은 평야 주변을 흘러갔다. 가끔 가까운 들판에서 일하는 농부나 배가 지나가는 다리 위에서 어슬렁거리는 사람들이 느리게 움직이는 그들의 모습을 바라보았지만, 그것 빼고는 아무것도 그들의 단조롭고 한적한 여행길을 방해하지 않았다.

그날 늦은 오후 부두로 보이는 곳에 배가 정박했을 때 목적지에는 내일이나 되어야 도착한다는 말을 그 남자들한테 듣고 넬은 조금 실망했다. 먹을거리가 없으면 그곳에서 사는 것이 좋다고도 했다. 이미 그들에게서 빵을 사는데 돈을 써버려서 수중에는 겨우 몇 펜스밖에 남아 있지 않았다. 하지만 이것들조차 사내들이 아무런 정보도 주지 않고 아주 낯선 곳으로 가고 있었기 때문에 매우 조심해야 했다. 그래서 빵 몇 덩이와 약간의 치즈가 소녀가 살 수 있는 전부였고, 그것들을 가지고 다시 배에 올랐다. 사내들은 30분 정도 근처 선술집에서 목을 축이고 다시 항해를 시작했다.

사내들은 맥주와 화주를 사서 배로 돌아왔고, 전에 그리고 다시 지금 자유롭게 술을 들이켜며 무슨 일이 있었는지, 그들은 곧 싸우기 좋아하고 흥분한 항로로 접어들었다. 그래서 무척 어둡고 지저분한, 사내들이 자꾸만 자신과 할아버지를 끌어들이는 작은 선실을 피해 넬은 밖으로 나와 노인과 나란히 앉아 있었다. 소녀는 두근거리는 마음으로 거친 사내들의 말을 들으며 다시 밤새 걷는 일이 생기더라도 부디 육지까지 무사히 도착하기만을 바랐다.

비록 두 승객에게 예의 바르게 행동했지만, 사실 사내들은 상당히 거칠고, 시끄럽고, 아주 난폭한 사람들이었다. 그래서 배의 키를 조종하던 남자와 선실에 있던 친구 사이에 누가 넬에게 맥주를 권하는 것이 타당했는가를 두고 말다툼이 벌어졌고, 말다툼은 서로를 무섭게 때리는 난투극으로 이어져 소녀에게 말할 수 없는 공포를 주었다. 누구도 소녀에게 불만을 표출하지 않았지만, 각자 상대방에게 화풀이하는 것으로 만족하던 그들은 때리는 것 외에도 다양한 칭찬의 말을 했는데, 다행히도 아이에게는 이해할 수 없는 말로 전달되었다. 이 불화는 선실에서 나온 남자가 상대방을 머리로 들이박고, 최소한의 마음의 동요를 일으키거나 친구에게 어떤 것도 야기하지 않고, 직접 조타장치를 잡으며 일단락되었다. 머리의 타격쯤으로는 별 영향을 받지 않는 강한 체질에다가 그런 사소한 일에 완벽하게 단련된 그의 친구는 그대로 발뒤꿈치를 치켜들고 잠을 청하러 갔고, 몇 분 만에 편안하게 코를 골며 곯아떨어졌다.

이때쯤 다시 밤이 찾아왔다. 아이는 제대로 된 옷이 없어서 추위를 느꼈지만, 불안한 생각은 혼자만의 고통이나 걱정을 멀리 날려버렸고, 두 사람의 공동 생계를 위한 어떤 계획을 궁리하는데 분주하게 전념했다. 지난밤 소녀를 지탱해 주던 그 정신이 여전히 그녀를 떠받치고 지지해 주었다. 노인은 그 옆에 안전하게 누워 있었고, 그가 이성을 잃고 저지를 뻔한 범죄도 일어나지 않았다. 이것이 소녀에게는 위안이 되었다.

배를 타고 여행을 계속할수록 짧지만 파란만장한 삶의 모든 상황이 어찌나 소녀의 마음속으로 몰려들었는지! 그것은 지금 껏 생각하지도 떠올리지도 못했던 사소한 사건들, 한 번 본 후에는 까맣게 잊고 지낸 얼굴들, 당시에는 흘려들었던 말들, 1년 전 일과 바로 어제의 일들이 한데 뒤엉켜 서로 연결된 장면들, 어둠 속에서 모습을 드러내다가 가까이 다가가면 까마득히 멀어지며 전혀 다른 것이 되는 친숙한 장소들, 그곳에 있을 때와 찾아가는 장소와 만났던 사람들과 관련된 때때로 마음속에서 일어나는 묘한 혼란, 깜짝 놀라 뒤돌아보고 거의 대답할 뻔한 선명하게 귀에 들렸던 발언과 질문을 제안하는 상상이었다. 경계와 동요와 장소의 끊임없는 변화에 공통으로 나타나는 이 모든 환상과 모순들이 아이를 괴롭혔다.

소녀가 이런 생각에 잠겨 있을 때 갑판 위에 서 있던 사내와 눈이 마주쳤다. 취기로 감상적인 상태에 빠져 있던 그 남자는 이제 떠들썩한 분위기로 돌아왔고, 입에 물고 있던 짧은 파이프를 빼내 오래 사용할 목적으로 줄로 닦으며 소녀에게 노래를 청했다.

"너는 고운 목소리, 부드러운 눈, 아주 좋은 기억력을 지녔구나." 사내가 말했다. "목소리와 눈은 분명 그렇고, 기억력은 내 추측이다. 한 번도 틀린 적이 없어. 바로 지금 한 곡조 불러주겠니."

"아는 노래가 없는걸요." 넬이 대답했다.

"너는 분명 마흔일곱 개의 노래를 알고 있어." 사내가 이 점에 대해서는 논쟁의 여지가 없다는 듯 진지한 목소리로 말했다. "정확히 마흔일곱 개지. 그중 하나만 들려주렴. 가장 잘하는 노래로 말이다. 지금 노래를 들려다오."

사내를 자극할 경우 어떤 결과가 따를지 몰라서 가여운 넬은 두려움에 떨며 행복한 시절에 배운 짧막한 노래를 불렀다. 그 노래를 너무 감미롭게 느낀 사내는 노래가 끝나자 다시 강경한 태도로 한 곡을 더 청했고, 그가 가사 없이 따라 부른 노래는 후렴이 맞지 않았지만 부족한 실력을 놀라운 기운으로 메웠다. 노랫소리는 자고 있던 다른 사내를 깨웠고, 갑판으로 비틀거리며 나온 사내는 다툰 친구에게 손을 흔들며 노래야말로 자신의 자존심이자 기쁨이며 인생에서 가장 큰 낙일 뿐만 아니라 그보다 좋은 유흥거리는 없다고 선언했다. 세 번째 노래 요청은 이전보다 더 단호해서 넬은 그에 따르지 않을 수 없었다. 이번 노래는 두 사내는 물론이고 자신의 위치 때문에 그 밤의 연회에 더 가깝게 참여하지 못한 말을 탄 세 번째 남자까지 가세해 친구들이 소리칠 때 함께 소리쳤고, 그 소리가 하늘을 찌를 듯 진동했다. 이런 식으로, 아주 잠깐씩 쉬며, 같은 노래를 반복해서 부르며, 피곤함에 지친 아이는 밤새 사내들에게 즐거움을 안겨주었다. 이 불협화음이 바람을 타고 들려오자, 곤히 잠을 자다가 깬 시골집에 사는 사람들은 이불을 뒤집어쓰고 소음에 몸을 떨었다.

마침내 아침이 밝았다. 동이 트자마자 비가 세차게 내렸다. 아이가 선실의 엄청난 수증기를 너무 힘들어해서 사내들이 노래를 불러준 대가로 천과 쓰다가 남은 범포와 방수포 끝자락으로 덮어주었다. 그 때문에 소녀는 웬만큼 젖지 않을 수 있었고, 할아버지도 옆에서 수증기를 피할 수 있었다. 시간이 갈수록 빗줄기는 더 강해졌다. 정오가 되자 빗줄기는 잦아들 기미도 없이 절망적으로 세차게 쏟아졌다.

어느새 배가 목적지에 서서히 접근하고 있었다. 강물은 색이 더 짙어지고 탁해졌고, 그 강물을 타고 온 바지선들은 그들 옆을 빈번히 지나갔고, 석탄재가 깔린 길과 빛깔이 요란한 벽돌로 지은 집들이 그곳이 큰 제조업 도시임을 말해주었고, 얼마 후 드문드문 흩어져 있는 거리와 집들과 멀리 용광로에서 뿜어져 나오는 연기가 이미 그들이 도시 변두리에 다다른 사실을 암시했다. 이제 무리 지은 지붕들과 건물 더미들이 엔진이 작동하며 떨리는 소리를 내더니 엔진에서 나는 날카로운 소리와 진동과 함께 그 소리가 다시 희미하게 울려 퍼졌다. 높이 솟은 굴뚝은 검은 연기—연기는 지붕 위 짙은 불쾌한 구름에 걸려 하늘을 우중충하게 했다—를 토해냈고, 쇠를 두드리는 망치 소리, 분주한 거리의 소음, 시끌벅적한 사람들의 소리가 점차 커지다가 한데 섞여 도무지 무슨 소리인지 가늠할 수 없을 때쯤 드디어 그들의 여행이 끝났음을 알렸다.

배가 소속된 부두로 들어섰다. 같이 온 사내들은 배를 직접 대느라 분주했다. 아이와 할아버지는 그들에게 감사의 인사도 전하고 어디로 가야 하는지 물어보려고 기다렸지만, 헛수고였다. 그들은 지저분한 길을 지나 사람들이 붐비는 거리로 들어섰다. 두 사람은 소음과 혼란함과 쏟아지는 빗줄기 속에서, 마치 수천 년 전에 살았던 사람이 죽음에서 부활해 기적으로 그 장소에 있게 된 것처럼, 낯설어하고 어리둥절해하고 혼란스러워하며 그 자리에 서 있었다.

44장

　사람들의 무리가, 멈추려 하거나 지친 기색 없이, 자신들 일에만 몰두한 채 서로 엇갈린 방향으로 지나치며 서둘렀다. 덜그럭거리는 물건을 실은 짐수레와 마차의 시끄러운 소리, 빗물과 기름이 뒤섞인 포장길을 미끄러지는 말의 발굽 소리, 유리창과 우산에 떨어지는 빗방울 소리, 성질 급한 승객이 밀치는 소리와 여러 상점이 늘어선 붐비는 거리의 거대한 인파의 소음에도 사람들의 돈 벌 생각은 전혀 방해받지 않았다. 반면 불쌍한 두 이방인은, 눈으로 보면서도 전혀 낄 틈 없는, 정신없이 돌아가는 세상에 망연자실하고 어리둥절해져 슬프게 구경만 할 뿐이었다. 그들은, 거대한 바다의 자욱하게 피어오르는 연무 위에 이리저리 던져져 핏발 선 눈은 사방이 바닷물로 둘러싸여 아무것도 볼 수 없는데, 불타는 혀를 식혀줄 한 방울의 물도 없는, 난

파선 선원의 갈증에 비할 데 없는 고독을 군중 속에서 느꼈다.

두 사람은 비를 피해 낮은 아치 길로 물러났고, 행인 중 한 명으로부터 격려와 희망의 빛을 찾으려고 그들의 얼굴을 지켜보았다. 누군가는 이맛살을 찌푸리고, 누군가는 미소를 짓고, 누군가는 혼잣말을 중얼거리고, 누군가는 짧은 대화를 나눌 듯 손짓하고, 누군가는 거래나 음모를 꾸미듯 교활한 표정을 짓고, 누군가는 걱정과 갈망의 표정을, 누군가는 지루하고 따분한 표정을, 누군가의 얼굴에서는 이득의 표정이, 또 다른 누군가의 얼굴에서는 손실의 표정이 읽혔다. 행인들이 휙 스치고 지나갈 때 그들의 얼굴을 바라보며 묵묵히 한 자리에 서 있는 것을 이 모든 사람은 당연하게 여기는 듯했다. 복잡한 거리에서 각각의 사람들은 저마다 자신들만의 목표가 있었고, 다른 모든 사람도 저마다 목표가 있다고 확신했고, 그들의 성격과 목적은 얼굴에 또렷이 적혀 있었다. 도심의 인도와 산책로에서, 사람들은 보기 위해 그리고 보여주기 위해 다니며, 거의 다르지 않은 똑같은 표정들을 수백 번 되풀이했다. 평일의 얼굴은 그 진실에 더 가깝고 그것을 더 분명하게 드러낸다.

고독이 일깨운 추상적인 잡념에 빠져 소녀는 지나가는 사람들을 이상한 듯 관심을 가지고 계속 응시했고, 그 정도가 심해지자 자신이 처한 현실을 잠시 잊어버렸다. 하지만 춥고, 비에 젖고, 배고프고, 쉬고 싶고, 아픈 머리를 누일 곳 없는 그녀의 생각은 상념이 시작되기 전 원점으로 돌아왔다. 아무도 눈길을 주지 않았고, 감히 애원해 볼 사람도 없었다. 잠시 후 그들은 비를 피하던 장소를 벗어나 사람들 무리에 섞여 들었다.

저녁이 찾아왔다. 사람들의 발길이 뜸해졌지만, 그들은 가슴에 느껴지는 전과 같은 고독과 전과 같은 주위의 무관심 속에 여전히 거리를 배회하고 있었다. 그들은 거리와 상점에서 쏟아지는 불빛으로 더 황량함을 느꼈는데, 불빛 때문에 밤과 어둠이 더 빨리 다가오는 듯 느껴졌기 때문이다. 추위와 비에 젖어 떨고, 몸은 불편하고, 내심 죽을 만큼 아파서 아이에게는 기어서라도 나가려면 최고의 확고함과 결의가 필요했다.

평화로운 시골 마을로 갔더라면 배가 고프고 목이 마를지언정 이 더러운 곳에서 고생하는 것보다 훨씬 나을 텐데, 어째서 이 시끄러운 도시로 오게 되었을까! 이곳에서 그들은 산더미 같은 비참함의 아주 작은 일부였고, 그 사실을 직시하자 절망과 고통은 커졌다.

소녀는 궁핍한 상태의 누적된 어려움을 참아야 했을 뿐만 아니라 잘리 부인의 거주지에서 자신을 데리고 나온 것을 나무라기 시작하고 다시 돌아가야 한다고 요구하는 할아버지의 책망까지 견뎌야 했다. 이제 돈은 떨어지고 도움을 받을 가망조차 보이지 않자, 그들은 황폐한 거리를 따라서 왔던 길을 걸어 부두로 돌아갔다. 혹시 타고 온 돛단배를 찾으면 그날 밤 재워달라는 부탁이라도 해보려는 희망에서였다. 하지만 부두로 가는 문은 잠겨 있었고, 그들이 다가가자 짖어대는 사나운 개 때문에 다시 실망한 그들은 그곳에서 발길을 돌렸다.

"오늘 밤은 길거리에서 자야만 해요." 마지막으로 희망을 걸었던 부두에서 돌아 나오며 아이가 힘없는 목소리로 말했다. "내일 조용한 시골 마을로 가는 길을 물어보고 그곳에서 변변찮은 일이라도 하며 먹을 걸 구해 봐요."

"어째서 이런 곳으로 나를 데려왔느냐?" 노인이 날카로운 목소리로 말했다. "난 이 갑갑하고 끝도 없는 거리를 참을 수가 없구나. 전에 있던 곳은 조용했는데. 어째서 나를 억지로 이곳에 데려왔어."

"말했잖아요, 꿈을 꾸었다고. 그뿐이에요." 순간 아이가 발끈하며 말했지만, 그 완고함은 눈물 속으로 사라졌다. "우리는 가난한 사람들과 함께 살아야 해요. 그렇지 않으면 다시 악몽을 꾸고 말 거예요. 연세가 많아서 몸이 약한 것 알아요. 하지만 저를 보세요. 할아버지만 불평하지 않으면 저도 불평하지 않아요. 저도 정말 힘들어요."

"아아! 집도 없이 방황하고 엄마도 없는 불쌍한 아가!" 노인이 두 손을 움켜쥐고 소녀의 근심 어린 얼굴, 떠돌이 생활로 더러워진 드레스, 멍들고 부은 발을 처음 보는 듯 바라보았다. "내모든 근심의 고통이 결국 너를 이렇게 만들었구나! 나도 한때는 행복했는데, 이제 모든 걸 잃고 결국 이 꼴이 되었어!"

"우리가 지금 시골에 있다면," 쉴 곳을 찾아 주위를 둘러보며 계속 걸어가던 소녀가 유쾌한 척하며 말했다. "우리를 사랑하는 듯 푸른 팔을 내밀고, 우리를 잠재우려는 듯 고개를 흔들며 살랑거리는 멋진 고목을 발견할 텐데. 오, 하느님 내일이면, 늦어도 그다음 날에는 그곳에 가게 해주세요. 그리고 그러는 동안 우리가 이곳에 있는 것을 다행으로 생각하게 해주세요. 사람들로 북적이는 이곳에서 길을 잃었기 때문에 나쁜 사람들이 쫓아와도 절대 우리를 찾지 못할 테니까요. 그런 점에서는 안심이에요. 여기에 깊고 낡은 문간이 있어요. 무척 어두운 곳이지만 비에 젖지 않았고, 바람이 들지 않아서 따뜻해요. 저건 뭐지?"

피난처로 삼고 막 들어가려던 어둡고 구석진 곳에서 불쑥 튀어나온 검은 형체를 보고 넬이 반쯤 비명을 지르며 움찔했다. 그 형체는 그들을 바라보며 가만히 서 있었다.

"다시 말해보아라." 그 형체가 말했다. "네 목소리가 귀에 익은데?"

"아니에요." 아이가 겁에 질려 대답했다. "우리는 이곳이 처음이에요. 여관에서 묵을 돈이 없어서 이곳에서 쉬려던 참이에요."

그리 멀지 않은 곳의 희미한 등불이 광장 마당처럼 넓은 그곳을 유일하게 비추고 있었다. 하지만 그곳이 얼마나 열악하고 누추한 곳인지를 보여주기에는 충분했다. 이때 검은 형체가 그들을 향해 오라고 손짓하며 동시에 자기 자신을 숨기거나 몰래 숨어서 볼 마음이 없음을 보여주려는 듯 그 불빛 안으로 들어왔다.

그 모습은 남자였고, 온통 그을음이 덮이고 때투성이였는데, 원래 피부색과 대조를 이뤄 실제보다 더 창백해 보였다. 하지만 홀쭉한 볼, 비쩍 마른 몸, 인내심 강한 표정 못지않은 움푹 들어간 눈은 남자가 태생적으로 힘이 없고 핼쑥한 면이 있음을 충분히 증언해 주었다. 걸걸한 목소리를 타고났지만 거칠지는 않았고, 이미 언급한 특징을 제외하고도 긴 얼굴이 검은 머리카락에 가려졌지만 사나워 보이거나 잔인한 구석은 전혀 없었다.

"어떻게 그곳에서 쉴 생각을 했지?" 사내가 말했다. "아니면 어떻게," 남자가 아이를 좀 더 유심히 살피며 덧붙였다. "이 밤중에 쉴 곳이 필요하게 되었지?"

"우리가 불행하기 때문이지요." 노인이 대답했다.

"영감님," 남자가 넬을 좀 더 진지하게 바라보며 말했다. "아이의 몸이 얼마나 젖었는지 아세요? 축축한 거리가 아이에게 좋지 않은 걸 몰라요?"

"잘 압니다. 오, 맙소사!" 노인이 대답했다. "하지만 난 아무것도 할 수 없어요!"

남자가 다시 넬을 바라보며 빗물이 뚝뚝 떨어지는 옷을 조심스럽게 만졌다. "내가 널 따뜻하게 해줄 수 있다." 잠시 생각하던 남자가 말했다. "내가 사는 곳인데 따뜻한 것 빼고는 아무것도 없지만. 저 집에 있다." 남자가 방금 나온 출입구를 가리키며 말했다. "하지만 너에게는 이곳보다 안전해서 나을 거야. 불이 그 거친 곳에 있지만, 나를 믿는다면 오늘 저녁은 안전하게 보낼 수 있어. 저기 빨간 불빛 보이지?"

그들은 눈을 들어 어두운 하늘에 걸친 섬뜩한 빛을 보았다. 약간 먼 곳의 불이 흐리게 반사된 듯했다.

"여기에서 멀지 않아." 남자가 말했다. "그곳으로 갈까? 차가운 벽돌 위에서 자려던 모양인데, 따뜻한 재로 된 침대를 줄 수 있다. 정말 좋아."

남자가 그들의 표정을 살피더니 대답을 기다리지도 않고 넬을 팔에 안고는 노인에게 따라오라고 했다.

남자는 소녀가 아기인 듯 조심스럽게 쉽게 안고, 재빠르고 확신에 찬 걸음으로, 그 도시에서 가장 초라하고 가장 비참해 보이는 곳을 지나며 길을 이끌었다. 물이 흘러넘치는 하수구나 물이 흐르는 배수구를 피하려고 옆으로 살짝 비껴갔지만, 그런 장애물을 꺼리지 않고 통과하며 가는 방향 그대로 나아갔다. 이렇게 침묵 속에서 15분 정도 걸었을 때 남자가 처음 가리킨 불빛이 그들이 걸어온 어둡고 좁은 길 속으로 사라져 보이지 않았다. 그러다가 그 불이 불쑥 다시 나타났을 때는 그들 앞에 가까이 있는 높은 굴뚝을 타고 올라가고 있었다.

"여기다." 남자가 넬을 내려놓고 아이의 손을 잡기 위해 문 앞에서 잠시 멈추며 말했다. "겁먹지 마라. 해칠 사람은 아무도 없으니까."

그들을 안으로 들어가도록 설득하기 위해서는 이 확언에 대한 강한 믿음이 필요했고, 그들이 본 내부 모습도 우려와 불안감을 덜어주지는 못했다. 쇠기둥이 받치고 있는 크고 높은 건물 안은 상부 벽에 거대한 검은 구멍들이 뚫려 있어서 외부 공기에 노출되어 있었고, 망치 두드리는 소리와 용광로에서 나는 굉음, 빨갛게 달궈진 금속을 물에 담글 때 나는 '쉭'하는 소리와 어디에서도 들어본 적 없는 수백 가지 낯설고 섬뜩한 소리가 지붕 위로 울려 퍼졌다. 이 음울한 장소에서 많은 남자가 화염과 연기 속에서 악마처럼 움직이며, 흐릿하게 그리고 잠깐잠깐 보이며, 불타는 용광로에 얼굴이 상기되고 고통에 시달리며, 잘못 때려 작업자의 두개골을 박살 낼 듯한 거대한 무기를 휘두르며 거인처럼 일하고 있었다. 다른 남자들은 얼굴을 위쪽의 검은색 천장으로 향한 채 석탄이나 잿더미 위에 누워 있거나 잠을 자거나 아니면 고된 노동에서 잠시 휴식을 취하고 있었다. 또 다른 남자들은 희고 뜨거운 용광로 문을 열고 화염 속으로 연료를 던져 넣었는데, 화염은 연료와 조우하려고 거세게 포효하며 달려와서는 기름처럼 모조리 삼켜버렸다. 다른 노동자들은 벌겋게 달궈져 견디기 힘들 정도의 뜨거운 열기와 야수의 눈처럼 둔한 깊은 빛을 뿜어내는 거대한 강철판을 용광로에서 빼내 바닥에 놓고 두드렸다.

안내자는 어리둥절한 광경과 귀청이 터질 듯한 소리를 통과해 건물의 어두운 부분인, 낮이나 저녁이나 항상 타고 있는 용광로로 그들을 이끌었다. 그래서 그들은 여전히 그 남자가 말하는 것만 볼 수 있을 뿐 듣지는 못했는데, 적어도 그의 입술 움직임으로 그 뜻을 짐작할 수 있었다. 그곳에서 용광로의 불길을 지키던 한 사내가 마침 일을 끝내고 기쁘게 자리를 비우고 떠났다. 남자는 넬의 작은 망토를 잿더미 위에 펼치고 외투를 걸어 말릴 곳을 알려준 다음 아이와 노인에게 누워 자라는 신호를 보냈다. 그는 용광로 문 앞의 다 해진 카펫 위에 자리를 잡고 앉아 양손으로 턱을 괸 채 쇠붙이 틈 사이로 새어 나오는 반짝이는 불길과 하얀 재가 아래쪽의 시뻘건 무덤으로 떨어지는 광경을 가만히 지켜보았다.

딱딱하고 허름하지만, 침대의 따뜻함이 그동안 쌓인 피로와 합쳐지자 곧 그곳의 시끄러운 소리가 아이의 지친 귀에는 자장가처럼 들렸고, 소녀는 바로 잠이 들었다. 노인도 그 옆에 몸을 뻗고 누웠고, 소녀는 그의 목을 감싸 안은 채 누워 꿈을 꾸었다.

소녀가 잠에서 깨어났을 때는 아직 밤이었고, 얼마나 오래 아니면 얼마나 짧게 잠들어 있었는지 알 수 없었다. 하지만 건물 안으로 스며드는 찬 공기와 모든 것을 태워버릴 듯한 뜨거운 열기를 노동자들의 옷으로 막아준다는 사실만은 알 수 있었다. 남자를 힐끗 보았더니, 잠들기 전 모습 그대로 불을 간절하게 바라보며 숨조차 쉬지 않는 듯 가만히 앉아 있었다. 소녀는 잠이 들지도 깨지도 않은 상태로 누워 움직임 없는 그의 모습을 아주 오랫동안 지켜보다가 결국에는 그가 앉은 채로 죽은 것은 아닐까 하는 두려움을 느꼈다. 그래서 조용히 자리에서 일어나 그에게 다가가서는 용기를 내어 그의 귀에 대고 속삭였다.

그가 움직였다. 남자는 자신과 아주 가까이 있는 사람이 정말 그 아이가 맞는다는 확신을 얻으려는 듯 소녀를 한 번 쳐다보고는 그녀가 누워 있던 자리를 힐끔거리고 다시 무언가를 물어보듯 그녀의 얼굴을 들여다보았다.

"혹시 아픈 건 아닐까 하고 걱정했어요." 소녀가 말했다. "다른 사람들은 모두 움직이는데, 아저씨만 너무 조용해서."

"모두가 나를 혼자 있게 내버려둬." 남자가 대답했다. "내 기분을 잘 알거든. 날 비웃어도 나쁜 뜻은 없어. 저길 보아라. 내 친구다."

"불 말이에요?" 아이가 물었다.

"나만큼이나 오래 살았지." 남자가 대답했다. "우리는 밤새워 얘기하며 함께 생각해."

아이가 너무 놀란 나머지 재빨리 그를 쳐다보았지만, 남자는 여전히 불길을 바라보며 생각에 잠겨 있었다.

"불은 내게 책과 같아." 남자가 말했다. "읽는 법을 배운 유일한 책. 불은 내게 많은 옛날이야기를 들려줘. 또 불은 음악이기도 해. 어떤 소음 속에서도 불의 소리를 알아들을 수 있지. 그리고 그 함성 속에는 또 다른 목소리가 있단다. 불은 자신의 그림들도 가지고 있어. 내가 저 시뻘겋게 달아오른 석탄 속에서 얼마나 많은 낯선 얼굴과 다양한 모습을 찾아냈는지 너는 모를 거야. 불은 내 기억이기도 해. 내 인생 전체를 보여주거든."

아이는 허리를 굽혀 남자의 말을 듣고 있었는데, 그가 얼마나 빛나는 눈으로 말하고 생각에 잠기는지 말하지 않을 수 없었다.

"그래." 사내가 엷은 미소를 지으며 말을 이었다. "내가 아주 어릴 때도 불은 내 친구였어. 난 네 발로 불 주위를 기어다니다가 잠이 들곤 했지. 아버지가 그 모습을 지켜보았어."

"어머니는 없어요?" 아이가 물었다.

"그래, 어머니는 돌아가셨다. 이곳에 있는 여자들은 고되게 일해. 어머니가 일하다가 돌아가셨다고 그들이 내게 말해주더구나. 그때 사람들이 그렇게 말했듯이 그 이후로 불은 내게 같은 말을 계속해. 난 그게 진실이라고 생각해. 나는 항상 저 불을 믿었어."

"여기에서 자랐어요?" 아이가 말했다.

"여름과 겨울에는." 남자가 대답했다. "처음에는 몰래 숨어 지냈는데, 결국 사람들에게 들키고 말았지. 하지만 그들은 아버지가 나를 이곳에 계속 데리고 있게 해줬어. 그 후 지금의 이 불이 나를 키웠지. 불은 한 번도 꺼진 적이 없어."

"불을 정말 좋아하나 봐요?" 아이가 말했다.

"그렇고말고. 아버지는 불 앞에서 돌아가셨다. 아버지가 쓰러지는 걸 목격했어. 바로 저기, 지금 저 재들이 타는 곳에서. 그때는 왜 불이 아버지를 도와주지 않았을까 하고 궁금해했어."

"그때 이후로 줄곧 이곳에 있어요?" 아이가 물었다.

"그때 이후로 다른 곳에서 잠시 지낸 적도 있지만, 끔찍하게 추웠어. 불은 내가 돌아오면 항상 어린 시절처럼 활활 타오르며 넘실댔어. 내가 어떤 아이였는지 나를 보고 짐작할 수 있겠지. 우리 사이에 다른 점이 없지는 않지만, 오늘 밤 거리에서 너를 처음 보았을 때 아버지가 돌아가신 후의 내 모습이 떠올랐고, 그래서 너를 이 오래된 불 앞으로 데려오고 싶었다. 불 옆에서 자는 네 모습을 보니 다시 내 어린 시절이 떠오르더구나. 애야, 넌 좀 더 자야 해. 다시 누워, 어서."

이렇게 말하고 그는 소녀를 허름한 침상으로 데려가 잠에서 깨었을 때 덮고 있던 옷으로 덮어주고는, 다시 자리로 돌아와 용광로에 석탄을 넣는 동작 외에는 어떤 움직임도 없이 동상처럼 꼼짝하지 않았다. 아이는 잠시 그를 쳐다보다가 쏟아지는 졸음을 이기지 못하고 곧 꾸벅꾸벅 졸며, 어둡고 낯선 곳이 궁전인 듯, 그 침대가 오리털로 된 침대인 듯 평화롭게 잠이 들었다.

소녀가 다시 잠에서 깨었을 때는 벽 위쪽 틈으로 대낮의 환한 햇살이 비스듬히 들어오고 있었다. 하지만 빛이 바닥까지 닿지 않아서 건물은 밤보다 더 어둡게 느껴졌다. 여전히 요란한 금속음이 들리고 무자비한 불은 변함없이 사납게 타올랐다. 낮과 밤이 별반 다르지 않을 정도로 시끄러워서 휴식을 취할 만한 곳은 아니었다.

남자는 자신이 먹을 아침 식사—얼마 안 되는 형편없는 커피와 약간의 거친 빵—를 아이와 노인에게 나눠주며 어디로 가려는지 물어보았다. 소녀는 도시나 심지어 마을과 멀리 떨어진 시골을 찾고 있었다고 말하고는 잠시 주저하다가 어느 길로 가는 것이 좋은지 되물었다.

"난 시골은 잘 몰라." 남자가 고개를 저으며 말했다. "평생 이 용광로 앞에서만 시간을 보냈지, 어디로 여행을 떠난 적은 없으니까. 하지만 저쪽에 그런 곳이 있지."

"여기에서 멀어요?" 넬이 말했다.

"아주 멀지. 푸르고 싱그러운 곳이 어떻게 우리 가까이에 있을 수 있니? 도로는 수십 마일 이어지고, 어느 이상한 검은 길은 가는 내내 이곳처럼 불이 밝혀져 있어서 밤에는 굉장히 무서울 거야."

"우린 가야 해요." 아이가 대범하게 말했다. 남자의 말을 걱정스러운 표정으로 듣고 있는 노인을 보았기 때문이다.

"사람도 거칠고 길도 거칠어서 너나 영감님처럼 약한 사람은 음울하고 황폐한 길을 도저히 갈 수가 없어. 정말 돌아갈 곳이 없니?"

"없어요." 넬이 길을 재촉하며 소리쳤다. "길을 알려줄 수 있으면 알려주세요. 그럴 수 없다면, 부탁인데 우리 마음을 바꾸려 하지 마세요. 아저씨는 우리가 어떤 위험을 피해 여기까지 왔는지 몰라요. 아저씨도 그 위험을 피하는 게 정말 맞고 옳은 걸 알면 우리를 말리지 않을 거예요. 그러지 않으리라 확신해요."

"그러면, 그런 일이 없기를!" 투박한 보호자가 아이에게서 시선을 돌려 노인을 바라보며 말했다. 노인은 고개를 숙인 채 바닥만 내려다보았다. "문에서부터 가는 방향을 알려주마. 그게 내가 할 수 있는 전부구나. 도움을 더 줄 수 있으면 좋으련만."

그런 다음 남자는 그들에게 도시를 벗어나는 길과 그곳에 도착하면 어떤 경로를 따라가야 하는지 알려주었다. 남자의 설명이 꽤 길어지자, 아이는 축복의 말과 함께 뿌리치듯 그곳을 떠났고, 남자는 그들의 목소리가 들리지 않을 때까지 한동안 그곳에 서 있었다.

하지만 그들이 길모퉁이에 접어들었을 때 갑자기 남자가 달려와서는 소녀의 손을 잡고 무언가를 건넸다. 닳고 그을음이 짙게 밴 동전 두 개였다. 천사의 눈에는 금으로 새긴 묘비의 글씨만큼이나 밝게 빛났으리라.

이렇게 그들은 헤어졌다. 아이는 수치와 죄악으로부터 더 멀어져 성스러운 임무를 시작했고, 그 노동자는 손님들이 잠을 잔 곳에 밝은 의미를 부여하며 용광로 불에서 새로운 역사를 읽었다.

45장

여행하면서 그들은 지금처럼 깨끗한 공기와 탁 트인 시골의 자유로움을 열렬히 갈망한 적도 기다리다 지친 적도 없었다. 낯선 세상의 자비에 자신들을 내던지고 알고 지낸 사랑했던 모든 어리석고 무의미한 것들을 뒤로한 채 골동품 상점을 떠나온 그 잊지 못할 아침에도, 말라빠진 빈곤과 배고픈 비참함의 악취가 풍기는 거대한 공업 도시의 소음과 더러움과 증기가 사방에서 에워싸고 희망의 빛을 가리고 도망가지도 못하게 하는 지금처럼, 이렇게 숲과 언덕과 들판의 신선한 공기와 고요함을 그리워하지는 않았다.

'이틀 밤낮이라고 했어!' 아이는 생각했다. '이틀 동안은 이런 곳에서 지내야 한다고 했어. 아! 살아서 시골에 다시 갈 수만 있다면, 이 끔찍한 곳에서 벗어날 수만 있다면, 그곳에 가서 쓰러

져 죽는 한이 있어도 하느님의 자비에 감사할 텐데!'

이런 생각과 함께 아이는 오직 가난하고 평범한 사람만 사는, 자신들이 도망친 것과 같은 그런 공포에서 벗어나 농장에서 일손을 도우며 생활을 이어갈 수 있는, 개울과 산으로 둘러싸인 먼 곳으로 가려는 막연한 계획을 품고, 가난한 사내가 준 선물 말고는 가진 재산이 없고, 심장에서 흘러나오는 것과 자신이 했던 일에 대한 진실성과 정당성을 빼면 어떤 격려의 수단도 없이, 용기를 내어 마지막 여행을 하기로 하고 그 길을 담대하게 걸어 나갔다.

"오늘은 좀 천천히 가요." 힘겹게 거리를 지나가며 소녀가 말했다. "발도 아프고, 어제 비를 맞아서 그런지 팔다리에 통증이 있어요. 그가 아주 먼 길을 가야 한다고 말하며 우리의 모습을 보고 이렇게 될 걸 걱정했나 봐요."

"그가 말한 대로 길이 삭막했어." 노인이 애처롭게 말했다. "다른 길은 없을까? 넬, 이 길 말고 다른 길로 가지 않으련?"

"여기만 넘으면 돼요." 아이가 단호하게 말했다. "그곳에서 평화롭게 살 수 있을 거예요. 어떤 위험의 유혹도 받지 않고. 우리는 그 목적을 약속하는 길을 갈 거예요. 여기에서 방향을 바꿀 순 없어요. 우리가 예상하는 두려움보다 수백 배 더 안 좋다고 해도 우리는 그 길에서 벗어나지 않을 거예요. 그러지 않을 거예요, 그렇죠, 할아버지?"

"그래." 노인이 몸은 물론 목소리까지 떨며 대답했다. "그렇지. 계속 가자. 난 준비가 됐다. 넬, 단단히 준비됐어."

아이는 동반자가 예상한 것보다 힘들게 걷고 있었다. 관절을 괴롭히는 통증은 보통 심각한 상태가 아니었고, 움직이려고 애를 쓸 때마다 고통이 더 심해졌기 때문이다. 하지만 불평하거나 고통스러운 표정은 짓지 않았고, 두 여행자는 느리지만 계속 걸음을 옮겼다. 이윽고 그들은 도시를 벗어나 상당히 멀리 왔다고 느끼기 시작했다.

붉은 벽돌로 지은 주택들이 길게 늘어선 교외의 일부 집에는 손바닥만 한 정원이 있었는데, 석탄 가루와 공장에서 뿜어져 나오는 매연으로 시든 잎과 조악한 꽃이 검게 변했고, 가마와 용광로의 뜨거운 열기에 병들고 맥없이 늘어진 몸부림치는 초목은 도심에 있는 것보다 훨씬 엉망이고 건강해 보이지 않았다. 그들은 길고, 완만하고, 집들이 흩어져 있는 교외를 지나 서서히 생기 없는 지역에 다다랐다. 그곳에는 풀 한 포기 보이지 않았고, 봄이 되어도 꽃봉오리 하나 피지 않을 듯했고, 더위에 지쳐 검은 길옆 여기저기에 아무렇게나 있는 고인 물웅덩이 표면을 제외하고는 어떤 푸른 생명도 살 수가 없었다.

이 침통한 곳의 그림자 속으로 들어갈수록 어둡고 우울한 분위기가 그들의 정신에 몰래 스며들어 침울함으로 채워버렸다. 사방으로, 맨눈으로 보이는 먼 거리에 있는, 높이 솟은 굴뚝들이 서로 모여 똑같이 단조롭고 흉측한 모습을 반복적으로 보여주었는데, 그것은 매캐한 연기를 쏟아낸, 빛을 차단한, 악취 나는 우울한 공기를 만든 질식할 듯한 악몽의 공포였다. 길가의 잿더미 위나 썩은 달개집 지붕에는 한두 장의 거친 판자로 덮어 놓은 이상한 발전기가 고문당한 생명체처럼 돌아가며 몸을 비틀고 있었고, 철컥거리는 발전기의 쇠사슬은 견딜 수 없는 고문을 당하는 듯 가끔 빠르게 회전하며 날카로운 비명을 질러 땅을 요동치게 했다. 여기저기 보이는 뜯겨나간 집들은 땅으로 무너져 내릴 듯했고, 이미 땅에 떨어진 나무 조각들로 받치고 있었다. 이런 집들은 지붕도 벗겨지고 창문도 없이 검게 그을려서 황폐했지만, 아직 그곳에 사람이 살고 있었다. 창백한 얼굴에 누더기를 걸친 남자와 여자와 아이들이 기계를 돌보고, 불을 지피고, 길 위에서 구걸하고, 문짝도 없는 집에서 반쯤 옷을 벗은 채 얼굴을 찡그리고 있었다. 그런 다음에는 분노에 찬 괴물[5]이 더 많이 나오더니 ─거의 원시 그대로 야만적이고 길들지 않은 듯했다─괴성을 지르며 주위를 맴돌았고, 그와 똑같은 벽돌 탑의 광경은 거무칙칙한 토사물을 계속 토해내며, 살아 있거나 살아 있지 않은 모든 것을 파괴하며, 대낮의 얼굴을 가려버리며, 짙은 먹구름으로 이 모든 공포에 다가서며 앞뒤 좌우로 끝없이 이어졌다.

---

5 높이 솟은 굴뚝을 말한다.

하지만 그곳은 밤이 더 끔찍했다! 밤이면 연기가 불로 바뀌고, 굴뚝은 화염을 뿜어내고, 온종일 어두운 아치형 지붕이던 곳이 이제는 빨갛게 달궈지고, 형체들이 아치형 지붕의 턱 안에서 이리저리 움직이며 쉰 목소리로 서로에게 소리쳤다. 모든 이상한 기계의 소음이 더 심해지는 밤, 기계에 가까이 있는 사람이 좀 더 야만적이고 미개하게 보이는 밤, 실직한 노동자 무리가 거리를 행진하거나 지도자―이 지도자는 준엄한 목소리로 부당함에 관해 얘기하고 고용주에게 끔찍한 외침과 위협을 가하라고 독려한다―주위로 햇불을 들고 모였던 밤, 이에 칼과 햇불로 무장한 흥분한 사내들이 눈물과 기도로 이들을 만류하는 여인들의 손을 뿌리치고 테러와 파괴의 임무를 띤 채 앞으로 돌진하지만 목표한 것의 반도 부수지 못하고 무너졌던 밤, 또 허술한 관을 (전염병으로 죽는 사람들이 넘쳐나니 산 사람들만 바쁘다) 잔뜩 실은 수레가 덜컹거리며 달리고 부모를 잃은 아이들이 울고 여자들은 넋이 나간 채 울부짖으며 그들을 따라갔던 밤, 누군가는 빵을 구걸하고 누군가는 시름을 잊기 위해 술을 마시고 누군가는 눈물을 흘리고 누군가는 비틀거리고 누군가는 핏발이 선 눈을 하고 우울한 집으로 향했던 밤, 하늘이 지상에 선사한 밤과 달리 어떤 평화도 고요도 축복받은 잠의 신호도 없는 밤. 아, 누가 거리를 배회하는 저 어린아이에게 이 밤의 공포를 말해줄까!

그런데도 소녀는 아무것도 덮지 않은 채 자리에 누워 조금의 두려움도 없이, 이제 두려움은 물리쳤으니, 불쌍한 노인을 위해 기도했다. 매우 약해지고 지친 것을 느끼고 아주 차분하고 온순해진 소녀는 자신의 필요는 전혀 생각하지 않고 노인을 위해 친구를 보내달라고 빌었다. 소녀는 그동안 걸어온 길을 회상하며 어젯밤 그 옆에서 잠을 잔, 불이 타고 있던 방향을 바라보았다. 미처 그 불쌍한 남자의 이름을 물어보지 못했는데, 기도하는 동안 그가 떠오르자 그가 바라보던 불 쪽으로 한 번쯤 돌아보지 않는 것은 배은망덕하다고 느꼈다.

그들이 그날 먹은 거라곤 동전 한 닢으로 산 빵이 전부였다. 거의 먹은 것이 없었지만, 엄습하는 낯선 평온함에 배고픔도 잊혔다. 소녀는 가만히 몸을 누이고 입가에 살며시 미소를 머금으며 그대로 잠이 들었다. 하지만 그것은 잠 같지 않았다. 틀림없이 그랬다. 그렇지 않으면 어린 학자가 밤새 꾼 즐거운 꿈이 아니었을까!

아침이 밝았다. 몸은 더 쇠약해져서 앞도 잘 보이지 않고 귀도 먹먹했지만, 아이는 불평하지 않았다. 옆에서 같이 여행하는, 침묵을 지켜야 하는 유인책이 없었더라도 아마 아무 불평도 하지 않았을 것이다. 소녀는 이 버려진 곳에서 탈출하지 못할 듯한 절망감과 자신이 병에 걸려 어쩌면 서서히 죽어 가는지도 모른다는 막연한 확신을 느꼈다. 하지만 두려움이나 걱정은 없었다.

마지막 남은 동전으로 또 다른 빵을 살 때까지 음식에 대한 혐오감을 알지 못했던 소녀는 그 혐오가 느껴지자 초라한 식사조차 입에 댈 수 없었다. 게걸스럽게 빵을 먹어 치우는 노인의 모습을 보는 것만으로도 행복했다.

달라지거나 더 좋아진 것 없이 어제와 같은 풍경이 계속 이어졌다. 공기는 여전히 탁해서 숨쉬기가 힘들었고, 땅은 여전히 암울했고, 빈곤과 고통도 모두 여전히 그대로였다. 사물이 좀 더 흐릿하게 보이고 소음이 다소 줄었지만, 길은 기복이 더 심해지고 울퉁불퉁해져서 넬은 가끔 발을 헛디뎌 비틀거리다가 쓰러지지 않기 위해 다시 바로 서야 했다. 가여운 넬! 넬이 자꾸만 넘어지려 하는 것은 거친 길 때문이 아니라 휘청거리는 다리 때문이었다.

오후가 되자, 노인이 배가 고프다며 심하게 투덜거렸다. 소녀는 길가의 돼지우리 같은 엉망인 집으로 다가가 문을 두드렸다.

"무슨 일이오?" 수척한 남자가 문을 열며 말했다.

"자비를 베풀어주세요. 빵 한 조각만 얻을 수 있을까요?"

"저거 보이니?" 남자가 바닥에 놓인 꾸러미 같은 것을 가리키며 쉰 목소리로 말했다. "죽은 아이다. 나를 포함해 5백 명의 사람들이 석 달 전에 일자리를 잃었다. 저 아이가 세 번째 죽은 아이고 더는 없다. 네게 베풀 자비나 나눠줄 빵 한 조각이 있다고 생각하니?"

아이는 움찔 뒤로 물러났고, 문은 그대로 닫혔다. 소녀는 필요에 쫓겨 다른 집 문을 두드렸다. 이웃한 집이었는데, 손으로 살짝 밀자, 문이 활짝 열렸다.

자신의 아이들 속에 두 명의 여인이 방의 다른 부분을 각자 차지하고 있는 것으로 보아 가난한 두 가정이 이 돼지우리 같은 집에 함께 사는 듯했다. 집 한가운데에는 지금 막 들어온 듯한 검은 옷을 입은 남자가 심각한 표정으로 한 소년의 팔을 잡고 있었다.

"부인, 여기 귀먹고 말 못 하는 당신 아들입니다. 아들을 돌려보내니 고마운 줄 아시오. 도둑질 혐의를 받고 오늘 아침에 내 앞으로 왔지, 뭡니까. 다른 아이들 같으면 혼쭐을 냈을 텐데, 이 녀석의 병약한 상태가 측은하기도 하고 못 배운 탓인 듯도 해서 부인에게 다시 데려왔습니다. 앞으로 아들 잘 챙기시오." 남자가 말했다.

"내 아들은 왜 돌려주지 않나요!" 옆에 있던 부인이 벌떡 일어나 남자에게 대들며 말했다. "같은 죄를 저질렀는데 왜 내 아이는 돌려주지 않느냐고요."

"당신 아이도 청각장애인에다 언어장애인입니까?" 검은 옷을 입은 남자가 준엄하게 물었다.

"그러면 아닌가요?"

"그렇지 않은 건 부인이 알지 않소."

"내 아들도." 부인이 소리쳤다. "갓난아기 때는 청각장애인, 언어장애인, 시각장애인이었다가 나중에야 좋아졌죠. 저 여자의 아들은 배울 수가 없었을 거예요. 그러면 내 아들은 배울 수 있었나요? 말해보세요. 어디에 내 아들을 가르칠 선생이나 학교가 있었나요?"

"진정하시오, 부인." 검은 옷을 입은 남자가 말했다. "부인 아들은 사지가 멀쩡하잖소."

"그래요." 부인이 소리쳤다. "내 아들은 사지가 멀쩡해서 더 쉽게 나쁜 길로 빠졌어요. 옳고 그름을 모른다는 이유로 저 여자의 아들을 봐준다면, 어째서 무엇이 옳은지 그른지를 배우지 못한 내 아들은 봐주지 않나요? 당신이 무지해서 내 아들을 처벌하듯 신도 무지해서 저 여자의 아들을 청각장애인에다 언어장애인으로 만들었으니, 저 여자의 아들도 똑같이 처벌해야 합니다. 당신네 신사들이 아이들이 무엇을 배우고 배우지 말아야 하는지를 두고 말싸움하는 동안 당신 앞에 잡혀가 당신들의 동정도 받지 못하고 심적으로 청각장애인과 언어장애인이 되고, 그 상태에서 잘못되고, 그 상태에서 벌을 받는 소녀들과 소년들 —남자들과 여자들도 마찬가지고—이 얼마나 되는지 아세요? 부디 공정한 사람이 되세요. 그리고 내 아들도 돌려줘요."

"참, 막무가내군." 검은 옷을 입은 남자가 코담배 갑을 꺼내며 말했다. "하지만 도와주지 못해 유감입니다."

"그래요, 막무가내예요." 부인이 대답했다. "다 당신 때문이에요. 내 아들을 돌려줘요. 여기 아직 아무것도 할 수 없는 어린 아이들을 대신해 일해야 하니까. 공정한 사람이 되세요. 이 아이에게 자비를 베풀 듯 내 아들도 돌려보내 줘요!"

아이는 구호를 청할 만한 곳이 아니라는 것을 알 만큼 충분히 보고 들었다. 소녀는 노인을 문에서 살며시 데리고 나왔고, 그들은 다시 여행길에 올랐다.

갈수록 희망이 사라지고 체력도 떨어졌지만, 힘이 남아 있는 한 어떤 말에도 배반하지 않겠다는, 쇠약한 자신의 상태에 한숨짓지 않겠다는 끄떡없는 각오로 아이는 그날 남은 길을 힘겹게 계속 걸어갔다. 심지어 평소처럼 자주 쉬지도 않고 오히려 더딜 수밖에 없는 속도를 조금이라도 만회하기 위해 더 빨리 걸었다. 저녁이 끝나가고 있었지만—여전히 똑같은 침울한 것들 사이를 걸으며—번화가로 들어섰을 때도 아직 저녁이었다.

어지럽고 정신이 없었고, 그런 거리도 참을 수 없었다. 그들은 몇몇 집에 초라하게 구호를 요청했지만 거절당했고, 가능한 한 빨리 번화가를 벗어난 그곳의 외딴집이 자신들의 기진맥진한 상태를 불쌍히 여기는지 시험해 보기로 했다.

그들은 몸을 질질 끌다시피 하며 마지막 거리를 통과하고 있었고, 아이는 잔약해진 힘으로는 더는 걸을 수 없는 때가 온 것 같다고 느꼈다. 이 중대한 시기에 그들 앞에 같은 방향으로 걸어가는 한 여행자가 나타났다. 여행자는 등에 대형 여행 가방을 메고 튼튼한 지팡이에 몸을 지탱한 채 다른 손에 든 책을 읽고 있었다.

도움을 청하기 위해 그를 따라잡으려 했지만, 걸음도 빠르고 이미 먼 거리를 앞서가고 있어서 쉽지 않았다. 마침, 여행자가 책의 한 구절을 좀 더 집중해서 읽으려고 우뚝 걸음을 멈췄다. 한 줄기 희망으로 활기를 되찾은 아이는 노인을 앞질러 달려갔고, 발소리에 놀라지 않게 하며 그에게 가까이 다가가 약하게 한두 마디로 도움을 간청했다.

그가 고개를 돌렸다. 아이는 기쁨에 겨워 손뼉을 치며 크게 한 번 소리를 지르고는 그의 발아래 정신을 잃고 쓰러졌다.

46장

여행자는 바로 가난한 교장이었다. 다른 사람도 아닌 그 가난한 교장이었다. 소녀가 자신을 알아보고 그랬던 것보다 더 가슴이 뭉클하고 놀란 교장은 쓰러진 아이를 일으킬 생각도 못 하고 유령이라도 본 것처럼 멍하니 서 있었다.

하지만 바로 침착함을 되찾은 교장은 지팡이와 책을 던지듯 내려놓고 소녀 옆에 한쪽 무릎을 꿇고 앉아 생각나는 모든 방법을 동원해 아이의 정신을 차리게 하려고 애썼다. 그동안 노인은 아무것도 안 하고 그 곁에 서서 손을 쥐어짜며 무슨 말이라도 좋으니 한마디만 해보라고 온갖 다정한 말로 애원했다.

"완전히 녹초가 되었군요." 교장이 노인을 올려다보며 말했다. "육체적으로나 정신적으로 너무 힘들게 했어요."

"넬이 굶주려 죽어 가는데," 노인이 대답했다. "여태껏 몸이 약해져서 얼마나 아픈지 생각조차 못 했다니."

노인에게 반은 질책과 반은 동정의 표정을 던지며, 교장은 아이를 팔에 안고 노인에게 바구니를 챙겨 따라오라고 말하고는 급히 발걸음을 옮겼다.

시야에 작은 여관이 나타났다. 교장이 이 예기치 않은 상황을 만나기 전 가고 있던 곳인 듯했다. 그는 의식을 잃은 짐을 안고 서둘러 부엌으로 뛰어 들어가 모여 있던 사람들에게 부디 길을 내어달라고 부탁하고 아이를 난로 앞 의자에 앉혔다.

교장의 출현에 어안이 벙벙해져 자리에서 일어난 사람들은 위급한 상황이 닥쳤을 때 대부분의 사람이 으레 그렇게 하듯 행동했다. 모두가 환자에게 필요한 가장 좋은 치료 약을 찾았지만, 아무도 가지고 있지 않았고, 저마다 숨을 쉴 수 있게 공기를 내어주라고 소리치는 동시에 동정의 대상을 에워싸며 그곳의 공기를 차단해 버렸고, 모두 본인도 그렇게 못하면서 어째서 다른 사람들이 아무 조처를 하지 않는지 궁금해했다.

하지만 그들 중 누구보다 준비성과 행동력을 갖춘 동시에 사건의 장점을 더 빨리 인식한 여주인이 물을 탄 뜨거운 브랜디를 들고 들어왔고, 뒤이어 하녀가 식초, 각성제, 탄산 암모니아수를 비롯한 의식을 회복하는 데 필요한 약들을 들고 따라왔다. 적당한 약이 투여되자, 아이는 가녀린 목소리로 감사의 인사를 건네고 걱정스러운 얼굴로 서 있던 교장에게 손을 뻗을 정도로 회복했다. 소녀에게 말을 하거나 손을 움직이지 못하게 하고, 여주인과 하녀는 즉시 그녀를 침대로 데려가 따뜻하게 이불을 덮어주고, 뜨거운 물로 차가운 발을 씻기고, 수건으로 발을 감싸고, 의사를 부르기 위해 사람을 보냈다.

딸기코에 주름이 잡힌 검은색 조끼 아래로 딸랑거리는 도장을 매달고 전속력으로 여관에 도착한 의사가 가여운 넬 옆에 자리를 잡고 시계를 꺼내 맥박을 쟀다. 그러고는 혓바닥을 살폈고, 다시 맥박을 재는 동안 깊은 관념에 빠진 듯 반쯤 빈 술잔을 바라보았다.

"나는 이 아이에게," 그제야 의사가 말했다. "가끔 한 숟가락의 브랜디와 물을 처방하려 합니다."

"아니! 우리가 딱 그렇게 했어요." 여주인이 기뻐하며 말했다.

"나도 그렇게 했을 겁니다." 계단에 놓인 발 욕조를 지나쳤던 의사가 말했다. "나 또한," 의사가 신탁을 전하는 사람처럼 근엄하게 말했다. "뜨거운 물에 발을 담그게 하고 수건으로 발을 감쌌을 겁니다. 나도 똑같이 이렇게 했을 겁니다." 한층 근엄한 목소리로 덧붙였다. "아이에게 저녁으로 가볍게 먹을 만한 구운 닭 날개 같은 걸 챙겨주시오."

"아니, 맙소사! 지금 부엌에서 닭고기를 굽고 있어요." 여주인이 소리쳤다. 실제로 부엌에서는 교장의 요청으로 닭고기를 굽고 있었고, 의사가 맡으려고 했으면 충분히 맡을 수 있을 정도의 잘 구운 닭고기 냄새가 주위에 풍겼다. 의사도 아마 그 냄새를 맡았으리라.

"환자가 와인을 좋아하면 식사 후에 설탕과 향신료를 넣은 포트와인을 한 잔 데워주시오." 의사가 더 근엄하게 말했다. "그리고…."

"토스트를 구워줄까요?" 여주인이 제안했다.

"아아." 의사가 품위 있게 양보하는 남자처럼 말했다. "그래요, 토스트를 줘요. 하지만 괜찮다면 빵으로 토스트를 만들어주시오."

의사는 이 명령을 천천히 거창하게 내리고 여관을 떠났다. 사람들은 자신들이 아는 지식과 크게 다를 바 없는 의사의 지혜에 감탄했다. 그들 모두는 의사가 빈틈없고 사람의 체질까지 정확히 알고 있다고 말했는데, 그렇게 믿을 만한 이유가 있는 듯했다.

저녁이 준비되는 동안 아이는 기운을 북돋우는 잠에 빠졌고, 저녁 준비가 끝났을 때 사람들은 어쩔 수 없이 소녀를 깨워야 했다. 하지만 소녀가 할아버지가 아래층에 있다는 사실을 알고 무척 불안해서, 그와 헤어질지도 모른다는 생각으로 너무 속을 태워서 노인은 소녀와 함께 저녁을 먹었다. 여전히 이 문제로 안정을 찾지 못하는 소녀를 보고 사람들이 안쪽 방에 노인을 위한 침실을 따로 마련해주었고, 노인은 즉시 그곳으로 갔다.

운이 좋게도 이 방의 열쇠가 넬 방에 있는 문 쪽에 있었다. 여주인이 방을 나가자, 소녀는 열쇠로 그 방의 문을 잠그고 감사한 마음으로 다시 살금살금 기어서 침대로 돌아왔다.

교장은 아주 행복한 얼굴로 아이를 도울 수 있게 해준 행운을 생각하며, 넬의 삶과 내력에 많은 관심을 보이며 꼬치꼬치 캐묻는 여주인의 대질 심문을 자신이 할 수 있는 단순한 방식으로 슬쩍 피하며, 지금은 비어 있는 부엌의 화로 옆에서 담배를 피우며 오랫동안 앉아 있었다. 가난한 교장은 솔직하고 위선이나 기만과는 거리가 먼 사람이라, 여주인이 처음 5분 동안은 심문을 통해 순조롭게 말을 끌어낼 수 있었을지도 모르지만, 그는 여주인이 알고 싶어 하는 것에 낯설어했고, 그녀에게 그렇게만 말해주었다. 이 확신에 만족하지 못한 여주인은 교장이 그 질문을 교묘하게 회피했다고 생각하며 그 나름대로 이유가 있다고 대답했다. 아! 바라옵건대 여주인—그녀도 많은 사정이 있었다—이 자신과 상관없는 수많은 투숙객의 사정을 들쑤시지 않게 하소서. 그녀는 그저 사람들에게 정중한 질문을 해왔고, 그러면 정중한 대답을 얻는다는 사실을 잘 알고 있었다. 그녀는 만족했다. 대단히 만족했다. 누가 봐도 뻔히 알 수 있었기에, 여주인은 오히려 교장이 속내를 털어놓지 않기로 마음먹었다면 즉시 그렇게 말했을 수도 있다고 생각했다. 그렇다고 여주인에게 화를 낼 권리는 없었다. 교장은 판단을 잘한 것뿐이고 자신이 원하는 대로 말할 권리가 있었다. 그러니 누구도 이 문제에 대해 이의를 제기할 수 없다. 아무렴, 누구도 그런 권리는 없다!

"부인, 확신하건대," 온화한 교장이 말했다. "저는 사실대로 말했습니다. 맹세코 사실만을 이야기했습니다."

"진심이라고 믿어요." 여주인이 유쾌하게 대답했다. "귀찮게 해서 죄송합니다. 호기심은 우리 부인들에게 내린 저주 같은 것이지요. 정말 그렇다니까요."

여주인의 남편은 호기심의 저주가 여성에게만 내리는 것이 아니라는 듯 멋쩍게 머리를 긁적였다. 하지만 그는 그 취지의 다른 언급은 못 했다. 만약 언급할 생각이었다면 교장의 응수에 막혔을 것이다.

"한번 앉은 자리에서 대여섯 시간 질문할 작정인가 보군요. 뭐, 괜찮습니다. 부인이 오늘 밤 베푼 호의를 생각하면 그 정도는 참고 대답해 줄 수 있습니다." 교장이 말했다. "지금으로서는 아침에 아이를 잘 돌봐주고, 상태가 어떤지 확인해서 미리 좀 알려주길 바랍니다. 그리고 세 사람 비용은 제가 다 지급하겠습니다."

그렇게 교장은 비용 문제를 얘기할 때처럼 다정하게 작별 인사를 나눈 뒤 침실로 향했고, 여관 주인과 부인도 방으로 돌아갔다.

다음 날 아침 여주인은 아이의 상태가 호전되었지만, 몸이 극도로 쇠약해져서 여행을 계속하려면 하루 정도 더 쉬며 보살핌을 받아야 한다고 전했다. 교장은 이 보고를 듣고 무척 기뻐하며 하루나 이틀 정도는 시간적인 여유가 있어서 가능하다고 말했다. 그날 저녁 넬이 앉을 정도로 기력을 회복했을 때 교장은 몇 시쯤 보러 간다는 약속을 전하고, 책을 읽으며 산책하다가 약속 시각에 맞춰 소녀의 방을 찾았다.

교장과 단둘이 마주하게 된 넬은 흐느껴 울지 않을 수 없었다. 소박한 교장 역시 아이의 파리한 얼굴과 쇠약해진 모습에 눈물이 났지만, 동시에 그렇게 우는 것은 정말 바보 같은 짓이고, 한 번만 해보면 쉽게 울지 않을 수 있다는 것을 기운찬 말로 보여주었다.

"선생님의 호의를 고맙게 잘 받고 있지만, 폐를 끼치는 듯해 마음이 무거워요." 아이가 말했다. "어떻게 감사의 말을 해야 할지 모르겠어요. 선생님을 만나지 못했다면 분명 죽었을 거예요. 그러면 할아버지도 혼자 남겠죠."

"죽는 얘기는 하지 말자." 교장이 말했다. "그리고 내게 폐를 끼치다니, 오히려 네가 오두막을 떠난 뒤 내게 좋은 일이 생겼는걸."

"정말요!" 아이가 기뻐하며 소리쳤다.

"그래." 소녀의 친구가 대답했다. "여기에서 먼 곳인데, 네가 아는 이전 집에서도 한참 떨어진 마을에서 교회 서기 겸 교사로 일하게 되었다. 1년에 35파운드를 받고. 무려 35파운드나!"

"정말요." 아이가 말했다. "정말, 정말 기뻐요."

"그 마을로 가는 길이다." 교장이 다시 말을 시작했다. "그곳에서 역마차 비용까지 준비해 주었다. 그들은 친절하게도 나를 위해 뭐든 아끼지 않아. 하지만 그곳에 가야 할 날까지 여유가 있어서 걸어가기로 했다. 그렇게 마음먹은 게 얼마나 잘한 일인지!"

"정말 기뻐요."

"그래, 그래." 교장이 의자에서 쉼 없이 엉덩이를 들썩이며 말했다. "정말 그렇구나. 이제 어디로 가려 했는지, 어디에서 왔는지, 나와 헤어지고 무얼 하며 지냈는지, 이전에는 무얼 했는지 내게 말해다오. 정말 말해다오. 난 세상 물정은 잘 모른다. 그러니 세상일에서는 어쩌면 내가 네게 조언하기보다 내가 네게 조언을 구하는 편이 나을 거야. 하지만 난 아주 진실한 사람이야. 그리고 (잊지 않았겠지만) 내가 너를 사랑하는 데는 이유가 있다. 사랑하는 제자가 죽은 후 그 아이 옆에 있던 네게로 내 사랑이 옮겨갔어." 교장이 천장을 쳐다보며 다시 말을 이어갔다. "정녕 이 아이가 그 재를 대신해 나온 아름다운 기쁨이라면, 그 평화를 저와 함께 누리게 하시고 이 아이를 동정하며 다정히 대하게 하소서!"

정직한 교장의 꾸밈없고 가식 없는 친절, 말과 행동에서 느껴지는 애정 어린 진심, 말 한마디 한마디와 표정에서 드러나는 진정성에 아이는 그를 신뢰하게 되었고, 어떤 배반이나 위선의 기교도 느끼지 못했다. 소녀는 교장에게 자신들은 친구나 친척 한 명 없고, 할아버지가 두려워하는 정신병원과 온갖 불행에서 그를 구하기 위해 그와 함께 집을 도망쳐 나왔고, 할아버지를 자기 자신으로부터 구하기 위해 도망치는 중이고, 할아버지가 다시 예전의 유혹에 넘어가지도 않고 자신의 슬픔과 고통도 들어설 자리가 없는 약간 외지고 조용한 도피처를 찾고 있었다고 말하며 모든 것을 털어놓았다.

교장은 아이의 말을 듣고 놀라움을 금치 못했다. '이 아이는,' 그는 생각했다. '이 아이는 혼자 모든 의혹과 위험을 용맹하게 견뎌내고, 빈곤과 고통에 맞서 싸우고, 깊은 애정과 강인한 의식으로 자기 자신을 지탱하며 버티는구나! 아직 세상은 이런 영웅적인 행동으로 가득 차 있어. 가장 힘들고 타고난 가장 큰 시련은 세상 어떤 기록에도 절대 적히지 않고 매일 겪는 것임을 이제야 알다니. 이 아이의 이야기를 듣고 어찌 놀라지 않을 수 있으랴!'

그 외에 무슨 생각이나 말을 더 했는지는 중요하지 않다. 교장이 가려던 마을에 넬과 할아버지를 데려가서 함께 미천하지만 일자리를 찾아보기로 결론 내렸다. "분명 잘될 거야." 교장이 진심을 담아 말했다. "선의의 목적은 실패하지 않는다."

다음 날 저녁 그들은 함께 길 떠날 채비를 했다. 목적지가 같은 역마차가 말을 교체하기 위해 여관에 멈추면 마부에게 사례하고 넬이 앉을 자리를 마차 안에 마련해 보기로 했다. 역마차가 도착하자마자 흥정은 바로 성사되었고, 시각에 맞춰 역마차가 출발했다. 아이는 부드러운 포장 물건 사이에 편안하게 앉았고, 노인과 교장은 마부 옆에서 함께 걸었고, 여주인과 여관의 마음씨 착한 손님들은 소리를 질러 행운을 빌어주며 작별 인사를 했다.

딸랑거리는 말의 방울 소리, 가끔 들리는 마부의 채찍 소리, 커다란 바퀴가 부드럽게 굴러가는 소리, 마구가 달그락거리는 소리, 보폭이 좁은 말을 타고 옆을 지나가며 유쾌하게 인사를 건네는 여행객들의 저녁 인사 소리—이 모두는 누군가가 잠에 떨어질 때까지 아래쪽에 있는 사람들이 한가롭게 듣도록 만들어진 듯한 두꺼운 차양을 통해 흐릿하게 (하지만 유쾌하게) 들렸다—를 들으며 천천히 움직이는 산을 바라보고 마차 안에 누워 있는 것은 얼마나 포근하고, 안락하고, 나른한 여행길인가! 짐을 벤 머리가 이리저리 움직일 때마다 곤란한 문제나 어려움 없이 계속 앞으로 나아간다는, 이런 모든 소리가 감각을 달래는 꿈같은 음악으로 들린다는 희미한 생각을 하며 잠에 빠져들었다. 그리고 천천히 잠에서 깨어 전면의 반쯤 열린 기분 좋은 색의 커튼 사이로는 셀 수 없이 많은 별이 있는 차갑고 밝은 하늘을 쳐다보고, 아래로는 늪지와 습지와 이름이 동일한 사람 잭같이 춤을 추는 마부의 등불을 보고, 옆으로는 어둡고 음산한 나무들을, 앞으로는 점점 위로, 위로, 위로 올라가다가 더는 갈 곳이 없는 듯 높은 산마루에서 뚝 끊어진 길고 벌거벗은 길을 보았다. 그 너머로 보이는 것은 모두 하늘이었다. 그리고 말에게 먹이를 주려고 마차가 여관에 멈춰 섰다. 부축을 받으며 마차에서 내려 난로와 촛불이 켜진 방으로 들어가, 눈을 많이도 깜박이며, 밤의 추위가 생각보다 혹독하니 몸을 잘 챙기라는 따뜻한 당부의 말을 들었다. 마차로 하는 여행은 얼마나 멋진 여행인가!

여정이 다시 계속되면서 처음에는 생기가 넘쳤지만, 곧바로 졸음이 밀려왔다. 등불을 달고 달그락거리며, 발을 따뜻하게 하려고 서 있는 뒤쪽의 경비 한 명과 퍼캡을 쓰고 눈을 동그랗게 뜬 채 약간 얼빠진 표정을 짓고 있는 신사 한 명을 태운 우편 마차가 혜성처럼 쏜살같이 옆을 지나칠 때 곤한 잠에서 깨어났다. 징수원이 잠든 통행료 징수소에 마차를 세우고 징수소 문을 두드리자 희미한 빛이 새어 나오는 위쪽의 작은 방 이불 밑에서 잠을 자던 징수원이 이불에 눌린 목소리로 대답했다. 이윽고 취침 모자를 쓰고 추위에 몸을 떨며 아래로 내려온 징수원이 대문을 활짝 열어젖히더니, 밤에는 모든 마차가 다른 길을 이용하면 좋겠다고 투덜거렸다. 밤과 아침 사이에 뚜렷한 차이가 있었다. 멀리 빛줄기가 넓게 퍼지며 세상이 잿빛에서 흰색으로, 흰색은 다시 황금색으로, 황금색은 다시 타는 듯한 붉은색으로 바꿔며 모든 생동감 있고 생기 있는 낮이 되었다. 사람과 말이 밭을 갈고, 나무와 울타리에서 새들이 지저귀고, 외딴 들판에서는 아이들이 딸랑이로 새들을 놀라게 했다. 마차가 마을로 들어서자, 시장은 사람들로 분주했고, 가벼운 수레와 마차가 술집 마당을 돌아갔고, 장사꾼들이 자기 가게 문 앞에 서 있었고, 남자들은 물건을 팔기 위해 거리의 아래위로 말을 달렸고, 돼지들은 더러운 곳에 처박혀 꿀꿀거리다가 다리에 묶인 긴 줄을 풀고 깨끗한 약방으로 돌진하지만, 결국 약방 수습생의 빗자루에 쫓겨났다. 야간 마차가 말을 바꿨다. 승객들은 하룻밤 사이 석 달 치 수염이 자란 듯 생기 없고, 추워 보이고, 추하고, 불만에 가득 차 있었지만, 마부는 방금 판지 상자에서 나온 듯 쌩쌩해서 이들의 대조가 절묘하게 아름다웠다. 너무도 부산하고 너무도 분주하고 다양한 사건이 일어나는, 마차 안에서 하는 이런 여행만큼 수많은 즐거움을 주는 여행이 언제 또 있었던가!

때로는 노인이 마차를 타고 가는 동안 1~2마일 정도 걸으며, 때로는 교장에게 자리를 내어주며 누워 쉬라고 권하기까지 하며, 넬은 마차를 멈추고 하룻밤을 보낸 큰 마을에 도착할 때까지 무척이나 행복한 여행을 했다. 일행이 커다란 교회를 지나 거리로 들어서자 일종의 흙이나 회반죽으로 지어진, 검은 기둥들을 여러 방향으로 교차해 놓은, 보기에 굉장히 고풍스러운 분위기가 느껴지는 많은 오래된 집들이 그곳에 있었다. 대문 또한 아치형으로 낮았고, 일부 대문에는 떡갈나무로 만든 현관문과 옛 주인들이 여름밤에 앉아 있었던 진기한 벤치가 있었다. 작은 마름모꼴 판유리로 격자를 이루고 있는 창은 시야가 흐릿한지 행인들을 향해 윙크하고 눈을 깜빡이는 듯했다. 이곳은 들판 가운데 세워진 공장 하나가 주위의 공간을 화산처럼 말라 죽게 한 한두 외딴곳을 제외하면, 이미 오래전에 매캐한 연기와 용광로가 사라진 지역이었다. 그들은 이 마을을 지나 다시 시골로 접어들어 목적지에 점점 가까워지고 있었다.

하지만 그들은, 그렇게 가까운 거리는 아니었지만, 하룻밤을 더 길에서 보냈다. 그렇게 하는 것이 꼭 필요한 행동이었기 때문이 아니라, 그들이 가야 할 마을을 몇 마일 이내에 두었을 때, 새로 부임하는 사무원으로서 품위를 지키고 싶었던 교장이 먼지투성이 신발과 여행으로 쭈글쭈글해진 옷을 입고 들어가는 것을 꺼렸기 때문이다. 교장이 부임할 마을에 도착했을 때는 청명한 가을 아침이었고, 일행은 잠시 걸음을 멈추고 그곳의 아름다움을 만끽했다.

"저기 교회가 보이는구나!" 기쁨에 겨워 교장이 낮게 소리쳤다. "그 옆의 오래된 건물이 내가 일하게 될 학교다. 이렇게 아름다운 곳에서 1년에 35파운드를 받고 일한다니!"

그들은 모든 것에 감탄을 금치 못했다. 오래된 회색 현관, 가운데 문설주가 설치된 창문, 초록으로 물든 무덤에 점점이 세워진 숭고한 묘비, 고대의 탑과 그 위에 달린 닭 모양의 풍향계, 오두막의 갈색 초가지붕, 헛간, 작은 집이 나무 사이로 엿보였고, 물레방아로 잔물결을 일으키는 시냇물과 저 멀리 웨일스의 푸른 산이 보였다. 그곳은 바로 고되고 끊임없는 노동에 지친 아이를 위한 장소였다. 잿더미 침상에 누워 있을 때나 비참한 공포 한가운데 몰려 있을 때 상상하던 광경들—그 광경도 아름다웠다—보다 지금 눈에 보이는 현실 세계의 광경—이런 광경은 늘 소녀의 마음속에 자리 잡고 있었다—이 더 아름다웠다. 전에는 그런 광경을 다시 볼 수 있는 기대가 약해질 때 그 모습이 녹아내려 아련하게 멀리 가버릴 듯했다. 하지만 그것들이 뒤로 물러날수록 소녀는 더욱더 그곳을 동경했었다.

"잠시 여기 어딘가에서 기다려야 한다." 기쁨에 취해 말없이 있는데, 드디어 교장이 침묵을 깨고 말했다. "전할 서신과 물어볼 말이 있구나. 어디로 데려다줄까? 저기 보이는 작은 여인숙에 가 있으면 어떻겠니?"

"여기에서 기다릴게요." 넬이 대답했다. "문이 열려 있어요. 돌아올 때까지 교회 현관에 앉아 기다릴게요."

"그곳도 좋구나." 교회 쪽으로 앞장서 걸어가던 교장이 큰 짐가방을 풀어 커다란 돌 위에 내려놓으며 말했다. "틀림없이 좋은 소식을 가지고 올 거야. 오래 걸리지는 않아."

행복한 교장은 항상 주머니에 넣고 다니는 작은 꾸러미에서 새 장갑을 꺼내 끼고 열정과 흥분으로 가득 차 걸음을 재촉했다.

아이는 나뭇잎에 가려 교장의 모습이 보이지 않을 때까지 현관에서 그를 지켜보다가 조용히 자리에서 일어나 낡은 교회 묘지로 들어갔다. 교회 묘지는 너무 엄숙하고 고요해서 오솔길에 흩어진 낙엽이 치맛자락에 스치는 소리가 유난히 크게 들렸다. 무척 낡아서 금방이라도 유령이 나올 듯한 그곳에 한때 수녀원이나 수도원으로 쓰였던 (폐허가 된 아치형 문과 퇴창의 일부, 새까맣게 변한 벽의 일부가 무너지지 않고 아직 남아 있었기 때문에) 수백 년 전에 지어진 교회가 자리하고 있었다. 그에 반해 이제는 부서지고 무너진 다른 오래된 건물의 잔해들은 자신들도 매장지의 일부가 되어 인간의 재와 함께 묻히기를 바라는 듯 묘지의 흙과 아무렇게나 자란 풀들과 함께했다. 이런 죽은 세월의 묘비에 의해 단단히 굳은, 현대에 거주할 수 있도록 몇몇 노력을 기울여 폐허의 일부를 형성하고 있는, 부패를 서두르며 비어 있고 황량한, 내려앉은 창문과 떡갈나무로 만든 대문이 달린 작은 집 두 채가 있었다.

아이는 그 주택에 시선을 멈췄다. 이유는 알 수 없었다. 교회, 폐허, 오래된 묘지는 분명 낯선 자의 눈에 똑같이 비쳐야 하지만, 두 집에서 눈을 떼지 못했다. 담벼락을 돌아 다시 교회 현관으로 돌아온 후에도 소녀는 교장을 기다리며 생각에 잠겨 그곳에 온통 마음을 빼앗긴 듯 여전히 그 집을 바라보았다.

47장

우리가 이미 보았듯 사두마차를 타고 공증인의 집에서 출발해 앞으로 급히 달려간 키트 어머니와 독신 신사—이 이야기가 일관성을 유지하고 인물들에 대한 불확실성과 의심을 키우지 않도록 서둘러 이들 뒤를 따라가는 것이 좋은 방편이다—는 곧 도시를 벗어나 넓은 공공도로의 부싯돌에 불을 붙였다.

자신이 처한 색다른 상황에 적잖이 당황한 마음 여린 누블스 부인은 지금 어린 제이컵과 막내가 난롯불 위로 쓰러지지는 않았을까, 계단에서 굴러떨어지지는 않았을까, 문 뒤에 끼지는 않았을까, 목마르다고 주전자 주둥이에 입을 갖다 대다가 기관지를 대지는 않았을까 하고 걱정하며 침묵을 지켰다. 그리고 그녀는 마차 밖으로 통행료 징수원과 승합마차의 마부를 비롯한 여러 사람과 눈이 마주칠 때마다 자신이 처한 입장의 새로운 품격 때문에 장례식에 참석한 조문객처럼 느꼈는데, 조문객은 고인에 대한 슬픔은 없지만 장의용 마차 밖에 지인들이 있는 것을 의식해서 애써 침통한 표정을 지으며 창밖 풍경에 무관심한 모습을 보인다.

독신 신사의 동료애에 무관심했다는 것은 강철 같은 신경을 선물 받은 것이나 다름없었으리라. 마차에 타고 있거나 말들이 달릴 때 이 신사처럼 가만히 있지 못하는 사람도 없었다. 그는 단 2분도 같은 자세로 앉아 있지 못했고, 팔과 다리를 쉴 새 없이 쳐들며 창틀은 올리는가 싶더니 과격하게 내리고, 한쪽 창문에서 고개를 쑥 내밀었다가 다른 쪽 창문에서 또 고개를 쑥 내밀었다. 게다가 그는 주머니에 처음 보는 신기한 부시통을 넣고 다녔는데, '철커덕, 쉭'하는 소리를 내며 그가 불꽃에 시계를 들춰보면 당연히 누블스 부인은 눈을 감았고, 소년들이 말들을 멈추기 전에 자신과 누블스 부인이 산 채로 통구이가 될 가능성은 전혀 없다는 듯 불꽃이 짚[6] 사이에 떨어져도 그냥 두었다. 말을 교체하기 위해 마차가 잠시 정차할 때마다 마차 발판도 내리지 않고 폴짝 뛰어내리고, 꼬리에 불이 붙은 닭처럼 여관 마당을 돌아다니고, 램프 불빛에 비쳐 시계를 꺼내고는 다시 들어 올리기도 전에 보는 것을 잊어버리는 그를 볼 수 있었다. 간단히

---

6 마차 내부 바닥에 깔린 짚.

말해 이런 수많은 터무니없는 행동을 하는 바람에 누블스 부인은 그를 정말 두려워했다. 그런 후에 말이 출발하면 할리퀸[7]처럼 마차에 올라탄 그는 1마일도 못 가서 또다시 시계와 부시통을 함께 꺼냈고, 그 상태로는 아주 잠깐 잠을 잘 수 있는 희망마저 사라진 누블스 부인은 다시 완전히 잠에서 깨어났다.

"편안하세요?" 독신 신사가 이런 위업 중 하나를 행한 후 불쑥 뒤를 돌아보며 말했다.

"네, 매우. 감사합니다."

"정말이에요? 춥지 않으세요?"

"조금 춥네요." 키트 어머니가 대답했다.

"그럴 줄 알았습니다!" 독신 신사가 앞쪽 창문 중 하나를 내리며 소리쳤다. "물을 탄 브랜디가 필요해! 당연히 그렇겠지. 그걸 잊어버리다니. 어이! 다음 여관에 마차를 세우고 뜨거운 물을 탄 브랜디 한 잔 달라고 하게."

키트 어머니는 아무것도 필요하지 않다고 말했지만, 허사였다. 독신 신사는 물러설 수 없었다. 그는 불안함을 표현하는 다른 모든 방법과 방식을 다 써버렸을 때마다 키트 어머니가 물을 탄 브랜디를 원한다는 생각이 변함없이 떠올랐다.

이런 식으로 그들은 자정이 가까울 때까지 여행했고, 저녁을

---

7 19세기 팬터마임에서 주역을 맡은 어릿광대.

먹기 위해 마차를 멈췄을 때 독신 신사는 그 집에서 먹을 수 있는 모든 것을 주문했다. 키트 어머니가 음식을 한 번에 다 먹지 않았기 때문에 독신 신사는 그녀가 아프다고 단정했다.

"안색이 좋지 않군요." 독신 신사가 말했다. 그런데 정작 본인은 아무것도 하지 않고 방안만 서성이고 있었다. "부인, 뭔가 문제가 있는 듯합니다. 안색이 좋지 않아요."

"감사합니다. 하지만 괜찮습니다."

"괜찮지 않습니다. 확실해요. 나 때문에 이 불쌍한 여인이 가족들을 너무 급하게 떠나왔고, 점점 창백해지는구나. 부인, 저 훌륭한 사람입니다. 자녀가 몇이나 되죠?"

"키트 말고 두 명 더 있습니다."

"아들입니까?"

"네."

"아이들이 세례를 받았나요?"

"한 명만 받았어요."

"부인이 원하면 제가 두 아이의 대부가 되어주지요. 멀드와 인을 좀 드세요?"

"정말, 술은 한 모금도 못 해요."

"마셔야 합니다." 독신 신사가 말했다. "마시고 싶은 거 압니다. 미리 주문해야 했는데, 결례를 범했군요."

즉시 종이 있는 곳으로 날아가 물에 빠진 사람의 회복을 위해 당장 필요한 것처럼 성급하게 멀드와인을 주문한 독신 신사는, 키트 어머니에게 눈물이 얼굴을 타고 내려올 만큼 뜨거운, 엄청나게 많은 양의 술을 한 번에 삼키게 하고는 그녀를 떠밀듯 마차에 태웠다. 독신 신사가 초조해하는 모습을 인지할 수 없게 된 누블스 부인—어쩌면 이 기분 좋은 진정제의 효과로—은 곧바로 잠에 빠졌다. 독신 신사의 예상보다 멀고 긴 여행이었음에도 동이 훤히 튼 후에야 누블스 부인이 잠에서 깨어났기 때문에 이 일시적인 성격의 처방 효과는 없었다. 마차는 어느 마을의 포장길을 달리고 있었다.

"여기군!" 독신 신사가 마차의 모든 창문을 내리며 소리쳤다. "밀랍 인형 전시장으로 가주게!"

뒤쪽 말에 앉은 소년이 모자를 가볍게 만지고 말들이 멋지게 들어갈 수 있도록 끝까지 박차를 가하자, 네 마리의 말이 갑자기 경쾌하게 구보 속도로 달리기 시작하더니 시끄러운 소리를 내며 거리를 돌진했다. 그 때문에 궁금해하는 선량한 사람들을 대문과 창문으로 데려왔고, 여덟 시 30분을 알리는 시계탑의 근엄한 목소리는 묻혀버렸다. 그들은 사람들이 빙 둘러선 어느 집 문 앞에 멈춰 섰다.

"무슨 일입니까?" 독신 신사가 마차에서 고개를 내밀며 말했다. "무슨 일이라도 생겼습니까?"

"결혼식이에요, 결혼식." 몇몇 사람이 소리쳤다. "만세!"

시끄러운 군중 가운데서 조금 당황한 독신 신사가 좌마(左馬) 기수의 도움을 받아 마차에서 내렸고, 키트 어머니가 내릴 수 있도록 손을 잡아주었다. 이 모습을 지켜보던 사람들이 "여기 또 한 쌍이 있어요!"하고 소리치고는 즐거워 함성을 지르며 껑충껑충 뛰었다.

"내 생각에, 세상이 미쳐버렸어." 사람들이 추측하는 신부와 군중 속을 뚫고 앞으로 나가며 독신 신사가 말했다. "여기에서 잠시 기다리세요. 제가 가서 노크해 보죠."

군중은 시끄럽게 하는 것은 무엇이든 좋았다. 수십 개의 더러운 손이 독신 신사를 대신해 문을 두드렸고, 그 어떤 문 두드리는 쇠고리도 문제의 이 특별한 기계 장치보다 귀를 멀게 하는 소리를 만든 적은 거의 없었다. 이런 봉사활동을 한 후에 독신 신사가 자신들의 결과를 혼자 떠맡기를 바라며 군중은 겸손하게 뒤로 물러났다.

"무슨 일입니까?" 커다란 나비넥타이를 단춧구멍에 꽂은 한 남자가 문을 열고 초연한 얼굴로 신사를 대하며 말했다.

"결혼한 사람이 누굽니까?" 독신 신사가 말했다.

"접니다."

"당신이군! 누구와 결혼했습니까?"

"무슨 권리로 그런 질문을 하는 겁니까?" 신랑이 아래위로 훑어보며 말했다.

"무슨 권리냐고!" 독신 신사가 키트 어머니의 팔을 더 단단히 끌어당기며 소리쳤다. 그 착한 부인이 분명 달아날 생각을 하고 있었기 때문이다. "당신은 꿈에도 생각하지 못할 권리요. 여러분, 이 친구가 미성년자와 결혼이라도 했다면, 쯧쯧, 그런 일은 없겠지. 당신이 데리고 있던 아이는 어디 있소. 넬이라고 하지. 어디 있어요?"

독신 신사가 이 질문을 제기하자, 누블스 부인이 따라 했고, 손에 잡힐 듯한 방에서 누군가가 크게 비명을 질렀다. 흰 드레스를 입은 덩치 큰 여성이 문 앞으로 달려 나와 신랑의 팔에 몸을 기댔다.

"그 아이가 어디 있죠?" 여인이 소리쳤다. "무슨 소식을 전하러 왔어요? 그 아이에게 무슨 일이라도 생겼나요?"

독신 신사가 깜짝 놀라 뒷걸음질 치며 전에는 잘리 부인이었던 (잘리 부인은 그날 아침 철학에 조예가 깊은 조지와, 시인 슬럼의 영원한 분노와 절망과 결혼했다) 여인의 얼굴을 우려와 실망과 불신이 서로 상충하는 표정으로 바라보았다. 마침내 그가 더듬거리며 말을 뱉었다.

"넬이 어디 있는지 묻지 않습니까? 당신 무슨 말을 하는 거예요?"

"오!" 신부가 소리쳤다. "넬에게 좋은 소식을 전하려면, 일주일 전에 왔어야죠."

"아이가…. 죽지는 않았죠?" 독신 신사가 얼굴이 백지장처럼 하얘져서 말했다.

"아니요, 그 정도로 나쁘지는 않아요."

"오, 하느님 감사합니다!" 독신 신사가 힘없이 외쳤다. "안으로 좀 들어가도 되겠습니까?"

신랑과 신부는 독신 신사가 안으로 들어올 수 있게 뒤로 물러섰고, 그가 들어오자 문을 닫았다.

"나쁜 사람은 아닙니다." 독신 신사가 이제 막 결혼한 부부에게로 돌아서며 말했다. "내가 찾는 두 사람만큼 힘든 삶을 살아가는 이도 없습니다. 그들은 나를 알아보지 못할 겁니다. 내 얼굴이 그들에게는 낯설 테니, 그들 중 한 명이라도 이곳에 있다면 여기 착한 부인을 데려가 얼굴을 보여주세요. 이 부인은 잘 알고 있으니까. 그들에게 혹 해가 될까 봐 두려워서 그들을 모른다고 하는 거라면, 그들의 오랜 친구인 이 사람을 알아보는 걸로 내 진심을 알게 될 겁니다."

"내가 늘 말했어요!" 신부가 소리쳤다. "넬이 보통 아이가 아니라고. 아아, 정말 슬퍼요, 당신을 도울 수 없어서. 우리도 할 수 있는 일은 모두 해봤지만, 헛수고였어요."

이렇게 말하고 신혼부부는 독신 신사에게 넬과 할아버지를 처음 만난 때부터 그들이 갑자기 말도 없이 사라진 일까지 알고 있는 모든 사실을 숨김없이 털어놓았다. 그리고 (이것은 사실이었다) 두 사람을 찾기 위해 온갖 노력을 기울였지만 허사였고, 처음에는 그들의 안전이 걱정되어 무척 놀랐지만, 갑자기 사라졌으니 어느 날 우연히 모습을 드러낼지도 모른다고 생각했다는 말도 덧붙였다. 그들은 노인의 정신 상태, 노인이 집을 비울 때마다 아이가 보인 불안감, 노인이 만난 것으로 추정되는 패거리들, 넬에게 슬그머니 스며든 몸과 마음을 피폐하게 만든 우울감에 대해 곰곰이 생각했다. 노인이 밤에 사라진 것을 알고 소녀가 그가 갔을 장소를 알거나 추측해서 집을 떠났는지, 아니면 같이 집을 떠났는지는 단언할 방법이 없었다. 하지만 그들은 노인이 도망치자고 했는지 소녀가 그러자고 했는지는 알 수 없지만, 두 사람의 소식을 다시 들을 가능성은 단지 빈약하고, 다시 돌아올 가능성도 없는 것으로 생각한다고 말했다.

독신 신사는 비애와 실망감에 압도당한 사람의 분위기로 이들의 말을 귀 기울여 들었다. 신혼부부가 노인에 관해 말할 때는 눈물까지 흘리며 괴로워했다.

이 부분을 길게 끌지 않고 긴 이야기를 짧게 마무리 짓기 위해 면담이 끝나기 전에 독신 신사는 그들의 말이 사실이라는 증거가 충분하다고 생각했고, 외로운 아이에게 친절을 베푼 신랑과 신부에게 감사의 뜻으로 사례하려 했지만, 그들은 한사코 거절했다고 간단히 쓰자. 결국 행복한 부부는 시골을 유람하며 신혼을 즐기기 위해 카라반을 타고 흔들리며 여행을 떠났고, 독신 신사와 키트 어머니는 슬픔에 잠겨 마차 문 앞에 서 있었다.

"나리, 어디로 모실까요?" 맨 앞줄 왼쪽 말에 탄 소년이 말했다.

"그러니까 어디로 가느냐 하면…." 독신 신사는 '여관'으로 가자고 말할 생각이 없었지만, 키트 어머니를 위해 '여관'으로 가자고 덧붙였고, 그들은 여관으로 향했다.

이미 마을에는 밀랍 인형 전시장에서 일하던 귀여운 소녀가 어릴 때 유괴된 부잣집 자식이고 이제야 그 행적을 찾았다는 소문이 파다하게 퍼졌다. 소녀가 군주, 공작, 백작, 자작, 남작의 딸이라며 의견이 분분했지만, 독신 신사가 아버지라는 데에는 모두가 동의했다. 사람들이 몸을 앞으로 내밀고 독신 신사를 훔쳐보려 했지만, 그의 숭고한 코끝만 보았고, 낙심한 신사는 네 마리의 말이 끄는 마차를 타고 떠나버렸다.

그 순간 아이와 할아버지가 오래된 교회 현관에 앉아 참을성 있게 교장을 기다린다는 사실을 알면 독신 신사의 슬픔이 덜하련만!

48장

독신 신사와 그의 용무에 관한 유명한 소문은 입에서 입으로 전해지고 퍼져나가며 더욱더 강력해져서—'구르는 돌에는 이끼가 끼지 않는다'는 속담과 달리 여기저기 돌아다니며 더 많은 이끼가 끼었기 때문이다—그가 여관 문 앞에 내리자, 칭송과는 거리가 멀었지만, 사람들이 신나고 매력적인 광경인 듯 쳐다보는 일이 발생했다. 한데 모인 할 일 없는 대규모 군중은, 말하자면 밀랍 인형 전시장이 문을 닫고 주인이 결혼식을 올리는 바람에 실업자가 된, 그의 도착을 특별한 신의 섭리로 여겼고, 가장 격렬한 기쁨을 표명하며 그를 맞이했다.

이런 전반적인 분위기에 조금도 동참하지 않고, 침묵 속에서 혼자 실망감을 되새기고 싶어 하는 사람처럼 우울하고 지친 표정으로 독신 신사는 마차에서 내렸고, 공손하지만 힘없이 키트 어머니에게 손을 건네 구경꾼에게 깊은 인상을 남겼다. 이렇게 하고 그는 자신의 팔을 내주며 그녀를 여관 안으로 안내했고, 그 사이 몇몇 적극적인 웨이터들이 길을 터주며 그들을 맞을 준비가 된 방을 보여주기 위해 앞다퉈 뛰어나왔다.

"어떤 방이든 괜찮네." 독신 신사가 말했다. "여기에서 가까운 곳이면 돼."

"가깝습니다. 이쪽으로 오시면 됩니다."

"신사분이 이 방을 좋아할까?" 계단 밑에 있는 구석진 곳의 작은 문이 불쑥 열리더니 머리 하나가 튀어나오며 어떤 목소리가 이렇게 말했다. "이곳은 신사분을 환영합니다. 5월의 꽃이나 성탄절의 석탄만큼 환영합니다. 이 방은 어떻습니까? 안으로 들어와 영광을 베풀어주길. 부디 부탁을 들어주길 바랍니다."

"어이쿠 세상에!" 누블스 부인이 깜짝 놀라 뒤로 물러나며 소리쳤다. "이런 말도 안 되는 일이!"

부인이 이렇게 놀라는 데는 다 이유가 있었으니, 정중하게 방으로 초대한 사람이 다름 아닌 다니엘 퀼프였기 때문이다. 그가 고개를 내민 작은 문은 식품 저장고와 붙어 있었는데, 그는 그 문이 자기 집 문인 듯 아주 편안하게, 기괴하면서도 공손한 태도로 고개 숙여 인사하며 그곳에 서 있었다. 그는 모든 양고기 다리와 통째로 구운 차가운 가금류 고기와 자신이 가까이 있는 것만으로도 입맛이 달아나게 했고, 지옥으로부터 어떤 나쁜 짓을 하려고 이 세상에 온 지하창고의 악령처럼 보였다.

"영광을 베풀어주겠습니까?" 퀼프가 말했다.

"혼자 있고 싶소." 독신 신사가 대답했다.

"오!" 퀼프가 말했다. 이렇게 말하고 그는 네덜란드 벽시계의 뻐꾸기가 시간을 알릴 때처럼 몸을 한 번 홱 움직여 안으로 뛰어 들어가더니 문을 쾅 닫아버렸다.

"어젯밤 리틀 베델에서 저 사람을 봤어요." 키트 어머니가 속삭였다.

"정말이에요?" 독신 신사가 말했다. "종업원, 저 사람이 언제 여기에 왔나?"

"야간 마차를 타고 오늘 아침에 도착했습니다."

"흥! 그러면 언제 떠나지?"

"잘 모르겠습니다. 객실 담당 여종업원이 방금 침구가 필요한지 물어보았는데, 험악하게 인상을 쓰며 키스하려고 했다는군요."

"가서 이리로 와 달라고 말 좀 전해주게." 독신 신사가 말했다. "얘기를 나누고 싶다고. 바로 오라고 전해, 알아들었나?"

종업원은 이런 지시를 받으며 그를 말똥말똥 쳐다보았다. 독신 신사가 난쟁이를 보고 키트 어머니만큼 놀라면서도 두려움 없이 서서 그에 대한 반감과 혐오감을 애써 숨기려 하지 않았기 때문이다. 종업원은 심부름을 실행했고, 곧 그 대상을 안내하며 돌아왔다.

"신사분." 난쟁이가 말했다. "심부름꾼을 중간에서 만났습니다. 저의 경의의 표시를 받아주리라 믿었습니다. 평안하길 바랍니다. 아주 평안하길 바랍니다."

짧은 멈춤이 있었다. 그동안 난쟁이는 실눈을 뜬 채 오만상을 쓰며 독신 신사의 대답을 기다리고 서 있었다. 아무런 응답이 없자, 그가 낯익은 사람에게로 몸을 돌렸다.

"크리스토퍼 어머니." 퀼프가 소리쳤다. "오, 친애하는 부인. 정직한 아드님을 둘 자격이 있는 부인, 아드님은 잘 지내죠! 부인은 어떠세요? 공기와 풍경이 바뀌니 좋던가요? 얼마 안 되는 가족과 키트는? 아이들은 잘 지내나요? 잘 자라죠? 훌륭한 시민으로 자라고 있겠죠?"

퀼프 씨는 매번 질문할 때마다 목소리 톤을 높였다가 '찍찍' 하는 새된 소리를 내며 말을 마치고는 늘 그렇듯 숨이 찬 얼굴로 가라앉았는데, 일부러 그러는지 원래 그런지는 알 수 없지만, 이것은 감정이나 의미를 나타내는 지표가 되는 한 완벽하게 백지상태로 만들며 얼굴에서 모든 표정을 지워버리는 것과 똑같은 효과가 있었다.

"퀼프 씨." 독신 신사가 말했다.

난쟁이가 손을 들어 펄럭이는 커다란 귀에 갖다 대고 굉장히 집중해서 듣는 척했다.

"우리 전에 만난 적이…."

"그렇습니다." 퀼프가 고개를 끄덕이며 말했다. "분명 그렇습니다. 대단한 영광이고 기쁨이었습니다. 두 분 다 그렇습니다. 크리스토퍼 어머니도 마찬가지고요. 쉽게 잊지 못할 겁니다. 절대 잊을 수 없죠."

"당신은 내가 런던에 도착한 날을 기억할 겁니다. 그 집이 비어 버려진 걸 발견했고, 몇 분 이웃들의 도움을 받아 쉬지도 않고 곧장 당신을 찾아갔지."

"어찌나 느닷없던지. 그리고 어찌나 진지하고 열정이 넘치던지." 퀼프가 브라스 흉내를 내며 깊이 생각하는 투로 말했다.

"나는 알게 되었소," 독신 신사가 말했다. "당신이 뚜렷한 이유 없이 최근까지 남의 소유물이던 것을 모두 차지했고, 당신이 그들의 재산에 손을 대자마자 그전까지 풍족해 보이던 사람은 돌연 구걸하며 떠도는 신세가 된 것을."

"정당한 근거에 따라 그렇게 했습니다." 퀼프가 대답했다. "암요, 정당한 근거가 있습니다. 공정하게 말해주세요. 그 영감은 자기 발로 야반도주했습니다."

"어쨌든 상관없소." 독신 신사가 화를 내며 소리쳤다. "그는 사라지고 없으니까."

"예. 사라졌습니다." 퀼프 역시 화가 났지만, 침착하게 말했다. "분명 도망쳤습니다. 문제는 그가 어디에 있느냐, 이겁니다. 여전히 그게 문제입니다."

"지금 내가 당신에 대해 생각하는 건," 독신 신사가 퀼프를 준엄하게 바라보며 말했다. "그때는 어떤 정보도 주지 않으려 하더니, 아니 분명 숨겼지. 그리고 온갖 교활한 눈속임으로 얼버무리고 피했지. 그런데 이제는 나를 미행까지 하는군."

"미행해요?" 퀼프가 소리쳤다.

"아니, 그러면 아니란 말이오?" 질문자가 몹시 짜증을 내며 되물었다. "당신은 불과 몇 시간 전까지만 해도 이곳에서 60마일이나 떨어진, 이 부인이 예배를 드리는 교회에 있지 않았소?"

"부인도 거기 있었습니까?" 퀼프가 여전히 조금의 동요도 없이 말했다. "무례해지고 싶지는 않지만, 그러면 신사분도 제 뒤를 밟았군요. 맞습니다. 교회에 있었습니다. 거기에서 무엇을 했느냐고요? 순례자들은 여행길에 오르기 전 교회를 찾는다고 책에서 읽었습니다. 안전한 귀향을 빌기 위해. 정말 슬기로운 사람들이 아닐 수 없습니다. 여행이란 정말 위험합니다. 특히, 마차 밖은 그렇지요. 바퀴가 떨어져 나가거나 말이 겁을 먹고 놀라기도 하고, 마부가 말을 너무 빨리 몰아서 마차가 전복되기도 하니까요. 그래서 저는 여행길에 오르기 전 늘 교회를 찾습니다. 무슨 일이 생겨도 빼먹지 않고 꼭 그렇게 합니다."

퀼프는 정말 열심히 거짓말을 했다. 비록 얼굴, 목소리, 행동에서 순교자의 지조로 자신이 한 말이 진실임을 고수하려 했지만, 속내를 파악할 필요도 없이 모두 거짓임을 쉽게 알 수 있었다.

"이렇게 사람을 짜증 나게 하는 게 다 계산된 건 아니오?" 불행한 독신 신사가 말했다. "그래서 내 부름을 받아들였고. 내가 여기 왜 왔는지 모릅니까? 알면 내게 말해주지 않겠소?"

"제가 무슨 마술사라도 되는 줄 압니까." 퀼프가 어깨를 으쓱하며 대답했다. "제가 마술사라면 제 점부터 볼 겁니다. 떼돈을 벌게."

"아! 우리 얘기는 여기까지군." 독신 신사가 소파에 털썩 주저앉으며 말했다. "나가주시오."

"기꺼이." 퀼프가 대답했다. "기꺼이 그렇게 해야지요. 부인도 푹 쉬세요. 여행 잘하고 무사히 돌아가기를, 에헴!"

이런 작별 인사와 함께 그가 형언할 수 없는 미소를 지었지만, 이 미소에는 인간이나 원숭이가 할 수 있는 가장 찡그린 표정이 마구 섞인 듯했다. 난쟁이는 천천히 방을 나가 등 뒤로 문을 닫았다.

"아하!" 방으로 돌아온 퀼프가 양손을 허리에 짚고 의자에 앉아 말했다. "아하! 이봐 친구. 정말이지!"

매우 기쁜 듯 낄낄거리고, 상상할 수 있는 모든 형태의 추악한 표정으로 얼굴을 일그러뜨려 그동안 참은 웃음을 한꺼번에 보상하며, 퀼프 씨는 의자에 앉아 몸을 앞뒤로 흔들고 동시에 왼쪽 다리를 주무르며 생각에 잠겼다. 무엇에 관한 생각인지 여기에서 그 내용을 말할 필요가 있을 듯하다.

우선 퀼프는 그곳까지 오게 된 상황을 되짚어보았는데, 간략히 설명하면 이렇다. 전날 밤 그 신사와 그의 박식한 여동생이 없는 샘슨 브라스 씨의 사무실에 들른 퀼프는, 마침 먼지 나는 법률 서류 위에서 물을 섞은 한 잔의 따뜻한 진을 뿌려 육체를, 속담에도 있듯, 상당히 적시고 있는 스위블러 씨를 우연히 만났다. 하지만 개략적으로 말해 육체를 술에 너무 적시면 힘이 빠지고, 일관성이 없어지고, 생각지도 못한 곳에서 쓰러지고, 기억도 흐려지고, 성품의 힘이나 견실함이 사라지기 마련이다. 그래서 상당한 양의 술을 마신 스위블러 씨의 육체는 머릿속의 여러 생각들이 빠르게 판별력을 잃어 서로 충돌할 만큼 아주 느슨하고 흐느적거리는 상태가 되었다. 이렇게 술에 취한 상태에서도 대단히 신중하고 총명하다고 자기 자신을 소중히 여기는 것은 드문 일이 아니다. 특히 이런 성격이 강한 스위블러는 자신이 위층에 사는 독신 신사와 관련해 수상한 일을 목격했고, 그 일은 가슴에 묻어두고 어떤 고문이나 감언이설에도 절대 말하지 않기로 했다고 언급했다. 퀼프 씨는 스위블러 씨의 이런 결심을 높이 사면서도 좀 더 단서를 얻기 위해 열심히 부추긴 결과 독신 신사와 키트가 대화를 나눴고, 이것은 절대 다른 이에게 발설해서는 안 되는 비밀이라는 말을 그에게서 들었다.

이 정보를 손에 넣은 퀼프 씨는 독신 신사가 전에 찾아온 사람과 동일인임을 직감하고 몇 가지 더 캐물은 끝에, 자신의 추측을 확신하며, 그가 노인과 넬을 찾기 위해 키트를 만났다고 쉽게 결론 내렸다. 독신 신사의 추적이 어떻게 진행되는지 궁금해 안달이 나 있던 퀼프는, 자신의 속임수에 잘 넘어갈 사람이고 결과적으로 자신이 얻고자 하는 폭로에 가장 쉽게 휘말릴 듯하다는 판단하에, 키트 어머니를 덮치기로 결심했다. 그래서 스위블러 씨와 돌연 헤어진 그는 서둘러 그녀의 집으로 향했다. 하지만 착한 부인이 집에 없어서, 키트가 바로 몇 분 뒤에 그랬듯, 이웃에게 행방을 물어 예배당에 가게 되었고, 예배가 끝나면 부인에게 물어볼 참이었다.

퀼프가 예배당에 머문 시간은 채 15분이 안 되었고, 그가 경건하게 천장에 눈을 박고 예배당에 있는 자신의 모습이 우스워 속으로 낄낄대고 있을 때 키트가 나타났다. 난쟁이는 스라소니처럼 날카로운 눈빛으로 한눈에 키트가 볼일이 있어 왔음을 간파했다. 앞서 보았듯, 그는 심오한 생각에 빠진 척하며 키트의 행동 하나하나를 주의 깊게 관찰했고, 키트가 가족을 데리고 밖으로 나가자, 그 뒤를 쫓아 마침내 공증인 사무실까지 갔다. 기수 중 한 명으로부터 마차의 목적지를 알아낸 그는 그곳으로 가는 야간 급행 마차가 곧 출발한다는 사실을 알고 곧바로 근처 매표소로 달려가 마차 지붕에 자리를 잡고 앉았다. 밤새 퀼프가 탄 마차와 독신 신사의 마차는 중간에 멈추는 시간이 길거나 짧은 정도에 따라 서로 앞서거니 뒤서거니 하며 거의 같은 시각 목적지에 도착했다. 사람들 무리에 섞여 있는 독신 신사의 마차에서 눈을 떼지 못하던 퀼프는 독신 신사가 넬과 노인을 찾으러 왔지만 찾지 못한 사실과 그밖에 중요한 여러 정보를 입수하고 서둘러 그곳을 떠나 그보다 먼저 여관에 도착해서 그를 기다렸다. 그리고 조금 전 자세히 설명했듯 독신 신사와 면담하고 방으로 돌아와 문을 닫고 지금까지의 상황을 되짚어보았다.

"이봐 친구. 듣고 있나?" 퀼프가 게걸스럽게 손톱을 물어뜯으며 이 말을 되풀이했다. "나를 의심하고 제쳐 두었지. 키트가 자네 심복 아닌가, 맞지? 안 됐지만, 녀석을 없애버릴 거야. 만약 우리가 아침에 그들을 찾았다면," 한참 생각에 잠겨 있던 퀼프가 다시 말을 이었다. "내 권리를 행사할 준비가 되어 있었는데. 큰 이익을 챙길 수 있었는데. 꼬마 녀석과 그 녀석 어머니 같은 위선자만 아니면 성질이 불같은 저 신사를 영감—그래 우린 서로 친구지 하! 하!—과 통통한 장밋빛 넬만큼 쉽게 엮을 수 있을 텐데. 아무리 나빠도 절대 놓칠 수 없는 정말 좋은 기회야. 일단 그들을 먼저 찾은 다음 당신의 넘치는 재산을 빼돌릴 방안을 찾아봐야지. 그동안 당신 친구인지 친척인지 모르지만, 그 영감은 쇠창살과 빗장과 자물쇠가 있는 감옥에 안전하게 가두고 말이야. 난 당신 같은 고결한 사람이 끔찍할 정도로 싫어!"

난쟁이가 술잔을 집어 던지고 혀로 입술을 핥으며 말했다. "아 아! 모조리 다 싫어!"

이것은 허풍이 아니라 자기감정에 대한 신중한 공언이었다. 왜냐하면 누구도 사랑하지 않았던 퀼프 씨는 망한 고객과 관련 있는 사람이면 모두 조금씩 증오했기 때문이다. 노인은 그를 속이고 감시망을 피해 도망쳤기 때문이고, 넬은 퀼프 부인의 동정과 끊임없는 자책의 대상이었기 때문이고, 독신 신사는 노골적으로 그를 혐오했기 때문이고, 특히 키트와 키트 어머니는 이미 언급한 바와 같은 이유로 죽이고 싶을 만큼 싫어했다. 바뀐 상황으로 스스로 부자가 되려는 엄청난 욕망과 떼래야 뗄 수 없었을 그들에 대한 보통의 반감에 더해 다니엘 퀼프는 그들 모두를 증오했다.

이런 정감 있는 기분에 싸여 퀼프 씨는 술로 자기 자신과 자신의 증오를 한층 더 북돋운 다음 장소를 바꿔 구석진 곳에 자리한 선술집으로 들어갔고, 그들의 은둔 생활을 숨긴 채 노인과 손녀의 발견으로 이어질 수 있는 모든 가능한 조사를 시작했다. 하지만 모두 헛수고였다. 아주 작은 흔적이나 단서 하나 얻지 못했다. 넬과 노인은 밤에 도시를 떠났다. 아무도 그들을 보지 못했고, 길에서 그들을 만난 사람도 없었다. 사륜마차나 짐수레나 짐마차 마부 중에도 그들의 인상착의를 말하는 사람은 없었고, 그들을 받아주고 함께 한 사람도 없었다. 마침내 현재로서는 이런 노력은 희망이 없다고 판단한 그는, 두서너 명을 정찰 병으로 뽑아 어떤 정보든 찾아오면 크게 보상한다는 약속을 남기고, 다음 날 런던으로 돌아갔다.

마차 지붕에 자리를 잡고 앉은 퀼프 씨는 키트 어머니가 마차 안에 혼자 탄 사실을 알고 약간의 희열을 느꼈다. 이런 상황으로 그는 여행 내내 생기가 넘쳤는데, 누블스 부인 혼자라 온갖 별난 행태로 그녀를 겁줄 수 있었기 때문이다. 예를 들면 그는 목숨을 걸고 마차 옆에 매달리고, 큰 눈을 부릅뜨고 부인을 들여다보고—부인에게는 그의 얼굴을 아래위로 돌려놓은 것보다 끔찍했다—부인이 두려움에 떨며 이쪽 창문에서 저쪽 창문으로 피해 다니게 하고, 마차가 말을 바꾸기 위해 정차할 때마다 쏜살같이 지붕에서 뛰어내려 흉측한 얼굴을 마차 창문으로 불쑥 들이밀었다. 이 기발한 고문은 퀼프 씨가 리틀 베델의 목사가 맹렬히 공격한 바로 그 악의 화신이며, 아마도 애슐리에 간 일과 굴을 먹으며 즐거워한 일 때문에 이런 일이 주변에서 생겨 날뛴다고 누블스 부인이 굳게 믿는 효과를 낳았다.

키트는 어머니가 돌아온다는 편지를 받고 역마차 매표소에서 기다리고 있었고, 친숙한 악마처럼 마부의 어깨 너머로 곁눈질하는, 자기 눈에만 보이는, 낯익은 퀼프를 발견하고 소스라치게 놀랐다.

"크리스토퍼, 잘 있었니?" 난쟁이가 마차 지붕에서 꺽꺽거렸다. "그래, 네 어머니는 안에 있다."

"어머니, 저 사람이 어떻게 여기 있어요?" 키트가 속삭였다.

"나도 저 사람이 여기에 어떻게 왜 왔는지 모르겠구나." 누블스 부인이 키트의 도움을 받아 마차에서 내리며 대답했다. "저 사람 때문에 이렇게 축복받은 날 내내 공포에 떨었다."

"그랬어요?" 키트가 격앙된 목소리로 외쳤다.

"넌 말해도 믿지 못해." 누블스 부인이 대답했다. "하지만 저 사람에게는 아무 말도 하지 마라. 사람이 아니니까. 쉿! 자기 얘기를 한다고 생각할 테니 돌아보지 마. 그런데 마차 등불 한가운데서 저렇게 나를 곁눈질하니 정말 소름이 돋는구나!"

어머니의 경고에도 키트는 날카롭게 뒤를 돌아보았다. 하지만 퀼프 씨는 유유히 별을 바라보며 천체를 사색하는 일에 빠져 있었다.

"오, 저런 교활한 사람 같으니!" 누블스 부인이 소리쳤다. "하지만 가까이 가면 안 된다. 절대 저 사람에게 말을 걸면 안 돼."

"네, 그럴게요, 어머니. 참, 별꼴이네요. 이봐요."

퀼프 씨가 멈칫하더니 미소를 지으며 주위를 둘러보았다.

"어머니를 괴롭히지 마세요, 알았죠?" 키트가 말했다. "감히 저분처럼 가엾이 혼자 사는 여인을 괴롭히고, 힘들게 하고, 우울하게 하다니. 당신 없이도 충분히 힘든 분이에요. 부끄러운 줄 아세요, 난쟁이 괴물 아저씨."

'괴물이라고!' 퀼프가 미소를 지으며 속으로 말했다. '1페니만 내면 세상에서 가장 못생긴 난쟁이를 어디에서나 볼 수 있지. 괴물이라고. 어!'

"다시 어머니에게 무례하게 굴면," 키트가 모자 등을 넣는 판지 상자를 어깨에 짊어지며 다시 말을 시작했다. "퀼프 씨, 그때는 가만두지 않아요. 당신은 어머니를 괴롭힐 자격도 없고, 또 우리가 아저씨를 귀찮게 한 적도 없잖아요. 이번이 처음은 아니죠. 또다시 어머니를 걱정하게 하거나 겁주면 그때는 때릴 수밖에 없어요. 몸집 때문에 그렇게 하기 정말 미안하지만."

퀼프는 아무 대답도 하지 않는 대신 키트의 얼굴에서 2~3인치 이내에 자신의 눈이 오게 할 정도로 바짝 다가가 그를 뚫어지게 쳐다보았다. 그리고는 판타스마고리아[8]에 나오는 머리(頭)처럼 시선을 떼지 않고 몇 걸음 뒤로 물러났다가 다시 다가가고 다시 물러나기를 여섯 번 정도 계속했다. 키트는 그가 언제 공격할지 몰라서 자리를 잡고 서 있었지만, 공격할 징후가 보이지 않자, 손가락 마디를 꺾어 '딱'하는 소리를 내고는 그곳을 떠나버렸다. 키트 어머니는 최대한 빨리 키트를 끌고 갔고, 심지어 꼬마 제이컵과 막내 소식을 들으면서도 퀼프가 뒤쫓아 오지는 않는지 어깨 너머로 걱정스럽게 돌아보았다.

---

8 일종의 슬라이드 쇼, 1801-2년 영국 런던에서 처음 선보임.

49장

키트 어머니는 퀼프 씨가 뒤쫓아 오거나 중단된 말싸움을 다시 할 생각이 없음을 알고 뒤돌아보는 수고를 덜 수 있었을지도 모른다. 퀼프는 중간중간 노래의 한 소절을 휘파람으로 불며 자기 길을 갔고, 퀼프 부인이 받았을 두려움과 공포에 대한 상상으로 즐거워하며 아주 차분하고 평온한 얼굴을 하고 기분 좋게 집으로 향했다. 2박 3일 동안의 남편의 행적에 대해 전혀 알지 못하고 사전에 집을 비운다는 통지를 받지 못한 퀼프 부인은, 그때쯤 정신이 혼미한 상태로 걱정과 슬픔에 끊임없이 의식을 잃었을 것이 분명했다.

이 짓궂은 개연성은 난쟁이의 기질에 너무 잘 맞고 그에게는 정말 절묘한 즐거움이었기에, 퀼프는 길을 가며 눈물이 뺨을 타고 흐를 정도로 웃었다. 그리고 한적한 골목길임을 알고, 그것도 한 번 이상, 날카로운 비명을 질러 기쁨을 표출했는데, 별다른 기대 없이 우연히 앞에서 혼자 걸어가던 행인을 엄청난 두려움에 떨게 하고는 환희에 차서 몹시 기뻐하며 유쾌해했다.

이런 행복한 기분을 줄곧 느끼며 퀼프 씨는 타워 힐에 도착했고, 자신이 사용하는 거실 창을 올려다보며 평소 음울하던 집에 비해 많은 불이 켜진 것을 보게 되었다고 생각했다. 가까이 다가가 귀를 기울인 그는 진지한 대화에서 여러 사람의 목소리를 들을 수 있었고, 그 속에서 아내와 장모뿐만 아니라 남자들의 목소리까지 구별해냈다.

"오호라!" 질투심을 느낀 난쟁이가 말했다. "이게 뭐지! 내가 없는 동안 손님들을 초대했나!"

그에 대한 답으로 위에서 입을 막고 기침하는 소리가 났다. 주머니에서 현관 열쇠를 찾아보았지만, 깜빡하고 가져가지 않았다. 어쩔 수 없이 대문을 두드려야 했다.

"복도에 불이 켜져 있군." 퀼프가 열쇠 구멍으로 엿보며 말했다. "아주 조용히 노크하자고. 부인, 미안하지만 불시에 좀 들어가리다. 자!"

아주 낮고 정중한 노크에도 안에서는 아무 대답이 없었다. 문 두드리는 쇠고리로 두 번째 노크하자—소리는 첫 번째와 비슷했다—물구나무서는 소년이 조용히 문을 열어주었다. 퀼프는 소년을 보자마자 한 손으로 그의 입을 틀어막고, 다른 한 손으로는 그를 잡고 밖으로 끌어냈다.

"목 졸라 죽일 셈이에요?" 소년이 속삭였다. "이것 좀 놔줘요."

"위층에 누가 있느냐? 이 망나니 녀석아." 퀼프도 속삭였다. "말해. 들릴 정도로만 살살. 그렇지 않으면 정말 목을 졸라 죽일 테니까."

소년이 그저 손가락으로 창문을 가리키며 아주 재미있는 듯 킥킥대고 웃기만 하자, 퀼프는 정말 그의 목을 움켜쥐고 그 위협을 실행에 옮겼을지도, 적어도 그에 가깝게 했을지도 모른다. 하지만 그렇게 못했다. 소년이 재빨리 손아귀를 뿌리치고 옆쪽의 기둥 뒤에 몸을 숨겼기 때문이다. 퀼프는 몇 번이나 소년의 머리를 낚아채려고 했지만, 끝내 성공하지 못하고 어쩔 수 없이 협상에 들어갔다.

"대답해 줄래?" 퀼프가 물었다. "위에서 무슨 일이 일어나고 있지?"

"기가 막혀 말이 안 나올 거예요." 소년이 대답했다. "그들이 글쎄, 하하하! 주인님이…. 주인님이 죽은 줄 알아요. 하하하!"

"죽어!" 긴장이 풀린 퀼프가 음산한 미소를 지으며 소리쳤다. "이런! 그들이 그렇게 생각한다고? 정말이냐?"

"주인님이, 주인님이 익사한 줄 알아요." 소년이 심술궂은 본성을 드러내며 주인을 약 올렸다. "마지막으로 부두 언저리에서 목격된 주인님이 발을 헛디뎌 물에 빠졌다고 믿어요. 하하하!"

퀼프는 이런 재미있는 상황에서 스파이 놀이를 할 생각에, 산 채로 걸어 들어가 그들을 실망하게 할 생각에, 큰 행운의 벼락을 맞은 것보다 더한 기쁨을 느꼈다. 그는 희망에 찬 조수 못지않게 몸이 근질거렸고, 그들은 낄낄대며 숨을 헐떡이다가 누구도 필적할 수 없는 쌍둥이 중국 인형처럼 기둥을 사이에 두고 서로 머리를 흔들며 몇 초간 서 있었다.

"아무 말도," 퀼프가 까치발로 걸어가며 말했다. "아무 소리도 내지 마. 삐걱거리는 소리도 안 돼. 거미줄에 걸려 넘어지지 않게 조심. 물에 빠져 죽어, 부인! 익사해!"

이렇게 말하며 그는 촛불을 끄고, 신발을 벗어 던지고, 앞을 더듬으며 위층으로 올라갔다. 그의 즐거운 젊은 친구는 포장도로 위에서 물구나무서기에 몰두했다.

계단의 침실 문이 열려 있었다. 퀼프 씨는 슬쩍 그 안으로 들어가 그 방과 거실 사이에 있는, 의사소통하는 문 뒤에 몸을 숨겼다. 문이 살짝 열려 있어서 공기가 들어왔고, 대화 내용을 들을 수 있도록 한 것뿐만 아니라, 사람들의 움직임까지도 똑똑히 볼 수 있도록 한 아주 편리한 틈이 (실제로도 퀼프가 감시의 목적으로 종종 사용하던 곳으로, 주머니칼로 틈을 크게 벌려 놓았다) 그곳에 있었다.

퀼프는 이 편리한 곳에 눈을 대고 펜, 잉크, 종이, 자기 손에 편리한 럼주 병—그만의 술병, 그만의 특별한 자메이카산 럼주

—과 뜨거운 물, 싱싱한 레몬, 흰 각설탕을 비롯한 모든 것이 갖춰진 탁자에 앉아 있는 브라스 씨를 보았다. 브라스 씨는 모인 사람들의 요구가 무엇인지 잘 간파하고, 탁자 위의 재료들을 섞어 지독한 냄새를 풍기는 펀치 한 잔을 주조하자마자 찻숟가락으로 휘젓고는, 희미한 감성적인 후회가 건조하고 안락한 즐거움과 힘없이 겨루는 표정을 지으며 생각에 잠겨 있었다. 같은 탁자에는 지니원 부인이 양쪽 팔꿈치를 받히고 앉아 있었는데, 더는 중죄인처럼 다른 사람의 펀치를 찻숟가락으로 홀짝거릴 필요가 없어서 큰 잔에 담긴 술을 벌컥 들이켰다. 그러는 동안 퀼프 부인—머리에 화장한 유해를 얹거나 등에 상복을 걸치지는 않았지만, 슬픔에 찬 모습으로 품위를 지켰다—은 안락의자에 비스듬히 기댄 채 침통한 표정으로 같은 종류의 부드러운 액체를 홀짝거리며 비탄에 잠겨 있었다. 또한 그곳에는 두 명의 뱃사람이 드래그라고 불리는 예인용 기기를 사이에 두고 자리했고, 심지어 이들도 터무니없이 비싼 잔을 하나씩 차지하고 있었다. 신나게 퍼마셔서 코가 새빨개지고 얼굴이 울긋불긋해져 기분이 꽤 좋아 보였기 때문에, 그들의 존재는 퀼프가 죽었다는 위안의 모습을 오히려 더 강하게 했는데, 이것이 이 모임의 가장 큰 특징이었다.

"저 늙은 할망구의 럼주에 독을 타 죽일 수만 있다면," 퀼프가 중얼거렸다. "지금 당장 죽어도 여한이 없겠어."

"아아!" 브라스 씨가 침묵을 깨고 말했고, 한숨을 쉬며 천장을 쳐다보았다. "지금쯤 하늘에서 우리를 내려다보겠지요! 어디에선가 우리를 지켜볼 겁니다. 예리한 눈으로 우리를 예의주시하고 있을 겁니다. 어!"

이쯤에서 브라스 씨가 펀치를 반쯤 들이켜려고 잠시 멈췄다가 다시 말을 이어갔고, 남은 반 잔을 바라보며 허탈한 미소를 지었다.

"제 술잔 바닥에 그의 반짝이는 눈이 있는 듯합니다." 변호사가 고개를 흔들며 말했다. "언제 다시 그의 눈을 볼 수 있을까요? 다시는, 두 번 다시는 볼 수 없습니다! 비록 지금은 우리가 이곳에 있지만," 그가 술잔을 눈앞에 들었다. "다음에는!" 술을 벌컥 들이켜고 힘차게 가슴팍을 쳤다. "고요한 무덤에 있을 겁니다. 그런 제가 그의 럼주를 마시고 있다고 생각하니 정말 꿈만 같습니다."

브라스 씨는 의심의 여지 없이 자신의 입지를 시험할 생각으로 술잔을, 술을 다시 채워달라는 목적에서, 지니윈 부인 쪽으로 들이밀고 뱃사람을 향해 돌아섰다.

"수색은 별 소득이 없습니까?"

"별로. 하지만 어디에선가 떠올랐다면 내일쯤 그리니치 부근 물가로 떠밀려올 겁니다. 썰물 때. 그렇지?"

다른 뱃사람도 이에 동의하며, 병원에서는 퀼프의 시체가 오리라 예상하고, 시체가 병원에 도착하면 언제든지 여러 명의 연금 수급자가 그를 맞을 준비를 하고 있다고 말했다.

"단념할 수밖에 없군." 브라스 씨가 말했다. "포기와 기대밖에는 할 게 없어. 시체를 봐야 마음이 놓일 텐데. 그래야 진짜 마음이 놓일 텐데."

"의심할 여지가 없지." 지니윈 부인이 곧바로 이에 동의했다. "시체를 확보해야 확신이 설 텐데."

"지면 광고를 만들어볼까요." 샘슨 브라스가 펜을 들며 말했다. "인상착의를 떠올리려니 울적하면서도 기쁘네요. 다리가…?"

"분명 휘었지." 지니윈 부인이 말했다.

"휘었다고 생각하세요?" 브라스가 넌지시 의심하는 어조로 물었다. "허리띠도 차지 않은 쭈글쭈글한 무명 바지를 입고 다리를 쩍 벌린 채 거리를 활보하던 모습이 떠오르는군요. 아아! 눈물의 골짜기 같은 세상이여! 다리가 휘었다고 해요?"

"약간 그런 듯해요." 퀼프 부인이 눈물을 훔치며 말했다.

"다리가 휘었음." 브라스가 글자를 소리 내어 읽으며 써 내려갔다. "큰 머리, 짧은 몸통, 휜 다리."

"많이 휘었다고 하게." 지니윈 부인이 제안했다.

"그렇게까지 할 필요가 있을까요." 브라스가 경건한 자세로 말했다. "고인의 약점은 공격하지 말기로 하죠. 그는 이제 휜 다리가 전혀 문제 되지 않는 곳으로 떠났으니까. 지니윈 부인, 그냥 '흰 다리' 정도로 해두죠."

"난 또 자네가 사실을 알고 싶어 하는 줄 알았지." 노부인이 말했다. "그러면 됐어."

"당신의 눈에 축복이 있기를, 정말 사랑스러워!" 퀼프가 낮은 소리로 말했다. "또, 또 손이 가는군. 펀치만 마셔!"

"이걸 하고 있으니," 변호사가 펜을 내려놓고 잔을 비우며 말했다. "그가 햄릿의 아버지처럼 유령이 되어 눈앞에 나타난 듯합니다. 사고당하는 날 입었던 바로 그 옷을 입고 말이지요. 그의 외투, 그의 조끼, 그의 신발, 그의 스타킹, 그의 바지, 그의 모자, 그의 재치와 유머, 그의 연민을 자아내는 힘과 그의 우산. 이 모든 게 젊은 시절 제 모습같이 눈앞에 어른거립니다. 아, 그가 입었던 리넨!" 브라스 씨가 애정 어린 눈빛으로 벽을 바라보며 미소를 지었다. "언제나 특정 색깔의 리넨을 입었어요. 그의 변덕과 공상이 그랬으니까. 지금 생각하니 그의 리넨은 참 소박했어요!"

"어서 광고 글귀나 마쳐." 지니윈 부인이 재촉했다.

"맞습니다, 부인." 브라스 씨가 소리쳤다. "우리 변호사의 능력이 슬픔에 잠겨 굳어버리면 안 되지요. 잠시 감상에 젖어 부인을 불편하게 했습니다. 자, 이제 코가 문제군요."

"납작코라고 하게." 지니윈 부인이 말했다.

"무슨, 매부리코야!" 퀼프가 불쑥 방으로 머리를 들이밀고 주먹으로 코 모양을 만들며 그들을 향해 소리쳤다. "매부리코라고, 이 할망구야. 이거 보이지? 이게 납작코야? 어, 그래?"

"오, 정말 최고입니다! 멋집니다!" 브라스는 단순한 습관의 힘으로 말을 내뱉었다. "정말 대단합니다! 진짜 엉뚱합니다! 사람들을 놀라게 하는 능력 또한 대단합니다!"

퀼프는 브라스가 지껄이는 찬사에 조금도 개의치 않았고, 브라스가 점점 빠져드는 의심과 공포의 표정에도, 아내와 장모의 비명에도, 방을 뛰쳐나가는 장모에게도, 기절하는 아내에게도 전혀 개의치 않았다. 오직 브라스에게 시선을 고정한 채 탁자로 다가가 자신의 잔을 시작으로 단숨에 술을 들이켜고는, 일정한 속도로 자리를 맴돌다가 두 번째 잔을 들이켰다. 그런 다음 움켜쥔 술병을 겨드랑이에 끼고 세상에서 가장 음흉한 시선으로 브라스를 살폈다.

"아직 안 죽었네, 샘슨." 퀼프가 말했다. "아직은!"

"오, 정말 다행입니다!" 브라스가 약간 정신을 차리고 대답했다. "하하하! 정말, 정말 다행입니다! 이렇게 멋지게 살아 돌아온 사람은 없습니다. 해내기에 가장 어려운 상황에서 말입니다. 그런데도 쾌활함이 넘치니, 정말 놀라울 따름입니다!"

"잘 가게." 난쟁이가 고개를 까닥이며 말했다.

"안녕히 계십시오. 푹 쉬세요." 변호사가 문으로 뒷걸음질 치며 소리쳤다. "정말 경사입니다. 참으로 기쁜 일입니다. 하하하!

이것 참 재미있군요. 정말 대단합니다."

브라스가 계단을 내려가는 내내 이런 말들을 쏟아내서, 퀼프는 그의 외침이 사그라질 때까지 기다렸다가 두 명의 뱃사람 쪽으로 걸어갔다. 이 둘은 말도 안 되는 놀라운 광경에 자리를 뜨지 못하고 있었다.

"그래, 종일 강을 뒤졌다고?" 난쟁이가 아주 공손하게 문을 열어주며 말했다.

"어제도 그랬죠."

"저런! 고생이 많았군. 그 시체를 찾으면 몸에서 나오는 건 모두 당신들 몫이니, 그렇게 알고 잘 가시오!"

서로 마주 보던 사내들은 퀼프의 요점에 딱히 다툴 마음이 없어서 발을 질질 끌며 방을 빠져나갔다. 상황이 신속하게 정리되자, 퀼프는 문을 잠갔고, 어깨를 으쓱하고 팔짱을 낀 채 여전히 술병은 껴안고, 말에서 내린 몽마(夢魔)[9]처럼 기절한 아내를 내려다보며 서 있었다.

---

9 인간의 꿈에 나타나는 마귀를 통칭하는 말. 잠자는 사람을 질식시킨다고 알려졌다.

50장

　부부간의 의견 차이는 대개 당사자끼리 대화로 해결하고, 이 과정에서 여자 쪽도 절반의 발언권을 갖는다. 하지만 퀼프 부부의 경우는 이런 상식에서 제외된다. 그들의 대화는 오랫동안 남자 쪽의 일방적인 독백으로 진행되었고, 여자 쪽에서는 사과 한두 마디만 할 뿐 긴 간격의 떨리는 목소리와 매우 순종적인 어조로 단음절 이상은 말하지 못했다. 이번에도 퀼프 부인은, 실신에서 깨어났지만, 한참 동안 자신을 변호하는 변변한 말 한마디 없이 눈물을 머금고 침묵을 지키며 지배자이자 주인의 질책을 고분고분 듣고 있었다.

　질책할 때 퀼프 씨는 아주 생기가 넘치고 신속한 데다 정신없이 팔다리와 몸통을 마구 휘저었는데, 질책에 능숙한 남편에게 이골이 났음에도 퀼프 부인은 놀라 제정신이 아니었다. 하지만 자메이카산 럼주와 사람들을 실망의 도가니로 몰아넣은 쾌감 때문에 퀼프 씨의 분노도 서서히 줄어들어 야만적인 열기에서 까불거리고 낄낄거리는 지점까지 떨어져 그 상태를 유지했다.

"그래서 당신은 내가 죽은 줄 알았다?" 퀼프가 말했다. "이제 과부가 되었다고 생각했어? 하하하! 요망한 것."

"정말이에요, 퀼프." 아내가 대답했다. "하지만, 미안해요…."

"당연히 그래야지!" 난쟁이가 소리쳤다. "미안해야지. 물론 그래야지. 그것도 아주 많이!"

"당신이 건강하게 살아 돌아와 유감이라는 뜻이 아니에요." 퀼프 부인이 말했다. "하지만, 당신이 죽었다고 믿은 것에 대해 서는 미안해요. 퀼프, 다시 보게 되어 기뻐요. 정말이에요."

정말 퀼프 부인은 주인을 다시 볼 수 있게 되어 예상보다 진심으로 기뻐하는 듯했고, 모든 것을 고려했을 때 다소 설명할 수 없는 남편의 안전에 대해서도 어느 정도 관심을 보였다. 하지만 퀼프는 이런 아내에게 어떤 감동도 받지 못했고, 더한 환희와 조롱 섞인 미소를 보내며 아내 눈앞에서 손가락을 꺾어 보였다.

"어떻게 말 한마디 없이 그렇게 오랫동안 집을 비울 수 있어 요? 간단한 소식조차 없이. 아무것도 알려주지 않고." 가여운 작은 여인이 흐느끼며 말했다. "당신, 어쩜 그렇게 잔인해요."

"내가 참 잔인하다! 잔인하다 이 말이군!" 난쟁이가 되뇌었 다. "왜냐하면, 그러고 싶었으니까. 지금도 그러고 싶어. 그러고 싶으면 난 잔인해질 거야. 다시 떠난다고."

"다시는 안 돼요!"

"다시 갈 거야. 지금 떠난다고. 지금 당장. 정말이지 내가 가고 싶은 곳 어디든 가서 살 작정이라고. 부두에서—회계사무실에서—행복한 독신자로 산다고. 당신은 미리 과부가 되는 거지. 젠장." 난쟁이가 소리쳤다. "이제 본격적으로 독신자가 될 거야."

"퀼프, 진심은 아니죠?" 퀼프 부인이 훌쩍였다.

"말했잖아," 자신이 세운 계획에 기뻐 어쩔 줄 몰라 하며 난쟁이가 말했다. "난 독신자가 될 거야. 앞일을 걱정하지 않는 독신자. 회계사무실에 독신자를 위한 방을 만들 거라고. 감히 올 수 있으면 어디 한번 와 보시던가. 그리고 두 번 다시 불시에 덮치는 일은 없을 거야. 당신을 감시하는 스파이가 되어서 두더지나 쥐새끼처럼 왔다가 갈 테니까. 톰 스콧! 어디 있어?"

"여기 있어요." 퀼프가 창문을 열자, 소년이 소리쳤다.

"거기 대기하고 있다가, 이 망나니 같은 녀석." 난쟁이가 말했다. "독신자를 위한 대형 짐 가방을 날라. 당신은 짐 좀 싸! 장모한테 도와달라고 해. 당신 어머니를 깨워. 어이!"

이렇게 소리를 지르며, 퀼프 씨는 부지깽이를 집어 들고 다급하게 장모 침실로 올라가 부지깽이로 문을 마구 두드렸다. 그 소리에 지니윈 부인은 상냥한 사위가 다리를 비방한 대가로 자신을 죽이려 한다고 생각하며 말로는 표현 못 할 공포에 싸여 잠에서 깨어났다. 이런 생각이 가슴 깊이 남은 지니원 부인은 잠에서 깨자마자 맹렬하게 비명을 질렀고, 딸이 그저 짐 싸는 일을 도와달라는 것뿐이라고 말하지 않았다면 아마도 창문 밖으로 나가서 이웃집 천장에 난 채광창을 통해 달아났을 것이다. 짐 싸는 일을 도와달라는 딸의 설명에 다소 마음을 진정시킨 지니원 부인은 플란넬로 만든 실내복으로 갈아입었고, 딸과 함께 공포와 추위에 몸을 떨며―이미 밤이 깊었다―퀼프 씨의 명령을 말없이 고분고분 따랐다. 이 별난 신사는 아내와 장모가 좀더 위안을 얻도록 가능한 한 채비를 질질 끌며 옷 싸는 일을 감독했고, 직접 접시, 나이프, 포크, 숟가락, 찻잔, 컵 받침 등 소소한 가정용 집기를 챙긴 다음 큰 여행용 짐 가방을 줄로 꽁꽁 묶어 어깨에 짊어지고, 잠시도 몸에서 떨어진 적 없는 술병은 여전히 겨드랑이에 단단히 낀 채, 진짜 말 한마디 없이 집 밖으로 행진했다. 거리로 나온 퀼프는 무거운 짐을 톰 스콧에게 떠넘기고 기운을 북돋우고자 술 한 모금을 마시고는, 작은 취향으로 소년의 머리를 한 대 톡 치고 부두까지 앞장서 걸어가 새벽 서너 시가 되어서야 그곳에 도착했다.

"아늑하군!" 어두운 길을 더듬어 통나무로 만든 회계사무실에 도착한 퀼프가 문을 열며 말했다. "정말 아늑해! 아침 여덟 시에 깨워라, 요 녀석아!"

그는 더는 작별 인사나 설명 없이 큰 짐 가방을 낚아챈 후 수

행원의 면전에서 문을 닫아버렸고, 책상 위로 기어 올라가 소매 없는 낡은 망토를 걸치고 고슴도치처럼 몸을 동그랗게 만 채 잠이 들었다.

간밤의 피로로 어렵게 약속한 시각 잠에서 깬 퀼프는, 톰 스콧에게 오래된 마른 목재 조각이 널브러진 마당에 불을 지피고 아침 식사를 위해 커피를 끓이라고 지시했다. 좀 더 나은 식사를 하고자 그가 소년에게 갓 구운 빵, 버터, 설탕, 야머스 산 훈제 청어를 비롯한 여러 가지 음식을 사라고 약간의 돈을 맡겼기 때문이다. 그래서 몇 분 만에 맛있는 식사가 판자 위에서 연기를 내고 있었다. 이런 상당한 안락함을 느끼며 난쟁이는 차려진 음식을 먹고 원기를 회복했고, 자유롭고 집시 같은 생활에 매우 만족하며 (사실 그는 결혼의 속박에서 벗어나 자유를 만끽하면서도 아내와 장모를 끊임없이 불안과 긴장 속에 두는 방법으로 이런 생활을 종종 생각해 왔다) 이 휴양지를 더 좋고, 편리하고, 아늑한 곳으로 만들기 위해 분발했다.

이런 생각으로 퀼프는 아주 가까운 거리에 있는, 항해 전에 준비 물품을 파는 곳으로 가서 중고 해먹을 구매해 뱃사람들처럼 사무실 천장에 매달았다. 또한 그는 연기를 지붕으로 빼내는 녹슨 연통이 달린 난로를 곰팡이가 핀 오두막에 설치했고, 정리가 완료되자 말로 표현할 수 없을 만큼 기뻐하며 그것들을 살펴보았다.

"로빈슨 크루소처럼 내게도 전원 저택이 하나 생겼군." 난쟁이가 숙소에 추파를 던지며 말했다. "고독하고 한적한 것이 외로운 섬 같아. 이곳에서는 완벽하게 혼자 일할 수 있어. 스파이나 엿듣는 사람도 없으니 안전하고. 쥐새끼 말고는 누구도 얼씬못할 테니까. 쥐들이야 은밀하면서도 좋은 친구지. 쥐들 사이에 있으면 정말 즐거워. 이제 키트 같은 녀석을 잘 감시하다가 독살해 버릴 거야. 하하하! 이건 그냥 사무적인 일일 뿐이야. 그러니 기쁘다고 할 일을 잊어서는 안 돼. 이런, 벌써 오전이 다 지나갔군."

톰 스콧에게 자신이 돌아올 때까지 기다리고, 물구나무를 서거나 재주넘기를 했다가는 오래도록 고문의 고통을 당한다고 경고한 뒤, 난쟁이는 나룻배에 몸을 싣고 강을 건넜다. 그리고는 잰걸음으로 걸어 스위블러 씨가 자주 가는 베비스 막스의 한 술집에 도착했다. 마침, 그 신사가 저녁을 먹기 위해 어두운 곳에 홀로 앉아 있었다.

"딕!" 난쟁이가 문 안으로 얼굴을 들이밀며 말했다. "나의 반려동물, 나의 제자, 나의 귀염둥이, 안녕, 안녕한가!"

"오, 거기 당신이군요." 스위블러 씨가 대답했다. "잘 지냈나요?"

"자네는 어때?" 퀼프가 되물었다. "서기직 최고의 인물은 잘지내, 어때?"

"그냥 그래요." 스위블러 씨가 대답했다. "사실 따분해요."

"무슨 문제라도 있어?" 난쟁이가 다가가며 물었다. "샐리가 불친절해? '똑똑한 숙녀 중 어디에도 그녀 같은 사람은 없는데 ….' 그렇지, 딕?"

"분명히 없죠." 스위블러 씨가 무거운 마음으로 음식을 먹으며 대답했다. "그만한 사람은 절대 없어요. 사생활에 있어 명민하면서도 교활하기로는 최고죠."

"기운이 하나도 없군." 퀼프가 의자를 끌어당기며 말했다. "뭐가 문제야?"

"법은 나와 맞지 않아요." 딕이 대답했다. "팍팍한 데다 제약이 너무 많아서. 도망칠까 봐요."

"흥!" 난쟁이가 말했다. "어디로 도망가려고?"

"몰라요." 스위블러 씨가 대답했다. "하이게이트로 가볼까 해요. 어쩌면 그곳에서 '런던 시장 스위블러여, 돌아오라'하고 종이 울릴지도 모르죠. 위팅턴[10]의 이름도 딕이잖아요. 그곳에 고양이들이 많지 않기를."

퀼프는 호기심에 찬 익살스러운 표정으로 동료를 빤히 쳐다

---

10 동화 『딕 위팅턴』 이야기. 가난한 고아 딕은 일자리를 구하기 위해 고양이 한 마리와 함께 하이게이트로 갔다가 다시 런던으로 돌아오라는 교회 종소리를 듣는 다. 그는 쥐 떼들로 골머리를 썩이던 한 나라에 자신이 키우던 고양이를 팔아 큰 부자가 되고 나중에 런던 시장이 된다.

보며 해명이 계속되기를 인내심을 가지고 기다렸다. 하지만 스위블러 씨는 서둘러 말할 듯 보이지 않았고, 진중한 침묵 속에서 저녁 식사에만 몰두했다. 이윽고 그가 접시를 밀치고 의자에 깊숙이 앉아 팔짱을 끼더니 벽난로 불길만 애처롭게 바라보았다. 그곳에서는 담배 끝부분이 홀로 기분 좋은 냄새를 풍기며 타고 있었다.

"혹시 케이크 한 쪽 먹고 싶지 않나요." 마침내 딕이 난쟁이를 돌아보며 입을 열었다. "좋아하게 될 거예요. 아니 좋아해야 해요. 왜냐하면, 당신 작품이니까."

"무슨 소리야?" 퀼프가 물었다.

스위블러가 대답으로 주머니에서 작은 기름투성이 꾸러미를 꺼내 천천히 풀었다. 겉으로 보기에 전혀 먹음직스럽지 않은, 가장자리에 1.5인치 깊이로 흰 설탕 반죽을 두른 건포도가 든 작은 케이크 조각이 나타났다.

"뭐 같아요?" 스위블러 씨가 따지듯 물었다.

"웨딩케이크." 난쟁이가 피식 웃으며 대답했다.

"누구의 웨딩케이크?" 스위블러 씨가 무서울 정도로 침착하게 케이크를 코에 문지르며 물었다. "누구의?"

"혹시, 그건 아니지…."

"맞아요. 그 사람이에요." 딕이 말했다. "이름을 언급할 필요는 없어요. 이제 그런 이름은 존재하지 않으니까. 이제 그녀의 이름은 첵스예요. 소피 첵스. 의족 없는 남자가 절대 사랑한 적 없듯 나는 당신을 여전히 사랑했지만, 내 심장은, 내 심장은 소피 첵스에 대한 사랑으로 부서지네."

스위블러 씨는 인기 있는 발라드를 현재 괴로운 상황에 빗대 즉흥적으로 개사해 부르며, 포장지로 다시 접은 케이크를 양 손바닥으로 쳐서 납작하게 만들고는, 가슴팍에 쑥 밀어 넣고 그 위로 외투 단추를 잠그고 팔짱을 꼈다.

"이제 만족하길 바라요." 딕이 말했다. "그리고 프레드도 만족하길 바라고요. 두 사람이 함께 저지른 일이니 좋아하길 바라요. 이게 내가 얻을 승리였던가요? 그래요? 이건 그런 제목의 오래된 컨트리 댄스 같군요. 그 춤에서는 두 명의 남자가 한 명의 여자를 두고 경쟁하죠. 그리고 한 남자가 여자를 차지하면 남은 남자는 축 늘어진 채 뒤로 물러나 그 모습을 지켜봐요. 하지만 이게 운명이고 내 운명은 망가졌어요!"

다니엘 퀼프는 스위블러 씨의 패배감을 내심 기뻐하면서도 그런 마음을 숨기고 종을 울려 장밋빛 와인을 주문하는 것으로 (말하자면, 스위블러 씨가 늘 마시는 것으로) 그를 위로할 최고의 방법을 택했다. 신속하게 분위기를 바꾼 그는 첵스를 조롱하고 독신 남성의 행복을 찬양하는 다양한 건배를 하며 스위블러 씨가 이 건배에 맹세하도록 했다. 누구도 자신의 운명을 거스르지 못한다는 생각과 그런 건배가 사람들이 자신에게 품는 인상이라고 믿으며 바로 기운을 되찾은 스위블러 씨가 웨딩케이크를 손에 넣게 된 경위를 난쟁이에게 설명했다. 두 명의 와클스 양 자매가 케이크를 직접 베비스 막스로 가지고 와서 깔깔거리고 즐거워하며 사무실 앞에 두고 간 것으로 보였다.

"아하!" 퀼프가 말했다. "이제 곧 우리가 웃게 될 거야. 자네가 젊은 트렌트 얘기를 해서 생각났는데, 그는 지금 어디 있나?"

스위블러 씨는 자신의 훌륭한 친구가 최근 기관차 도박장에서 중책을 받아들였고, 대영제국의 모험심에 심취한 그가 출장중에 있어서 자리에 없다고 했다.

"그것참 안 됐군." 난쟁이가 말했다. "사실 그에 관해 물어볼게 있어서 자네를 찾아왔는데. 좋은 생각이 떠올랐거든. 길 건너편 친구 말이야⋯."

"어떤 친구?"

"2층에 사는 친구."

"네?"

"2층의 자네 친구가 트렌트를 알지 몰라."

"아니, 몰라요." 스위블러 씨가 고개를 저으며 대답했다.

"아니야, 그렇지 않아. 아직 프레드를 보지 못해서 그래." 퀼프가 말했다. "하지만 우리가 서로를 만나게 해주면, 딕, 누가 알아, 프레드를 정식으로 소개해주면 넬이나 노인만큼 그 신사에게 보상받게 될지? 또 누가 알아, 젊은 친구를 큰 부자로 만들어줄지? 프레드가 부자가 되면 그 덕에 자네도, 어?"

"그게, 사실은." 스위블러 씨가 말했다. "두 사람은 함께한 적이 있어요."

"그랬어?" 난쟁이가 동료를 의혹에 찬 눈빛으로 바라보며 소리쳤다. "어떻게?"

"내가 만나게 해줬어요." 딕이 약간 혼란스러워하며 말했다. "당신이 지난번에 저쪽으로 불렀을 때 내가 말하지 않았던가요?"

"말하지 않은 건 자네가 알잖아." 난쟁이가 대답했다.

"그렇다면 당신 말이 맞을 거예요." 딕이 말했다. "생각해 보니 말하지 않았군요. 아, 기억나요. 그래요. 바로 내가 그날 두 사람을 만나게 해줬어요. 프레드가 부탁했거든요."

"어떻게 되었나?"

"아니, 프레드가 누군지 알게 되었을 때 눈물을 펑펑 쏟으며 따뜻하게 안아주고, 사실 자신이 프레드의 할아버지 아니면 할머니인데 잠시 변장했다고 할 줄 알았는데 (그러리라 충분히 예상되었다), 그가 벌컥 화를 내더군요. 그리고 온갖 욕설을 퍼부으며 넬과 노인이 가난하게 된 게 다 프레드 탓이라고 했어요. 우리에게 뭘 좀 마시라는 말도 없었고, 오히려 우리를 방에서 쫓아냈죠."

"그것참 이상하군." 난쟁이는 이렇게 말하고 생각에 잠겼다.

"우리도 그렇게 말했어요." 딕이 태연하게 말했다. "모두 사실이에요."

퀼프는 이 소식에 큰 충격을 받고 한동안 말없이 침울하게 생각에 잠겨 있다가 종종 눈을 들어 스위블러 씨의 표정을 날카롭게 살폈다. 하지만 그가 거짓말을 한 추가적인 정보나 어떤 단서는 나오지 않았다. 스위블러 씨 역시 곰곰이 생각에 잠겨 깊은 한숨을 내쉬었는데, 첵스 양에 관한 문제로 감상에 젖어 있는 것이 분명했다. 난쟁이는 상담을 끝내고 유족이 구슬픈 반추를 하도록 내버려둔 채 자리를 떴다.

"둘이 만났다?" 난쟁이가 혼자 거리를 걸어가며 말했다. "내 친구가 선수를 쳤군. 하지만 어떤 의도인지 말고는 얻은 게 없으니 상관없어. 그나저나 애인을 잃었다니 쌤통이군. 하하! 하지만 지금 당장은 저 돌대가리가 변호사 사무실에 있어야 해. 어디에 있는지 아니까 필요할 때 쉽게 만날 수 있고, 게다가 부지불식간에 브라스를 감시해 주잖아. 그리고 술에 취하면 보고 들은 걸 죄다 말해. 딕, 자넨 내게 꼭 필요한 사람이야. 돈이야 가끔 술이나 사주는 정도니까 뭐. 물론 조만간 넬에 대한 자네의 음모를 2층 남자에게 까발리면 더는 쓸모가 없어지겠지. 하지만 지금 우리는 세상에서 가장 좋은 친구가 되어야 해."

이런 생각을 계속하고 길을 따라갈수록 특유의 방식으로 거친 숨을 몰아쉬며, 퀼프는 다시 한번 템스강을 건너 독신자 소굴에 틀어박혔다. 새로 설치한 굴뚝이 연기를 전혀 빼내지 못해 방안에 쌓였기 때문에 까다로운 사람에게는 그곳이 맞지 않았을지도 모른다. 하지만 난쟁이는 이 새로운 거처에 역겨움을 느끼기는커녕 이런 불편이 자신의 기질과 잘 맞았고, 그래서 선술집에서 거나하게 저녁을 먹고 돌아와 파이프에 불을 붙이고, 벌겋게 충혈이 된 눈만 빼고 자기 모습이 보이지 않을 때까지 굴뚝을 향해 담배 연기를 뿜어냈다. 가끔 격렬한 기침에 머리와 얼굴이 어렴풋이 드러나면 그가 손으로 조금 휘저어 무거운 화관 모양의 연기를 흩뿌렸다. 이런 대기 상태라면 보통 사람은 질식해 죽을 법도 했지만, 퀼프 씨는 담배와 술로 마음을 달래고 간혹 선율이 있는 괴성—원래는 노래를 부르려던 것인데, 인간이 만들어낸 어떤 음악, 목소리, 악기와도 닮은 구석이 없었다—을 지르며 흥겹게 그날 저녁을 보냈다. 그는 자정이 될 때까지 홀로 즐거움에 취해 있다가 더없는 만족감을 드러내며 해먹으로 들어갔다.

다음 날 아침 퀼프의 귀에 들린 첫소리—그가 반쯤 눈을 떴을 때 유난히 천장과 가까이 있는 자신을 발견하고, 어젯밤 잠을 자는 동안 자신이 일반 파리나 청 파리로 변신한 것은 아닐까 하는 나른한 생각을 즐겼다—는 누군가가 방안에서 숨죽인 채 흐느껴 우는 소리였다. 조심스레 해먹 옆쪽 위에서 내려다보던 퀼프는 그곳에서 아내를 발견했고, 잠시 말없이 생각에 잠겨 있다가 갑자기 소리를 질러 난폭한 출발을 알렸다. "어이!"

"어머, 퀼프!" 가여운 부인이 위를 올려다보며 소리쳤다. "깜짝 놀랐잖아요."

"바라던 바요." 난쟁이가 말했다. "무슨 일로 왔어? 난 죽은 사람 아니야?"

"제발 집으로 돌아오세요. 제발." 퀼프 부인이 흐느끼며 애원했다. "다시는 그러지 않을게요. 당신이 걱정돼서 실수한 것뿐이에요."

"걱정돼서 그랬다." 난쟁이가 피식 웃었다. "아무렴, 알고말고. 내 죽음에 대한 당신의 열망에서 그런 것. 내가 가고 싶을 때 간다고 말했을 텐데. 내가 원할 때 집에 가고 원할 때 나갈 거야. 동에 번쩍 서에 번쩍하는 도깨비불이 될 거라고. 당신 주위를 맴돌며 예고도 없이 불쑥 나타나서 끊임없이 불안과 초조함 속에 살게 한다고. 그러니 썩 꺼져주시겠습니까?"

퀼프 부인은 단지 애원의 몸짓만 할 뿐이었다.

"내가 안 간다고 말했을 텐데." 난쟁이가 소리쳤다. "안 가. 내가 부르기 전에 다시 이곳에 나타나면 마당에 개를 길러서 당신을 물어뜯게 할 거야. 그리고 사람 잡는 함정을 교묘히 수정해서 여자만 잡도록 할 거야. 용수철 포를 설치해서 당신이 선을 밟으면 터지게 만들 거라고. 그러면 산산조각이 나겠지. 이제 꺼져주시겠습니까?"

"제발 용서해 주세요. 그리고 집으로 돌아오세요." 부인이 진심으로 애원했다.

"싫어~~~!" 퀼프가 노발대발하며 소리쳤다. "충분히 즐기고 내가 돌아가고 싶을 때 갈 거야. 누구에게도 알리지 않고. 저기 문 보이지? 어서 안 나가?"

퀼프 씨는 마지막 명령을 아주 힘차게 전달했고, 게다가 그가 평소처럼 취침용 모자를 쓰고 아내가 공공 가로를 따라 집으로 가는 모습을 보기 위해 해먹에서 튀어 나가려 한다는 의향을 나타내는 갑작스러운 자세를 취하자, 퀼프 부인은 쏜살같이 달아났다. 훌륭한 주인님은 아내가 마당을 가로질러 갈 때까지 목을 쭉 빼고 그 모습을 지켜보다가, 자기주장을 관철한 것에 일말의 미안함도 느끼지 않고, 성역을 확고히 다지고는 갑자기 웃음을 터뜨리며 다시 잠을 자기 위해 몸을 뉘었다.

51장

온화하고 다정한 '독신자 전당'의 소유주는 비, 진흙, 먼지, 습기, 안개, 쥐 떼들의 기분 좋은 반주 속에서 그날 늦게까지 잠을 잤다. 시종 톰 스콧을 불러 자리에서 일어나는 것을 돕게 하고, 그가 아침을 준비하는 동안 퀼프는 침상에서 내려와 몸단장했다. 이 일을 마무리하고 식사를 마친 후 그는 다시 베비스 막스로 향했다.

이번 방문은 스위블러 씨가 대상이 아니라 친구이자 변호사인 샘슨 브라스 씨를 만나기 위함이었다. 하지만 브라스와 스위블러 모두 외출하고 없었고, 법의 생명이자 빛인 샐리 양 역시 자리에 없었다. 세 사람이 자리를 비운 사실은 스위블러 씨가 손글씨로 쓴 종이 한 장으로 찾아오는 모든 사람이 알 수 있게 했다. 쪽지는 문 두드리는 쇠고리에 붙어 있었고, 언제 그것을 붙였는지 그 시각에 대한 단서는 주지 않고, 다만 '한 시간 후에 돌아옴'이라는 다소 애매하고 만족스럽지 않은 정보만 제공했다.

"하녀가 있을 텐데." 난쟁이가 문을 두드리며 말했다.

한참 후에 문이 열리더니 작은 목소리가 바로 다가와 말했다. "오! 제발 명함이나 메시지를 남겨주시겠어요?"

"응, 뭐라고?" 난쟁이가 작은 하녀를 내려다보며 (이런 경우는 많지 않았다) 말했다.

이에 작은 하녀는 스위블러 씨를 처음 만났을 때처럼 이렇게 대답했다. "오! 제발 명함이나 메시지를 남겨주시겠어요?"

"메시지를 남기지." 난쟁이가 작은 하녀를 밀치고 사무실 안으로 들어가며 말했다. "네 주인이 돌아오면 이걸 바로 전해야 한다." 그래서 퀼프 씨는 메시지를 쓰기 위해 높은 의자 꼭대기로 올라갔고, 이런 긴급 상황에 관해 교육을 잘 받은 작은 하녀는 눈을 동그랗게 뜨고 봉함지(封緘紙) 하나라도 몰래 빼내면 후다닥 거리로 달려 나가 경찰에 신고할 준비를 했다.

퀼프 씨가 메모지를 접으며 (내용이 아주 짧아서 금방 적었다) 작은 하녀와 시선을 마주쳤다. 그는 하녀를 한참이나 뚫어지게 바라보았다.

"어때?" 난쟁이가 끔찍하게 찡그린 표정으로 봉함지에 침을 바르며 말했다.

퀼프의 표정에 겁을 먹어서 그런지 작은 하녀의 대답은 알아들을 수 없었다. 하지만 입 모양으로 보아 명함이나 메시지에 관한 같은 형태의 표현을 낮게 반복하는 듯 보였다.

"그들이 너를 학대하니? 여주인이 포악해?" 퀼프가 빙그레 웃으며 말했다.

작은 하녀는 마지막 질문에 두려움이 묻어 있는 한없이 교활한 표정으로 입술을 동그랗게 꽉 오므리고 고개를 심하게 끄덕였다.

작은 하녀의 교활한 행동에 자신을 매료시킨 무언가가 있었는지, 아니면 어떤 다른 이유에서 자신의 주의를 끈 그 순간에 하녀의 이목구비 표정 속에 무언가가 있었는지, 그도 아니면 단순히 하녀를 노려보아 무안하게 만들려는 일시적인 기분이 들었는지, 퀼프 씨는 분명 팔꿈치를 탁자 위에 직각으로 딱 붙이고 두 손으로 양 볼을 꽉 쥔 채 그녀를 뚫어지게 바라보았다.

"어디에서 왔지?" 한참 뜸을 들인 후 그가 턱을 쓰다듬으며 말했다.

"몰라요."

"이름은?"

"없어요."

"말도 안 돼!" 퀼프가 쏘아붙였다. "여주인이 뭐라고 불러?"

"작은 악마요." 작은 하녀가 말했다.

"그런데 명함이나 메시지를 남겨주시겠어요?" 하녀는 퀼프가 또 다른 질문을 할까 봐 두려운 듯 숨도 쉬지 않고 바로 덧붙였다.

보통 사람이라면 이런 하녀의 평범하지 않은 반응에 좀 더 꼬치꼬치 캐물었을 것이다. 하지만 퀼프는 군말 없이 작은 하녀에게서 눈을 떼고 좀 더 생각에 잠겨 턱을 쓰다듬었고, 아주 정확하고 세밀하게 받는 사람의 이름을 적으려는 듯 메모지 위로 몸을 숙이고 덥수룩한 속눈썹 아래로부터 작은 하녀를 은밀히 하지만 주의 깊게 살폈다. 이 비밀 조사를 마친 그는 두 손으로 얼굴을 가리고 얼굴의 모든 핏줄이 부풀어 올라 터질 때까지 교활하게 소리 없이 웃었다. 그는 자신의 환희와 그 효과를 감추기 위해 모자를 이마 위로 당겨쓰고 하녀에게 편지를 툭 던지고는 황급히 밖으로 나갔다.

퀼프는 거리로 나오자마자 알 수 없는 충동에 이끌려 웃음을 터뜨렸고, 옆구리를 움켜잡고 다시 크게 웃다가 하녀의 모습을 한 번 더 확인하려는 듯 아주 피곤할 때까지 한동안 먼지투성이 구역의 난간을 응시했다. 마침내 그는 독신자 소굴에서 소총 사정거리 안에 있는 '황무지'로 돌아왔고, 나무로 지은 여름용 별장에서 세 사람이 마실 차를 주문했다. 샐리 양과 그녀의 오빠를 그 장소로 초대하기 위해 베비스 막스로 가서 메모를 남긴 것이었다.

그날은 사람들이 보통 여름 별장에서 차를 마시기에 적당한 날씨가 아니었다. 이미 부패가 많이 진행되었고, 썰물 때면 거대한 강의 더럽고 끈적끈적한 점액토가 보이는 곳이라 더 그랬다. 그런데도 퀼프 씨는 그런 곳을 선택해 가벼운 식사를 준비시켰고, 갈라지고 비가 새는 지붕 아래로 적절한 때에 샘슨 씨와 동생 샐리를 맞이했다.

"자연의 아름다움을 사랑하리라 믿네." 퀼프가 하얀 이를 드러내고 웃었다. "정말 매력 있지 않나, 브라스? 독특하고, 투박하고, 원시적이지 않아?"

"정말 기분이 좋습니다." 변호사가 대답했다.

"서늘해?" 퀼프가 말했다.

"아, 많이 그렇지는 않습니다." 브라스는 머릿속으로는 추워 이를 덜덜거리며 이렇게 대답했다.

"혹시 좀 눅눅하고 오한이 느껴지지는 않나?" 퀼프가 말했다.

"약간 눅눅하지만, 쾌적하게 눅눅합니다." 브라스가 대답했다. "딱 그 정도로 좋습니다."

"샐리 양은 어때?" 기분이 좋아진 난쟁이가 물었다. "마음에 들어?"

"차를 마시면 더 좋을 것 같아요." 남자 못지않은 숙녀가 대답했다. "그러니 우리 차를 마시죠. 전 신경 쓰지 마세요."

"사랑스러운 샐리." 퀼프가 포옹이라도 할 것처럼 두 팔을 활짝 펼치며 말했다. "온화하고, 매력적이고, 저항하기 어려운 샐리."

"퀼프님은 정말 대단해!" 브라스 씨가 혼잣말했다. "대단한 음유시인이야, 음유시인."

두통을 동반한 지독한 감기에 걸린 데다 오는 길에 온몸이 비에 젖은 불행한 변호사는 퀼프를 칭찬하는 이런 표현을 정신이 멍하고 혼미한 상태에서 내뱉었고, 지금 이 질 낮은 곳을 떠나 따뜻한 방으로 옮겨 난로에 몸을 말릴 수만 있다면 기꺼이 금전적 희생을 감수할 생각이었다. 반면 자신의 악마 같은 변덕에 대한 만족을 넘어, 샘슨이 그 애도의 장면에서 숨은 증인이었던 역할에 대한 약간의 시인을 빚진 퀼프는, 이루 말할 수 없는 기쁨으로 이런 불안 증세를 주목하며 가장 값비싼 연회도 줄 수 없는 은밀한 즐거움을 그 상황으로부터 뽑아냈다.

샐리 브라스 양의 성격에 대한 작은 특징을 설명할 때 이 말을 하는 것 역시 중요해 보인다. 비록 샐리는 혼자만의 계산으로 이 '황무지'의 불편을 마지못해 참다가 차가 나오기 전에 먼저 자리를 박차고 일어날 수도 있었지만, 불안과 비참함이 깔린 오빠의 모습을 보자마자 은밀한 만족감이 살아나 그 자리를 즐기기 시작했다. 빗물이 지붕을 타고 스며들어 세 사람 머리 위로 흘러내렸지만, 브라스 양은 불평 한마디 하지 않고 한 치의 흐트러짐도 없이 차를 즐겼다. 그동안 시끌벅적한 환대를 하느라 맥주 통 위에 앉아 있던 퀼프 씨는 영국의 세 왕국 어디에서도 이보다 아름답고 편안한 곳은 찾을 수 없다고 자랑했고, 잔을 들어 올리며 유쾌한 곳에서 있을 다음의 즐거운 모임을 위해 건배를 제의했다. 브라스 씨는 빗물이 찻잔에 떨어지는 상황에서도 사기를 북돋우고 편안해 보이려고 애썼지만, 별 소용이 없었다. 문밖에서 낡은 우산을 쓰고 기다리던 톰 스콧은 고통스러워하는 브라스의 모습을 보고 포복절도했다. 이런 일들이 발생하고 지나가는 동안 샐리 브라스 양은 자기만의 여성적인 사람과 멋진 의상에 떨어지는 빗물은 신경 쓰지 않고, 편한 마음으로 오빠의 불행을 생각하며 머리에 이슬이 맺혀 반백이 되는데도 꼿꼿이 차 탁자 뒤에 평온하게 앉아 있었고, 탐욕스럽고 비굴한 성격 때문에 인내하고 화도 내지 못하는 오빠의 고통을 지켜보며, 상냥한 자기 무시 속에서, 밤새 거기에 앉아 있는 것에 만족했다. 그리고 이것도 말해야 한다. 그렇지 않으면 이 설명은 완전하지 않으니. 비록 사업적 입장에서는 브라스 양이 샘슨 씨와 가장 강력한 공감대를 형성하고 있었지만, 그가 어떤 점에서 자신들의 고객을 좌절시켰다면 그녀는 몹시 분노했을 것이다.

떠들썩한 즐거움이 최고조에 달했을 때쯤 퀼프 씨는 잠시 가식적인 기분을 접어 두고 즉시 일상적인 태도를 재개했고, 맥주통 위에서 내려와 자신의 손을 변호사의 소매에 올려놓았다.

"더 취하기 전에 긴히 할 얘기가 있네." 난쟁이가 말했다. "샐리, 잠깐 들어봐."

샐리 양이 고객과의 은밀한 대화에 익숙한 듯 퀼프 쪽으로 가까이 다가갔다.

"할 일이 생겼어." 난쟁이가 브라스에게서 샐리에게로 눈길을 돌리며 말했다. "아주 개인적인 일이야. 그러니까 둘이 있을 때 방법을 의논해 봐."

"당연히 그래야죠." 브라스가 수첩과 연필을 꺼내며 대답했다. "괜찮다면 좀 적겠습니다. 아주 중요한 증거자료니까요." 변호사가 천장을 올려다보며 덧붙였다. "가장 중요한 증거자료지. 핵심을 딱 짚어주니 받아 적는 게 즐겁다니까. 어떤 법령도 이보다 명료하지는 않아."

"그 기쁨을 잠시 빼앗아야겠네." 퀼프가 말했다. "수첩 저리 치우게. 이 일에 증거자료 같은 건 필요치 않아. 자, 그러면. 키트라는 젊은이 알지."

샐리 양이 그를 안다는 뜻으로 고개를 끄덕였다.

"키트!" 샘슨 씨가 말했다. "키트! 아! 이름은 들어본 것 같은데, 누군지 정확히 떠오르지 않는군요. 정확히….."

"자네는 거북이처럼 느리고, 코뿔소보다 둔해." 친절한 고객이 짜증을 내며 말했다.

"정말 재미있는 비유입니다!" 브라스가 아부를 떨었다. "박물학에 대한 지식이 정말 놀랍습니다. 정말 뷔퐁[11] 같습니다, 정말

---

11 프랑스 박물학자.

훌륭해!"

브라스 씨가 칭찬할 의도였음은 의심의 여지가 없었고, 뷔퐁이라고 말해야 하는데 불필요한 모음 하나를 더 붙인 것은 이에 대한 근거 제시로 논쟁을 벌여왔다. 어쨌든 퀼프는 그에게 정정할 시간을 주지 않았다. 이미 브라스가 우산 손잡이로 자기 머리를 때렸기 때문이다.

"좀 가만있어." 샐리 양이 브라스를 제지하며 말했다. "내가 그 아이를 안다고 했잖아. 그걸로 됐어."

"역시 샐리가 최고야!" 난쟁이가 샐리의 등을 토닥거리고 샘슨을 경멸하는 듯한 눈빛으로 바라보며 말했다. "샐리, 난 키트가 싫어."

"저도 그래요." 샐리 양이 말했다.

"저도요." 샘슨이 말했다.

"좋아!" 퀼프가 소리쳤다. "우리 일의 절반은 이미 성사됐군. 이 키트라는 놈은 정직한 녀석이지. 바른 사람이란 말이야. 하지만 살금살금 돌아다니며 염탐하는 사냥개에다가 위선자에, 겉과 속이 다르고, 겁쟁이에다가 비열한 스파이이기도 해. 먹이를 주며 살살 달래는 사람에게는 납작 엎드리고 그렇지 않은 사람에게는 똥개처럼 짖어."

"무섭도록 유창합니다!" 브라스가 재채기하며 소리쳤다. "정말 소름 끼칩니다!"

"잡다한 말 집어치우고 요점만 말해요." 샐리 양이 말했다.

"역시!" 퀼프가 다시 한번 경멸하는 듯한 눈빛으로 샘슨을 바라보며 소리쳤다. "언제나 최고야! 이봐 샐리, 그 녀석은 모든 사람에게, 특히 나에게 으르렁대고 무례하게 굴어. 한마디로 그 녀석에게 원한이 있어."

"그걸로 충분합니다." 샘슨이 말했다.

"아니, 그걸로는 부족해." 퀼프가 비웃었다. "내 말 끝까지 들어봐. 그것 때문에 원한을 품은 데다 바로 지금도 내 계획을 좌절시키며 내가 목적을 이루지 못하게 방해하고 있어. 그렇지 않으면 우리 모두에게 황금이 굴러 들어 올 텐데 말이야. 그것 말고도 내 기분을 계속 망치고 있어서 난 그 녀석이 정말 싫어. 그 녀석 얼굴을 안다고 했으니까, 나머지 일은 말 안 해도 짐작하지. 그 녀석을 없앨 방도를 생각해서 실행에 옮겨. 그렇게 할 텐가?"

"하고말고요." 샘슨이 대답했다.

"그러면, 손 이리 줘봐." 퀼프가 말했다. "샐리, 당신 말이야. 샐리, 난 브라스보다 당신을 더 의지해. 톰 스콧이 등불과 담배, 그로그 주를 가지고 이리로 올 거야. 그러면 이 밤을 한번 즐겨 보자고!"

그들은 더는 말이 없었고, 더는 눈길도 교환하지 않았다. 이런 최소한의 언급이 이 모임의 진짜 이유였다. 세 사람은 함께 행동하는 데 익숙했고, 상호 이해관계와 이점으로 얽혀 그 외의 다른 것은 필요하지 않았다. 퀼프는 벗어던졌던 떠들썩한 태도를 쉽게 다시 시작하며, 몇 초 전에 그랬듯, 곧바로 시끄럽고 무모한 작은 야만인이 되었다. 정감 있는 샐리는 밤 열 시가 다 되어서야 사랑받고 사랑하는 오빠를 부축해 황무지를 나왔다. 그 시간이면 브라스는 그녀의 부드러운 골격이 줄 수 있는 전폭적인 지지가 필요했다. 브라스의 걸음걸이는 알 수 없는 이유로 균형을 잃었고, 다리는 예상치 못한 장소에서 끊임없이 주저앉았다.

최근 며칠 푹 잤음에도 지난 이틀 동안 피곤이 쌓였는지, 난쟁이는 앙증맞은 보금자리로 바로 돌아가 곧 해먹에서 꿈을 꾸고 있었다. 이제 그는 꿈속에서 헤매게 두고, 오래된 교회 현관에서 이야기를 멈춘 조용한 인물들도 공정하게 몫을 차지해야 하니, 그들이 앉아 바라보던 때로 돌아가자.

52장

한참 후에 교회 묘지 쪽문에 모습을 드러낸 교장은 다가올수록 손에 움켜쥔 녹슨 열쇠 꾸러미에서 짤랑거리는 소리를 내며 그들을 향해 서둘렀다. 그가 현관에 도착했을 때는 기쁨과 조급함으로 숨을 헐떡였고, 그래서 처음에는 아이가 그동안 진지하게 생각하고 있던 낡은 건물을 손으로 가리킬 뿐이었다.

"저기 낡은 집 두 채 보이지?" 마침내 교장이 말했다.

"네, 보여요." 넬이 대답했다. "선생님을 기다리는 동안 내내 바라보고 있었어요."

"내가 무슨 말을 할지 짐작할 수 있었다면 더 궁금해하며 바라보았을 텐데." 교장이 말했다. "그중 하나가 내 집이다."

교장은 더는 말하지 않고, 아이에게 대답할 시간도 주지 않고, 기쁨으로 빛이 나는 정직한 얼굴로 소녀의 손을 잡고 자신이 말한 집으로 그들을 이끌었다.

　그들은 낮은 아치형 문 앞에서 걸음을 멈췄다. 몇 개의 열쇠를 맞추려 시도하다가 실패하던 끝에 교장이 커다란 자물쇠에 맞는 열쇠 하나를 발견했는데, 그 열쇠를 넣고 돌리자, 문이 삐걱거리며 그들의 입장을 허락했다.

　그들이 들어선 방은 한때 정교한 건축가들이 고결하게 장식한 아치형의 방이었고, 맞닿은 둥근 지붕과 값비싼 석조 트레이서리에는 아직도 과거 당시 영광의 흔적이 그대로 간직되어 있었다. 돌에 새겨진 나뭇잎들은, 자연의 섭리와 경쟁해, 자신들이 변하지 않고 남아 있는 동안 바깥세상의 나뭇잎들이 얼마나 많은 시간 피고 졌는지를 말해주었다. 비록 지금은 못쓰게 되었지만, 벽난로 선반의 무게를 지탱하는 부서진 인물상들—먼지를 털어내면 사뭇 다른 모습이리라—은 여전히 예전에 그것이 무엇이었는지 구분할 수 있었고, 동족보다 더 오래 살아남아서 더디게 썩어 가는 자신을 애석해하는 생명체처럼 속이 텅 빈 난로 옆에서 슬프게 보였다.

　방 한편에 세워진 그 옛날—그 오래된 장소에서는 심지어 변화마저 나이를 먹었기 때문에—의 나무 칸막이는 침실의 벽장이 되었고, 그 침실 벽장 안에서 대충 만든 창을 통해 아니면 단단한 벽에 난 틈을 통해 빛이 들어왔다. 잊힌 그 옛날의 이 가림막은 넓은 벽난로 앞에 놓인 두 개의 의자와 함께 교회나 수

녀원의 일부였다. 그것의 오크 목재—현재의 용도로 쓰기 위해 급히 전용되었다—가 원래 형태에서 거의 바뀐 것이 없고, 오래된 수도자의 좌석에 화려한 조각들이 고스란히 남아 있었기 때문이다.

담쟁이 잎 사이로 들어오는 빛으로 어둑한, 작은 방 혹은 수도실 쪽으로 이어지는 열린 문이 이 폐허 내부의 마지막이었다. 가구가 전혀 없는 것도 아니었다. 세월에 팔걸이와 다리가 닳아서 작아 보이는 이상하게 생긴 의자 한두 개와 바로 그 종족의 유령이 된 탁자 하나가 있었고, 한때 교회에서 문서 따위를 보관했던 낡고 커다란 상자, 진기한 모양을 한 가정용 집기들과 여기저기 흩어져 있는 겨울용 땔감들은 얼마 전까지 그곳이 거주지로 쓰인 완벽한 징표였다.

아이는 우리가 영원이라는 거대한 바다에 단지 몇 개의 물방울이 되는 세월의 일을 깊이 생각할 때 가지는 엄숙한 감정을 느끼며 주위를 둘러보았다. 노인이 그들 뒤를 따랐지만, 세 명 모두 작은 소리에도 정적이 깨질까 봐 두려워하는 사람처럼 잠시 숨소리조차 조심스럽게 내쉬며 입을 다물었다.

"정말 아름다운 곳이에요!" 아이가 나지막한 목소리로 말했다.

"네가 그렇게 생각하지 않으면 어쩌나 걱정했다." 교장이 대답했다. "방으로 들어설 때, 춥거나 음울한 것처럼 네가 몸을 떨어서."

"그렇지 않아요." 넬이 가볍게 몸을 떨며 주변을 힐끔거렸다. "뭔지 모르지만, 교회 현관에서 이곳을 바라볼 때도 같은 느낌이었어요. 아마 아주 오래되고 울적해 보여서 그랬나 봐요."

"살기에는 조용한 곳이야, 그렇지?" 소녀의 친구가 말했다.

"네, 맞아요." 아이가 진심으로 손뼉을 치며 대답했다. "살기에 아주 행복한 집이에요. 죽는 법도 배우는 아주 행복한 집." 말을 더 할 수 있었지만, 소녀는 생각에서 나오는 힘으로 목소리가 흔들렸고, 입술에서는 떨리는 속삭임만 나왔다.

"사는 집이고 사는 법을 배우는 곳이지. 그리고 몸과 마음의 건강을 추스르기에 좋은 곳이야." 교장이 말했다. "여기가 두 사람 집이니까."

"우리 집이라고요?" 아이가 소리쳤다.

"그래!" 교장이 밝은 목소리로 대답했다. "앞으로 오랫동안 행복하게 살기 바란다. 나는 바로 옆집에서 살 거란다. 그러니 이제 이 집은 두 사람 것이다."

대단한 비밀을 털어놓은 교장은 자리에 앉아 넬을 곁으로 끌어당기고는 이 오래된 주택이 한 노파—이 노파는 교회 열쇠를 보관하고, 예배 시간에 교회 문을 열고 끝나면 닫고, 방문객들에게 교회를 안내하는 일을 했다—가 근 백 년 가까이 살던 곳이라는 사실을 어떻게 알게 되었는지, 노파가 얼마 전 세상을 떠나 아직 그 일을 맡을 사람을 찾지 못했는데, 어떻게 이 모든 사실을 관절염 때문에 침상 밖으로 나오지 못하는 교회지기를 만나 전해 들었고, 과감하게 꺼낸 동료 여행자에 대한 말을 교회지기가 좋게 받아들였고, 교회지기가 자신의 조언에 따라 용기를 내어 그 문제를 목사에게 제기했는지 말해주었다. 간단히 말해 교장의 노력으로 넬과 할아버지는 다음날 목사 앞에 서게 되었고, 그들의 태도와 외모를 보고 판단하는 목사의 승인은 형식상 보류했을 뿐 그들은 이미 빈자리에 임명되었다.

"봉급은 적다." 교장이 말했다. "많지는 않지만, 한적한 이곳에서 지내기에는 충분할 거야. 비용을 분담하면 되니까, 걱정하지 마라."

"하늘에서 선생님에게 축복을 내릴 거예요!" 아이가 흐느끼며 말했다.

"아멘. 그래 얘야." 소녀의 친구가 유쾌하게 대답했다. "그리고 우리 모두에게 축복이 내릴 거야. 또한 그 축복이 있어 우리가 슬픔과 고통을 지나 이 평화로운 삶으로 인도되었잖니. 이제 내 집을 보러 갈 차례구나. 가볼까!"

함께 다른 주택으로 몰려간 그들은 전처럼 다시 녹슨 열쇠를 맞춰 보다가 마침내 맞는 열쇠 하나를 찾아 벌레 먹은 문을 열었다. 문을 열자마자 방금 보고 온 집처럼 아치형의 낡은 방이 나왔다. 하지만 공간은 그리 넓지 않았고, 작은 방 하나가 딸려 있었다. 이전에 본 집이 원래 교장이 살 집이었는데, 넬과 노인에 대한 배려로 더 작은 집을 선택한 점은 쉽게 짐작이 갔다. 옆집처럼 그곳에도 꼭 필요한 오래된 가구류와 장작더미가 놓여 있었다.

이 집들을 최대한 살기 좋고 편안하게 만드는 것이 그들의 기쁜 관심사가 되었다. 각자 곧바로 장작에 불을 붙였고, 난로에서는 '타탁'하는 나무 타는 소리가 났고, 창백한 낡은 벽이 건강하고 붉게 볼을 붉혔다. 넬은 부지런히 바느질해서 해진 창문걸이를 수선하고, 오래되어 올이 다 드러난 카펫의 찢어진 곳을 꿰매 근사하게 만들었다. 교장은 문 앞의 마당을 쓸며 바닥을 평탄하게 하고, 길게 자란 잔디를 자르고, 구슬프게 방치되어 늘어진 채 매달린 담쟁이덩굴과 덩굴 식물들을 손질해서 외벽에 명랑한 가정의 분위기를 만들었다. 노인도 여기저기를 오가며 때로는 교장 옆에서 때로는 아이 옆에서 환자지만 작은 힘을 보탰고, 행복해했다. 이웃들 또한 일을 마치고 달려와 도움을 주거나 아이들 편에 이 낯선 사람들에게 줄 선물을 보내거나 가장 필요한 물건을 빌려주었다. 바쁜 하루를 보내고 저녁이 되자, 그들은 아직 할 일이 많이 남았다는 것과 곧 날이 어두워질 것을 알고 놀랐다.

그들은 앞으로 '넬의 집'으로 부르게 될 집에서 함께 저녁 식사를 했고, 식사를 마치고 불 주위에 모여 앉아 속삭이며—큰 소리를 내기에는 마음이 너무 고요하고 기뻤다—앞으로의 계획을 상의했다. 교장이 집으로 돌아가기 전 크게 기도문을 읊고 그들은 감사와 행복한 마음을 가득 안고 헤어졌다.

그 고요한 시간, 노인은 침대에 누워 평화롭게 잠이 들었고, 모든 소리가 잠잠해졌다. 아이는 꺼져가는 불 앞에 남아 방금 단꿈에서 깨어난 듯 이 행운을 생각해 보았다. 꺼져가는 불꽃의 환한 빛이, 조각된 윗부분이 먼지투성이인 지붕에서 어둑하게 보이는 떡갈나무 판자에 반사되었는데, 불빛이 깜빡일 때마다 이 오래된 벽에 이상한 그림자가 어른거렸다. 그 불빛은 안으로는 쇠퇴하는 엄숙한 존재로, 본질적으로 가장 오래 버티는 분별없는 사물 위에 떨어졌고, 이 죽음의 엄숙한 존재는 밖으로는 소녀의 마음을 깊고 많은 생각으로 채웠다. 소녀가 외롭고 슬플 때 어떤 변화가 서서히 다가오고 있었다. 힘이 빠져 각오가 더 단단해지자 그곳에 정화되고 바뀐 마음이 불쑥 나타났고, 가슴에는 축복받은 생각과 희망이 자라났지만, 단지 약하고 풀이 죽은 작은 부분이었다. 그 형체가 불로부터 미끄러지듯 벗어나 생각에 잠겨 열린 창문에 몸을 기대었을 때, 아이의 부서질 듯한 약하고 상하기 쉬운 모습을 본 사람은 아무도 없었고, 하늘을 향한 얼굴과 그 내력을 살피는 것은 별들뿐이었다. 죽은 자와는 많은 교감을 나누지만, 산 자에게 주는 경고가 무시되어 슬픈 듯 교회 종소리가 애절하게 그때의 시각을 알렸고, 떨어진 낙엽이 바스락거리고 풀들이 무덤 위에서 흔들릴 뿐 그 밖의 다른 모든 것은 정지된 채 잠들어 있었다.

꿈을 꾸지 않는 망자의 일부는 편안하게 지내고자, 그리고 보호받고자, 그 벽에 매달리듯, 교회의 그림자 안에 딱 붙어 누워 있었다. 다른 망자들은 시시각각 변하는 나무 그림자 아래에, 또 다른 망자는 사람들의 발소리가 들리는 길가에, 또 다른 망자는 어린아이들의 무덤 사이에 누워 있기를 원했다. 일부는 매일 걸어 다니던 교회 마당 아래에 쉬기를 갈망했고, 또 다른 누군가는 태양이 지는 곳에, 또 다른 누군가는 태양이 뜨는 곳에 쉬기를 원했다. 아마도 삶에 갇혀 있던 영혼은 누구라도 살아 있을 때 친숙했던 사람들에게서 떨어질 수 없었던 모양이다. 그런 사람이 있었다 해도 그는 오랫동안 갇혀 지낸 곳에 사랑과 같은 것을 느꼈을 테고, 심지어 헤어질 때도 좁은 그곳에 애정어리게 매달렸으리라.

아이는 한참이 지난 후에야 창문을 닫고 잠자리로 돌아갔다. 그때 다시 예전과 같은 감각—이것은 본인도 모르는 한기이며 무서움과 비슷한 순간적인 느낌이었다—이 느껴졌지만, 어떤 불안함도 남기지 않고 곧 사라졌다. 소녀는 다시 또 언젠가 성서와 관련된 오래된 그림에서 본 듯한, 밝은 얼굴들이 줄지어 하늘 저 멀리 올라가 잠자는 자신을 내려다보는, 지붕이 열리는 꿈과 작은 학자의 꿈을 꾸었다. 달콤하고 행복한 꿈이었다. 하늘에 울려 퍼지는 음악과 천사의 날갯소리를 빼면, 그 고요한 장소의 외부는 그대로인 것 같았다. 잠시 후 그 자매들이 손을 잡고 나타나 무덤 가운데 섰다. 그때 꿈이 희미해지더니 사라졌다.

밝고 즐거운 아침을 맞으며 어제의 노동이 다시 시작되었고, 어제의 즐거운 생각이 다시 살아났고, 힘과 유쾌함과 희망을 회복했다. 그들은 정오가 될 때까지 즐겁게 집을 꾸민 뒤 목사를 만나러 갔다.

오래전에 속세를 떠나 그곳에 정착한 목사는 내성적이고 조용한 성격의 순박한 노신사로 은퇴 생활에 익숙했고, 세상일은 잘 몰랐다. 지금 사는 집에서 아내의 죽음을 맞은 그는 세속적인 관심이나 희망을 버린 지 오래되었다.

목사는 그들을 친절하게 맞이했고, 곧바로 넬에게 관심을 보이며 이름과 나이, 고향, 그곳까지 오게 된 연유를 비롯한 여러 가지를 물어보았다. 교장이 이미 목사에게 아이의 사연을 이야기했다. 그들은 떠날 친구도 집도 없고 자신과 운명을 함께 하려고 왔다고 그가 말했다. 교장은 아이를 딸처럼 사랑했다.

"그래요." 목사가 말했다. "교장 선생님이 원하는 대로 합시다. 아이가 무척 어리군요."

"하지만 역경과 고난을 겪어서 어른입니다." 교장이 대답했다.

"불쌍하기도 해라! 이제 아이를 편히 쉬게 하고 고난은 잊게 합시다." 목사가 말했다. "하지만 낡은 교회는 너처럼 어린아이가 지내기에 무척 따분하고 울적한 곳이야."

"그렇지 않아요, 목사님." 넬이 대답했다. "절대 그렇게 생각하지 않아요."

"나는 이 아이가 썩은 원형 지붕의 그림자 속에 앉아 있기보다," 목사가 아이의 머리에 손을 올려놓고 슬프게 미소 지으며 말했다. "밤마다 푸른 들판에서 춤을 추는 모습을 보고 싶군요. 여러분은 이점을 유념해야 합니다. 그리고 아이가 이 엄숙한 폐허들 속에서 우울해지지 않도록 해야 합니다. 그렇게 하면 요청을 받아들이지요."

목사가 좋은 말을 좀 더 한 후에 그들은 다시 아이의 집으로 돌아왔다. 그리고 그들이 그곳에서 여전히 행복한 미래에 관해 이야기하고 있을 때 또 다른 친구가 나타났다.

그는 목사관에 사는 작은 노신사로 (나중에 알게 된 사실이지만) 15년 전 목사의 아내가 죽고 줄곧 그곳에서 살아왔다. 목사와 대학 동기이자 그의 가장 가까운 친구였다. 목사가 처음 슬픔에 충격을 받고 있을 때 그를 위로하기 위해 그곳에 오게 된 이 노신사는 그때 이후로 한 번도 목사를 떠나지 않았다. 활동적인 작은 노신사는 그곳의 실제 대변자였고, 모든 분쟁의 조정자이자 모든 즐거운 일의 선동자였으며, 목사의 박애를 나눌 뿐만 아니라 자기 것도 아낌없이 나누는 사람이었다. 또한 모든 일에서 조정자이자 위안을 주는 사람이자 친구였다. 순박한 마을 사람들은 애써 그의 이름을 묻지 않았고, 이름을 알게 되더라도 굳이 기억하려 하지 않았다. 아마도 그가 이 마을에 처음 도착했을 때 대학을 나온 사람이라는 애매한 소문이 돌아서, 아마도 그가 결혼하지 않은 얽매일 것 없는 신사여서, '학사'로 불렸던 모양이다. 그가 이 호칭을 마음에 들어 했거나 다른 이름보다 더 어울린다고 생각했는지는 알 수 없지만, 그때 이후 줄곧 학사로 불렸다. 세 사람이 집을 둘러볼 때 발견한 장작더미도 그가 갖다 놓았다.

학사—평소의 호칭대로 부르자—가 걸쇠를 들어 올리고 문앞에서 둥글고 유순한 얼굴을 보이고는 그곳에 아주 익숙한 사람처럼 안으로 걸어 들어왔다.

"새로 온 마튼 선생님이군요." 학사가 교장에게 인사하며 말했다.

"그렇습니다."

"잘 왔습니다. 만나서 반갑습니다. 사실 어제 찾아오려고 했는데, 몸이 아픈 어느 어머니가 멀리 떨어져 일하는 딸에게 편지를 전해달라고 부탁해서 말을 타고 그곳에 다녀오느라 이제 막도착했습니다. 이 아이가 우리 교회 관리인이군요. 이 아이를 위해서나 여기 영감님을 위해서나 아주 잘 왔습니다. 인간에 대한 사랑을 아는 분이야말로 최고의 스승이지요."

"최근에 아이가 아팠습니다." 학사가 넬의 볼에 입을 맞추며 안색을 살피자, 교장이 말했다.

"그래요. 압니다." 학사가 대답했다. "몸도 그렇고, 마음도 많이 아팠군요."

"그렇습니다."

작은 노신사가 노인을 힐끔 보고는 아이에게로 다시 고개를 돌려―그가 아이의 손을 부드럽게 잡고 있었다―손을 감쌌다.

"이곳에서는 더 행복할 거야." 학사가 말했다. "적어도 그렇게 되도록 우리가 노력할 테니까. 벌써 이렇게 멋지게 바꿔놓았구나. 네 솜씨니?"

"네."

"우리가 뭔가 다른 것도 바꿀 수 있을 것 같은데. 집 자체를 바꾸지는 못해도 좀 더 나은 집으로 만들어줄 수는 있어." 학사가 말했다. "어디 한번 보자."

넬은 학사와 함께 다른 작은 방으로 갔고, 두 집 모두를 둘러본 학사는 그곳에 작은 편의 물건들이 없음을 발견하고 집에서 자질구레한 물품들을 가져다주기로 약속했다. 그야말로 아주 사소하고 광범위하게 필요한 것들이었다. 그것들을 가져오는 데 오랜 시간이 걸리지는 않았다. 학사는 사라진 지 5~10분도 안 돼 낡은 선반, 양탄자, 담요와 함께 각종 가재도구를 가득 들고 나타났고, 그 뒤로 한 소년이 따라왔는데, 그도 학사만큼의 짐을 들고 있었다. 바닥에 아무렇게나 던져진 물건들은 정리하고, 바로 세우고, 치우는 데 손이 많이 갔지만, 그 일을 감독하는 학사에게는 큰 즐거움이었고, 한동안 그는 매우 활기차고 활동적으로 일에 집중했다. 정리가 끝나자, 학사가 소년에게 새로운 교장 선생님 앞에 모일 수 있도록 다른 학우들을 데려오라고 지시했다.

"교장 선생님이 보기를 원하는 만큼 착한 녀석들입니다." 소년이 나가자, 학사가 교장 쪽으로 돌아서며 말했다. "하지만 제가 그렇게 생각한다고 아이들에게 말하지 마세요. 절대 알면 안됩니다."

소년이 맨 앞에서 크고 작은 긴 줄의 아이들을 데리고 돌아왔다. 문 앞에서 학사를 마주한 아이들은 챙이 있는 모자와 챙이 없는 모자를 손에 꽉 움켜쥐고, 그것들을 눈에 안 보일 만큼 작게 만들고, 인사를 하며 오른발을 뒤로 빼는 등 모든 예의를 갖춰 다양한 형태로 그에게 공손하게 보이려 애썼다. 이에 크게 만족한 학사는 연신 고개를 끄덕여 환한 미소로 화답했다. 사실 그들 모두가 들을 수 있는 다양한 속삭임과 비밀스러운 말들로 터져 나온 점을 고려하면, 아이들에 대한 학사의 칭찬은 그가 교장을 추측하도록 이끌 때처럼 용의주도하게 변장한 것은 절대 아니었다.

"교장 선생님, 맨 앞쪽의 아이가 존 오언입니다." 학사가 말했다. "좋은 아이입니다. 솔직하고 정직하지요. 하지만 경솔하고 놀기 좋아합니다. 또한 한참 생각이 모자랍니다. 저 녀석은 장난이 심해서 목뼈라도 부러뜨릴까 봐 부모님이 늘 노심초사하지요. 우리끼리 얘기지만, 저 아이가 토끼몰이 놀이를 할 때 울타리와 도로 표지판을 빼가고 작은 채석장 표면을 미끄러져 내려가는 모습을 보게 되면 절대 그걸 잊지 못할 겁니다. 정말 기가 막혀요!"

존 오언은 옆에서 이렇게 꾸지람을 받으며 학사의 말을 빠뜨리지 않고 들었고, 학사는 다른 소년을 가리켰다.

"저 아이를 보세요." 학사가 말했다. "저쪽의 아이 보이죠? 이름이 리차드 에번스입니다. 학습 능력이 놀라운 아입니다. 좋은 기억력과 빠른 이해력을 타고났습니다. 게다가 찬송가에 딱 맞는 좋은 목소리와 음감을 지녔습니다. 우리 중 단연 최고예요. 그런데 교장 선생님, 저 녀석의 최후는 비참할 겁니다. 절대 침대에 누워 죽지 못해요. 왜냐하면, 설교 시간에 항상 졸거든요. 그런데 교장 선생님, 솔직히 저 녀석 나이 때는 저도 그랬습니다. 교회에서는 잠이 잘 왔거든요. 어쩔 도리가 없다고 생각해요."

희망에 차 있던 에번스는 학사의 책망에 교화되었고, 학사는 또 다른 아이 쪽을 바라보았다.

"우리가 안 좋은 학생의 보기를 들어야 한다면," 학사가 말했다. "우리가 모든 아이에게 경고와 지침이 될 만한 아이를 말해야 한다면 바로 여기 있습니다. 그러니 교장 선생님이 그 녀석을 좀 혼내주세요. 바로 이 녀석입니다. 푸른 눈동자에다 금발이지요. 이 녀석은 수영을 아주 잘합니다. 잠수도 일품이에요. 수심이 18피트나 되는 곳에서 다이빙하기를 좋아하지요. 옷을 입은 채로, 차고 있던 무거운 목줄과 목걸이 때문에 익사할 뻔한 시각장애인의 안내견을 구해내기도 했습니다. 개 주인은 양손을 쥐어짜며, 안내견이자 친구인 그 개가 죽을까 봐 두려워서 비탄에 잠긴 채, 강둑에 서 있었습니다. 그 소식을 듣자마자 제가 익명으로 이 녀석에게 2기니를 보냈습니다." 학사가 특유의 큰 목소리로 속삭이듯 덧붙였다. "하지만 어떤 경우에도 말하면 안 됩니다. 제가 보낸 걸 꿈에도 모를 테니까요."

학사는 이 말썽꾸러기에 대한 말을 마치고 또 다른 아이에게로, 그리고 또 다른 아이에게로 몸을 돌렸고, 이렇게 모인 아이들 모두에게, 적당한 범위 내에서 그들을 건전하게 제약하기 위해, 자신이 마음속으로 가장 소중히 여기고 자기만의 계율과 예시에서 참조할 수 있는 것과 같은 학생들의 성향에 대해 신랄하게 강조했다. 학사는 혹독한 말로 아이들을 비참하게 했다고 생각했는지, 결국 작은 선물을 나눠주며 집까지 얌전히 걸어갈 것과 뛰지 말 것, 친구와 옥신각신하지 말 것, 또는 딴 곳으로 새지 말 것 등의 훈시를 주고 아이들을 해산시켰다. 그리고 교장에게 (이 말도 모두가 들을 수 있게 했다) 자신이 어릴 때도 죽기 살기로 어른들 말을 듣지 않았다고 고백했다.

학사가 환영한다는 많은 확신 때문에 그의 이런 성향을 환호하며 받아들인 교장은 가벼운 마음과 즐거운 기분으로 자신을 세상에서 가장 행복한 사람이라고 여기며 그와 헤어졌다. 두 채의 오래된 집 창문들이 안에서 활활 타오르는 난롯불에 반사되어 다시 붉게 물들었다. 학사와 목사는 저녁 산책을 마치고 집으로 돌아가는 길에 잠시 두 집 앞에 멈춰 서서 아름다운 아이에 대해 조용히 말하다가 한숨을 쉬며 교회 무덤을 둘러보았다.

53장

넬은 이른 아침부터 분주히 움직이고 있었고, 집안일을 마치고 좋은 교장을 위해 모든 것을 깨끗이 정돈한 다음 (비록 교장의 의지에 몹시 어긋났지만, 왜냐하면 그는 소녀의 고통을 덜어주었을 것이기 때문이다), 어제 학사가 정식으로 건네준 벽난로 옆 못에 걸린 열쇠 꾸러미를 내려 교회로 가기 위해 홀로 집을 나섰다.

하늘은 맑게 개어 화창했고, 공기는 깨끗했고, 막 떨어진 잎에서 나는 싱그러운 향기가 모든 감각을 기쁘게 해주었다. 이웃한 개울은 거품을 일으켜 듣기 좋은 소리를 내며 흘렀고, 이슬은 성령이 망자 위로 흘린 눈물처럼 초록빛 흙무더기 위에서 반짝였다.

몇 명의 아이들이 웃는 얼굴로 무덤 가운데서 숨바꼭질하며 즐겁게 뛰어다녔다. 아이들은 갓난아기를 데려왔고, 한 아이의 무덤 위에 낙엽을 침대 삼아 놓아둔 아기는 잠이 들어 있었다. 그것은 새로 생긴 무덤이었는데, 아마 아파도 온순하게 참으며 자주 그 자리에 앉아서 친구들이 노는 모습을 바라보던 작은 아이가 쉬던 곳이리라. 지금도 아이들의 마음은 그때와 다르지 않은 듯했다.

소녀가 가까이 다가가 한 아이에게 누구의 무덤인지 물어보았다. 아이는 무덤이 아니라 형의 정원이라고 대답했다. 그곳은 다른 어떤 정원보다 푸르고, 자신이 모이를 주기 때문에 새들도 그곳을 좋아한다고 말했다. 말을 마친 아이는 미소를 머금은 채 소녀를 쳐다보았고, 무릎을 꿇고 잠시 풀밭에 뺨을 대보고는 명랑하게 달려갔다.

소녀는 눈을 들어 오래된 탑을 바라보며 교회를 지나쳤고, 교회 쪽문을 통해 마을 안으로 들어갔다. 교회지기가 목발에 의지한 채 자신의 오두막 문 앞에서 바람을 쐬고 있었고, 소녀에게 아침 인사를 건넸다.

"몸은 좀 좋아졌어요?" 아이가 발걸음을 멈추며 말했다.

"그래, 확실히 좋아졌다." 교회지기가 대답했다. "감사하게도 훨씬 좋아졌어."

"곧 나을 거예요."

"그래, 하늘에 맡겨야지. 인내심을 가지고 말이야. 안으로 들어오렴. 들어와."

다리를 절뚝거리며 앞서가던 교회지기가 아래쪽 계단을 조심하라고 이르고는 정작 본인은 힘들이지 않고 계단을 오르며 작은 오두막으로 안내했다.

"여기는 방 한 칸이 전부다. 위층에 하나 더 있지만, 요즘은 계단을 오르기가 힘들어서 사용하지 않는다. 내년 여름에는 다시 올라가 볼 생각이야."

아이는 백발―백발은 그의 특징 중 하나였다―의 노인이 어떻게 미래에 대해 그토록 쉽게 말하는지 신기했다. 교회지기가 벽에 걸린 도구 여기저기로 눈을 돌리는 소녀를 보고 살며시 미소를 지었다.

"무덤을 만드는데 저렇게 많은 도구가 쓰일까 하고 생각하는구나." 교회지기가 말했다.

"네, 저렇게 많이 필요해요?"

"글쎄, 그럴지도 모르지. 난 정원사이기도 하단다. 땅을 파고 그곳에서 살고 자라는 식물을 심지. 내가 땅에 묻는 모든 것이 썩고 부패해 없어지는 건 아니야. 가운데 삽 보이니?"

"네, 굉장히 오래돼 보여요. 삽 끝이 들쭉날쭉하고 많이 닳았네요?"

"바로 교회지기의 삽이다. 보다시피 쓸 만큼 썼지. 우리는 여기 이렇게 건강하게 살아 있는데 저 삽은 제힘을 다했어. 저 삽이 말을 할 수 있다면 내가 저 삽과 함께 한 예상치 못한 많은 일을 네게 들려줄 텐데. 나는 기억력이 좋지 않아서 그 일들을 다 잊어버렸거든. 뭐 새로운 것도 아니지만." 교회지기가 급히 덧붙였다. "늘 그랬어."

"꽃이랑 관목이 다른 일도 했다고 말해줘요." 아이가 말했다.

"오, 그래. 커다란 나무들도 있다. 하지만 네 생각처럼 커다란 나무를 키우는 일과 교회지기의 일이 그렇게 분리되어 있지는 않아."

"그래요!"

"내 생각에는 그래. 그건 기억 같은 거야." 교회지기가 말했다. "사실 나무들은 기억에 많은 도움을 준단다. 내가 어떤 사람을 위해 어떤 나무를 심었다고 치자. 그 나무는 그가 죽은 사실을 상기시키며 거기 서 있어. 나무 밑에 드리운 넓은 그늘을 보면 그가 언제 죽었는지 떠오르고 그게 내가 다른 일을 몇 살 때 했는지 알 수 있게 해. 그러면 그의 무덤을 언제 만들었는지 거의 정확하게 말할 수 있단다."

"하지만 나무를 보면 살아 있는 사람이 생각날 수도 있잖아요." 아이가 말했다.

"살아 있는 한 사람과 연결된 죽은 스무 명의 사람 중에," 교회지기가 말했다. "적어도 부인이나 남편, 부모, 형제, 자매, 자녀, 친구들 정도는 기억하겠지. 그래서 이 교회지기의 삽은 닳고 찌

그러졌어. 내년 여름엔 새것이 필요할 것 같구나."

아이는 교회지기가 자신의 나이와 노쇠함을 두고 농담한다고 생각하며 재빨리 그를 쳐다보았다. 하지만 부지불식간인 그의 표정은 너무도 진지했다.

"아아!" 잠시 침묵이 흐른 뒤 교회지기가 말했다. "사람들은 절대 몰라. 절대 알지 못하지. 땅에 묻으면 부패하기만 하고 아무것도 자라지 않는 건 우리 인간뿐이라는 사실을. 누가 그런 생각을 하겠니. 누가 그걸 제대로 알겠느냐 말이야. 그나저나 교회는 가보았니?"

"교회로 가는 길이에요." 아이가 대답했다.

"그곳에 가면 오래된 우물이 하나 있다." 교회지기가 말했다. "종탑 오른쪽 아래에 있는데, 아주 깊고 어두워서 메아리가 치는 우물이지. 40년 전에는 윈치에서 밧줄의 첫 번째 매듭이 빠질 때까지 내려야 양동이가 차가운 물에 철썩 부딪히는 소리가 들렸다. 그런데 물이 계속 줄어들어서 그로부터 10년이 지난 후에는 두 번째 매듭을 만들어 거기까지 줄을 풀어야 했단다. 그렇게 하지 않으면 줄이 팽팽하게 흔들리고 양동이가 물에 닿지 않았거든. 또 10년이 지난 후에는 물이 더 말라버려서 세 번째 매듭을 묶어 거기까지 줄을 풀어야 했단다. 다시 10년이 더 지났을 때는 물이 완전히 말라버렸어. 지금 네가 줄을 끝까지 내리면 양동이가 우물 바닥에 부딪혀 철커덕 덜컥하는 소리가 들릴 거야. 워낙 깊이, 그리고 멀리 떨어지는 소리에 아래로 떨어질까 봐 무서워서 달아나고 말걸."

"어두울 때 가기에는 무서운 곳이에요!" 아이가 놀라 소리쳤다. 소녀는 교회지기의 표정과 말을 따라가다가 마침내는 자신이 우물 가장자리에 서 있는 듯한 생각이 들었다.

"그게 무덤이 아니고 뭐겠니!" 교회지기가 말했다. "그렇고말고! 하지만 우리 같은 늙은이 중 어느 누가 우물물이 줄어드는 걸 보고 기력이 쇠하고 수명이 줄어드는 자신의 모습이라고 생각했을까? 그렇게 생각하는 사람은 아무도 없다."

"연세가 많아요?" 아이가 무심코 물었다.

"내년 여름이면 일흔아홉이구나."

"건강이 허락하면 계속 일할 거예요?"

"일해야지! 당연히. 여기 주변에서 내가 가꾼 정원을 볼 수 있을 거야. 저쪽 창밖을 봐라. 저 작은 땅을 내 손으로 직접 다지고 가꾸었다. 내년 이맘때면 나뭇가지들이 하늘을 뒤덮을 만큼 굵게 자라날 거야. 겨울밤에는 또 다른 일거리가 있다."

교회지기가 이렇게 말하며 앉아 있던 곳에서 가까운 쪽 벽장을 열고 투박하게 조각한 고목으로 만든 작은 상자를 꺼냈다.

"옛날 물건들을 좋아하는 상류층 사람들은," 교회지기가 말했다. "우리 교회와 폐허에서 나온 기념품을 사고 싶어 해. 나는 때때로 여기저기에 있는 떡갈나무들로 그런 기념품들을 만든다. 가끔은 지하 납골당에 오랫동안 보관되어 있던 관 조각으로 만들기도 하지. 여길 봐. 이게 옛날에 만들던 마지막 종류의 작은 상자다. 모서리를 놋쇠로 조여 놓았지. 지금은 읽기 어렵지만, 한때는 그 위에 글귀가 적혀 있었다. 지금은 많이 없지만, 내년 여름이면 이 벽장이 이런 조각들로 가득 찰 거야."

아이는 교회지기의 작품에 감탄하고 그에게 칭찬의 말을 전한 후 곧 자리를 떠났다. 걸어가면서 소녀는 교회지기가 자신이 추구하는 일과 자신을 둘러싼 모든 상황에서 배우는 것들을, 단 하나의 엄중한 교훈마저도, 자기 자신에게는 절대 적용하지 않고, 인간 삶이 불확실로 가득 차 있다고 누누이 말하면서도 자신은 영원히 죽지 않을 것처럼 말하고 행동해서 참으로 이상하다고 생각했다. 하지만 소녀의 생각은 여기에서 멈추지 않았다. 왜냐하면 소녀는 선하고 자비로운 조정으로 이것은 인간의 본성이 틀림없고, 교회지기가, 내년 여름에 대한 그의 계획과 함께, 모든 인류의 유형 중 하나에 불과하다고 생각할 만큼 현명했기 때문이다.

이런 생각으로 가득 차서 소녀는 교회에 도착했다. 열쇠마다 노란 양피지 조각에 이름표가 붙어 있어서 교회의 바깥문 열쇠를 쉽게 찾았다. 열쇠를 돌리자 공허한 소리가 울려 퍼졌고, 소녀는 휘청거리는 걸음으로 들어섰다가 문이 닫히면서 생긴 메아리에 깜짝 놀랐다.

지금껏 지친 발로 여행하면서 넘고 지나온 어둡고 불안한 길들 때문에 이 소박한 마을의 평화가 아이에게 좀 더 깊은 감명을 주었다면, 지금 소녀가 엄숙한 건물—움푹 들어간 창을 통해 빛이 들어오고 있었다—에 혼자 있는 자신을 발견하며 품게 되는 인상은 오래되고 울적한 듯했고, 흙냄새와 곰팡내가 많이 나는 공기는 부패했다가 오래된 시간의 입자로 정화된 듯했고, 그 정화된 공기는 아치형 구조물과 복도를 통해 한숨을 내쉬는 듯했고, 주렁주렁 매달린 기둥은 지나간 시간의 숨결 같았다. 이곳의 인도—오랜 세월 경건한 발걸음에 닳았고, 순례자의 발걸음이 스며들었다—는 사람들 발길에 흔적이 지워져 이제는 부서지는 돌만 남아 있었다. 이곳의 기둥은 썩었고, 아치형 구조는 내려앉았고, 벽은 허물어져 썩어가고 있었고, 흙은 낮게 도랑이 패였고, 장엄한 무덤 위에는 묘비명이 없었고, 대리석, 돌, 나무, 먼지 등 모든 것이 폐허에서 흔히 볼 수 있는 기념물들이었다. 가장 잘한 일도 가장 못한 일도, 가장 평범한 사람도 가장 부유한 사람도, 가장 위풍당당한 사람도 가장 볼품없는 사람도, 하늘의 일이든 인간의 일이든 여기에서는 모두 같았고, 같은 이야기를 들려주었다.

건물의 일부는 남작의 무덤이 있는 예배당이었고, 여기에는 전사의 조상(彫像)들이 팔짱을 낀 채 다리를 꼬고 돌침대 위에 몸을 쭉 편 자세로 누워 있었다. 이들은 십자군 전쟁에서 싸운 전사들로 살아 있을 때처럼 갑옷을 입고 허리에 검을 찼다. 일부 기사의 조상(彫像)은 자신들만의 무기와 투구와 쇠사슬 갑옷을 장착하고 벽에 딱 매달린 채 녹슨 고리에서 흔들리고 있었다. 부서지고 허물어졌지만, 옛날의 형태와 기사의 자태를 고스란히 유지하고 있었다. 이렇듯 폭력적인 행위는 세상 사람보다 더 오래 살아남았고, 전쟁과 학살의 흔적은 세상을 황폐하게 만든 사람이 죽어 땅속에서 한낱 재로 사라진 후에도 쓸쓸한 형태로 존재했다.

이렇게 오래되고 고요한 곳에서 아이는 무덤 위의 냉혹한 형체들—이 형체들이 이곳을 다른 어떤 곳보다 정적에 둘러싸이게 한다고 소녀는 생각했다—가운데 앉았다. 경외심으로 주위를 둘러보니 고요한 기쁨이 찾아왔고, 이제는 행복하고 편안하다고 느꼈다. 소녀는 선반에서 성경책을 빼내 읽었다. 그런 다음 책을 내려놓고 앞으로 다가올 여름날과 빛나는 봄날에 대해 생각했다. 또 잠을 자는 만물들 위에 비스듬히 떨어질 햇살을 생각했고, 창가에서 나부끼며 인도 위 반짝이는 그림자 속에서 놀고 있을 나뭇잎을 생각했다. 그리고 새의 지저귐, 새싹과 꽃봉오리의 성장, 몰래 불어와 머리 위 헤진 깃발을 살며시 흔들어 놓을 달콤한 바람을 생각했다. 그런데, 그 장소가 죽음에 대한 생각을 일깨운다면 어떻게 할까! 하지만 누가 죽든 그곳은 같을 테고, 풍경과 소리도 여전히 행복하게 그대로 흐를 것이다. 그들 속에 잠이 들면 아무 고통도 없을 것을.

소녀는 남작의 무덤이 있는 예배당을 빠져나와—아주 천천히 하지만 자주 뒤를 돌아보며—종탑으로 이어지는 낮은 문으로 갔고, 그 문을 열고, 좁은 구멍을 통해 떠난 장소를 내려다보거나 어렴풋이 보이는 먼지투성이의 종을 올려다보는 일 말고는, 어둠 속에서 나선형 계단을 올라갔다. 마침내 소녀는 등정의 끝에 도달해 종탑 꼭대기에 섰다.

아! 갑자기 빛이 찬란하게 쏟아지고, 사방으로 뻗어나간 들과 숲이 푸른 하늘과 만나고, 소 떼들이 초원에서 한가로이 풀을 뜯고, 연기—푸른 대지로부터 위로 올라가는 듯했다—가 나무들 사이로 피어오르고, 아이들이 아직도 아래쪽 무덤가에서 뛰어다니고 있었기 때문에, 이 모든 것들이 너무 아름답고 행복했다! 죽음에서 삶으로 넘어가는 듯했고, 천국에 한층 가까이 다가서고 있었다.

소녀가 현관으로 나와 문을 잠갔을 때 아이들은 이미 사라지고 없었다. 대신 학교를 지나칠 때 왁자지껄한 목소리를 들을 수 있었다. 그날은 바로 교장이 아이들을 가르치기 시작한 날이었다. 소음이 더 커져서 뒤를 돌아보니 무리 지어 밖으로 나온 사내아이들이 즐거운 함성을 지르며 여기저기로 흩어지고 있었다. '잘됐어.' 아이는 생각했다. '아이들이 교회를 지나가니 기뻐.' 그런 다음 걸음을 멈추고 아이들의 소리가 종탑 안에서는 어떻게 들릴지, 어떻게 그 소리가 부드럽게 귓가에서 서서히 사라질지 상상해 보았다.

그날 다시—그렇다, 두 번째였다—소녀는 오래된 예배당으로 살그머니 들어갔고, 같은 자리에 앉아 전에 읽던 성경책을 읽거나 조용히 연이은 사색에 잠겼다. 땅거미가 지고 다가오는 밤의 그림자가 주변을 더 엄숙하게 했을 때도 아이는 아무런 공포도 마음의 동요도 느끼지 않고 여전히 뿌리박힌 나무처럼 그 자리에 앉아 있었다.

결국 사람들이 교회에서 소녀를 발견하고 집으로 데려왔다. 소녀는 얼굴은 창백했지만, 그들과 헤어질 때까지 어느 때보다 행복해 보였다. 허리를 굽혀 소녀의 볼에 입을 맞추던 교장은 자신의 눈에서 눈물이 흐르는 것을 느꼈다고 생각했다.

54장

~~~~~~~~~~

학사는 자신이 맡은 다양한 일 중에서도 오래된 교회에서 흥미와 재미를 주는 끊임없는 원천을 발견했다. 다른 사람들처럼 그는 혼자만의 작은 세계에 자부심을 느끼며 교회의 역사를 정리하고 연구했고, 여름이면 교회 안에서, 겨울밤이면 목사관 난롯가에서 여전히 많은 양의 이야기와 전설을 세세히 조사하고 추가했다.

학사는 온당한 진실에서 시간이 흐르고 사람들의 상상이 더해져 생겨난 작고 어두운 곁가지를 제거할 만큼 못 배운 사람은 아니었기에—그리고 이런 상상의 일부는 진실이라는 우물 속 물 같이 반쯤은 숨기고 반쯤은 암시하는 매력들에 새로운 품위를 더하고 나른함과 무관심이 아니라 관심과 흥미를 일깨우기에 충분히 좋았다—이런 엄격하고 완고한 사람들과 달리 야생화 화관을 쓰고 제집처럼 편안한 모습을 한 여신을 좋아했기에, 그는 인간의 마음에 대한 선한 감정이나 애정이 조금이라도 깃들어 있으면, 그 위에 지어진 전설의 성지를 파괴하지 않으려 애쓰며 수백 년의 먼지 위를 조심스러운 발걸음으로 걷고 조심스러운 손길로 만졌다. 그런 이유로 학사는 거친 돌로 만들어진 고대의 관의 경우—이 관에는 이국땅에서 칼로 베고, 찌르고, 약탈하고 사람들을 유린한 뒤 고국으로 돌아와 잘못을 뉘우치고 슬퍼하며 죽은 한 남작의 뼈가 수 세대 동안 담겨 있었다고 전해진다. 하지만 경험 많은 골동품 연구가들은 그런 일은 없었고, 문제의 남작은 (그들은 이렇게 주장했다) 전쟁터에서 죽었는데, 이를 악물고 저주를 퍼부으며 마지막 숨을 거두었다고 했다—에는 이 오래된 이야기가 사실이라고 강력히 주장했다. 남작은 악행을 뉘우쳤고, 막대한 양의 재산을 기부했으며, 순순히 죽음을 받아들였고, 그가 하늘나라로 갔다면 천국에서 평화롭게 지내리라는 것이었다. 마찬가지로 앞서 말한 골동품 전문가들이 교회의 비밀 지하 봉안실 중 하나가 자기 집 문 앞에서 갈증과 배고픔으로 기절한 불쌍한 신부(神父)를 도왔다는 이유로 엘리자베스 여왕에 의해 목이 매달리고 내장을 빼내 사지가 찢겨 죽은 노파의 무덤이 아니라고 주장했을 때, 학사는 교회가 그런 가여운 노파의 유골 때문에 신성시되었고, 그날 밤 도시의 사대문에서 수거된 노파의 유해가 비밀리에 옮겨져 그곳에 묻혔다고 전문가들의 말을 반박했다. 더 나아가 학사는 (학사는 그 당시 매우 흥분한 상태였다) 엘리자베스 여왕의 영광을 부정했고, 여왕의 통치하에서 가장 비천한 삶을 산 여인의 헤아릴 수 없는 자비와 따뜻한 마음이 더 큰 영광이라고 주장했다. 하지만 학사는 묘지문 가까이에 있는 납작한 묘비가 유일한 아들과 의절하고 엄청난 재산을 교회에 헌납해 웅장한 종을 사도록 한 어느 수전노의 무덤이 아니라는 주장에 대해서는 순순히 인정했고, 그 장소에 그런 사람은 묻히지 않았다고 했다. 한마디로 학사는 기억해야 할 묘비, 명판, 그리고 업적 기념비만 기억했을지도 모른다. 그렇지 않은 것은 모두 기꺼이 지워버렸다. 그렇지 않은 사람들이 신성한 땅에 묻혀 있을 수도 있지만, 학사는 그들을 기억 깊숙이 묻어버리고 절대 꺼내지 않았다.

아이는 그런 개인 교사의 입을 통해 간단한 일을 배웠다. 교회가 서 있는 곳―영원한 젊음에 둘러싸인 장엄한 시대―의 말 없는 건물과 평화로운 아름다움에 이미 형언할 수 없을 만큼 감동한 상태라 학사에게 이런 이야기를 들었을 때 소녀는 교회가 모든 신성한 선과 미덕의 존재 같았다. 교회는 죄악과 슬픔이 절대 침범할 수 없는 신세계였고, 사악한 어떤 것도 들어올 수 없는 평온한 안식처였다.

모든 무덤과 납작한 묘비에 담긴 내력을 일일이 설명할 때 소녀를 오래된 지하실―지금은 한낱 따분한 지하 납골당이었다—로 데리고 내려간 학사는 과거에는 어떻게 수도사들이 그곳에 불을 밝히고 사용했는지, 어떻게 천장 한가운데 등불이 매달려 있었는지, 어떻게 흔들리는 향로에서 향기가 피어났는지, 어떻게 금은 장식으로 빛나는 수도사의 의복들, 그림들, 귀중한 물건들과 보석들 모두가 낮은 아치 구조물—옛날 그곳에서는 자정이면 나이 든 목소리가 성가를 많이 불렀고, 그러는 동안 두건을 쓴 사람들이 무릎을 꿇고 기도하며 로자리오 묵주를 이야기했다—을 통해 번쩍이고 반짝였는지 말해주었다. 그곳에서 소녀를 데리고 다시 위로 올라온 학사는 높고 낡은 벽으로 둘러싸인 작은 전시관을 보여주었다. 옛날에는 수녀들이 미끄러지듯 지나가거나—검은 드레스를 입고 어렴풋이 멀리—어슴푸레한 그림자처럼 자리에 멈춰 기도를 듣곤 했던 곳이다. 또한 학사는 소녀에게 교회 무덤에 잠든 기사들이 썩어가는 그런 갑옷을 어떻게 입었는지, 투구, 방패, 갑옷용 장갑은 어떻게 착용했는지, 거대한 양손 검은 어떻게 휘둘렀는지, 저쪽에 있는 철퇴로 어떻게 적을 때려눕혔는지 말해주었다. 아이는 학사의 말 하나하나를 가슴에 새겼고, 간혹 옛 시대의 꿈을 꾸다가 잠에서 깰 때면 침대에서 어두운 교회를 내다보며 교회 창문에 불이 켜져 있는 모습을 보기를, 조용한 바람을 타고 점점 커지는 오르간 소리와 사람들의 목소리가 들리기를 희망했다.

교회지기는 곧 몸이 좋아져서 다시 걷게 되었다. 아이는 학사에게 배운 것과는 다른 많은 새로운 것을 교회지기로부터 배웠다. 그는 아직 일할 수 없었지만, 어느 날 무덤 하나를 만들어야 했고, 그래서 그가 무덤 파는 남자를 지켜보기 위해 왔다. 수다를 떨고 싶었던 모양이다. 아이는 처음에는 교회지기 옆에 서 있다가 나중에는 그의 발아래 잔디에 앉아 조용히 생각에 잠긴 표정으로 이야기를 나누기 시작한 그를 올려다보았다.

지금 원래 교회지기가 할 일을 대신하고 있는 남자는 교회지기보다 나이가 약간 많아 보였지만, 그보다 훨씬 활동적이었다. 하지만 그는 잘 듣지 못했다. 그래서 교회지기가 (뜻밖의 위기를 맞을 경우 1마일을 여섯 시간에 걸쳐 힘들게 걸어가야 했을지도 모른다) 무덤 파는 일에 관해 의견을 교환할 때, 그 남자의 병약함을 참지 못하고 본인이 세상에서 가장 건강한 사람인 것처럼 애석해하는 모습을 보지 않으래야 않을 수 없었다.

"무덤 파는 모습을 보니 마음이 좋지 않아요." 아이가 다가가며 말했다 "누군가가 죽었다는 말은 듣지 못했는데."

"이 여성은 다른 작은 마을에 살던 분이다." 교회지기가 대답했다. "여기에서 3마일이나 떨어진 곳이지."

"젊은 분이에요?"

"그…그렇지." 교회지기가 말했다. "예순네 살이 안 됐지. 데이비드, 더 많은가?"

열심히 땅을 파던 데이비드는 그 질문을 전혀 듣지 못했다.

교회지기는 목발이 데이비드에게까지 닿지 않고 부축받지 않으면 일어설 수 없어서 흙을 조금 집어 데이비드의 빨간색 취침용 모자에 던져 그의 주의를 끌었다.

"이게 뭐야." 데이비드가 그를 올려다보며 말했다.

"베키 모르간이 몇 살이지?" 교회지기가 물었다.

"베키 모르간?" 데이비드가 되물었다.

"그래." 교회지기가 대답했는데, 데이비드가 들을 수 없는 것에 연민과 짜증이 섞여 있었다. "자네 귀는 점점 더 듣지 못하는구먼, 데이비. 확실히 귀가 먹었어!"

데이비드가 일손을 멈추고 흙을 털기 위해 앞에 놓아둔 돌판에 삽을 문질렀다. 그러면서 신은 얼마나 많은 베키 모르간을 알고 있을까 하는 생각에 잠겼다.

"가만있자." 데이비드가 말했다. "어젯밤에 사람들이 관 위에 적는 걸 봤는데…. 일흔아홉 살이던가?"

"에이, 아니야." 교회지기가 말했다.

"아, 맞아. 그래." 데이비드가 한숨을 쉬며 대답했다. "내 기억에 베키는 우리와 비슷한 연배야…. 맞아, 일흔아홉 살이야."

"제대로 계산했나, 데이비?" 교회지기가 약간 감정을 실어 물었다.

"뭐라고?" 데이비드가 물었다. "다시 말해봐."

"귀가 완전히 먹었군. 정말 완전히 먹었어." 교회지기가 화를 내며 말했다. "확실해?"

"분명해." 데이비드가 소리쳤다. "틀림없어."

"귀가 심하게 먹더니 머리까지 이상해졌어." 교회지기가 중얼거렸다.

아이는 교회지기가 무슨 근거로 본인이 옳다고 생각하는지 다소 궁금했다. 솔직히 말하면 데이비드도 교회지기만큼 명민할 뿐만 아니라 그보다 훨씬 건강해 보였기 때문이다. 하지만 교회지기가 아무 말도 하지 않아서 소녀도 그 생각은 잊고 다른 말을 꺼냈다.

"정원을 가꾸는 일에 대해 말하다가 말았어요." 소녀가 말했다. "여기에 뭘 좀 심은 적이 있어요?"

"여기 교회 묘지에 말이냐?" 교회지기가 물었다. "아무것도 심지 않았다."

"주변에 꽃들과 작은 관목들이 보여서." 아이가 대답했다. "저쪽에도 있어요. 전 할아버지가 가꾸는 줄 알았어요. 그렇게 잘 자라지는 않지만."

"그것들은 하늘의 뜻대로 자란다." 교회지기가 말했다. "저것들은 운명적으로 이곳에서 무성하게 자랄 수 없어."

"무슨 말인지 잘 모르겠어요."

"음, 그러니까 말이다." 교회지기가 말했다. "꽃과 나무는 매우 온화하고 사랑스러운 친지를 가진 사람들의 무덤을 나타내거든."

"맞아요." 아이가 큰 소리로 대답했다. "그 사실을 떠올리면 정말 기뻐요."

"아아!" 교회지기가 대답했다. "하지만 감정은 시들어. 저 꽃들을 봐라. 고개를 들고 있다가 축 늘어져서 결국 시들지. 왜 저렇게 되는지 아니?"

"아니요." 넬이 대답했다.

"왜냐하면, 땅속에 잠든 사람들을 금방 잊어버리기 때문이야. 처음에는 죽은 이들을 밤낮으로 돌보지. 하지만 곧 덜 찾게 된다. 하루 한 번에서 일주일에 한 번, 일주일에 한 번에서 한 달에 한 번. 그렇게 간격은 더 벌어지고 불확실해져. 그러다가 결국 다시 찾지 않게 돼. 저런 상징물은 좀처럼 오래가지 않아. 나는 가장 짧게 사는 여름꽃이 저들보다 오래가는 것도 많이 봐왔다."

"그 말을 들으니 슬퍼져요." 아이가 말했다.

"아아! 이곳에 와서 시든 꽃들을 본 사람들은 모두 그렇게 말해." 교회지기가 고개를 저으며 대답했다. "하지만 난 달리 말한다. '이 시골 지역에서는 꽤 있는 일입니다.' 그러면 그들은 가끔 내게 이렇게 말해. '무덤에 꽃과 식물을 심었는데, 모두 시들거나 죽는 걸 보니 가슴이 찡해요.' 그러면 나는 그들에게 용서를 구하고 이렇게 말하지. '그건 이 꽃을 심은 사람이 행복하게 살고 있다는 징표입니다. 자연스러운 거예요.'"

"아마도 애도하는 사람들은 낮에는 푸른 하늘을 밤에는 별을 보며 죽은 사람이 무덤 속이 아니라 그곳에 있다는 걸 알게 될 거예요." 아이가 진지하게 말했다.

"그럴지도 모르지." 교회지기가 말을 흐리며 대답했다. "아마도."

'내 믿음이 옳든 옳지 않던, 이곳에 나만의 정원을 만들 거야.' 아이는 마음속으로 생각했다. '매일 이곳에서 일하면 적어도 건강에는 나쁘지 않을 테니까. 분명 즐거운 생각이 들 거야.'

소녀의 뺨이 붉어지며 눈가가 축축해졌지만, 교회지기는 이를 알아차리지 못하고 데이비드 쪽으로 고개를 돌려 그를 불렀다. 교회지기는 아직도 베키 모르간의 나이가 신경 쓰이는 것이 분명했다. 하지만 아이는 좀처럼 이해할 수 없었다.

교회지기가 이름을 두세 번 부른 후에야 데이비드가 쳐다보았다. 데이비드는 하던 일을 멈추고 삽에 몸을 기대고는 손을 어두운 귀에 가져갔다.

"불렀나?" 데이비드가 말했다.

"데이비, 생각해 봤는데 말이야," 교회지기가 말했다. "베키 모르간은," 교회지기가 손가락으로 무덤을 가리켰다. "틀림없이 자네나 나보다 나이가 많아."

"일흔아홉이라니까." 데이비드가 고개를 흔들며 대답했다. "내가 봤다고 했잖아."

"봤다고?" 교회지기가 말했다. "아, 참, 데이비. 여자들은 항상 나이를 속이잖아."

"그건 정말 그래." 데이비드가 순간 눈을 반짝이며 대답했다. "그렇다면 우리보다 훨씬 많을 거야."

"분명 그래. 아니, 외모만 봐도 그렇잖아. 베키에 비하면 자네나 나는 소년이지."

"정말 나이가 좀 들어 보였어." 데이비드가 대답했다. "자네 말이 맞아. 분명 나이가 들어 보였어."

"생각해 봐. 몇 살처럼 보였나. 일흔아홉, 고작 우리 나이로 보이던가?" 교회지기가 말했다.

"적어도 다섯 살은 많아 보였지!" 데이비드가 외쳤다.

"다섯 살!" 교회지기가 쏘아붙였다. "열 살은 많아 보였네. 여든아홉은 충분히 됐을 거야. 베키의 딸이 죽던 때가 생각나는 군. 그때 베키 모르간의 나이가 여든아홉이 다 됐고, 그게 10년 전이니까. 그렇다면, 오! 인생 참 무상하구나!"

데이비드는 이 유익한 주제에 대해 진지하지 못했다고 도덕적으로 반성하며 적극적으로 의견을 냈고, 죽은 여인이 자신들 또래가 아니라 거의 백 살에 가까운 사실을 뒷받침할 만한 여러 증거를 제시했다. 두 사람은 이 문제에 대해 서로 만족스러운 결론을 내렸고, 교회지기는 집으로 돌아가기 위해 친구의 부축을 받으며 자리에서 일어났다.

"여기 앉아 있었더니 춥구나. 여름까지는 조심해야 해." 교회 지기가 다리를 절뚝거리며 말했다.

"뭐라고?" 데이비드가 물었다.

"귀가 완전히 먹었군. 가여운 친구 같으니!" 교회지기가 소리 쳤다. "수고해!"

"아!" 데이비드가 교회지기의 뒷모습을 바라보며 말했다. "건 강이 많이 나빠졌어. 하루가 다르게 늙어가는군."

그렇게 두 사람은 헤어졌다. 그들은 상대방이 자신보다 오래 살지 못한다고 서로를 설득했다. 양쪽 모두 자신들이 동의한 작 은 허구로 큰 위안을 얻었고, 베키 모르간에 관해서는, 그녀의 죽음은 더는 그들에게 불편한 적용의 선례가 되지 않았고, 앞으 로 10년은 그들과 상관없는 일이 될 것이다.

아이는 잠시 그 자리에 남아 귀가 어두운 노인이 땅을 파다 가 기침하거나 숨을 고르기 위해 자주 삽질을 멈추고는, 교회지 기의 건강이 급속히 나빠진다고 계속 혼자 구시렁거리는 모습 을 지켜보았다. 마침내 소녀는 자리를 털고 일어나 조용히 생각 에 잠겨 무덤가를 걸었다. 그러다가 우연히 햇볕을 쬐며 푸른 무덤가에 앉아 책을 읽고 있던 교장과 마주쳤다.

"넬이구나!" 교장이 책을 덮으며 밝은 목소리로 말했다. "맑 은 공기와 햇살 아래에서 너를 보니 정말 반갑구나. 네가 여느 때처럼 교회에 있을까 봐 걱정했는데."

"걱정해요?" 아이가 그 옆에 앉으며 대답했다. "교회는 좋은 곳 아니에요?"

"그래, 맞다." 교장이 말했다. "하지만 가끔은 흥겹게 놀기도 해야지. 아니, 그렇게 고개를 흔들고 슬프게 미소 짓지 마라."

"제 마음을 알면 제게 슬퍼 보인다고 말하지 않을 거예요. 저를 가엾게 보지 마세요. 이 세상 어디에도 저보다 행복한 사람은 없으니까."

고맙게 여기는 다정함으로 가득 찬 아이가 교장의 손을 잡고 양손으로 그의 손을 포갰다. "하느님의 뜻이에요." 잠시 침묵이 흐른 뒤 소녀가 말했다.

"뭐가 말이냐?"

"모든 것이." 소녀가 대답했다. "우리를 둘러싼 모든 일이. 그런데 누가 슬퍼요? 지금 웃고 있는 제 모습을 보잖아요."

"그래, 나도 우리가 앞으로 자주 웃을 걸 생각하니 미소가 지어지는구나." 교장이 말했다. "저쪽에서 얘기를 나누고 있었지?"

"네, 맞아요." 아이가 대답했다.

"슬픈 얘기였니?"

오랜 멈춤이 있었다.

"무어냐?" 교장이 다정하게 다시 물었다. "자, 그게 무엇인지 말해다오."

"사실은 조금 슬퍼요." 아이가 울음을 터뜨리며 말했다. "죽은 후에 금방 잊히는 사람들을 생각하면."

"찾는 이가 없는 무덤, 시든 나무, 색 바랜 꽃들이 죽은 이들을 잊거나 돌보지 않는 표시라고 생각하니?" 소녀가 바라보는 방향을 따라가며 교장이 말했다. "이곳에 있으면 죽은 이들을 추억하는 것이고, 여기에서 멀리 떨어져 있으면 전혀 생각하지 않는다고 믿어? 넬, 지금, 이 순간에도 바쁘게 살아가는 사람들이 있다. 이 무덤들―우리 눈에 방치된 듯 보이지만―은 그런 사람들의 선한 행동과 좋은 생각을 나타내는 주요한 수단이야."

"그만 하세요." 아이가 다급하게 말했다. "그만. 저도 알아요. 하지만 교장 선생님을 생각하면 어떻게 마음에 담아두지 않을 수 있어요."

"무고하거나 선한 건 죽어도 절대 잊히지 않아. 그렇게 믿자. 갓난아기, 재잘거리는 아이는 요람에서 죽어도 자신을 사랑한 사람들의 마음속에 더 아름답게 살아 있고, 그들을 통해 이 세상에서 못다 한 삶을 살아갈 거야. 비록 육체는 타서 한 줌의 재가 되거나 깊은 바다에 뿌려지지만. 죽으면 천국에서 천사로 있지 않고 자신을 사랑한 사람들 속에서 축복된 일을 한다. 잊혀! 오, 만약 인간의 선행이 어디에서 시작되었는지 그 원천을 거슬러 올라갈 수만 있다면 죽음조차 아름답게 보이련만. 그건 참으로 많은 세상의 자비와 연민과 순수한 애정이 먼지투성이인 무덤에서 커가기 때문이야."

"네." 아이가 대답했다. "맞는 말이에요. 저도 알아요. 선생님의 작은 학자가 제 안에서 다시 살아났다는 것을. 교장 선생님, 선생님은 제게 정말 큰 위안이에요!"

가난한 교장은 아무 대꾸도 하지 않고 말없이 넬 위로 몸을 숙였다. 가슴이 벅찼기 때문이다.

그들이 여전히 같은 장소에 앉아 있을 때 소녀의 할아버지가 다가왔다. 그들은 수업 시작을 알리는 교회 종이 울리는 바람에 많은 대화를 나누지 못했고, 교장은 자리에서 일어났다.

"좋은 분이야." 노인이 교장의 뒷모습을 바라보며 말했다. "친절한 분이지. 절대 우리에게 해가 되지는 않아. 이곳은 안전해. 그렇지? 이제 절대 떠나지 않을 거지?"

아이가 고개를 끄덕이며 미소를 지었다.

"쉬어야겠구나." 노인이 소녀의 볼을 어루만지며 말했다. "너무 창백해, 너무. 원래 네 모습 같지 않아."

"그게 언제예요?" 아이가 물었다.

"하!" 노인이 말했다. "정확히 언제였지? 몇 주 전인가? 내가 그날들을 셀 수 있을까? 아무튼, 그날들은 얘기하지 말자. 그날들은 지나갔어."

"완전히 지나갔어요." 아이가 대답했다. "그때를 잊어요. 다시 생각하면 사라진 악몽이 되살아날 테니까."

"쉿!" 노인이 소녀 쪽으로 몸을 돌려 재빨리 손가락을 입술에 갖다 대고는 어깨 너머를 보며 말했다. "꿈과 꿈 때문에 생긴 모든 비참한 일들은 그만 얘기하자. 여기에 그런 꿈은 없어. 이곳은 조용한 곳이고, 그것들은 이곳에 올 수 없어. 다시는 꿈에 대해 생각하지 말자. 안 그러면 다시 우리를 쫓아올 테니까. 추위에 떨고 배고픔—더 무서운 건 그것들 앞에 놓인 공포를 불러일으키는 것들—에 허덕이다가 눈은 퀭해지고 볼도 푹 꺼졌어. 우리가 이곳에서 평온하게 살아가려면 그런 것들을 잊어야 해."

'하느님 감사합니다!' 아이가 마음속으로 소리쳤다. '이 모든 행복한 변화를 주셔서.'

"네가 곁에만 머물러준다면," 노인이 말했다. "난 인내하고, 겸손하고, 감사하며 순종적으로 살 거야. 나를 두고 가지 마라. 혼자 몰래 사라지면 안 된다. 언제나 네 곁에 있게 해다오. 이제 정말 정직하고 성실하게 살 거란다, 넬."

"혼자 사라져요! 어째서 그런 말을 하세요." 아이가 애써 유쾌한 척하며 말했다. "농담이죠. 여길 보세요, 할아버지. 이곳에 우리의 정원을 만들어요, 어때요? 멋진 정원이 될 거예요. 내일 우리 나란히 함께 일해요."

"정말 훌륭한 생각이구나!" 노인이 소리쳤다. "그래. 내일 시작하자, 아가."

다음날 그들은 정원 가꾸는 일을 시작했다. 어느 누가 노인만큼 즐거울 수 있으랴! 어느 누가 무덤에서 떠오르는 많은 생각에 그토록 초연할 수 있으랴! 그들은 무덤에 길게 자란 잡초와 쐐기풀을 뽑고, 빈약한 관목과 뿌리를 솎아내고, 잔디를 손질하고, 낙엽과 잡초를 정리했다. 그들이 열정적으로 정원 가꾸는 일을 하고 있을 때 아이가 몸을 숙이고 일하던 땅에서 고개를 들다가 말없이 울타리에 앉아 자신들을 바라보는 학사를 목격했다.

"좋은 일을 하는구나." 넬이 무릎을 굽혀 인사하자 학사가 고개를 끄덕이며 말했다. "이 모든 걸 오늘 아침에 다 했니?"

"하려던 거에 비하면 아주 조금이에요." 아이가 시선을 떨구며 대답했다.

"잘했다. 잘했어." 학사가 말했다. "그런데 아이들과 젊은이들 무덤만 정리하는구나."

"시간이 되면 다른 곳도 꾸밀 거예요." 넬이 고개를 옆으로 돌리며 나긋하게 말했다.

넬이 그렇게 한 것은 사소한 일이었고, 어쩌면 의도된 행동이거나 우연한 사건 또는 어린아이에 대한 무의식적인 동정심이었는지도 모른다. 하지만 그것은, 전에는 알아차리지 못했지만, 소녀의 할아버지에게 강한 인상을 심어준 듯했다. 그가 황급히 무덤을 둘러보고는 아이를 걱정스럽게 바라보다가 옆으로 끌어당겨 일을 멈추고 쉬라고 말했다. 오랫동안 잊고 지낸 무언가가 어렴풋이 떠올랐다. 그것은 노인의 머리에서 사라지지 않았다. 좀 더 벅찬 일들이 끝나면 가장 먼저 생각났고. 그것도 그날 하루에만 여러 번, 그날 이후에도 계속 떠올랐다. 그들이 여전히 정원을 가꾸는 동안 아이는 노인이 무언가 괴로운 의혹을 떨쳐내려는 듯, 어렴풋이 떠오르는 생각들을 모아보려는 듯, 고개를 돌려 자신을 바라보는 모습을 보고는 그 이유를 물었다. 하지만 그는 아무것도 아니라고 둘러댔고, 소녀의 머리를 자기 팔에 기대게 하고는 뺨을 어루만지며 매일 건강해지고 있고 곧 숙녀가 되겠다고 중얼거렸다.

55장

그날 이후 노인의 마음에서는 아이에 대한 걱정이 떠나지 않았다. 인간의 마음속에는 심금이 존재한다. 오직 우연만이 튕길 수 있는 이 변화무쌍한 줄은 가장 열정적이고 진심 어린 호소에도 말없이 무감각하다가 아주 무심한 감동에 반응해 소리를 낸다. 가장 무감각하거나 유치한 마음속에는 좀처럼 기교로도 이끌 수 없는, 기술로도 도울 수 없는 꼬리를 물고 이어지는 반향이 있다. 이 반향은 거대한 진실이 지금껏 그랬듯이 우연히, 그리고 진리를 발견할 사람이 가장 담담한 목적을 가질 때 스스로 그 모습을 드러낸다. 그날 이후 노인은 한순간도 아이의 쇠약함과 헌신을 잊지 않았다. 그 미묘한 우연한 사건 이후 노인—소녀가 많은 어려움과 고통을 겪으며 곁에서 고생하는 모습을 지켜보았지만, 자기 자신만이 힘들다고 느꼈고, 적어도 소녀만큼이나 자기 자신만을 위해 슬퍼해 왔다—은 자신이 소녀에게 무엇을 빚졌는지, 그녀를 비참하게 만든 것이 무엇인지 깨닫게 되었다. 노인은 그때부터 마지막 순간까지 결코, 단 한 번도, 자기 자신에 대한 걱정이나 안위는 물론 어떤 이기적인 생각도 하지 않고 오직 사랑하는 상냥한 대상에게만 몰두했다.

노인은 소녀가 지쳐 자기 팔에 기댈 때까지 기다리며 이리저리 쫓아다녔고, 반대편 벽난로 구석에 앉아 옛날처럼 소녀가 고개를 들고 미소를 지을 때까지 흐뭇하게 지켜보았고, 소녀에게 무리가 되는 힘든 집안일을 몰래 대신했고, 추운 한밤중에 일어나 잠든 소녀의 숨소리를 들으며 가끔 몇 시간씩 침대 가에 웅크리고 앉아 손만 잡고 있곤 했다. 노인의 온전하지 않은 정신 속에 어떤 희망, 두려움, 깊은 애정이 있었는지는, 가여운 노인에게 어떤 변화가 닥쳤는지는 하늘만이 알 것이다.

때때로—그때는 몇 주가 슬그머니 지나갔는데—아이는, 피로하지는 않았지만, 힘이 다 빠진 상태로 저녁 내내 난로 옆 소파에 앉아 시간을 보내곤 했다. 그럴 때마다 교장이 책을 가지고 와서 소녀를 위해 큰 소리로 읽어주었다. 학사도 저녁 무렵에 찾아와 교장과 교대로 책을 읽어주었다. 책의 내용을 거의 이해하지 못했지만, 노인은 아이에게서 눈을 떼지 않고 자리에 앉아 들었고, 소녀가 미소를 짓거나 얼굴색이 밝아지면 좋은 이야기라고 말하며 그 책에 애정을 품었다. 저녁 시간에 학사가 소녀를 즐겁게 하는 이야기를 (그의 이야기는 확실히 소녀를 즐겁게 했다) 들려줄 때면 노인은 힘들게 그 내용을 머릿속에 기억하려 애썼다. 그게 아니라, 학사가 집을 나설 때 몰래 따라 나가 넬이 듣고 웃었던 부분을 다시 말해 달라고 겸손하게 부탁하곤 했다.

하지만 다행히 이런 경우는 많지 않았다. 아이가 밖으로 나가 직접 가꾼 소중한 정원을 걷고 싶어 했기 때문이다. 또한 사람들은 교회를 보려고 단체로 방문하곤 했다. 교회를 방문하고 돌아간 사람들은 다른 사람들에게 아이에 대한 말을 전해 더 많은 사람을 교회로 보냈고, 그래서 심지어 그 계절에는 방문객이 끊이지 않았다. 노인은 자신이 정말 사랑하는 목소리를 들으며 방문객들과 약간의 거리를 두고 건물을 통해 그들을 따라다니곤 했고, 방문객들이 넬과 헤어지고 교회를 떠나면 그들의 대화 부스러기를 주워듣기 위해 무리에 섞이곤 했다. 그렇지 않으면 그들이 지나갈 때 위와 같은 목적으로 백발의 머리에 아무것도 쓰지 않은 채 대문에 서 있곤 했다. 방문객들은 항상 아이의 지각과 아름다움을 칭찬했고, 노인은 그들의 말을 듣고 자랑스러워했다. 하지만, 자주 언급했듯이, 노인의 마음을 아프게 하고 그를 구석에서 흐느껴 울게 하는 것은 무엇일까! 아아! 심지어 소녀에게 아무 감정도 없던 낯선 방문객조차 그 순간만큼은 관심을 보였고, 그곳을 떠나 그다음 주면 그런 존재가 있었는지

—눈으로 보았음에도—기억조차 못 할 사람들도 소녀를 안쓰러워했고, 지나가면서도 측은하게 여기며 노인에게 잘 지내라고 다정하게 인사했다.

마을 사람들 또한 모두 가여운 넬을 좋아하게 되었다. 심지어 그들 모두는 같은 감정을 품고 있었고, 소녀를 향한 애정, 그녀에 대한 연민 어린 관심은 매일 커졌다. 속 편하게 행동하는 철없는 학교의 아이들까지 소녀를 보살폈다. 그들 중 가장 거친 아이는 학교로 가는 길에 소녀가 보이지 않으면 아쉬워하며 길을 돌아가 교회 격자창을 통해 그녀의 존재를 물어보곤 했다. 소녀가 교회에 앉아 있으면, 아마도 아이들은 살짝 열린 문틈으로 몰래 훔쳐보겠지만, 그녀가 자리에서 일어나 그들에게 말을 걸려고 다가오지 않는 한 절대 먼저 말을 건네지는 않았다. 이렇게 넬을 가장 먼저 생각하는 묘한 감정이 널리 퍼져 있었다.

그렇게 일요일이 돌아왔다. 교회에 다니는 이들은 모두 가난한 시골 사람들이었다. 유서 깊은 가문이 살던 성이 텅 빈 폐허로 변했고, 주위 7마일 이내에는 초라한 평민만 살았기 때문이다. 다른 곳과 마찬가지로 교회에서도 사람들은 넬에게 큰 관심을 보였다. 그들은 예배 전후에 교회 현관에서 소녀 주변으로 모여들곤 했는데, 어린아이들은 그녀의 치마를 잡고 무리 지어 모였고, 나이 든 남자와 여자는 수다도 멈추고 그녀에게 상냥하게 인사했다. 어리거나 나이가 많거나 아이에게 친근한 말 한마디 하지 않고 그냥 지나칠 생각을 하는 사람은 아무도 없었다. 3~4마일 떨어진 곳에서 온 많은 이들은 소녀에게 줄 작은 선물을 가지고 왔고, 가장 미천하고 무례한 사람조차 그녀에게 행복을 비는 말을 전했다.

소녀는 교회 묘지에서 노는 모습을 처음 본 어린아이들을 찾아냈다. 그들 중 한 명—죽은 형에 관해 말한 아이였다—은 소녀의 가장 좋은 꼬마 친구가 되어 항상 그 옆에 앉아 있거나 함께 종탑 꼭대기에 오르곤 했다. 그 아이는 소녀를 도와주거나 그렇게 했다고 생각하는 것이 좋았고, 두 사람은 곧 소중한 친구가 되었다.

어느 날 소녀가 홀로 교회에 앉아 책을 읽고 있을 때였다. 어린 친구가 눈물로 범벅이 된 채 달려와서는 소녀의 팔을 잡고 한참 동안 간절한 눈길로 쳐다보다가 힘껏 목을 끌어안았다.

"무슨 일이야?" 넬이 아이를 달래며 물었다. "무슨 일이라도 생겼어?"

"아직 안 돼!" 소년이 목을 더 힘껏 껴안으며 소리쳤다. "안 돼, 안 된다고! 아직 안 돼."

소년을 의아하게 바라보던 넬이 머리카락을 넘겨주고 입을 맞추며 무슨 일이냐고 물었다.

"넬은 절대 안 돼." 소년이 소리쳤다. "우리는 그들을 볼 수 없어. 그들은 절대 우리와 놀아주지도 얘기를 나누지도 않잖아.

그냥 지금 그대로 있어 줘. 그편이 나아."

"도대체 무슨 말이야." 넬이 말했다. "다시 말해 봐."

"그러니까 사람들이 그러는데," 소년이 넬의 얼굴을 올려다
보며 말했다. "넬이 천사가 될 거래. 새들이 다시 노래하기 전
에. 하지만 넬은 천사가 되지 않을 거야, 그렇지? 하늘이 밝기
는 하지만 우리를 두고 가지는 마!"

넬은 고개를 숙이고 두 손으로 얼굴을 가렸다.

"절대 그런 생각 하면 안 돼!" 눈물을 머금은 소년이 당당하게
소리쳤다. "가지 않을 거지. 우리가 얼마나 슬퍼할지 잘 알잖아.
넬, 우리 곁에 머문다고 말해줘. 오! 제발, 제발 그렇게 말해줘!"

어린아이가 깍지를 끼고 소녀의 발아래 무릎을 꿇었다.

"넬, 나만 봐." 소년이 말했다. "그리고 천사가 되지 않겠다
고 말해줘. 그러면 사람들이 틀렸다고 생각할게. 그리고 다시는
울지 않을게. 천사가 되지 않겠다고 말할 거지, 넬?"

넬은 여전히 고개를 숙이고 얼굴을 가린 채 아무 말도 하지
않았다. 다만 흐느껴 울 뿐이었다.

"머지않아," 소년이 넬의 손을 떼어놓으려고 하며 계속 말했
다. "천사들도 넬이 자신들과 함께 있지 않고 우리와 함께 이곳
에 머물게 된 걸 기뻐할 거야. 윌리는 멀리 떠나서 천사들과 함
께 있어. 하지만 내가 밤마다 얼마나 그리워하는지 진작 알았다
면 나를 떠나지 않았을 거야, 확실해."

넬은 여전히 아무 대답도 하지 못하고 심장이 터질 듯 흐느껴 울기만 했다.

"어째서 하늘나라로 가려고 해, 넬? 넬이 없어서 우리가 우는 모습을 보면 넬도 마음이 아프잖아. 사람들은 윌리가 지금 천국에 있대. 그곳은 항상 여름이래. 그런데 윌리의 정원에 누워 있으면 윌리가 슬퍼하는 걸 알 수 있어. 윌리는 내게 입맞춤을 해줄 수도 없어. 하지만, 만약 넬이 그곳에 간다면," 소년이 넬을 어루만지며, 자신의 얼굴을 소녀의 얼굴에 대고 누르며 말했다. "내가 아직도 윌리를 많이 사랑한다고 말해줘. 그리고 내가 넬을 많이 사랑했다고 윌리에게 말해줘. 그리고 둘이 함께 있는 생각을 하면 난 행복해. 그러면 난 견딜 수 있어. 그리고 못된 행동을 해서 넬의 마음을 아프게 하지도 않을 거야. 정말, 절대 그러지 않을 거야!"

넬은 얼굴을 가리고 있던 자신의 손을 소년이 떼어놓게 해주었고, 그 손으로 그의 목을 감쌌다. 눈물 속에 침묵이 흘렀지만, 얼마 지나지 않아 넬이 미소를 머금고 소년을 바라보며 온화하고 조용한 목소리로 약속했다. 하늘이 허락하는 한 그곳에 머무르며 친구가 되어주겠다고. 소년은 기뻐 손뼉을 치며 연거푸 고맙다고 말했다. 넬이 둘 사이에 한 말을 다른 사람에게는 하지 말라고 부탁하자, 소년은 그렇게 하겠다고 진지하게 약속했다.

넬이 아는 한 소년은 두 사람이 나눈 대화를 누구에게도 말하지 않았고, 산책이나 사색할 때마다 조용한 동행자가 되어주었으며, 다시는 그 주제를 꺼내지 않았다. 비록 이유는 알지 못했지만, 그렇게 하면 소녀의 마음을 아프게 한다고 느꼈기 때문이다. 하지만 불안함은 여전히 남아 있었다. 그래서인지 소년은 종종 어두운 밤에도 찾아와 문밖에서 자신 없는 목소리로 안부를 묻곤 했다. 넬이 잘 지낸다고 대답하고 안으로 들어오라고 하면 소년은 그녀의 발아래 낮은 의자에 앉아 부모님이 찾으러 올 때까지 그저 묵묵히 있었다. 심지어 날이 밝을 때까지 넬의 안부를 묻기 위해 집 주변을 서성이기도 했다. 아침에도, 정오에도, 또는 밤에도 소녀가 가는 곳 어디든 함께하며 그녀와 같이 있기 위해 친구들과 노는 것도 포기했다.

"그 아이도 정말 착한 녀석이지." 한번은 교회지기가 넬에게 말했다. "손 위 형이 죽었을 때—아이의 나이가 겨우 일곱 살이었는데, '손 위'라는 말이 이상하게 들릴지 모른다—무척 상심한 아이의 모습이 떠오르는구나."

넬은 교장이 자신에게 했던 말을 떠올리고, 그 진리가 심지어 이 어린아이에게도 잘 적용된다는 것을 느꼈다.

"형의 죽음으로 아이는 말수가 줄어들었어." 교회지기가 말했다. "물론 지금은 좋아졌지만. 그나저나 너희들 분명 그 오래된 우물가에서 소리를 들어본 적이 있을 거야."

"아니요. 없어요." 아이가 대답했다. "무서워 가까이 가보지 못했어요. 교회에서 그쪽은 자주 내려가지 않아서 잘 몰라요."

"나와 함께 내려가 보자." 교회지기가 말했다. "난 아주 어릴 적부터 그곳을 다녀봐서 잘 알거든. 가자!"

그들은 지하실로 이어지는 좁은 계단을 따라 아래로 내려갔고, 어두침침한 곳에 있는 어둑한 원형 구조물 가운데 멈춰 섰다.

"이곳이다." 교회지기가 말했다. "발을 헛디뎌서 떨어질 수 있으니, 내 손을 잡고 덮개를 열어보렴. 난 너무 늙어서, 내 말은 관절염 때문에, 허리를 숙일 수가 없구나."

"캄캄해서 무서운 곳이에요!" 아이가 소리쳤다.

"안을 들여다보렴." 손가락으로 아래를 가리키며 교회지기가 말했다.

아이는 그 말에 순순히 따르며 아래를 내려다보았다.

"무덤처럼 보이지." 교회지기가 말했다.

"정말 그래요." 아이가 대답했다.

"난 이런 생각을 자주 해왔다." 교회지기가 말했다. "처음에는 오래된 장소를 좀 더 어둡게 하고 옛 수도사들의 신앙심을 좀 더 깊게 하려고 우물을 팠을지도 모른다고. 이제 이 우물을 막고 그 위에 무언가를 지어야 한다."

아이는 생각에 잠겨 우물을 들여다보며 가만히 서 있었다.

"두고 보면 알아." 교회지기가 말했다. "여기에서 이 빛을 막으면 과연 지구 반대편에서는 어떤 방탕한 머리들이 문을 닫을 지. 신만이 아시겠지! 우물은 내년 봄에 막을 거란다."

'봄이 오면 새들은 다시 노래하겠지.' 아이가 여닫이창에 기 대 저물어가는 태양을 바라보며 생각했다. '봄! 아름답고 행복 한 시간이야!'

56장

　'황무지'에서 퀼프의 다과회가 열린 지 하루나 이틀이 지난 어느 날, 스위블러 씨는 평소처럼 브라스의 사무실로 출근했고, '청직(淸直)의 신전'에 홀로 앉아 모자를 책상 위에 올려놓고 주머니에서 작고 검은 상장(喪章) 꾸러미를 꺼내 모자 띠를 본떠 그것을 접어 모자에 고정하는 일에 몰두했다. 이 부속물 작업을 마치고 그가 흡족한 표정을 지으며 수선 작품을 살펴본 뒤 다시 모자를 썼지만, 한쪽 눈을 너무 가려서 무척 애처롭게 보였다. 이런 준비들로 온전하게 만족감을 얻은 스위블러는 주머니에 손을 찔러 넣고 신중한 발걸음으로 사무실 안을 이리저리 걸어 다녔다.

　"늘 그랬어," 스위블러 씨가 말했다. "항상. 지금까지 그래 왔어. 어릴 적부터 나의 간절한 소망은 무너졌지. 난 나무나 꽃을 절대 사랑하지 않았어. 가장 먼저 시들어버리니까. 나는 나를 부드러운 검은 눈으로 바라보는 가젤을 안아준 적이 없어. 그런데 가젤은 나를 알아보고 나를 사랑할 때가 되니 농장 주인과 결혼해 버리더군."

이 같은 상념에 빠진 스위블러 씨가 갑자기 접객용 의자 앞에 멈춰서더니 그곳에 털썩 주저앉았다.

"이런 게 바로 인생이지." 스위블러 씨가 정감 어린 농담을 주고받는 자세로 말했다. "오, 확실히 그래. 왜 아니야! 난 아주 만족해." 그가 다시 모자를 벗고는 발길로 걷어차려다가 돈이 아까워 참는다는 듯 모자를 무섭게 들여다보기만 했다. "다시는 미로를 함께 걸어가지 않을, 절대 장밋빛 미래를 맹세하지 않을, 나라는 존재가 이제 살아갈 남은 시간 동안 아늑한 날을 살해할 그녀를 기억하며 여자의 배신을 상징하는 이 모자를 쓰겠노라. 하하하!"

이 독백의 마지막 결말에서 어떤 모순도 있으면 안 되니, 이 말을 할 필요가 있을 듯하다. 스위블러 씨는 독백의 결말을 결코 이런 유쾌하고 우스꽝스러운 웃음—그랬다면 분명 그의 엄숙한 상념과 모순되었을 것이다—으로 끝내지 않았다. 단지 연극적인 분위기에 싸여 멜로드라마의 '악마처럼 웃기'라는 대목을 연기했을 뿐이다. 왜냐하면 악마 같은 당신의 친구들은 더도 덜도 아니고 항상 음절 단위로, 항상 3음절로 웃는데, 이것이 그런 상류층에서는 주목할 만한 특성이고 기억할 만한 가치가 있는 것이었기 때문이다.

악의에 찬 웃음소리는 좀처럼 사그라지지 않았고, 스위블러 씨가 여전히 접객용 의자에 험악하게 앉아 있을 때 초인종─혹은, 이 초인종 소리를 당시 스위블러 씨의 기분에 맞춰보면, 조종(弔鐘) 소리─이 울렸다. 전속력으로 달려가 문을 연 그는 척스터 씨의 의미심장한 표정을 보았고, 둘 사이에는 형제간의 인사가 뒤따랐다.

"역병에 걸리기 쉬운 도축장에 지독하게도 일찍 나왔군." 척스터 씨가 익숙하게 한쪽 발로 서서 다른 쪽 발을 떨며 말했다.

"조금 일찍 왔지." 딕이 대답했다.

"조금이라고!" 척스터 씨가 무척이나 자기답게 하찮은 품격의 태도로 응수했다. "그렇다 치고. 그런데 나의 친구여, 지금이 몇 시인 줄 아나? 아침 아홉 시 반이네."

"어서 들어오세요." 딕이 말했다. "혼자시군요. 스위블러 혼자 등장. '지금 시각은 마법이 횡행하는….'"

"'한밤중!'"

"'교회 무덤이 입을 벌리고.'"

"'무덤에서 죽은 자들이 쏟아져 나온다.'"

그들은 이 마지막 연극 인용구에서 각자 젠체한 후 즉시 산문 조로 목소리를 낮추며 사무실로 들어갔다. 이런 약간의 열정은 '영예로운 미남자들'의 회원들 사이에서는 흔히 있는 일이고, 실제로도 그들을 하나로 묶는 연결고리였으며, 차갑고 암울한 세상에서 그들의 정신을 고양했다.

"그래, 잘 지냈나, 친구?" 척스터 씨가 의자에 앉으며 물었다. "개인적인 일로 시내에 나올 수밖에 없었는데, 이곳을 그냥 지나칠 수가 없겠더군. 하지만 맹세코 자네가 있으리라는 기대는 안 했어. 너무 이른 시각이라."

스위블러 씨가 인사에 화답했다. 그는 자신은 건강하게 잘 지내고 있고, 친구 척스터도 부러울 만큼 건강해 보인다고 덧붙였다. 마지막에 두 신사는 자신들이 속한 형제단에서 옛날부터 내려오는 엄숙한 관습에 따라 "모두 건강히"라고 복창하며 말의 끝부분을 길게 떨었다.

"새로운 소식이라도 있나?" 리처드가 말했다.

"시내가 네덜란드 오븐 표면만큼 평평해." 척스터 씨가 대답했다. "새로운 건 없어. 그런데 말이 나왔으니 말인데, 저 하숙인 정말 별난 사람 같아. 정말이지 도통 이해할 수 없어. 저런 사람은 처음 봐!"

"신사가 무슨 일이라도 했어?" 딕이 말했다.

"이것 참!" 척스터 씨가 놋쇠에 여우 머리가 묘하게 조각된, 덮개가 있는 직사각형 코담배 갑을 꺼내며 말했다. "그 사람, 무슨 꿍꿍이인지 도무지 알 수가 없어. 우리 수습 직원과 친하게 지내는데. 손해 볼 건 없지만, 우리 직원은 아주 굼뜨고 물러터졌거든. 친구가 필요하면 왜 세상 물정에 밝은 사람이나 태도나 대화에서 도움이 될 만한 사람을 사귀지 않는지 몰라. 아무래도 내게 결점이 있나 봐." 척스터 씨가 말했다.

"아니, 그렇지 않아." 스위블러 씨가 끼어들었다.

"아, 아니야. 내게 결점이 있어. 누구도 내 결점을 나만큼 잘 알지 못해." 척스터 씨가 다시 말했다. "하지만 난 우유부단하지는 않아. 나의 최악의 적도, 그러니까 사람은 누구나 적을 두잖아, 나 역시 적이 있는데, 나한테 온순하지 않다고 비난한 적은 없어. 그러니까 내 말은, 내게 그 수습 직원만큼도 사람들이 좋아할 만한 그런 특성이 없다면 난 크고 둥글넓적한 체셔 치즈를 훔쳐 목에 묶고 물에 빠져 죽을 거야. 내가 살았던 것처럼 죽어서도 불명예가 될지 모르지만. 내 명예를 걸고 그렇게 할 거야."

척스터 씨가 말을 멈추더니 집게손가락 관절 마디로 정확하게 여우 머리에 있는 코를 톡톡 두드리고는 코담배 한 줌을 집어 들이마셨고, 자신이 재채기할 것으로 생각했다면 아주 잘못된 판단이라고 말하려는 듯 스위블러 씨를 뚫어지게 바라보았다.

"그 하숙인은 아벨과 친구가 되는 데 만족하지 않고," 척스터 씨가 말했다. "아벨 부모와도 친분을 쌓았어. 헛된 노력을 거듭하다가 거기까지 간 거지. 진짜 거기까지 갔어. 게다가 애송이 속물 녀석을 이용해 먹어. 자네도 알게 될 거야. 그 애송이 녀석이 여기를 뻔질나게 드나드는 것을. 하지만 그는 나와 인사만 건네는 정도지 몇 마디 대화도 나누지 않아. 내 영혼을 걸고 말하는데." 사람들이 보통 일이 생각대로 안 될 때 그렇게 하듯 척스터 씨가 진지하게 고개를 절레절레 흔들며 말했다. "내가 있어야 일이 잘될 걸 알면서도 그 양반을 동정하지 않는다면 그건 정말 비열한 짓이니, 반드시 그와 관계를 끊어야 해. 다른 방법은 없어." 맞은편 의자에 앉아 친구의 말에 매우 공감하며 불을 뒤적였지만, 스위블러 씨는 아무 말도 하지 않았다.

"애송이 속물 녀석 말인데," 척스터 씨가 예언가 같은 눈초리로 말을 이어 나갔다. "그 녀석이 사악한 놈이란 걸 곧 알게 될거야. 우리 같은 사람은 직업상 인간의 본성을 잘 아는데, 내 말 기억해 둬. 돈을 보고 온 녀석이니, 돈 생각에 본색을 드러낼 거야. 그놈은 아주 저질 도둑놈이거든. 틀림없어."

척스터 씨는, 흥분했기 때문에, 아마도 이 주제를 좀 더 단호한 어조로 더 끌고 갔을 것이다. 하지만 누군가가 볼일이 있다는 듯 사무실 문을 두드리는 바람에 더할 나위 없이 온순한 표정으로 돌변했다. 노크 소리를 들은 스위블러 씨도 잽싸게 한쪽 다리로 의자를 빠르게 회전시켜 책상 앞으로 몸을 옮겼다. 하지만 정신이 갑작스러운 혼란에 빠져 부지깽이를 손에서 내려놓는 것을 깜빡하고는 "들어오세요!"라고 소리치며 부지깽이를 쑤셔 넣었다.

모습을 드러낸 사람은 다름 아닌 조금 전까지 척스터 씨의 분노의 대상이던 키트였다. 방문자가 키트임을 확인한 척스터 씨는 누구보다 빠르게 기운을 내거나 사나운 표정을 지었다. 잠시 키트를 빤히 바라보던 스위블러 씨는 의자에서 벌떡 일어나 은닉처에서 부지깽이를 빼내 정신 나간 사람처럼 찌르고 막는 시늉을 했다.

"신사분, 집에 계세요?" 키트가 특이한 손님맞이에 다소 당황하며 말했다.

척스터 씨는 스위블러 씨가 대답하기도 전에 기회를 잡고 키트의 질문 형식에 분노를 표출했다. 키트가 당장 눈앞에 두 신사를 두고도 '다른 신사분'이라고 말하지 않은 것은 몹시 무례하고 속물 같은 행동이라고 주장했다. 그보다 (찾는 사람이 신사의 자질이 없는 사람일 수도 있으니) 찾는 사람의 이름을 말한 후에 듣는 쪽이 그 사람의 신분을 판단해 부르도록 하는 것이 맞는다는 생각이었다. 척스터 씨는 이 호칭의 형식이 지극히 개인적으로 느껴지고, 자신은 하찮게 볼 사람이 아니며, 그렇게 보다가는 어떤 속물이 (특정한 누군가를 언급하지는 않았다) 쓴 맛을 보게 될 것이라고 말했다.

"위층의 신사분 말이에요." 키트가 스위블러 씨를 돌아보며 말했다. "집에 계세요?"

"무슨 일이지?" 딕이 물었다.

"전할 편지가 있습니다."

"누가 보냈는데?" 딕이 말했다.

"갈랜드 씨."

"오! 그래요." 딕이 지나치게 공손한 태도로 말했다. "그렇다면 제게 넘겨줘도 됩니다. 회신을 받아야 한다면 복도에서 기다려도 좋습니다. 그곳은 바람이 잘 통해서 환기가 잘 됩니다."

"고맙지만," 키트가 대답했다. "제가 직접 전해야 합니다."

척스터 씨는 키트의 이 대담한 응수에 압도당했고, 친구의 영예를 무척이나 생각하며 당국의 제재만 없었다면 틀림없이 그 자리에서 키트를 없애버렸을 것이라고 선언했다. 그는 자신이 고려한 모욕에 대한 분개가 이 특별한 도발적 정황하에서 영국 배심원들로부터는 타당한 인가와 동의를 받을 수 있고, 그들은 살인 동기에 대한 확실한 증언이 복수자의 성격과 도덕성과 맞물려 정당방위 살인으로 유죄 평결을 내렸을 것이라고 확신했다. 이 문제에 대해 그다지 열정이 없던 스위블러 씨는 척스터 씨의 흥분에 다소 부끄러움을 느꼈고, 어떻게 행동해야 할지 몰라 적잖이 당황했을 때 (키트는 아주 침착하고 좋은 태도를 보였다) 독신 신사의 격렬한 외침이 계단을 타고 내려왔다.

"누가 나를 보러 오지 않았소?" 하숙인이 소리쳤다.

"네." 딕이 대답했다. "그렇습니다."

"그런데 그 사람은 어디 있나?" 독신 신사가 고함을 질렀다.

"여기 있습니다." 스위블러 씨가 대답했다. "이봐, 어린 친구, 위층으로 올라가 보라는 말 못 들었어? 귀먹었어?"

언쟁을 벌일 가치가 없다고 생각하는 듯 보이던 키트가 서둘러 자리를 떠나버리는 바람에 '영예로운 미남자들'의 두 회원은 멍하니 서로를 응시하게 되었다.

"내가 뭐라고 했어?" 척스터 씨가 말했다. "저 녀석 어떻게 생각해?"

대체로 성격이 좋은 스위블러 씨는 키트의 행동에서 어마어마한 규모의 악행을 찾지 못해 어떻게 대답해야 할지 난감했다. 그런데 때마침 샘슨 브라스 씨와 여동생 샐리가 들어오면서 난감한 상황을 모면했다. 척스터 씨는 그들을 보고 다급히 밖으로 나갔다.

브라스 씨와 사랑스러운 동료 샐리는 소박한 아침 식사를 하며 대단히 관심 있고 중요한 문제를 상의한 것으로 보였다. 이런 대화를 나눌 때면 두 사람은 평소보다 30분 정도 늦게 사무실에 나타났고, 최근에 꾸민 음모와 계획 덕에 마음이 편안해져 고된 길에 햇살이 비친 듯 꽤 미소 띤 얼굴이었다. 이날 아침에도 그들은 무척 유쾌해 보였다. 샐리 양은 알랑거렸고, 브라스 씨는 몹시 익살맞고 쾌활한 모습을 보이며 양손을 비볐다.

"그래, 리처드." 브라스가 말했다. "오늘 아침은 어때? 우리가 아주 생기 넘치고 유쾌해 보이지? 안 그래, 리처드?"

"정말, 그래요." 딕이 대답했다.

"그것참 잘 됐군." 브라스가 말했다. "하하! 우리는 즐거워야 해, 리처드. 그렇지 못할 이유가 없잖아? 우리가 사는 세상은 즐거운 곳이야. 아주 즐거운 세상이지. 세상에는 나쁜 사람도 많지만, 그런 사람이 없으면 훌륭한 변호사도 없을 거야. 하하! 편지 온 건 없나, 리처드?"

스위블러 씨는 없다고 대답했다.

"아하!" 브라스가 말했다. "상관없어. 오늘 일이 없으면 내일 더 많을 거야. 삶에 만족하는 태도가 바로 행복이지. 찾아온 사람은?"

"제 친구 말고는 없어요." 딕이 대답했다. "'우리가 절대 원하지 않게 하소서….'"

"'친구든 그에게 줄 술병이든.'" 브라스가 맞장구를 치며 끼어들었다. "하하! 이렇게 부르는 것 맞지? 정말 좋은 노래야, 리처드. 그렇지. 난 이 노래의 정서가 정말 마음에 들어. 하하! 자네 친구라면 위서든 사무소의 그 젊은 친구. 그래. '우리가 절대 원하지 않기를….' 다른 사람은 없나, 리처드?"

"하숙인을 찾아온 사람은 있어요." 스위블러 씨가 대답했다.

"오, 그래!" 브라스가 소리쳤다. "누군가가 하숙인을 찾아왔어? 하하! 우리가 절대 원하지 않게 하소서, 아니면 누군가가 하숙인을 찾아오게 하소서. 리처드, 그래?"

"네." 딕이 지나치게 쾌활한 고용주의 모습에 약간 당황하며 대답했다. "지금 같이 있어요."

"지금 같이 있어!" 브라스가 소리쳤다. "하하! 그곳에 있게 해. 즐겁고 자유롭게, 룰루랄라. 안 그래, 리처드? 하하!"

"당연히 그래야죠." 딕이 대답했다.

"그런데, 누구지." 브라스가 괜히 서류를 이리저리 정리하며 말했다. "하숙인을 찾아온 사람이 누구야. 여자는 아니면 좋을 텐데, 리처드. 우리는 도덕성을 지켜야 하는 것 알잖아. '아리따운 아가씨가 어리석음에 굴복하네.' 뭐, 그런 것 말이야. 그렇잖아, 리처드?"

"그는 위서든 씨의, 아니 반만 위서든 씨에게 속한 젊은이죠." 리처드가 말했다. "키트라고 불러요."

"뭐라고, 키트?" 브라스가 말했다. "이상한 이름이군. 댄스 교사가 쓰는 바이올린인가. 하하! 키트가 거기 있어, 그래? 오!"

브라스가 유난히 활기에 차 있었지만, 딕은 이를 제지하지 않았고, 그럴 생각도 없었고, 차라리 암묵적으로 인정하는 샐리 양을 의아하게 바라보았다. 그는 두 사람이 지금 막 누군가를 속여 돈을 받아냈다고 결론 내렸다.

"리처드, 부탁 좀 해도 되겠나." 브라스가 책상에서 편지 한 통을 꺼내며 말했다. "이걸 가지고 펙함 라이로 가기만 하면 돼. 답장은 필요 없고, 다소 각별한 내용이라 인편으로 보내는 거야. 마차 삯은 경비로 청구하게. 경비를 아끼지 마. 최대한 쓰라고. 그게 서기의 좌우명 아닌가. 안 그래, 리처드? 하하!"

스위블러 씨는 근엄하게 수상 재킷을 벗고, 외투를 걸치고, 옷걸이 못에서 모자를 챙기고, 편지를 주머니에 넣은 다음 목적지로 출발했다. 그가 나가자마자 자리에서 일어난 샐리 브라스 양도 오빠를 향해 다정하게 미소 짓고 (브라스는 이에 대한 반응으로 고개를 끄덕이고 코방아를 찧었다) 밖으로 나갔다.

샘슨 브라스는 혼자 남게 되자 곧바로 사무실 문을 활짝 열어젖히고, 2층에서 내려와 현관으로 나가는 어떤 사람도 놓치지 않도록 바로 맞은편 책상에 자신을 앉힌 다음, 무척 신이 나서 무언가를 열심히 끼적이기 시작했다. 그러면서 콧노래—분명 음악적이었다—를 불렀는데, 저녁 찬가와 영국 국가가 뒤섞인 점을 고려하면 교회와 국가의 통합을 말하는 것으로 보이는 한 소절이었다.

이렇게 베비스 막스의 변호사는 오랫동안 자리에 앉아 글을 쓰며 콧노래를 부르다가 아주 교활한 표정으로 소리를 엿듣기 위해 하던 일을 잠시 멈췄다. 하지만 아무 소리도 들리지 않자 전보다 더 크게 콧노래를 부르며 더 느린 손놀림으로 글을 썼다. 브라스는 이렇게 하다 말기를 반복하던 중 마침내 독신 신사의 방문이 열렸다가 닫히는 소리와 누군가가 계단을 내려오는 소리를 들었다. 이제 브라스 씨는 글쓰기를 완전히 멈추고, 펜은 그대로 손에 든 채, 음악에 심취한 사람처럼 고개를 좌우로 흔들고 행복한 미소를 지으며 소리를 더 높여 콧노래를 흥얼거렸다.

키트는 계단을 따라, 달콤한 노랫소리를 따라 이 광경이 벌어지는 쪽으로 내려왔다. 그가 문 앞에 도착하자, 브라스 씨는 흥얼거림을 멈추고—하지만 미소는 계속 짓고 있었다—상냥하게 고개를 끄덕이며 펜으로 그를 오라고 불렀다.

"키트, 잘 지냈니?" 브라스 씨가 더할 나위 없이 유쾌하게 인사했다.

키트는 그에게 다소 낯을 가리며 질문에 적당히 대답하고 현관문 자물쇠에 손을 올려놓았다. 그때 브라스 씨가 부드럽게 그를 다시 불렀다.

"키트, 괜찮다면 거기 있어 보아라." 변호사는, 이해하기 힘들지만, 사무적인 어조로 말했다. "이리 들어오렴. 저런, 저런!" 변호사가 의자에서 일어나 벽난로를 등지고 서며 말했다. "너를 보니, 전에 보았던 아주 귀엽고 작은 얼굴이 떠오르는구나. 우리가 골동품 상점을 넘겨받았을 때 네가 두세 번 들렀던 기억이 나. 아아! 키트, 나의 사랑스러운 친구. 나와 같은 일을 하는 신사는 가끔 사람들이 선망하지 않는 괴로운 의무를 수행해야 할 때도 있단다. 그러니 우리를 부끄럽게 생각할 필요는 없다!"

"안 그래요." 키트가 말했다. "저 같은 게 판단할 일은 아니지만."

"그래도 위로가 될 만한 사실은 말이다, 키트." 변호사가 뭔가 생각에 잠긴 듯 키트를 바라보며 말을 이었다. "우리가 바람의 방향은 바꿀 수는 없지만, 누그러뜨릴 수는 있어. 털이 깎인 양에게는 모진 바람을 일으키지 않는다는 말이지."

'실제로 털을 깎았잖아! 그것도 아주 바짝!' 키트는 이렇게 생각했지만, 말을 하지는 않았다.

"키트, 그런 경우," 브라스 씨가 말했다. "내가 앞서 언급한 경우에 관해 나는 퀼프 씨와 공방을 (그는 무자비한 사람이니까) 벌였다. 노인과 손녀를 너그럽게 봐주자고. 그 때문에 고객 한 명을 잃을 수도 있었지만, 나는 선함이 고통받는 건 참지 못하거든. 결국 내가 이겼다."

'결국, 그도 그렇게 나쁜 사람은 아니군.' 변호사가 입을 다물고 더 좋은 기분을 느끼기 위해 애쓰는 사람처럼 보일 때 정직한 키트는 이렇게 생각했다.

"나는 너를 존중한다, 키트." 브라스가 감정을 실어 말했다. "그때 너는 신분이 미천하고 가진 것도 없었지만, 너의 행동을 충분히 보았고, 존중하게 되었다. 나는 걸친 옷 따위는 보지 않아. 마음을 보지. 옷의 체크무늬는 새장의 철조망과 같아. 하지만 마음은 그 새장 속의 새란다. 아! 얼마나 많은 새가 새장 속에 갇혀 털갈이하고 새장의 철조망 사이로 부리를 내밀어 인간을 쪼는지!"

브라스가 키트가 입은 체크무늬 외투에 특별한 암시를 주기 위해 택한 이 시적인 표현은 그를 완전히 압도했다. 브라스 씨의 목소리와 태도도 그 효과에 일조했는데, 그가 수행자와 같은 온화한 엄격함을 갖춰 말했고, 녹슨 프록코트 허리춤 주위로 밧줄을 두르고 벽난로 선반에 두개골만 있었다면, 그 방면에서 완벽한 설정이 되었을 것이기 때문이다.

"자, 자." 착한 사람들이 자신의 나약함이나 친구의 나약함에 연민을 느낄 때처럼 미소를 지으며 샘슨이 말했다. "핵심을 벗어났다. 키트, 괜찮다면 저걸 집어 가렴." 그러면서 책상 위에 놓인 반 크라운짜리 동전 두 개를 가리켰다.

키트가 동전을 바라보고는 브라스를 쳐다보더니 머뭇거렸다.

"네 것이다." 브라스가 말했다.

"누가 줬는지…."

"그게 무슨 상관이냐." 변호사가 대꾸했다. "좋으면 말하렴. 키트, 우리에게는 위층에 별난 친구분이 있잖니. 그러니 이제 가타부타 얘기하지 말자. 무슨 말인지 알지. 그냥 저 돈을 가지기만 하면 돼. 그뿐이야. 우리끼리 얘기지만, 저 돈이 마지막이 아니라는 생각도 드는구나. 그래 그럴 거야. 그러면 잘 가라, 키트. 안녕!"

많은 감사의 말을 전하고, 첫 대화만으로도 자신이 생각한 것과 사뭇 다른 브라스를 무턱대고 의심한 것에 대해 더 많이 자책하며, 키트는 돈을 집어 들고 부지런히 집으로 향했다. 브라스는 난롯가에서 불을 쬐며 남아 있었고, 동시에 천사 같은 미소를 지으며 다시 노래를 흥얼거렸다.

"들어가도 돼?" 샐리 양이 문으로 살짝 엿보며 말했다.

"오, 그래. 이제 들어와도 돼." 오빠가 대답했다.

"으흠?" 브라스 양이 질문 조의 기침을 내뱉었다.

"어, 그래." 샘슨이 대답했다. "잘 끝났어."

57장

척스터 씨의 분노에 찬 염려가 터무니없는 것은 아니었다. 분명 독신 신사와 갈랜드 씨는 우정이 식지 않았고, 빠른 속도로 성장하며 잘 되어 갔다. 그들은 곧 습관처럼 지속적인 교류와 의사소통을 했다. 당시 독신 신사는 갑작스럽게 작은 병에 걸렸는데—아마 최근의 기대에 크게 흥분했다가 잇따른 실망감을 느낀 탓인 듯했다—이를 계기로 두 사람은 더욱더 자주 연락을 주고받았다. 그 결과 아벨 씨 저택의 동거인 중 한 명은 핀칠리와 베비스 막스를 거의 매일 오갔다.

조랑말 위스커는 이제 모든 허식을 벗어던지고 점잔을 빼거나 에두르게 행동하지 않았지만, 키트 외에는 누구의 말도 억세게 듣지 않았기 때문에 늙은 갈랜드 씨나 아벨 씨는 늘 키트를 대동했다. 키트는 모든 전갈이나 문의 사항을 전달하는 위치에

섰고, 독신 신사가 병석에 누워 있는 동안 우편 배달원처럼 거의 매일 아침 정기적으로 베비스 막스에 들렀다.

키트를 면밀히 감시해야 할 분명한 이유가 있었던 샘슨 브라스 씨는 길모퉁이를 도는 조랑말의 말발굽 소리와 마차의 달그락거리는 소리를 금방 구별해 냈다. 이 소리가 들릴 때면 그는 곧바로 펜을 내려놓고 두 손을 마주 비비며 엄청나게 기뻐하곤 했다.

'하하!' 브라스가 외쳤을 것이다. '조랑말이 또 납시는군. 정말 보기 드물게 유순한 조랑말이야. 그렇지, 리처드?'

딕은 '두말할 필요도 없죠'라고 대꾸했고, 브라스 씨는 창문 블라인드 위쪽 너머 거리를 볼 수 있도록 의자 밑막이를 밟고 올라서 방문객들을 관찰하곤 했다.

'역시 그 노신사도 있군!' 그는 이렇게 외쳤을 것이다. '리처드, 정말 호감 가는 노신사 아닌가. 인상도 좋고 아주 차분하고 모든 면에서 후덕해. 리처드, 그를 볼 때마다 리어왕이 왕국을 거느리고 있을 때 모습이 떠올라. 저 쾌활함과 약간 벗어진 백발의 머리와 맡은 책임까지 똑같잖아. 아아! 눈여겨보기에 적합한 대상이야, 아주 적합해!'

그때 갈랜드 씨가 마차에서 내려 위층으로 올라가고, 샘슨은 창문에서 키트에게 고갯짓하고 살며시 미소를 짓다가 이내 거리로 나가 인사로 맞이하며 다음과 같은 대화를 이어가곤 했다.

'말 손질이 훌륭하구나, 키트.' 브라스 씨가 조랑말을 쓰다듬는다. '훌륭해. 눈이 부실 정도로 윤이 나고 매끈해. 말 그대로 몸 전체에 광택제를 바른 듯이 보여.'

키트가 모자를 만지작거리다가 미소를 짓고 조랑말을 쓰다듬으며 '이런 말은 찾기 힘들 겁니다'라고 확신을 표명한다.

'정말 아름다운 동물이야!' 브라스가 감탄하며 소리친다. '영리하기도 해?'

'아이고!' 키트가 대답한다. '기독교도만큼이나 자기 뒷얘기 하는 걸 잘 압니다.'

'그렇구나!' 브라스는 똑같은 말을, 똑같은 장소에서, 똑같은 사람에게 열두 번도 더 들었지만, 놀라움을 금치 못하고 소리친다. '아!'

'저도 위스커를 처음 보았을 때,' 자신이 아끼는 말에 변호사가 깊은 관심을 보이자, 키트가 기뻐하며 말한다. '친해질 거란 생각은 못 했어요.'

'아!' 브라스 씨가 도덕적 교훈과 미덕에 대한 애정으로 가득 차 대꾸한다. '크리스토퍼, 네가 성찰할 아주 매력적인 주제가 있다. 올바른 자부심과 긍지에 관한 것이지. 정직함은 최고의 수단이야. 나는 늘 그렇게 생각해왔어. 사실 오늘 아침에도 정직하게 행동하느라 47파운드 10실링을 놓쳤다. 하지만 난 오히려 벌었다고 생각해, 벌었다고!'

브라스 씨가 펜으로 코를 음흉하게 간지럽혀 눈에 눈물이 맺히게 하고는 키트를 바라본다. 키트는 외모와 달리 착한 사람이 있다면 그건 바로 샘슨 브라스일 것으로 생각한다.

'정직한 탓에 하루아침에 47파운드 10실링을 잃은 사람이라면,' 샘슨이 말한다. '부러워할 만도 하지. 잃은 돈이 80파운드라면 그 감정의 사치는 더 커졌을 거야. 1파운드를 잃을 때마다 행복의 무게는 백 웨이트씩 늘어나니까. 크리스토퍼, 그러니까 작고 조용한 목소리가,' 브라스가 미소를 띠고 가슴을 톡톡 두드린다. '내 안에서 재미있는 노래를 부르고, 모든 게 행복이고 기쁨이다!'

브라스 씨와의 대화를 통해 감정이 고조된 키트가 무슨 말을 할지 고민하고 있을 때 갈랜드 씨가 나타난다. 노신사는 브라스 씨의 극진한 아부를 받으며 마차에 오르고, 조랑말은 몇 차례 머리를 흔든 후 그 자리에서 한 발짝도 움직이지 않기로 맹세한 듯, 네 발을 바닥에 굳건히 딛고 3~4분 동안 꼼짝하지 않다가 아무 신호도 주지 않고 갑자기, 그곳에서 죽기 살기로, 영국 속도 단위 시속 12마일로 총알 같이 달려 나간다. 그러고 나면 브라스 씨와 여동생은 (문 앞에서 만났다) 이상한 미소―표정에는 기쁜 것이 전혀 없었다―를 주고받으며 리처드 스위블러 씨가 머무는 공간으로 돌아간다. 스위블러 씨는 그들이 자리를 비운 사이 혼자 다양한 팬터마임을 하며 놀고 있었는데, 두 사람이 도착했을 때 그는 책상에 있는 모습으로 발견된다. 그런데 얼굴은 몹시 상기되어 달아오른 상태고 주머니칼로 아무것도 아닌 것을 격렬하게 긁고 있다.

키트가 마차를 타지 않고 혼자 올 때면 샘슨 브라스는 늘 어떤 임무를 떠올리곤 했다. 스위블러 씨를 불러 꼭 펙함 라이가 아니더라도 두세 시간 안에는 돌아오기 힘든, 혹은 그보다 돌아오는 데 훨씬 오랜 시간이 걸리는 곳으로 심부름을 보낸 것이다. 사실대로 말하면, 저 젊은 신사가 이런 경우 신속하게 위대한 탐험을 마치고 돌아오기보다 오히려 가능한 한 시간을 지체하거나 시간을 헛되이 보내는 것으로 유명했기 때문이다. 스위블러 씨가 시야에서 사라지면 샐리 양도 바로 자리를 비웠다. 그러면 브라스 씨는 사무실 문을 활짝 열어젖히고 앞서와 같이 아주 즐거운 마음으로 애창곡을 콧노래로 부르며 천사 같은 미소를 지었다. 키트가 아래층으로 내려오면 그를 불러 도덕적이고 유쾌한 대화로 즐겁게 해주었고, 자신이 위층에 다녀오는 동안 사무실에서 기다려달라고 간청하고는 곧 다시 돌아와, 사정에 따라 다르지만, 반 크라운짜리 동전 한두 개를 주었다. 이런 일이 자주 발생하자, 키트는 의심 없이 독신 신사가 주는 돈이라고 철석같이 믿었고, 이미 어머니에게도 많은 것을 베푼 바 있는 독신 신사의 후한 인심에 감탄하며 어머니, 꼬마 제이컵, 막내는 물론이고 바버라를 위해서도 값싼 선물을 아주 많이 샀다. 그리고 이들 중 한 명 혹은 몇 명은 매일 비싸지는 않지만, 새로운 선물을 받게 되었다.

샘슨 브라스의 사무실 안팎에서 이런 일들이 벌어지는 동안 자주 혼자 남겨진 리처드 스위블러는 남는 시간의 중압감을 받기 시작했다. 그래서 기분 전환도 하고 재능도 썩히지 않을 겸 크리비지 득점 표시판과 한 벌의 카드를 마련해 마네킹과 크리비지 게임을 하는 버릇이 생겼다. 팀당 2만, 3만, 때로는 5만 파운드까지 걸었고, 가끔은 위험할 정도의 상당한 액수를 걸기도 했다.

상당히 재미있었음에도 불구하고, 이런 게임은 아주 조용히 진행되었기 때문에, 스위블러 씨는 브라스 씨와 샐리 양이 나가는 저녁이면 (지금도 자주 나간다) 가끔 문 쪽에서 코를 킁킁거리거나 거친 숨소리가 들리는 듯하다고 생각했다. 곰곰이 생각한 끝에 그는 하녀의 소리라고 결론 내렸다. 지하에서 늘 차갑고, 습하게 생활하는 하녀는 감기를 달고 살았다. 그러던 어느 날 밤 그는 열쇠 구멍으로 반짝이는 눈 하나를 발견하고, 자신의 추측을 확신하며, 살금살금 문으로 다가가 하녀가 접근을 눈치채기 전에 그녀를 덮쳤다.

"나쁜 뜻으로 그런 건 아니에요. 맹세해요." 작은 하녀가 몸집이 훨씬 큰 사람처럼 보이려고 사지를 버둥거리며 소리쳤다. "아래층이 너무 따분해서 그랬어요. 제발 일러바치지 마세요. 제발."

"일러바쳐!" 딕이 말했다. "그러면, 친구가 없어서 열쇠 구멍으로 엿보고 있었다는 말이냐?"

"네. 맹세코 그래요." 작은 하녀가 대답했다.

"얼마나 오랫동안 염탐했지?" 딕이 물었다.

"음, 나리가 저것들과 카드 게임을 처음 시작했을 때부터, 아니 그보다 훨씬 전부터."

스위블러 씨는 사무에 지칠 때 기분 전환을 위해 했던 몇몇 터무니없는 행동들을 어렴풋이 떠올리며 그 모든 것이 작은 하녀의 눈요깃거리가 된 사실에 약간 당황했다. 하지만 원래 이런 것에 예민하지 않은 그는 곧바로 안정을 되찾았다.

"자, 들어오너라." 스위블러가 잠시 생각한 후 말했다. "여기 앉으렴. 내가 카드 게임을 가르쳐주마."

"제가 감히 어떻게." 작은 하녀가 말했다. "제가 여기 올라온 사실을 알면 샐리 아가씨가 절 죽이려 할 거예요."

"아래층에 불을 좀 지펴놓았느냐?" 딕이 물었다.

"아주 조금." 작은 하녀가 대답했다.

"내가 아래층으로 내려갔다고 해서 샐리가 나를 죽일 수는 없을 테니, 내가 내려가마." 리처드가 카드를 주머니에 넣으며 말했다. "음, 너 정말 말랐구나. 왜 그런 거지?"

"제 잘못이 아니에요."

"빵과 고기를 좀 먹을래?" 딕이 모자를 깊숙이 눌러쓰며 말했다. "먹는다고? 아하! 그럴 줄 알았다. 맥주는 마셔봤니?"

"한 모금 정도 마셔봤어요." 작은 하녀가 말했다.

"이 사태를 어쩔까!" 스위블러 씨가 천장을 쳐다보며 소리쳤다. "한 모금으로는 맥주 맛을 알 수 없어. 도대체 몇 살이지?"

"몰라요."

스위블러 씨는 눈을 크게 뜨고 잠시 생각에 잠겼다. 그러고는 자신이 돌아올 때까지 누가 들어오지 못하게 신경 쓰라고 이르고는 갑자기 사라졌다.

그는 바로 돌아왔고, 선술집 종업원 소년이 그를 따라왔다. 소년은 한 손에 빵과 소고기가 담긴 접시를, 다른 손에는 큰 냄비를 들고 있었고, 냄비에서는 무언가 향긋한 냄새가 풍겨 기분을 좋게 했다. 냄비 안에는 스위블러 씨가 독서 삼매경에 빠져 마음을 달래던 시절에 집주인의 우정을 얻어내기 위해 전수한, 특별한 비법으로 만든 고급 펄[12]이 들어 있었다. 문 앞에서 소년에게 음식을 받아 작은 하녀에게 건네며 쏟아지지 않게 단단히 잡으라고 이르고, 스위블러 씨는 하녀를 따라 부엌으로 들어갔다.

"자!" 리처드가 하녀 앞에 접시를 내려놓으며 말했다. "우선 그것부터 먹어 치우고, 그다음 무엇을 할지 알려주마."

---

12 쓴 쑥으로 맛을 낸 맥주.

작은 하녀에게 두 번 말할 필요는 없었다. 접시는 순식간에 비워졌다.

"이제," 딕이 펄을 내밀며 말했다. "그걸 쭉 들이켜라. 하지만 익숙하지 않을 테니 천천히 넘기렴. 그래, 맛있지?"

"오! 맛있어요." 작은 하녀가 말했다.

스위블러 씨도 대답을 듣고 매우 흡족한 표정을 지으며 하녀에게 시선을 고정한 채 술을 쭉 들이켰다. 준비 작업이 끝나자, 그가 본격적으로 하녀에게 게임 규칙을 가르쳤다. 눈치가 빠르고 교활한 구석이 있는 하녀는 게임을 그럭저럭 금방 익혔다.

"자." 카드를 뜨고 돌린 스위블러 씨가 접시에 6펜스짜리 두 개를 올려놓고 형편없는 초를 정돈한 뒤 말했다. "이건 판돈이다. 네가 이기면 네가 다 갖고 내가 이기면 내가 갖는다. 좀 더 진짜처럼 보이고 재미있도록, 너를 후작 부인으로 부르려 한다. 내 말 들었지?"

작은 하녀가 고개를 끄덕였다.

"자, 후작 부인." 스위블러 씨가 말했다. "시작하세요!"

후작 부인은 양손에 카드를 꽉 움켜쥐고 어떤 카드를 내야 할지 깊이 생각했고, 스위블러 씨는 상류사회에서 요구하는, 흥겹고 부유층이 애용하는 분위기를 내며, 큰 맥주 통에서 맥주를 한 잔 받아 마시고는 하녀의 패가 나오기를 기다렸다.

58장

　스위블러 씨와 그의 카드 친구는 다양한 결과를 내며 여러 번 삼세판 승부를 겨뤘다. 6펜스가 세 번 없어지고 펄이 점점 줄어들어 시계가 열 시를 알렸다. 그는 시간이 참 빨리도 지나갔다고 생각하며 브라스 씨와 샐리 양이 돌아오기 전에 부엌에서 나가야겠다고 마음먹었다.

　"후작 부인, 이 큰 맥주잔을 비운 뒤 게임판은 주머니에 넣고 눈앞에 놓인 것들을 챙겨 자리에서 물러나도 되는지 허락을 구해도 될까요?" 스위블러 씨가 진중하게 말했다. "후작 부인, 그냥 말하건대, 삶이란 흐르는 강물과 같지만, 부인, 강둑에서 펄이 여전히 샘솟고 흐르는 강물에서 눈빛이 반짝이는 한 나는 얼마나 빠르게 흘러가는지는 관심 없습니다. 후작 부인, 건강하게 지내요. 모자를 쓰고 있었던 무례는 용서하길 바랍니다. 하지만 궁전은 습하고, 이렇게 표현해도 될지 모르지만, 이 대리석 바닥은 너무도 형편없군요."

이 후자의 불편함에 대한 예방책으로 스위블러 씨는 벽난로 옆 선반 위에 발을 올리고 한참을 앉아 있었는데, 그는 이런 태도에 대해 사과의 말을 전하고 마지막 남은 술을 아껴가며 천천히 마셨다.

"샘소노 브라쏘 남작과 아름다운 여동생은 (왜 이렇게 말했는지 나도 모르지만) 연극을 보러 갔나요?" 스위블러 씨가 왼쪽 팔을 무겁게 탁자에 기댄 채 연극에 나오는 악당의 태도를 취한 후 오른쪽 다리를 꼬고 목소리를 높이며 말했다.

후작 부인이 고개를 끄덕였다.

"아하!" 스위블러가 불길하게 얼굴을 찡그리며 말했다. "그렇군요. 후작 부인! 하지만 상관없어요. 어이! 거기 와인 좀 주게." 그는 아주 겸손하게 자기 자신에게 큰 술잔을 건네고, 거만하게 술잔을 받아 급하게 들이켜고, 사납게 입술을 훔치는 방법으로 멜로드라마의 한 장면을 이용했다.

스위블러 씨만큼 연극에 흔히 나오는 이런 장면을 알 턱이 없는 작은 하녀는 (사실 스위블러도 열린 문을 통해서나 금지된 장소에서 일부 본 것을 빼면 제대로 된 연극은 본 적이 없었다) 참신한 시범 연기에 다소 놀라 걱정스러워하는 표정을 너무도 분명하게 드러냈다. 그러자 스위블러 씨는 악당 역을 그만두고 하녀 수준에 맞는 일상적인 삶을 연기할 필요를 느꼈다. 그래서 하녀에게 물었다.

"그들은 자주 부인을 여기 남겨두고 찬란한 아름다움이 기다리는 곳으로 가나요?"

"오, 네. 맞아요." 작은 하녀가 대답했다. "샐리 아가씨는 그런 일에서 숭자[13]예요."

"그런 뭐요?" 딕이 물었다.

"숭자요." 후작 부인이 대답했다.

잠시 생각한 스위블러는 하녀의 잘못된 발음을 바로잡아주는 책임 있는 의무를 포기하기로, 계속 말하게 내버려두기로 결심했다. 분명 하녀의 혀가 펼 때문에 꼬이기는 했지만, 별로 중요하지 않은 작은 실수를 즉석에서 고쳐줄 만큼 그녀에게 말할 기회가 많지는 않았기 때문이다.

"그들은 가끔 퀼프 나리를 보러 가요." 작은 하녀가 약삭빠른 표정을 지으며 말했다. "여러 곳을 가요. 정말!"

"브라스 씨가 숭자 아닌가요?"

"샐리 아가씨에 비하면 전혀요. 브라스 나리는 아니에요." 작은 하녀가 고개를 저으며 대답했다. "정말! 그는 아가씨 없이는 아무것도 못 해요."

---

13 숭자의 잘못된 발음.

"오! 브라스 씨가 그래요, 그가?" 딕이 말했다.

"샐리 아가씨가 브라스 나리에게 지시하죠." 작은 하녀가 말했다. "브라스 나리는 항상 아가씨에게 어떻게 하면 좋을지 묻고요. 그래요. 그리고 아가씨 조언대로 해요. 정말, 얼마나 아가씨 말을 잘 따르는지 몰라요."

"내 생각에," 딕이 말했다. "두 사람은 많은 걸 함께 의논하고, 또 예를 들어 나처럼 다른 사람 얘기도 많이 할 거예요. 후작 부인, 그렇죠?"

후작 부인이 놀랍게도 고개를 끄덕였다.

"칭찬인가요?" 스위블러가 말했다.

후작 부인은 그때까지 계속 앞뒤로 끄덕이던 머리의 방향을 바꿔 갑자기 목이 빠질 듯 좌우로 격렬하게 흔들었다.

"흥!" 딕이 투덜거렸다. "후작 부인, 그들이 변변치 않은 한 개인에 대해—지금은 영예롭지만—말하는 건 신뢰에 금이 가는 행동 아닌가요?"

"샐리 아가씨가 나리더러 웃긴 녀석이래요." 작은 하녀가 대답했다.

"음, 후작 부인." 스위블러 씨가 말했다. "그건 무례한 말이 아니에요. 부인, 사람이 유쾌한 건 나쁘거나 저질이란 뜻이 아닙니다. 역사를 믿는다면 옛날 콜 대왕도 유쾌한 늙은 영혼 자체였어요."

"하지만 아가씨는," 하녀가 계속 말을 이어갔다. "나리가 믿을 만한 사람은 아니라고 했어요."

"어, 후작 부인, 정말이에요?" 스위블러 씨가 생각에 잠겨 말했다. "몇몇 신사·숙녀—딱히 전문 직종에 종사하는 사람은 아니지만, 상인, 부인, 상인들이지요—도 같은 말을 했어요. 길 건너편에서 여관을 운영하는 잘 알려지지 않은 사람도 내가 오늘 밤 연회 준비를 해달라고 지시하면 그렇게 강력하게 얘기하겠지요. 부인, 그건 아주 흔한 선입견이에요. 나는 지금껏 상당한 신뢰를 받으며 살아왔기 때문에 왜 그런 생각을 하는지 잘 모르겠어요. 그리고 확신하건대 누군가가 나를 버리기 전에 내가 먼저 신뢰를 저버리는 일은 없습니다. 절대. 추측하건대, 브라스 씨도 같은 생각일 겁니다. 그렇죠?"

그의 친구가 고개를 끄덕였는데, 그녀의 기묘한 표정은 스위블러 씨가 믿을 만한 사람이 아니라는 생각을 샐리 양보다 브라스 씨가 더 강하게 품고 있음을 암시하는 듯했다. 마음을 가라앉히는 듯 보이던 하녀가 애원하며 덧붙였다. "일러바치지 않을 거죠? 그러면 전 맞아 죽어요."

"후작 부인," 스위블러 씨가 자리에서 일어나며 말했다. "신사는 약속한 것은 반드시 지킵니다. 때로는 그 이상이에요. 이 경우처럼 신사의 입이 무거운 게 증명될 겁니다. 난 당신의 친구예요. 앞으로도 자주 이곳에서 카드놀이를 하고 싶어요. 하지만 후작 부인," 리처드가 문으로 다가가다가 멈추고는 작은 하녀—촛불을 들고 뒤따라오고 있었다—주위를 빙빙 돌며 덧붙였다. "이런 생각이 드는군요. 부인은 틀림없이 내 말이 맞는지 확인하기 위해 계속 열쇠 구멍으로 훔쳐보리라는 생각."

"전, 단지," 후작 부인이 몸을 떨며 대답했다. "금고 열쇠를 어디에 숨기는지 알고 싶었을 뿐이에요. 그뿐이에요. 열쇠를 찾아도 많이 가져가려고 한 건 아니에요. 그저 허기를 달랠 정도만."

"그러면 아직 열쇠를 찾지 못했나요?" 딕이 물었다. "물론 찾지 못했겠지요. 그랬다면 살이 토실토실하게 쪄 있을 테니까. 잘 자요, 후작 부인. 안녕히, 그리고 영원히, 영원히 안녕히. 후작 부인, 혹시 모르니 불상사에 대비해 그 목걸이를 차고 있어요."

작별 인사를 하고 스위블러 씨는 부엌에서 나왔다. 그리고 지금까지 주량에 맞게 (펄은 다소 독하고 자극적인 복합 주다) 기분 좋을 만큼 술을 마셨다고 느끼며 하숙방으로 돌아가 잠자리에 들기로 현명한 결심을 했다. 그의 아파트는 사무실에서 그리 멀지 않았기 때문에 (여전히 숙소에 방이 여러 개라고 생각했다) 그는 곧 신발을 한쪽은 벗고 한쪽은 신은 채로 침실에 앉아 깊은 생각에 잠겼다.

"이 후작 부인은 정말 특별해." 스위블러 씨가 팔짱을 끼고 말했다. "신비에 싸여 있어. 맥주 맛을 모르고, 자기 이름도 모르고 (특별함과는 거리가 멀었다), 열쇠 구멍으로 세상의 일부를 보고. 과연 이것이 그녀의 운명인가, 아니면 우리가 모르는 누군가가 그녀의 운명에 반대하고 나서는 것인가? 이거야말로 도무지 이해할 수 없는, 지독하게 어려운 문제구나!"

고찰이 만족할 만한 수준에 이르렀을 때 그는 아직 한쪽 발에 신발이 그대로인 것을 알아차리고 점잖게 신발을 벗고, 머리는 내내 진지하게 흔들며, 깊은 한숨을 내쉬었다.

"이 삼세판 승부가 부부간의 오붓한 난롯가를 생각나게 하는구나." 스위블러 씨가 평소 모자를 쓸 때와 같은 방식으로 취침 모자를 쓰며 말했다. "첵스의 아내도 크리비지를 하지. 올 포 게임도. 이제는 안 하려나. 사람들은 그녀에게 후회할 일은 서둘러 잊어버리라고 말하며 그녀가 웃으면 다 잊었다고 생각하겠지. 하지만 그녀는 그렇지 않을걸. 난 이렇게 말할 거야." 스위블러가 왼쪽으로 고개를 돌리고 거울에 비친 구레나룻에 만족감을 드러내며 말했다. "지금쯤 그녀는 엄청나게 괴로워하고 있다고 말이야. 그래도 싸지!"

이런 단호하고 완고한 분위기에서 부드럽고 감상적인 분위기로 바뀐 스위블러 씨는 신음을 약간 내며 방안을 이리저리 걸어 다니다가 심지어 머리카락을 쥐어뜯으려는 시늉까지 했다. 하지만 다시 생각하고는 머리카락 대신 취침 모자에 달린 술을 잡아채 뜯었다. 마침내 그는 비관적인 각오를 하며 옷을 벗고 잠자리에 들었다.

상태가 엉망인 사람은 보통 술에 의지하려 하겠지만, 스위블러 씨는 소피 와클스 양이 그놈과 결혼했다는 소식을 듣고 이미 그렇게 한 터라 플루트 연주에 마음을 기댔다. 자신의 슬픈 생각과 조화를 이룰 뿐만 아니라 이웃들의 가슴에 동료애를 일깨우리라는 계산에서도 플루트 연주가 좋고 건전하며 울적하게 하는 심심풀이라고 생각했다.

이 각오를 실천하기 위해, 그는 작은 탁자 하나를 침대 옆으로 당겨 그 위에다 촛불을 켜고 작고 길쭉한 악보를 가장 좋은 위치에 놓고는, 플루트 박스에서 플루트를 꺼내 애절하게 연주를 시작했다.

'구슬픔이 사라졌으면'이라는 곡이었다. 이 곡은 플루트로 잠자리에서 천천히 연주했지만, 이 악기를 잘 다루지 못하는 사람—다음 음표로 넘어가기 전에 음표 하나를 수없이 반복하는 사람 말이다—이 연주하기에는 다소 벅찬 작품이라 좀처럼 감정이 살지 않았다. 하지만 스위블러 씨는 밤의 절반 또는 그 이상을 침대에 반듯하게 누워 천장을 바라보며, 때로는 몸을 일으켜 악보를 보며, 이 구슬픈 선율을 반복해서 연주했다. 숨을 들이켜고 후작 부인에 관해 독백한 1~2분 정도의 시간을 빼고는 절대 연주를 멈추지 않았고, 독백이 끝나면 새로운 활력으로 다시 연주를 시작했다. 그는 명상의 여러 주제를 아주 철저히 살펴보고 펼이 주는 모든 감정을 그 찌꺼기로 남을 때까지 플루트에 불어넣고 나서야, 같은 집에 사는 입주민들과 옆 건물과 길 건너편의 이웃 모두를 미쳐버리기 일보 직전까지 만들고 나서야, 비로소 악보를 덮고 촛불을 끈 다음 한결 가벼워진 마음과 후련해진 가슴으로 돌아누워 잠에 떨어졌다.

다음 날 아침 아주 상쾌한 기분으로 잠에서 깬 스위블러 씨는 30분 동안 플루트를 연습하고, 하숙집 여주인으로부터 방을 빼달라는 통보를 받고—여주인은 그 말을 하려고 그날 새벽부터 계단에서 기다리고 있었다—베비스 막스로 향했다. 숫처녀 달에서 뿜어져 나오는 듯한 부드러운 광채를 얼굴에 머금은 아름다운 샐리가 이미 사무실에 나와 있었다.

스위블러 씨는 고개를 끄덕여 그녀의 존재를 인정했고, 외투를 수상용 재킷으로 갈아입었다. 소매가 꽉 끼는 결과로 인해 일련의 투쟁에 휘말릴 수밖에 없었기 때문에 보통 옷을 입는 데 시간이 좀 걸렸다. 이 어려움을 극복하고 그가 책상에 앉았다.

"저기." 브라스 양이 퉁명스럽게 침묵을 깨고 입을 열었다. "오늘 아침에 은색 필통 못 봤어?"

"길에서도 자주 보지는 못했는데." 스위블러 씨가 대답했다. "아! 튼튼하고 꽤 괜찮은 필통 하나를 봤어. 그런데 나이 많은 주머니칼과 젊은 이쑤시개랑 진지한 대화를 나누고 있어서 말

걷기가 좀 그랬지."

"어, 봤다고?" 브라스 양이 말했다. "지금, 장난해."

"그런 질문을 하다니 당신은 참 바보 같다니까." 스위블러 씨가 말했다. "난 지금 막 도착하지 않았어?"

"음, 내 말은," 샐리 양이 대답했다. "필통이 안 보여. 책상 위에 놓고 갔는데, 이번 주 어느 날 사라졌어."

'이것 봐라!' 리처드는 생각했다. '여기에서는 후작 부인이 작업하지 않았으면 좋겠는데.'

"같은 무늬의 칼도 없어졌어." 샐리 양이 말했다. "수년 전에 아버지가 준 것들인데 모두 사라져 버렸어. 당신은 뭐 잃어버린 것 없어?"

스위블러 씨는 지금 입고 있는 옷이 스커티드 코트가 아니라 재킷인지 확인하기 위해 무심코 재킷을 손으로 툭툭 쳤다. 분명 가장자리를 천으로 두른 코트는 아니었다. 그는 베비스 막스에서 자신의 유일한 소유물인 재킷이 무사한 사실에 만족하며 잃어버린 것은 없다고 대답했다.

"아주 유쾌하지 않아, 딕." 브라스 양이 양철통을 꺼내 코담배를 들이마시며 말했다. "친구로서 우리끼리 얘긴데, 새미가 알아도 딱히 어떻게 할 방법은 없지만, 사무실에서 돈도 없어졌어. 치우지 않고 그냥 뒀는데. 역시 같은 방식으로 사라졌어. 세 번이나, 모두 합쳐 반 크라운을 도둑맞았어."

"정말이야?" 딕이 소리쳤다. "말조심해. 심각한 문제니까. 잘못 안 것 아니야?"

"확실해. 잘못 알 리 없어." 브라스 양이 힘주어 말했다.

'어이쿠.' 리처드가 펜을 내려놓으며 생각했다. '후작 부인이 그랬을까 걱정이군.'

생각을 거듭할수록 그는 그 비참한 작은 하녀가 범인일 가능성이 더 높아 보였다. 하녀에게 주어지는 음식의 양, 방치되어 교육받지 못한 사실, 필요와 궁핍으로 더 예리하게 발전한 타고난 교활함을 고려했을 때 의심의 여지가 없었다. 하지만 그는 하녀가 불쌍하기도 하고, 이런 심각한 문제로 두 사람 사이의 특이한 면식 관계를 깨고 싶지 않다고 느껴, 50파운드를 받느니 차라리 후작 부인의 무죄를 입증하는 편이 낫겠다고 진심으로 생각했다.

그가 이 문제로 깊고 심각한 생각에 잠겨 있는 동안 샐리 양은 대단히 신비롭고 의심스러운 분위기로 고개를 흔들며 자리에 앉아 있었다. 그때 복도에서 오빠 샘슨이 즐거운 후렴구를 부르는 소리가 들리더니 인자한 미소를 지으며 사무실로 들어섰다.

"리처드, 좋은 아침! 새 아침이 되어, 이렇게 우리가 다시 만났군. 숙면과 아침 식사로 튼튼해진 몸과 맑아진 정신으로 말이야. 리차드, 우리는 태양과 함께 일어나 우리의 의무를 다하고,

우리의 일과를 훌륭하게 해내고, 인류에 보탬이 되고자 이렇게 모였네. 정말 멋져. 훌륭해!"

브라스 씨는 스위블러에게 이런 말들을 늘어놓으며 사무실에 들어올 때부터 손에 들고 있던 가벼운 5파운드 지폐를 보란 듯이 불빛에 대고 꼼꼼히 살폈다.

리처드 씨가 이런 행동에도 열광적인 반응을 보이지 않자, 고용주는 그의 얼굴 쪽으로 시선을 돌려 근심이 가득해 보인다고 말했다.

"풀이 죽어 보이는군." 브라스가 말했다. "리처드, 활기차게 일을 시작해야지. 그렇게 낙담하지 말고. 자, 우리답게⋯."

이 대목에서 순결한 사라가 깊은 한숨을 던졌다.

"아아, 저런!" 샘슨 씨가 말했다. "너도 그래? 무슨 문제라도 있어? 이봐, 리처드⋯."

샐리를 힐끔 보며, 딕은 그녀가 지금 최근 나눈 대화의 주제를 숙지시키기 위해 브라스에게 신호를 보내는 중이라고 생각했다. 어떤 식으로든 그 문제가 해결되기 전까지는 입장이 불편했기에 스위블러는 그렇게 있었고, 가장 소모적인 속도로 코담배 갑을 부지런히 움직이는 샐리 양의 모습을 보며 자신의 판단을 확증했다.

브라스의 안색이 가라앉더니 불안한 기색이 얼굴 전체로 퍼졌다. 돈이 없어졌다고 격렬하게 비통해할 줄 알았던 샐리 양의 예상과 달리, 그는 까치발을 하고 문으로 걸어가 그 문을 열고 밖을 한 번 살핀 다음 조심스럽게 문을 닫고 다시 까치발로 돌아와 조용히 속삭였다.

"리처드, 대단히 놀랍고 가슴 아픈 문제야. 아주 가슴 아픈 상황이지. 사실 나도 최근 책상 위에 올려둔 얼마 안 되는 돈을 도둑맞았어. 우연히 범인이 밝혀지기를 바랐지만, 그런 일은 일어나지 않더군. 그렇게 되지 않았어. 샐리, 그리고 리처드, 정말 괴로운 일이야!"

샘슨은 말을 하며 무심코 책상 위 여러 문서 사이에 지폐를 내려놓고 주머니에 손을 찔러 넣었다. 리처드 스위블러가 돈을 가리키며 그에게 챙기라고 충고했다.

"아니야, 리처드." 브라스가 정감 있게 말했다. "난 이 돈을 챙기지 않겠네. 그냥 둘 거야. 돈을 집으면 자네를 의심하는 꼴이 되니까. 난 자네를 무한히 신뢰해. 괜찮다면 우리 이 돈은 그대로 두고 절대 집지 말자고." 이렇게 말하고 브라스 씨는 친근함의 표시로 스위블러의 등을 두세 번 두드리며, 그가 자신의 정직함을 믿는 만큼 스위블러의 정직함도 신뢰한다는 사실을 믿어달라고 간청했다.

스위블러 씨는 다른 때 같으면 의심스러운 칭찬이라 여겼을지 모르지만, 당시 상황에서는 범인으로 오해받지 않은 사실만으로도 깊이 안도했다. 적절한 답변을 마친 브라스 씨는 샐리 양처럼 팔짱을 끼고 생각에 잠겼다. 리처드 역시 깊은 생각에 잠겼고, 그들이 후작 부인에 대해 의심하는 말을 꺼내지는 않을까 하고 초조해하면서도 하녀가 범인이라는 확신을 지우지 못했다.

이렇게 각자 얼마간 생각에 빠져 있을 때 샐리 양이 갑자기 움켜쥔 주먹으로 책상을 세게 내리치며 소리쳤다. "내가 끝냈어!" 그러자 나무 조각 하나가 떨어져 나갔다. 물론 그녀의 뜻은 아니었다.

"음." 브라스가 간절하게 말했다. "계속해 봐, 응."

"그러니까." 샐리 양이 확신에 차서 말했다. "지난 3~4주 동안 누군가가 사무실을 들락날락하지 않았어? 가끔은 사무실에 누군가가 혼자 남아 있기도 했잖아. 오라버니 덕에. 그 누군가가 도둑이 아니라고 말할 수 있어?"

"그게 누군데?" 브라스가 대뜸 소리쳤다.

"음, 오라버니가 뭐라고 불렀지, 키트?"

"갈랜드 씨네 아이?"

"확실해!"

"그럴 리 없어!" 브라스가 소리쳤다. "절대. 안 들은 걸로 할게." 샘슨이 고개를 흔들며 수천 개의 거미줄을 걷어 내듯 손사래를 쳤다. "절대, 그 애가 그랬다고 믿지 않아. 절대!"

"오빠," 브라스 양이 다시 코담배를 한 줌 집어 들이마시며 말했다. "그 애가 도둑이야."

"이봐," 샘슨이 맹렬하게 대꾸했다. "그 애는 아니야. 도대체 무슨 소릴 하는 거야. 어떻게 그런 말을 할 수 있지? 어떻게 감히. 사람들의 인품을 이렇게 망칠 수 있어? 지금껏 가장 정직하고 충직한 친구였고, 나무랄 데 없는 아이라는 걸 몰라? 들어와, 들어와!"

이 마지막 말은 앞서 분노에 찬 항의를 할 때의 어조였지, 샐리 양에게 한 것은 아니었다. 사실 그때 사무실 문을 두드린 누군가에게 한 말이었다. 브라스 씨의 말이 끝나기도 전에 키트가 들어왔다.

"죄송한데, 신사분 위층에 계세요?"

"그래, 키트." 브라스가 분노를 고스란히 드러낸 채 이마에 굵은 주름이 생길 정도로 여동생에게 얼굴을 찡그리며 대답했다. "그래, 키트. 있다. 만나서 반갑다, 키트. 얼굴을 보니 반가워. 아래층으로 내려오면 다시 보자. 저 아이가 도둑이라고!" 키트가 사라지자, 브라스가 외쳤다. "저렇게 솔직하고 진실한데! 난 한없이 착한 저 아이를 믿어. 리처드, 이걸 바로 브로드 가의 래스프 회사에 전해주고 그들에게 카켐 도장회사에 전달할 지시 사항이 있는지 확인하고 오게. 저 아이가 도둑이라니." 브라스는 노여움으로 얼굴이 붉어지고 열이 올랐다. "내가 눈이 없어, 귀가 없어, 아니면 내가 바보야? 바로 앞 사람 본성도 볼 줄

모를 것 같아? 키트가 도둑이라니! 흥!"

마지막 말에 엄청난 조롱과 경멸을 담아 샐리 양에게 내뱉고, 샘슨 브라스는 땅을 보지 않기로 결심한 사람처럼 책상 위로 머리를 처박고 눈을 반쯤 뜬 채 그 아래로 항의의 숨을 내쉬었다.

59장

15분 정도가 지나, 키트가 독신 신사의 방에서 용무를 마치고 아래층으로 내려왔을 때 사무실에는 샘슨 브라스 씨 혼자 있었다. 그는 평소처럼 콧노래를 흥얼거리지도 책상 앞에 앉아 있지도 않았다. 열린 문틈으로 난로를 등진 채 그 앞에 서 있는 브라스의 모습이 보였는데, 표정이 너무 이상해서 병이라도 난 모양이라고 키트는 생각했다.

"무슨 문제라도 있나요?" 키트가 물었다.

"문제라!" 브라스가 소리쳤다. "문제 될 게 뭐 있느냐?"

"안색이 너무 창백해서 못 알아볼 뻔했어요." 키트가 말했다.

"체, 네가 그렇게 생각한 것뿐이다." 브라스가 난로의 재를 퍼내기 위해 상체를 숙이며 말했다. "지금이 최고의 상태야. 내 인생에 이보다 좋은 적은 없었다. 즐겁기도 하고. 하하하! 그래,

위층의 친구분은 어떠냐? 어?"

"많이 좋아졌어요." 키트가 대답했다.

"다행이다." 브라스가 말했다. "아주 감사한 일이야. 신사분
—덕망 있고, 자유분방하고, 너그럽고, 전혀 문제를 일으키지
않는—은 정말 훌륭한 하숙인이지. 하하! 갈랜드 씨도 잘 있지,
키트? 나의 친구, 아주 특별한 나의 친구 조랑말도 잘 지내고?
하하!"

키트는 아벨 씨 별장에 사는 모든 사람의 근황에 관해 만족
할 만한 설명을 전했다. 그날따라 유난히 주의가 산만하고 조급
해 보이던 브라스 씨가 의자에 앉아 손짓으로 키트를 가까이 부
르더니 단춧구멍을 잡고 이렇게 말했다.

"키트, 나는 쭉 생각해 왔다," 변호사가 말했다. "네 어머니
에게 작은 보수를 줄 수 있다고. 어머니가 있었던 것 같은데?
내 기억이 맞는다면, 네가 내게 말했지…."

"네, 그랬어요."

"미망인이지 아마? 성실한 미망인?"

"부지런하고 더할 나위 없이 좋은 어머니예요."

"아하!" 브라스가 소리쳤다. "감동적이구나, 정말 감동적이
야. 아버지 없이 자식을 보란 듯이 편하게 키우기 위해 애쓰는
가난한 미망인은 인간의 선의를 보여주는 멋진 본보기지. 모자
내려놓아라, 키트."

"감사하지만, 바로 가봐야 해요."

"그래도 있는 동안만이라도 모자를 내려놓으렴." 브라스가 이렇게 말하고 키트의 모자를 빼앗아 책상 위에서 놓을 곳을 찾다가 복잡한 서류들 사이에 두었다. "키트, 난 이런 생각을 하고 있었다. 우리는 사람들에게 자주 세를 놓고 있다. 어쩔 수 없이 방에 사람들을 들이고 그 사람들을 신경 써야 하는데, 그중에는 우리가 신뢰할 수 없는 사람도 많아. 그래서 말인데, 우리가 신뢰할 만한 사람을 집에 들이고 그와 동시에 좋은 일을 하는 기쁨을 누리지 못할 이유도 없지 않을까? 그러니, 네 어머니처럼 존경할 만한 부인을 고용하지 못할 이유도 없잖아? 이런저런 일들로 지금 방이 비었다. 그것도 거의 1년 내내 아주 좋은 상태고 집세도 없어. 주급도 줄 거야. 이 정도면 지금보다 더 편안하게 살 수 있을 것 같은데. 어떻게 생각하니? 다른 의견이라도 있어? 그저 너를 돕고 싶은 마음에서 그러는 것이니, 다른 의견이 있으면 편하게 얘기해 보렴."

브라스는 말을 하면서 무언가를 찾는 사람처럼 키트의 모자를 두세 번 움직이고는 다시 서류 더미 사이에 섞어 넣었다.

"그런 제안에 어떻게 반대하겠어요?" 키트가 진심으로 대답했다. "어떻게 감사의 말을 해야 할지 모르겠어요. 정말 감사합니다."

"자, 그러면!" 브라스가 갑자기 키트 쪽으로 몸을 돌리더니 자신의 얼굴을 키트의 얼굴에 바짝 들이밀고 흉측하게 웃었다. 감사한 마음이 가득하던 키트도 움찔하며 뒤로 물러섰다. "이걸로 됐다."

키트가 어리둥절해하며 그를 바라보았다.

"끝났어." 샘슨이 두 손을 비비며 평소 느끼한 자세로 돌아왔다. "하하! 됐다. 됐어. 이런!" 브라스가 말했다. "리처드는 나가더니 돌아올 생각을 안 하는군! 빈둥거리는 게 분명해. 미안한데, 내가 위층에 다녀오는 1분 동안만 사무실 좀 봐줄 수 있겠니? 1분이면 된다. 절대 그 이상은 붙잡지 않으마."

브라스 씨는 이렇게 말하고 서둘러 사무실을 나갔고, 얼마 지나지 않아 다시 돌아왔다. 그와 거의 동시에 스위블러 씨도 사무실로 돌아왔다. 키트는 지체한 시간을 만회하기 위해 급히 사무실을 빠져나가려다가 출입구에서 샐리 양과 마주쳤다.

"어?" 사무실로 들어오던 샐리가 나가는 키트의 모습을 눈으로 좇으며 비웃었다. "저기 새미 오라버니의 반려동물이 가는구려."

"아! 키트가 가는군." 브라스가 대답했다. "세상에, 내 반려동물이라니. 리처드, 키트는 정직한 친구야. 실로 본받을 만한 친구지!"

"흠!" 샐리 양이 헛기침했다.

"이 약 올리기 좋아하는 부랑자야. 내가 말했지," 화가 난 샘슨이 말했다. "저 아이의 정직함에 내 목숨을 걸어도 좋다고. 내가 몇 번을 얘기해야 해? 너의 비열한 의심에 얼마나 더 시달리고 괴롭힘을 당해야겠니? 이 악의에 찬 녀석아, 너는 참된 가치를 소중히 여기지 않아? 그런 식으로 나오면 너부터 의심할 거야."

샐리 양은 양철통을 꺼내 코담배를 길게 천천히 들이마셨고, 그러는 내내 오빠를 빤히 바라보았다.

"리차드, 동생이 날 미치게 하네." 브라스가 말했다. "참을 수 없을 만큼 짜증 나게 한다고. 나 지금 열받고 흥분했어, 나도 알아. 이게 변호사의 자세도 변호사의 모습도 아니지만, 저 녀석이 이성을 잃게 만들어."

"샐리, 오빠 좀 그냥 내버려둬." 딕이 말했다.

"저 녀석은 그렇게 못 한다니까." 브라스가 대꾸했다. "나를 애태우고 짜증 나게 하는 게 본성이야. 하고 싶은 건 반드시 해야 해, 그렇지 않으면 병이 나고 말아." 브라스가 말했다. "하지만 걱정하지 마. 괜찮아. 내 목적을 이뤘으니까. 그 아이에 대한 나의 신뢰를 보여줬으니까. 오늘 그 아이가 또 사무실을 지켰어. 하하! 웰! 이런 독사 같은 녀석!"

아름다운 숫처녀는 다시 한번 코담배를 집고는 양철통을 주머니에 넣었고, 여전히 아주 침착하게 오빠를 바라보았다.

"그 아이가 다시 사무실을 봐줬어." 브라스가 의기양양하게 소리쳤다. "난 그 아이를 믿어. 앞으로도 계속. 그 아이는…어, 어디 갔지, 내…."

"뭘 잃어버렸어요?" 스위블러 씨가 물었다.

"이런 세상에!" 브라스가 주머니를 하나씩 손바닥으로 철썩 때리고는 책상 위, 책상 아래, 다시 책상 위를 살피고 서류를 이리저리 마구 집어 던졌다. "돈, 리처드, 5파운드짜리 지폐. 어떻게 된 일이지? 여기 뒀는데, 어이쿠!"

"뭐!" 샐리가 이렇게 소리치며 자리에서 벌떡 일어나더니 손을 맞부딪치고는 서류를 바닥에 흩었다. "없어! 자, 누구 말이 맞지? 누가 맞췄느냐고? 그냥 5파운드 따위는 잊어버려. 겨우 5파운드잖아. 그래 그는 정직해, 정말 정직해. 그 아이를 의심한다는 뜻이야. 그러니 그 아이를 뒤쫓지 마. 안 돼, 안 돼. 절대!"

"정말 없어졌어요?" 딕이 자신만큼이나 얼굴이 하얗게 질린 브라스를 보며 말했다.

"맹세코, 리처드." 변호사가 아주 불안한 표정으로 주머니를 더듬으며 말했다. "도둑이 들다니 무서워. 분명 사라졌어. 어떻게 하지?"

"그 녀석 뒤를 쫓지 마." 샐리 양이 코담배를 좀 더 들이마시고 말했다. "어떤 이유가 있어도 그 녀석을 뒤쫓으면 안 돼. 돈을 처리할 시간은 줘야지. 지금 바로 찾아내면 너무 잔인해."

스위블러 씨와 샘슨 브라스는 당황한 상태로 샐리에게서 눈을 돌리고 서로를 빤히 바라보다가 순간 충동적으로 모자를 낚아채 거리로 뛰쳐나갔다. 마치 목숨을 걸고 달리는 사람처럼 모든 장애물을 피해 가며 도로 중심을 따라 쏜살같이 달렸다.

그렇게 빠른 속도는 아니지만, 공교롭게도 키트 역시 달리고 있었다. 그들이 키트보다 몇 분 늦게 출발했기 때문에 앞과의 거리는 상당히 벌어져 있었다. 하지만 키트가 달리는 길을 잘 알고 있던 그들은 대단한 속도로 계속 달려 그가 한숨을 돌리는 바로 그 순간 따라잡았다.

"멈춰!" 샘슨이 키트의 한쪽 어깨에 손을 얹으며 소리쳤고, 스위블러는 반대쪽 어깨를 덮쳤다. "기다려. 바쁘니?"

"네, 그런데요." 깜짝 놀란 키트가 두 사람을 번갈아 쳐다보며 말했다.

"난, 난, 좀처럼 믿을 수 없지만," 샘슨이 숨을 헐떡이며 말했다. "사무실에서 좀 중요한 게 없어졌다. 네가 모르는 일이길 바란다."

"뭘요! 맙소사! 브라스 나리!" 키트가 온몸을 부들부들 떨며 소리쳤다. "설마…."

"아니다, 아니야." 브라스가 곧바로 대꾸했다. "난 조금도 의심하지 않는다. 네가 그랬다고 얘기한 적 없다. 조용히 다시 사무실로 돌아갈 수 있지?"

"물론이에요." 키트가 대답했다. "당연히 그래야죠."

"당연하다!" 브라스가 말했다. "그래야죠! 당연하지 않은 걸로 밝혀지길 바란다. 내가 오늘 아침 널 옹호하느라 힘들어한 걸 알면 아마 미안한 마음이 들 거야."

"절 의심한 걸 미안해할 거예요." 키트가 대답했다. "자, 빨리 가요."

"그래야지!" 브라스가 소리쳤다. "빨리 갈수록 좋아. 리처드, 저쪽 팔을 잡아주게. 난 이쪽 팔을 잡을 테니. 셋이 나란히 걷는 게 쉬운 일은 아니지만, 이런 상황에서는 그럴 수밖에 없으니. 어쩔 수 없구먼."

키트는 그들이 신체를 옭아매자, 얼굴색이 흰색에서 붉은색으로 변하며 순간 저항하고 싶은 마음이 생겼다. 하지만 바로 정신을 가다듬은 키트는, 저항하면 길 한복판에서 목덜미가 붙잡힌 채 질질 끌려가리라는 생각에, 눈물을 글썽이며 이렇게 한 것을 후회하게 될 거라는 말만 열심히 되풀이하며 그들이 이끄는 대로 순순히 따라갔다. 돌아가는 길에 현재 자신의 역할이 지루하게 느껴진 스위블러 씨가 키트의 귀에 대고 죄를 인정하면—고개라도 끄덕이면—더는 끌고 가지 않을 테고, 샘슨 브라스의 정강이를 걷어차고 도망쳐도 모른 척하겠다고 귀띔했다. 하지만 키트가 펄쩍 뛰며 제안을 거절해서 스위블러 씨는 베비스 막스에 도착할 때까지 잠자코 그의 팔만 잡고 있다가 매력적인 사라에게 인도했다. 그녀는 키트를 인도받자마자 즉시 사무실 문을 잠갔다.

"자." 브라스가 말했다. "크리스토퍼, 이제 네가 결백하다고 밝혀지면, 그렇게 설명이 되면, 그 결과에 모두가 만족할 것이다. 그러니 한 가지 조사에 동의해 주면," 그러면서 한 가지 조사가 무엇인지 자신의 외투 소맷동을 뒤집으며 시범을 보였다. "모든 사람이 만족할 것이다."

"절 뒤지세요." 키트가 당당하게 팔을 들어 올리며 말했다. "하지만 이렇게 한 걸 후회할 거예요. 죽을 때까지."

"그것참 괴로운 일이구나." 브라스가 한숨을 쉬며 말하더니 키트의 한쪽 주머니에 손을 집어넣고 잡다한 뭉치들을 끄집어냈다. "정말 곤혹스러워. 여긴 아무것도 없어. 모든 게 완벽해. 여긴 없어. 조끼에도 없고, 리처드, 윗옷 뒷자락에도 없어. 기쁘게도 아직은 깨끗해."

리처드 스위블러는 키트의 모자를 손에 들고 이 검사 과정을 흥미롭게 지켜보았고, 브라스가 한쪽 눈은 감고 다른 쪽 눈은 뜬 채 불쌍한 키트의 소맷자락을 망원경 보듯 들여다보자 얼굴에 약간의 가능성을 암시하는 미소를 띠었다. 그때 브라스가 갑자기 스위블러에게로 고개를 돌리며 그 모자를 조사해 보라고 말했다.

"손수건뿐인데요." 딕이 말했다.

"여기도 없어." 브라스가 다른 소맷자락을 들여다보며 어마어마한 탐사를 생각 중인 사람의 목소리로 말했다. "손수건도 이상 없군. 그런데 리처드, 의사들은 모자 안에 손수건을 넣고 다니는 걸 좋은 습관이라고 여기지 않아. 머리를 지나치게 뜨겁게 한다고 들었거든. 하지만 달리 생각하면 기왕에 손수건이 거기 있으니 그러면 됐지 뭐. 되고말고."

그런데 그때 리처드 스위블러, 샐리 양, 키트가 동시에 탄성을 내지르는 바람에 브라스가 깜짝 놀랐다. 그가 고개를 돌렸고, 손에 지폐를 들고 서 있는 딕을 보았다.

"모자 안에 있었나?" 브라스가 비명 같은 것을 지르며 소리쳤다.

"손수건 아래. 안감 아래에 끼워져 있었어요." 그 발견에 놀란 딕이 말했다.

브라스는 키트를 제외하고—키트는 완전히 멍한 상태로 움직임 없이 서 있었다—스위블러, 샐리, 벽, 천장, 바닥을 포함한 모든 것을 바라보았다.

"그러니 이곳은," 샘슨이 두 손을 움켜쥐며 소리쳤다. "지축을 중심으로 돌고, 달의 영향을 받고, 천체가 공전하는 세상이기에 정말 다양한 일들이 일어나는구나! 이것이 인간의 본성인가, 그런가! 오, 인간의 본성이여! 내 작은 힘이나마 어떻게든 도움을 주려 한 아이가 범법자라니. 이런 상황에서도 아이를 놓아주고 싶구나! 하지만," 브라스 씨가 강한 어조로 덧붙였다. "나는 변호사로서 나의 행복한 국가의 법을 집행함에 타의 모범을 보여야 해. 친애하는 샐리, 나를 용서하고 그쪽을 좀 잡아줘. 리처드 미안하지만, 달려가서 경관을 좀 데려오게. 이제 나약함은 물러가고 끝났으며 도덕의 힘이 돌아왔네. 제발 경관을 불러줘."

60장

～～❦～～

키트는 누군가가 들어왔을 때처럼―브라스 씨가 남자용 스카프 한쪽에서 유지하고 있는 떨리는 손아귀와 다른 한쪽에서 샐리 양이 꽉 움켜잡은 손은 개의치 않았다―눈을 크게 뜨고 바닥에 시선을 고정한 채 서 있었다. 비록 후자의 구금은 그 자체로는 불편하지 않았지만, 가끔 손마디를 불편하게 목 안으로 조이는 것 외에도 매력적인 샐리가 첫 번째 순간에 너무 꽉 움켜쥐었기 때문에, 이렇게 생각이 무질서하고 산만한 가운데서도 질식할 듯한 느낌을 떨쳐버릴 수 없었다. 키트가 두 남매 사이에서 저항 없이 수동적인 자세로 서 있는 동안 스위블러가 경관을 데리고 돌아왔다.

경관은 물론 이런 장면에 익숙했고, 좀도둑에서 주거 침입과 노상강도에 이르기까지 모든 종류의 강도 사건을 보아왔기 때문에 직업상 늘 하는 일로 여겼다. 그는 범인을 자신이 운영하는 형법이라는 도소매점에 편의를 제공받으러 오는 고객이라는 시각으로 바라보았고, 장의사가 망자—그는 이 사람을 시중들기 위해 직업상 불려 왔다—의 마지막 병에 대해 정황적 내용을 듣게 되어 있듯 브라스 씨의 사실 설명을 관심과 놀라움으로 듣고 아무렇지 않게 키트를 체포했다.

"치안 판사가 있는 동안 법정에 도착하는 게 좋습니다." 정의의 하수인이 말했다. "브라스 씨는 우리와 함께 가줘야 합니다. 그리고 저…." 경관이 샐리 양을 그리핀이나 다른 엄청난 괴수가 아닐까 하는 의심스러운 눈으로 바라보며 말했다.

"저 숙녀분 말입니까?" 샘슨이 말했다.

"아!" 경관이 대답했다. "네, 저 숙녀분. 돈을 발견한 저 젊은 분도 같이 가야 합니다."

"리처드." 브라스가 침통한 목소리로 말했다. "슬프지만 필연적이니. 정의의 제단을 위해!"

"여러분은 전세 마차를 타고 가겠지요?" 경관이 키트의 팔꿈치 약간 위를 조심스럽게 잡고 (그러자 다른 생포자들은 잡은 손을 놓았다) 브라스의 말을 가로챘다. "마차를 좀 불러주겠습니까?"

"제 말 좀 들어보세요." 키트가 고개를 들고 애원하는 눈빛으로 경관을 바라보며 소리쳤다. "제 말 좀 들어주세요. 전 정말 결백해요. 맹세코 저는 아니에요. 도둑이 아니라고요. 오! 브라스 나리, 제가 도둑이 아니라는 건 나리가 더 잘 알잖아요. 나리가 이러면 안 돼요."

"경관, 한마디만 하겠습니다." 브라스가 말했다. 하지만 경관은 '말은 바람에 날아간다'는 헌법 원칙을 들먹이며 끼어들었고, 말이란 유아나 젖먹이가 먹는 이유식에 불과하며 증인 선서야말로 강한 자가 먹는 음식이라고 말했다.

"맞습니다, 경관." 브라스가 역시 침통한 목소리로 동의했다. "정확히 맞는 말입니다. 경관, 내가 증인 선서를 하겠습니다. 이 치명적인 사실이 발견되기 불과 몇 분 전까지만 해도 난 이 아이를 신뢰했습니다. 그래서 이 아이를 믿었는데…. 리처드, 전세 마차 불렀나? 이렇게 느려서야, 원."

"브라스 나리가 믿지 않으면 누가 절 믿어요? 그렇지 않나요?" 키트가 외쳤다. "한 번이라도 저를 의심한 사람이 있는지 아무에게나 물어보세요. 제가 조그마한 잘못이라도 저질렀는지 물어보라고요. 가난하고 배고플 때도 부정한 짓은 단 한 번도 저지르지 않았는데, 제가 그런 짓을 해요! 나리가 지금 무슨 일을 하는지 생각해 보세요. 제가 이 끔찍한 죄를 저질렀다면 인간적으로 따뜻한 좋은 사람들과 어떻게 지금껏 만날 수 있어요!"

브라스 씨가 그 사실을 좀 더 일찍 알았다면 키트에게 더 좋앉을 것이라고 하며 그밖에 다른 부정적인 말들을 막 하려는데, 무슨 일로 이렇게 소란하냐고 묻는 위층 독신 신사의 목소리가 들렸다. 키트는 그 질문에 직접 대답해야 한다는 조바심을 느끼고 무의식적으로 문을 향해 출발했지만, 경관이 재빨리 붙잡는 바람에 브라스 씨가 자기만의 독특한 방식으로 자초지종을 설명하기 위해 밖으로 나가는 모습을 괴롭게 지켜보았다.

"역시 그도 못 믿더군." 사무실로 돌아온 샘슨이 말했다. "아무도 믿지 못할 거야. 나도 내가 본 장면을 믿고 싶지 않지만, 그들의 증언은 의심할 여지가 없어. 내 두 눈에 대고 반대 신문해도 소용없을걸." 샘슨이 두 눈을 깜빡이고 비비며 소리쳤다. "이 두 눈은 처음 본 걸 고집하고 있고, 앞으로도 그럴 거야. 사라, 마차가 도착한 듯하니 어서 보닛을 써. 우린 출발할 거야. 아, 슬픈 일이로다! 정말, 도덕의 장례식 같구나!"

"브라스 나리." 키트가 말했다. "부탁 하나만 들어주세요. 저를 위서든 씨 사무실로 먼저 데려가 주세요."

샘슨이 우물쭈물하며 고개를 저었다.

"제발요." 키트가 말했다. "제 주인님이 거기 계세요. 제발 그곳으로 먼저 데려가 주세요."

"글쎄, 잘 모르겠는데," 공증인의 눈에 가능한 한 공정하게 보이고 싶은 이유가 있었을 브라스가 더듬거리며 말했다. "시간이 좀 있습니까, 경관?"

대단한 철학적 생각을 하는 사람처럼 시종일관 지푸라기를 씹고 있던 경관은 지금 바로 가면 시간이야 충분하지만, 더 지체하면 런던 시장 관저로 직행해야 한다고 말했다. 그곳에 도착하면 한 번으로 모든 것이 끝난다는 의견도 덧붙였다.

이미 마차에 오른 스위블러 씨는 말을 향한 채 가장 널찍한 곳에 조용히 앉아 기다리고 있었고, 브라스 씨는 경관에게 죄수를 마차에 태우라고 지시하고 떠날 준비가 되었다고 선언했다. 그러자 경관이 여전히 키트를 같은 방식으로 잡고 팔 길이의 3/4 정도 되는 거리에 그를 앞세워 (경관들의 방식이었다) 마차에 밀어 넣고는 자신도 뒤따라 올랐다. 샐리가 다음으로 마차를 타면서 마차 안은 네 명이 되었다. 마부석에 앉은 샘슨 브라스가 마부에게 출발하라고 했다.

일상에 벌어진 갑작스럽고 끔찍한 변화에 여전히 망연자실해 있던 키트는 거리에서 터무니없는 일이 벌어지기를, 그래서 이것이 꿈이라고 믿을 수 있는 이유가 생기기를 바라며 마차 창밖을 바라보고 앉아 있었다. 아, 하지만 슬픈 일이로다! 거리의 모든 것은 너무도 생생하고 친숙했다. 똑같이 굽은 길들, 똑같은 주택들, 서로 엇갈린 방향으로 걸어가는 똑같은 사람들, 도로에서 요란한 소리를 내며 달려가는 똑같은 수레와 마차들, 상점 창문으로 보이는 너무도 익숙한 똑같은 상품들은 결코 꿈이라 할 수 없는 규칙적인 소음과 분주함 그 자체였다. 꿈같은 얘기지만, 현실이었다. 그는 절도 혐의를 받고 있었다. 비록 그의 생각과 행동은 결백했지만, 지폐가 그의 몸에서 발견되었고, 그들은 그를 죄수로서 연행하고 있었다.

키트는 괴로운 생각에 빠져 상심한 어머니와 꼬마 제이컵의 모습을 떠올렸다. 그들도 유죄라고 믿는다면 결백하다는 자각마저 자신을 지탱시키지 못한다는 생각에 위서든 씨의 사무실이 가까워질수록 희망과 용기가 조금씩 그 힘을 잃어갔다. 창밖을 열심히 응시했지만, 눈에 들어오는 것은 아무것도 없었다. 하지만 그때 마법을 부려 나타난 듯 퀼프의 얼굴을 알아보게 되었다.

그 얼굴 위로 보이는 미소가 어찌나 음흉한지! 난쟁이는 선술집 열린 창턱에 팔꿈치를 괴고 양손으로 얼굴을 떠받친 채 밖을 내다보며 웃음을 꾹 참고 있었다. 그래서 얼굴이 부풀어 올라 평소보다 두 배는 커 보였다. 브라스 씨가 그를 알아보고 바로 마차를 세웠다. 마차가 바로 맞은편에 서자, 난쟁이가 모자를 벗고 정중하면서도 흉측하고 괴상망측한 인사를 건넸다.

"아하!" 퀼프가 소리쳤다. "브라스, 어디 가나? 어디가? 샐리도 함께? 어여쁜 샐리! 딕도? 예의 바른 딕! 키트도! 정직한 키트!"

"정말 유쾌한 분입니다." 브라스가 마부에게 말했다. "정말, 아주 굉장히! 아, 나리 슬픈 일입니다. 더는 정직함을 절대 믿지 마세요."

"왜 그러나?" 난쟁이가 대꾸했다. "어째서 믿지 말라는 거야. 이 장난꾸러기 변호사 양반아. 어째서?"

"실은 사무실에서 돈이 없어졌는데," 브라스가 고개를 절레 절레 흔들며 대답했다. "이 아이가 쓰고 있던 모자에서 나왔습 니다. 사무실에 혼자 남아 있었거든요. 확실합니다. 증거들이 사슬처럼 엮여 딱 맞아떨어집니다."

"이런!" 난쟁이가 창밖으로 몸을 반쯤 내밀며 소리쳤다. "도 둑놈 키트! 도둑놈 키트! 하하하! 1페니를 주고 볼 수 있는 도둑 중 가장 못생긴 도둑이군, 응? 키트, 안 그래? 하하하! 날 두드 려 팰 기회를 잡기도 전에 갇히다니! 어? 키트, 안 그래?" 그는 이렇게 말하고 외침 같은 폭소를 터뜨려 마부를 섬뜩한 공포로 몰아넣고는 부근에 있는 염색소의 장대를 손으로 가리켰다. 그 곳에는 교수대의 사형수 복장과 닮은 옷들이 매달려 있었다.

"저 꼴이 되겠구나, 키트!" 난쟁이가 양손을 맹렬하게 비비 며 소리쳤다. "하하하! 꼬마 제이컵이 얼마나 실망할까! 다정한 어머니도! 브라스, 저 아이에게 베델의 목사를 보내 위로와 위 안을 주자고. 안 그래, 키트, 응? 어서 가시오, 마부 양반, 어서 가. 잘 가, 키트. 행운을 빈다. 기운 내고. 친애하는 갈랜드 씨 부부에게도 안부 전해주렴. 꼭 인사 전해줘. 그들과 너를 포함 한 모든 이들에게 신의 가호가 있기를. 온 세상에 신의 축복이 가득하기를!"

사람들 귀에 들리지 않을 때까지 이런 축복의 말과 작별 인사를 쏟아내며 큅프는 마차를 떠나보냈고, 마차가 사라지는 것을 확인하고는 내밀었던 머리를 뒤로 빼고 기쁨에 취해 바닥을 떼굴떼굴 굴렀다.

위서든 씨 사무실은 난쟁이를 만나느라 잠시 마차를 멈춘 옆길에서 멀지 않았기 때문에 그들은 곧 공증사무소에 도착했다. 마차에서 내린 브라스 씨가 비통한 표정으로 마차 문을 열어주었고, 안에 있는 좋은 사람들에게 그들을 기다리는 침통한 사실을 전하기 위해 동생에게 사무실로 같이 가달라고 요청했다. 샐리 양이 이에 응했고, 그는 스위블러 씨도 함께 가기를 원했다. 그래서 샘슨 씨와 여동생은 팔짱을 낀 채 스위블러 씨는 홀로 뒤를 따르며 그들은 사무실 안으로 들어갔다.

공증인이 대기실 난로 앞에 서서 아벨 씨와 갈랜드 씨에게 말을 건네는 동안 척스터 씨는 가끔 자기 쪽으로 떨어지는 대화 부스러기를 주워들으며 책상 앞에 앉아 무언가를 쓰고 있었다. 브라스 씨가 유리문의 손잡이를 돌리며 이 모습을 보았는데, 그때 자신을 알아보는 위서든 씨를 목격하고는—그사이에 칸막이가 있었지만—고개를 절레절레 흔들며 깊은 한숨을 내쉬었다.

"선생님," 샘슨이 모자를 벗고 비버 장갑을 낀 오른쪽 엄지와 집게손가락에 입을 맞추며 인사를 건넸다. "저는 브라스입니다. 베비스 막스에서 왔습니다. 작지만 저도 유언과 관련한 일을 하며 선생님과 맞서는 관계의 영광과 기쁨을 누리고 있습니다."

"브라스 씨, 제 직원이 방문한 목적의 업무를 도와줄 겁니다." 공증인이 돌아서며 말했다.

"감사합니다, 선생님." 브라스가 말했다. "감사합니다. 제 여동생을 소개하죠. 연약한 여성이지만, 제가 하는 일에 큰 도움이 됩니다. 확실히 그렇습니다. 리처드, 앞으로 좀 나와 주게. 아니야." 브라스가 공증인과 공증인의 개인 사무실 사이로 움직이며 (스위블러가 물러나기 시작한 곳을 향해) 상처받은 사람처럼 이렇게 말했다. "선생님, 선생님과 꼭 나눠야 할 말이 있습니다."

"브라스 씨." 공증인이 단호한 어조로 말했다. "지금 좀 바쁩니다. 보다시피 여기 신사분들과 얘기 중이라. 저쪽의 척스터 씨에게 말하면 다 들어줄 겁니다."

"신사 여러분." 브라스가 오른손을 양복 조끼에 걸치고 부드러운 미소로 갈랜드 씨 부자 쪽을 바라보며 말했다. "신사 여러분, 이렇게 호소합니다. 부탁합니다. 저는 법률가입니다. 의회의 법을 따르는 '신사'죠. 매년 12파운드를 내며 변호사 자격을 유지하는 신사입니다. 저는 여러분의 연주자도, 배우도, 소설가도, 화가도 아닙니다. 이런 신분은 법에서 인정하지 않습니다. 또한 당신 옆을 산책하는 사람도 부랑자도 아닙니다. 누군가가 저를 상대로 소송을 제기한다면 반드시 저를 신사라고 불러야 합니다. 그렇지 않으면 소송은 법적 효력이 없습니다. 이렇게 호소합니다. 정말 공손하지 않습니까? 신사님들….”

“좋습니다, 용건을 말하세요. 브라스 씨.” 공증인이 말했다.

“그렇게 하죠.” 브라스가 대답했다. “아, 위서든 씨! 잘 모르지만…바로 본론으로 들어가겠습니다. 여기 계신 분 중 한 분이 갈랜드 씨인 걸로 압니다만.”

“두 분 다입니다.” 공증인이 말했다.

“그렇군요!” 브라스가 지나치게 민망해하며 소리쳤다. “워낙 닮아서 그럴 걸로 짐작했습니다. 매우 곤란한 상황이지만 두 신사분에게 인사하게 되어 정말 영광입니다. 두 분 중 한 분에게 키트라는 하인이 있죠?”

“둘 다요.” 공증인이 대답했다.

“키트가 둘이라고요?” 브라스가 미소를 지으며 말했다. “아, 이런!”

“키트는 하나입니다.” 위서든 씨가 화를 내며 대꾸했다. “두 분이 고용했다는 말입니다. 그 아이가 어쨌다는 겁니까?”

“저기 그 아이가 있습니다.” 브라스가 인상적으로 목소리를 깔며 말했다. “제가 무한한 신뢰를 보내며 분신처럼 대한 저 아이가…. 저 아이가 오늘 아침 사무실에서 돈을 훔쳐 이렇게 현행범으로 붙잡혀왔습니다.”

“틀림없이 뭔가 잘못되었습니다!” 공증인이 소리쳤다.

“있을 수 없는 일이에요.” 아벨 씨가 말했다.

"난 한 마디도 믿지 않소." 노신사가 말했다.

브라스가 온화한 눈빛으로 그들 주위를 둘러보며 말했다.

"위서든 씨, 귀하의 말은 소송을 초래할 수 있습니다. 제가 명예훼손의 대상이 아닐 만큼 지위가 낮고 미천한 사람이라면 손해배상 소송을 진행할 겁니다. 하지만 그렇지 않으니 그런 표현은 그저 무시하죠. 다른 신사분의 정직하고 따뜻한 마음은 존중하지만, 이런 유쾌하지 않은 소식을 전하게 되어 실로 유감입니다. 단언하건대, 저도 정말 이렇게 괴로운 입장에 서고 싶지 않았습니다. 하지만 아이가 먼저 이곳으로 데려가 달라고 사정해서 들어줄 수밖에 없었습니다. 척스터 씨, 마차에 대기 중인 경관이 들어올 수 있도록 창문을 좀 두드려주겠습니까?"

이 말이 나오자, 세 신사는 그저 멍한 표정으로 서로를 바라만 보았다. 척스터 씨는 브라스 씨가 원하는 대로 실행하고, 예언가의 예언이 실현된 것처럼 흥분해 의자에서 펄쩍 뛰어내리더니 비참한 포로가 들어올 수 있도록 문을 열어주었다.

그러는 사이 키트가 안으로 들어왔다. 그는 진실이 결국 자신을 일으켜 세우리라는 무례한 항변을 쏟아내며, 자신이 결백하다는 사실과 어떻게 그 돈이 모자 안에서 발견되었는지 자신은 알지 못한다는 사실을 하늘이 증명할 것이라고 말했다. 상황이 설명되고 증거가 제시되기 전이라 그의 말은 혼란을 일으켰다. 모든 말이 끝나자 주위는 쥐 죽은 듯 고요해졌고, 세 신사는 의심과 놀라움을 얼굴에 내비치며 서로를 바라보았다.

"이런 가능성은 없을까요." 마침내 긴 침묵을 깨고 위서든 씨가 말문을 열었다. "예를 들어, 책상 위의 서류가 없어지듯, 그저 어쩌다 우연히 그 돈이 모자에 들어가지는 않았을까요?"

하지만 그런 일은 확실히 불가능해 보였다. 얼떨결에 증인이 되어버린 스위블러 씨는 어쩔 수 없이 돈이 발견된 위치를 확인시켜 주며 의도적으로 감춘 것이 분명하다고 증언할 수밖에 없었다.

"참으로 괴로운 일입니다." 브라스가 말했다. "엄청난 고통이 아닐 수 없습니다. 재판을 받게 되면 저는 판사에게 과거 이 아이의 올바른 품행을 봐서라도 자비를 베풀어달라고 권고할 생각입니다. 분명 그전에도 돈이 없어졌지만, 이 아이가 가져갔다고 생각하지 않습니다. 이런 추정은 아이에게 불리하니까요. 상당히 불리하죠. 우리가 하느님의 자비를 베풀 수 있기를 바랍니다."

"제 생각에는," 경관이 사람들을 둘러보며 말했다. "최근 이 아이에게 돈이 풍족했는지 그렇지 않았는지를 증명해 줄 분이 있으면 좋을 텐데요, 혹시 선생님이 아세요?"

"분명 가끔 돈이 있기도 했습니다." 갈랜드 씨가 경관의 질문을 받고 대답했다. "하지만 키트가 말하기를 브라스 씨가 줬다고 하더군요."

"네, 확실해요." 키트가 간절하게 말했다. "주인님이 그렇게 말하면 절 풀어줄 수 있나요?"

"어?" 브라스가 바보처럼 놀란 눈으로 사람들을 한 명씩 둘러보며 외쳤다.

"그 돈 말이에요, 하숙하는 신사분에게 반 크라운씩 받아서 제게 줬잖아요." 키트가 말했다.

"오, 맙소사!" 브라스가 고개를 흔들며 험상궂게 얼굴을 찡그렸다. "정말 악질이군. 정말 악질이야."

"이런! 당신이 누군가로부터 돈을 받아서 이 아이에게 주지 않았다는 겁니까?" 갈랜드 씨가 무척이나 걱정스러운 눈빛으로 물었다.

"제가 이 아이에게 돈을 줘요?" 샘슨이 대꾸했다. "오, 이런, 참으로 뻔뻔하구나. 훌륭한 동료 경관, 그만 가는 게 좋겠습니다."

"아니!" 키트가 날카롭게 소리쳤다. "본인이 한 일을 부인하는 거예요. 제발 누가 다시 물어보세요. 돈을 줬는지 안 줬는지 다시 한번만 물어보세요."

"줬습니까?" 공증인이 물었다.

"말한 그대로입니다." 브라스가 무겁게 입을 열었다. "저는 이런 방식으로 사건을 처리하지 않습니다. 그리고 아이에게 조금이라도 관심이 있다면 방법을 바꾸라고 조언하세요. 돈을 줬느냐고요? 물론 주지 않았습니다."

"신사님들." 갑자기 눈앞이 캄캄해진 키트가 소리쳤다. "주인님, 아벨 나리, 위서든 나리, 여러분. 그가 돈을 줬습니다. 제가 무슨 잘못을 저질렀는지 모르지만, 이건 저를 망치려는 음모예요. 신사님들, 틀림없는 음모예요. 이 일로 그가 무엇을 얻는지 모르지만, 그가 직접 모자에 돈을 넣은 게 분명합니다! 그를 조사해 보세요, 신사님들! 저 낯빛이 변하는 것 좀 보세요. 둘 중 누가 죄를 지은 사람처럼 보이나요. 그인가요, 저인가요?"

"신사분들, 저 아이가 하는 말 들었습니까?" 브라스가 히죽거리며 말했다. "자, 들었죠. 이 사건이 검은 음모로 보입니까, 아니면 추측으로 보입니까? 아니면 그냥 단순한 범죄로 보입니까? 만약 저 아이가 여러분이 있는 곳에서 저렇게 말하지 않고 제가 그런 말을 했다면, 마찬가지로 이 일이 불가능할까요, 네?"

브라스 씨는 침착하고 정감 어린 말로 자신의 품격에 대한 비방을 반박했다. 하지만 용감한 사라는 가문의 명예를 지키려는 강한 마음에 이끌려, 사전에 자신의 계획에 대한 아무런 설명도 없이, 오빠 옆으로 날아가 엄청나게 화를 내며 죄수에게 달려들었다. 그대로라면 키트가 얼굴을 크게 다쳤겠지만, 샐리의 의도를 예측한 조심성 있는 경관이 결정적인 순간에 그를 옆으로 잡아당겼다. 그 때문에 척스터—브라스 양이 분노를 품은 대상 (분노는 사랑과 행운처럼 앞이 보이지 않는다) 바로 옆에 우연히 자리하고 있었기 때문이다—씨가 위험한 상황에 놓이게 되었다. 결국 매혹적인 샐리에 의해 가격당한 척스터 씨는 가짜 옷깃이 뿌리까지 뽑혀 나왔고, 머리카락이 엉망으로 헝클어졌다. 샐리 양은 그런 다음에야 정신을 차리고 실수를 깨달았다.

경관은, 이 필사적인 공격을 경계하며, 만약 죄수가 치안 판사 앞에 불려 간다면 한두 명이 아니라 여기 있는 모든 사람이 가는 것이 법의 목적으로 볼 때 더 합당하다고 생각하며 추가 소동 없이 죄수를 마차로 데려갔다. 이에 더해 그는 샐리 양에게 바로 마차로 돌아가 마부석에 앉으라고 지시했다. 이 매력적인 여성은 경관의 명령에 화를 내며 항변하다가 마침내는 굴복하고 브라스가 앉던 마부석으로 갔다. 그래서 브라스 씨는 마지못해 샐리가 앉던 자리에 앉았다. 모든 상황이 정리된 후 그들은 법정을 향해 전속력으로 마차를 달렸다. 공증인과 두 친구는 다른 마차를 타고 그 뒤를 따랐다. 사무실에 홀로 남겨진 척스터 씨는 몹시 분노했다. 1실링을 어떻게 해보려고 돌아온 것과 관련해 키트가 위선적이고 치밀한 성격에다 매우 물질적이라는 사실을 밝힐 좋은 증거를 제시할 수도 있었는데, 그렇게 못한 것이 흉악범죄와의 타협과 같다고 느꼈기 때문이다.

법정으로 들어간 그들은 소식을 듣고 바로 달려와 필사적인 인내심으로 자신들을 기다리고 있는 독신 신사를 발견했다. 하지만 쉰 명의 독신 신사가 온다고 해도 불쌍한 키트를 도울 방법은 없었다. 키트는 30분 후 재판받기 위해 수감되었고, 감옥으로 이동하는 길에 친절한 간수로부터 법정이 곧 개정하면 십중팔구 그 작은 사건에 대해 처분을 받아 2주가 안 돼 이송될 것이므로 낙담할 이유가 없다는 말을 듣고 안심했다.

61장

　도덕주의자와 철학자가 뭐라고 말할지 모르지만, 어떤 범법자가 그날 밤 키트가 느낀, 그는 무고하므로, 비참함의 반만큼이나 느꼈을지는 의문이다. 어마어마한 양의 부정한 일이 끊임없이 일어나는 이 세상은 거짓말과 사악함의 희생자가 깨끗한 양심을 지니고 있으면 재판을 견뎌낼 수밖에 없고, 어떻게든 결국에는 바로 잡는다는 생각으로 약간 지나치게 자위하는 경향이 있다. 재판에서 무죄가 인정되는 경우 그를 희생자로 만들었던 사람들은 '기대하지 않았는데 이렇게 되어 우리보다 기쁜 사람은 없을 겁니다'라고 말한다. 그렇기에 이 세상은 '부당함' 그 자체가 관대하고 올바르게 형성된 마음을 가진 사람에게는 가장 견디기 어려운, 가장 괴로운, 가장 참기 힘든 상처라는 사실을 보여주는 것이 온당하리라. 또 이 세상은 이런 이유로 수많은 깨끗한 양심들이 다른 곳에서 죽어 나가고, 많은 건전한 마음들이 상처 입는다는 사실을 보여주는 것이 온당하리라. 그리고 또 이 세상은 그들 자신의 상응하는 벌을 아는 것이 고통을 가중해 더 참기 어렵게 한다는 사실을 보여주는 것이 온당하리라.

하지만 키트의 경우 이 세상은 죄가 없었다. 하지만 키트는 결백했다. 이것을 알고 있을 뿐만 아니라 절친한 친구들이 유죄라고 생각하고, 갈랜드 씨 부부가 배은망덕한 괴물이라는 눈으로 보고, 바버라가 온갖 부정한 범죄와 결부시키고, 조랑말은 버림받았다고 생각하고, 심지어 어머니도 어쩌면 불리하게 보이는 정황에 굴복해 아들을 몹쓸 놈으로 믿어버릴지 모른다고 느꼈기에, 이 모든 것을 알고 느꼈기에, 키트는 먼저 어떤 말로도 표현할 수 없는 마음의 고통을 경험했고, 슬픔에 거의 이성을 잃고 그날 밤 갇혀 있던 방을 이리저리 걸어 다녔다.

심지어 감정의 폭풍이 어느 정도 가라앉았을 때, 차분해졌을 때, 키트의 마음속으로는 앞선 비통함에 뒤지지 않는 새로운 생각이 비집고 들어왔다. 신분이 낮은 친구의 삶에 밝게 빛나는 별이 되어준 그 아이가, 언제나 아름다운 꿈처럼 찾아오고, 가장 보잘것없는 부분을 가장 행복하고 멋지게 만들어주고, 언제나 다정하고 친절했던 그 아이가 이 사실을 알게 된다면 어떻게 생각할까! 키트의 머릿속에 이런 생각이 떠오르자, 감옥의 벽이 녹아내리는 듯하더니 그 자리에 오래된 그 장소가 모습을 드러

냈다. 상점은 겨울밤 낯익은 모습 그대로였다. 난롯가, 작은 저
녁 식탁, 노인의 모자와 외투, 지팡이, 그리고 넬의 작은 방으로
이어지는 반쯤 열린 문이 모두 그곳에 있었다. 그리고 넬 자신
이 그곳에 있었고, 둘이 자주 그랬듯, 키트가 해맑게 웃고 있었
다. 상상이 여기까지 도달한 키트는 더 나아가지 못하고 비루한
침대 틀에 아무렇게나 몸을 던지고 울었다.

긴 밤이었다. 밤은 끝나지 않을 듯했지만, 키트는 잠이 들었
고, 꿈을 꾸었다. 꿈속에서 그는 어떤 사람과 자유롭게 돌아다
녔고, 이제는 또 다른 사람과 그렇게 했다. 하지만 그에게는 감
옥으로 소환되리라는 막연한 두려움이 있었다. 그 두려움은 감
옥이 아니라 그것 자체가 흐릿한 생각이라는 두려움이었다. 또
한 어떤 장소가 아니라 걱정과 슬픔에 대한 두려움이었고, 억압
적이고 늘 존재하지만, 여전히 무엇인지 정의할 수 없는 어떤
것에 대한 두려움이었다. 이윽고 동이 텄다. 하지만 그곳은 차
갑고 어둡고 음침한 그야말로 진짜 감옥이었다.

키트는 홀로 남겨졌지만, 그 안에도 위안은 있었다. 그는 정
해진 시간에 포장된 좁은 뜰을 자유롭게 걸었고, 간수—키트의
감방문을 열어주고 그에게 씻을 곳을 보여주었다—로부터 매
일 정해진 면회 시간이 있고, 누군가가 면회를 오면 쇠창살이
있는 곳으로 데려간다는 사실을 배웠다. 간수는 키트에게 이런
정보와 아침 식사가 담긴 얕은 양철 그릇을 건네주고는 다시 열

쇠로 문을 잠갔다. 그리고 그는 돌로 된 통로를 따라 달그락거리며, 무수히 많은 감옥 문을 여닫으며, 자신들도 이 감옥에 갇혀 나갈 수 없다는 듯 건물 전체로 오랫동안 다시 울려 퍼지는 수없이 많은 커다란 메아리를 일으키며 갔다.

이 간수는 키트가 도덕적으로 부패한, 교정 불가능한 부류도 아니고 전과도 없기 때문에, 그 감옥에 있는 대부분의 죄수와 달리 일부 재소자처럼 그곳에 잠시 숙박하는 것으로 생각하라고 말했다. 키트는 간수의 관대함에 감사해했고, 감옥의 열쇠 소리가 들리고 그 간수가 다시 들어올 때까지 교리 문답서를 아주 주의 깊게 읽으며 (비록 어릴 적부터 외우고 있었지만) 자리에 앉아 있었다.

"자, 따라오너라." 간수가 말했다.

"어디로요?" 키트가 물었다.

"면회실"이라고 짧게 답한 간수는 이전에 경관이 했던 방식 그대로 키트의 팔을 잡고 몇 개의 굽은 길과 육중한 대문을 지나 하나의 통로 안으로 그를 이끌었다. 그곳에서 간수는 키트를 쇠창살 앞에 세워 두고 발뒤꿈치를 돌렸다. 격자창 너머 4~5피트 정도 되는 곳에 그것과 똑같이 생긴 쇠창살 하나가 더 있었다. 그사이에 간수 한 명이 신문을 읽으며 앉아 있었다. 키트는 두근거리는 심장을 안고, 그 건너편 밖으로 아기를 안고 있는 어머니와 변함없이 우산을 들고 있는 바버라 어머니와 새나 맹수를 찾는 듯 전력을 다해 안을 들여다보며 그들을 철창과 관계 없이 우연히 그곳에 있게 된 사람들로 생각하는 불쌍한 꼬마 제 이컵을 보았다.

꼬마 제이컵은 형을 보고 그를 안기 위해 창살 사이로 두 팔을 뻗었지만, 더 가까이 다가갈 수 없음을 알고 창살 중 하나에 매달린 자신의 한쪽 팔에 머리를 기댄 채 아주 서럽게 울기 시작했다. 힘겹게 눈물을 참고 있던 키트 어머니와 바버라 어머니도 이를 보고 눈물을 쏟아냈다. 가여운 키트도 눈물바다에 동참하지 않을 수 없었고, 그들 중 누구도 말 한마디 나눌 수 없었다.

이 구슬픈 상황이 벌어지는 동안 간수는 익살스러운 표정으로 (우스운 대목을 읽고 있던 것이 분명했다) 신문을 읽고 있었는데, 신문의 나머지 부분보다 좀 더 깊이 있는 농담의 뜻을 헤아리려는 듯 잠시 신문에서 눈을 떼었다가 그제야 처음으로 누군가가 울고 있다는 생각이 들었다.

"어이, 부인들, 부인들." 간수가 당황한 눈빛으로 주위를 살피며 말했다. "충고하는데, 그런 식으로 시간을 낭비하지 마시오. 시간이 무한정 많은 게 아닙니다. 아이도 그만 울게 하고. 규정 위반이오."

"전 이 불쌍한 아이의 어미입니다." 누블스 부인이 눈물을 훔치며 공손하게 절을 했다. "이 아이는 저 아이의 동생이고요. 오, 이런, 이를 어쩌나!"

"이것 참!" 간수가 신문을 접어 무릎 위에 올려놓으며 말했다. 편하게 읽기 위해 다음 읽을 기사를 위로 보이게 놓은 것이었다. "어쩔 도리가 없잖습니까. 이곳에 저 아이만 있는 것도 아니고. 그만 좀 떠들어요."

간수는 이렇게 말하고 계속 신문을 읽었다. 그는 인정에서 벗어나게 잔인하거나 냉정한 사람은 아니었다. 이 일을 하다 보니 중죄를 열병이나 피부 염증과 같은 일종의 장애로 보게 되었다. 즉, 누구는 걸리고 누구는 걸리지 않는다고 생각할 뿐이었다.

"오! 사랑스러운 키트." 친절하게도 바버라 어머니가 오열하는 누블스 부인을 대신해 아기를 안아주었다. "가여운 아들을 이곳에서 보게 될 줄이야!"

"저를 고소한 사람들이 하는 말 믿지 않죠, 어머니?" 목이 멘 키트가 소리쳤다.

"난 네가 거짓을 말했다고 믿지 않는다!" 가여운 부인이 절규했다. "넌 어릴 때부터 거짓말이나 나쁜 짓은 한 적이 없어. 초라한 식사를 보고 만족스럽고 즐겁다고 말한 것 빼고는 너의 말에 순간의 슬픔도 느낀 적이 없다. 그리고 네가 다정하고 생각이 깊다고 생각했을 때 네가 얼마나 어린 아이였는지는 잊었지만, 난 태어날 때부터 내게 위안이 되어주고 한 번도 잠자리에서 날 화나게 하지 않은 아이인 너를 믿는다, 키트!"

"정말 다행이에요!" 키트가 창살을 간절히 부여잡고 흔들며 말했다. "이제 견딜 수 있어요, 해볼 테면 해보라고 하세요. 어머니가 한 말을 떠올리며 어떤 일이 닥쳐도 마음속에 작은 행복의 불씨를 간직할 거예요."

이 말에 가여운 여인이 다시 눈물을 쏟았고, 바버라 어머니 또한 그랬다. 이때쯤 꼬마 제이컵의 혼란한 생각이 제자리를 찾으며, 형이 산책하고 싶어도 밖으로 나갈 수 없고, 저 창살 뒤에는 새나 사자나 호랑이나 다른 자연의 호기심 덩어리들이 있는 것이 아니라 단지 새장에 갇힌 형만 존재한다는 어렴풋한 인상을 가지게 되자, 그도 최대한 소리 내지 않고 눈물을 보탰다.

키트 어머니가 눈물을 닦으며 (그리고 불쌍한 여인은 닦은 만큼의 눈물을 또 흘리며) 바닥에서 작은 바구니를 들어 올려 간수에게 잠시 자신의 말을 들어줄 수 있는지 물어보았다. 신문의 아주 우스운 기사에 푹 빠져 있던 간수가 손으로 1분만 기다려달라고 신호를 보냈다. 그는 기사를 읽는 내내 같은 경고의 표시로 손의 위치를 그대로 유지했고, 기사를 다 읽은 후에도 몇 초간 꼼짝하지 않았다. "이 편집자는 정말 재미있는 사람이라니까. 하여튼 웃긴 놈이야." 이윽고 그가 얼굴에 미소를 띠며 이렇게 말하고는 키트 어머니에게 할 말이 무어냐고 물었다.

"아이를 위해 먹을 걸 좀 가져왔습니다." 착한 부인이 말했다. "이걸 좀 먹여도 될까요?"

"그래요, 먹이도록 하시오. 안 된다는 규정은 없으니까. 갈 때 내게 맡기면 챙겨 먹이겠습니다."

"아니요, 괜찮다면, 화내지 말고 들어주세요. 저는 이 아이의
어미고 간수님도 어머니가 있을 테니, 아들이 먹는 모습을 조금
만 보게 해주세요. 그러면 마음 편히 돌아갈 겁니다."

다시 키트 어머니, 바버라 어머니, 꼬마 제이컵이 울음을 터
뜨렸다. 아기는 눈 앞에 펼쳐진 모든 광경이 자신을 기쁘게 해
주기 위한 장난이라고 생각하는지 힘껏 소리를 지르며 웃었다.

간수는 부인의 요청이 별나고 특이한 듯 물끄러미 쳐다보았
다. 그러면서도 그는 신문을 내려놓고 빙 돌아 키트 어머니가
서 있는 곳으로 다가가 바구니의 내용물을 검사한 다음 키트에
게 건네고 다시 제자리로 돌아왔다. 수감자들은 대게 입맛이 없
다고 쉽게 생각할 수도 있겠지만, 키트는 바닥에 주저앉아 음식
을 최대한 많이 먹어 치웠다. 키트가 음식을 입으로 가져갈 때
마다—본인 앞에서 음식을 먹는 아들의 모습에 만족해서 비통
함이 누그러지기는 했지만—누블스 부인은 다시 흐느끼며 눈
물을 흘렸다.

음식을 먹는 동안 키트는 자신의 주인들에 대해, 그리고 그
들이 자신과 관련해 어떤 의견을 냈는지에 대해 걱정스럽게 물
어보았다. 하지만 아벨 씨가 친절하게도 어젯밤 늦게 직접 어머
니를 찾아와 안 좋은 소식을 전했지만, 자신이 유죄라고 생각
하는지 결백하다고 생각하는지에 대해서는 어떤 의견도 내놓지

않은 사실만 알 수 있었다. 키트가 용기를 짜내 바버라 어머니에게 바버라의 생각은 어떤지 물어보려던 그때 그를 그곳으로 데려온 간수가 다시 나타났고, 두 번째 간수가 뒤에 면회객을 달고 나타났다. 그리고 신문을 들고 있던 세 번째 간수가 "시간 다 되었습니다!"라고 외친 후 곧바로 "자, 다음 면회객!"이라고 덧붙이고는 신문 위로 다시 고개를 떨궜다. 키트는 즉시 감옥으로 소환되었다. 여전히 귓가에는 어머니의 축복의 말과 꼬마 제이컵의 비명 섞인 울음이 선명하게 들렸다. 그가 바구니를 들고 간수의 보호 아래 옆 마당을 가로질러 갈 때, 어떤 간수가 그들에게 멈추라고 하더니 1파인트들이 맥주잔을 들고 다가왔다.

"이 아이가 간밤에 절도죄로 들어온 크리스토퍼 누블스인가?" 그 간수가 말했다.

동료는 그 병아리가 맞는다고 대답했다.

"그러면 이건 네 맥주다." 그 간수가 키트에게 이렇게 말했다. "뭘 그렇게 보고만 있느냐. 한 방울도 안 흘렸다."

"죄송하지만, 누가 보낸 건지?" 키트가 물었다.

"그게, 네 친구라고 하던데." 간수가 대답했다. "네가 매일 이걸 마시게 될 거라고 그가 말했다. 그가 돈을 내면 그렇게 될 거야."

"친구요!" 키트가 되물었다.

"누군지 짐작이 안 가는 모양이구나." 간수가 말했다. "여기 그 사람 편지다. 받아라!"

편지를 받은 키트는 다시 감옥에 갇혀 다음과 같은 글을 읽었다.

"이 잔을 들이켜라. 술 한 방울마다 도덕의 병폐에 맞서는 주술이 걸려 있으니. 헬렌에게 바쳐진, 거품이 이는 술에 관해 말해보라! 그녀의 잔은 허구지만 이 잔은 진짜이니 (바클레이 맥주 회사의 것이었다). 혹시 김빠진 맥주를 주거든 소장에게 항의하길. 당신의 벗 R. S로부터."

"R. S!" 키트는 곰곰이 생각한 끝에 이렇게 말했다. "리처드 스위블러 씨가 분명해. 아, 정말 친절한 분이야. 이렇게 고마울 수가."

62장

샘슨 브라스 씨가 조심스럽게 오두막으로 접근할 때 어렴풋한 불빛이 퀼프 부두의 회계사무실 창문에서 반짝이며 밤안개와 섞여 눈병이라도 걸린 듯 벌겋게 충혈되어 보였다. 이것은 오두막의 훌륭한 소유주이자 존경받는 고객이 그 안에서 브라스가 전달할 약속 이행의 결과를 평소와 같은 인내심과 다정한 성질로 기다리고 있다는 경고였다.

"캄캄한 밤에는 한 발짝 잘못 디디면 큰일 날 곳이야." 여기저기 흩어진 목재에 걸려 스무 번도 넘게 넘어진 샘슨이 고통스럽게 다리를 절뚝거리며 투덜거렸다. "그 꼬마 녀석이 타박상을 입히고 불구로 만들려고 매일 땅바닥을 다르게 어지럽혀 놓는 게 분명해. 주인이 직접 하지 않았다면 말이야, 그런데 주인이 직접 했을 가능성이 커. 샐리 없이는 이곳에 오고 싶지 않다니까. 샐리 한 명이 남자 열두 명보다 안전한 보호막이지."

그곳에 없는 매력적인 샐리를 칭찬하던 브라스가 갑자기 걸음을 멈추고 불빛 쪽을 미심쩍게 바라보았다.

"뭘 하고 있지? 궁금한데." 변호사가 까치발을 하고 서서, 그거리에서는 불가능한, 사무실 안으로 무엇이 지나다니는지 훔쳐보려 애쓰며 이렇게 중얼거렸다. "내 생각에 술을 퍼마셔서 더 사나워져서는 악의와 짓궂은 장난기가 부글부글 끓어오를 때까지 데우고 있을 거야. 수임료는 꽤 많이 주지만 혼자 오는 건 늘 두려워. 조수(潮水)가 가장 높을 때 목을 졸라 조용히 강물에 던져 버릴지도 몰라. 쥐새끼 죽이듯 쉽게. 아니, 어쩌면 그런 일을 재미있는 장난쯤으로 여길지도 모르지. 아, 잘 들어봐! 노래를 부르고 있잖아!"

퀼프 씨는 분명 노래를 연습하며 즐거운 상태였다. 하지만 문장 하나를 단조롭고 매우 빠르게 반복하다가 마지막 단어에 길게 강세를 줘서—그래서 침울한 고함이 되어버렸다—노래라기보다는 일종의 구호에 가까웠다. 이 공연의 짐은 노래의 전형적인 주제인 사랑이나 전쟁, 와인, 충성도 언급하지 않았고, 음악이나 일반적으로 알려진 발라드에서 종종 정해지는 대상도 언급하지 않았다. 그 구호의 가사는 이랬다. '고매하신 치안판사는 배심원들이 죄수의 주장을 믿기 어려워한다고 말하며 다음 개정에서 재판하기로 약속했네. 그리고 관례적인 법정

출두 서약을 명령했네. 기~소~하~려~고!'

퀼프는 이 구호를 마칠 때마다 마지막 단어에 최대한 강세를 줘서 끝맺음했고, 날카로운 웃음을 터뜨리며 다시 노래를 시작했다.

"정말 조심성이 없어." 브라스가 구호를 두세 번 듣고는 중얼거렸다. "지독하게 경솔해. 그가 언어장애인이면 좋을 텐데. 청각장애인이면 좋을 텐데. 시각장애인이면 좋을 텐데. 교수형에 처해서," 구호가 다시 시작되자, 브라스가 이렇게 중얼거렸다. "죽으면 좋을 텐데!"

고객을 위해 이런 친근한 염원을 내뱉고, 샘슨 씨는 평소처럼 부드러운 얼굴 상태로 가다듬고 날카로운 웃음소리가 다시 들렸다가 잦아들 때를 기다려 오두막으로 올라가 문을 두드렸다.

"들어와!" 난쟁이가 소리쳤다.

"오늘 밤 어떻습니까?" 샘슨이 문틈으로 고개를 살짝 들이밀며 말했다. "하하하! 반갑습니다. 아이, 저런! 정말 엉뚱합니다! 분명 놀랍도록 엉뚱합니다!"

"들어와, 이 멍청이 같으니," 난쟁이가 말했다. "거기 그렇게 머리를 흔들며 이를 드러내고 서 있지 말고. 들어와, 이 거짓 목격자에다 위증자에다 증거 교사자야. 어서!"

"정말 뛰어난 유머 감각입니다!" 브라스가 등 뒤로 문을 닫으며 말했다. "정말 최고의 익살맞은 표현입니다! 그런데 지금 상황에 좀 맞지 않는…."

"뭐라고?" 퀼프가 물었다. "뭐가 그래. 가롯 유다."

"가롯 유다!" 브라스가 소리쳤다. "정말 남다릅니다! 나리 유머는 정말 즐겁습니다! 가롯 유다! 오, 맙소사, 정말이지 아주 멋집니다! 하하하!"

그러는 내내 샘슨은 손을 비비며, 한때 낡은 배에 붙어 있던 뭉툭한 코에다 눈을 부릅뜬 선수상[14]을 터무니없는 놀라움을 드러내며 당황한 눈빛으로 쳐다보았다. 선수상은 고개를 치켜들고 난로 옆 구석의 벽에 우뚝 솟아 있었고, 난쟁이가 섬기는 도깨비나 악마의 우상처럼 보였다. 선수상의 머리 위 큰 목재 덩어리는 삼각모의 외형을 본떠 조각되었고, 왼쪽 가슴의 별 장식과 어깨에 달린 견장으로 보아 어느 유명 해군 장성의 형상을 목적으로 만들어졌음을 짐작할 수 있었다. 하지만 이런 것들이 없었다면 누구에게나 진짜 남자 인어나 거대한 바다 괴물의 흉상 정도로 보였을 것이다. 원래는 훨씬 컸는데, 그곳에 두려고 허리 아랫부분을 절단했다. 그런데도 선수상은 바닥에서 천장까지 닿았다. 측면이 지나치게 꽉 차고 앞으로 불쑥 튀어나온데다 다소 두드러지게 공손한 자세를 하고 있어서, 선수상이 보

---

14 배의 앞부분 끝에 나무로 만들어 붙이는, 보통 여자 모습의 상.

통 그렇듯, 방안의 다른 물건들을 아주 작은 비율로 줄이는 듯했다.

"자네 그거 알아?" 난쟁이가 샘슨의 눈을 정면으로 바라보며 물었다. "누구와 닮지 않았어?"

"에?" 브라스가 감정가처럼 고개를 한쪽으로 유지하다가 뒤로 약간 젖히며 말했다. "다시 보니 보이는군요. 네, 분명 미소에서 닮은 게…. 그러니까, 맹세하건대, 제가 보기에는…."

사실 샘슨은 이렇게 큰 유령 같은 물건을 전에는 한 번도 본 적이 없어서 무척 당황했고, 퀼프 씨가 본인과 닮았다고 생각해서 가족 초상화로 쓰려고 구매했는지, 아니면 어떤 원수와 닮았다고 생각해서 좋아하는지 정확히 판단할 수 없었다. 하지만 의문은 곧 풀렸다. 브라스가 사람들이 처음 본 초상화를 알아보아야 하는데 그렇지 못할 때 보통 짓는 아는 듯한 표정으로 선수상을 살피는 동안, 난쟁이가 구호의 가사로 인용한 구절이 적힌 신문을 내동댕이치고는 늘 부지깽이 대용으로 사용하는 녹슨 쇠꼬챙이를 잡고 선수상이 흔들릴 정도로 코를 콕콕 찔러댔기 때문이다.

"키트 같지? 그놈 얼굴, 그놈 이미지, 딱 그놈이지?" 난쟁이가 감각이 없는 선수상 안면에 대고 맹공을 퍼부어 깊은 보조개를 만들며 소리쳤다. "그 개자식하고 꼭 닮은 모형이잖아? 그렇지? 그렇지? 그렇지?" 그는 연거푸 질문하며 과격한 동작으로

땀이 비 오듯 쏟아질 때까지 거대한 얼굴을 맹렬히 찔렀다.

투우 경기가 경기장에 없는 사람에게는 아주 편안한 구경거리고, 불 난 집이 그 집과 가까운 곳에 살지 않는 사람에게는 놀이보다 즐거운 것이듯, 이런 장면을 안전한 최상층 관람석에서 보았다면 아주 재미있는 희극이었을지도 모른다. 하지만 퀼프 씨의 이런 진지한 행동에는 그의 법적 조언자가 이런 유머를 온전히 즐기기에 회계사무실이 너무 좁고 너무 쓸쓸하다고 느끼게 하는 무언가가 있었다. 그래서 그는 난쟁이가 이런 난동을 부리는 동안 낑낑거리면서도 힘없이 손뼉을 치며 가능한 한 멀찍이 떨어져 서 있었고, 기진맥진한 퀼프가 난동을 멈추고 자리에 앉자, 전보다 더한 아첨을 하며 그에게 가까이 다가갔다.

"정말, 훌륭합니다!" 브라스가 소리쳤다. "헤헤! 오, 정말 멋집니다." 샘슨이 멍든 해군 장성에게 호소하듯 선수상을 둘러보며 말했다. "정말 대단합니다. 정말!"

"앉아." 난쟁이가 말했다. "어제 저 개망나니를 사 왔지. 송곳으로 구멍을 뚫고 포크를 눈에 찔러 넣은 다음 내 이름을 새겨 넣었어. 마지막에는 태워 없앨 작정이야."

"하하!" 브라스가 외쳤다. "끝내주게 재미있습니다!"

"이리 와!" 퀼프가 그에게 가까이 오라고 손짓했다. "그런데 뭐가 지금 상황에 맞지 않아?"

"아무것도 아닙니다. 아무것도. 말할 가치도 없습니다. 그런데 그 노래가 그 자체로는 감탄을 자아낼 정도로 재미있는데….
어쩌면 다소….”

“그래, 다소 뭐?” 퀼프가 물었다.

“약간…경계선에 걸린 듯한, 흔히 사람들이 하는 말로 지금
시국에 맞지 않을 수도 있는, 한계의 가장자리에 있는 듯합니
다.” 브라스가 난쟁이의 교활한 눈을 소심하게 바라보며 대답했
다. 퀼프의 눈이 난로를 향하고 있어서 붉은빛을 반사했다.

“어째서?” 퀼프가 브라스는 쳐다보지도 않고 물었다.

“그러니까.” 브라스가 감히 퀼프와 좀 더 친숙해지려고 시도
하며 말했다. “사실 나리가 말하는 목적은 칭찬받을 만하지만,
친구들의 결탁을 넌지시 언급하는, 즉 법률 용어로는 공모가 되
는지라. 나리 제 말이 무슨 뜻인지 알…? 그러니까, 오붓하게
동료들끼리만 아는 걸로 하자는 말입니다.”

“뭐!” 퀼프가 완전히 멍한 표정으로 쳐다보며 소리쳤다. “무
슨 뜻이야?”

“조심, 지극히 조심하는 게 가장 확실하고 좋다, 이 말이지
요!” 브라스가 고개를 끄덕이며 대꾸했다. “정확하게는 이곳에
서도 입을 다물고 있자는 겁니다.”

“뻔뻔한 허수아비, 정확히 하고 싶은 말이 뭐야?” 퀼프가 소
리쳤다. “그리고 결탁이라는 말을 왜 내게 해. 내가 결탁했어?
자네 결탁에 대해 내가 아는 거라도 있어?”

"아니요, 아니요. 분명히 없습니다. 절대 없습니다." 브라스가 대답했다.

"그렇게 내게 눈을 찡그리고 고개를 끄덕이면," 난쟁이가 부지깽이를 찾는 듯 주변을 두리번거리며 말했다. "그 원숭이 같은 낯짝을 아주 못 쓰게 만들어 놓을 거야, 암."

"굳이 신경 쓸 필요는 없습니다." 브라스가 바로 몸조심하며 대답했다. "맞습니다, 나리. 맞습니다. 그 말을 하지 말았어야 했는데. 안 하는 게 낫죠. 네, 나리 말이 맞습니다. 다른 얘기로 넘어가죠. 샐리한테 들었는데, 하숙인에 관해 물어보았다고요. 아직 돌아오지 않았습니다."

"돌아오지 않았어?" 퀼프가 작은 냄비에 술을 데우다가 끓어 넘치지 않게 지켜보며 말했다. "왜 아직 안 왔지?"

"왜냐하면," 브라스가 대답했다. "그가, 어이쿠! 퀼프 나리."

"뭐야?" 난쟁이가 냄비를 입으로 가져가려다 말고 물었다.

"물을 안 넣었습니다." 브라스가 말했다. "실례지만 그건 너무 뜨겁습니다."

브라스의 간언에 합당한 대답도 하지 않고, 퀼프 씨는 뜨거운 냄비를 들어 입술에 갖다 대고는 의도적으로 담긴 술을 모조리 들이켰다. 족히 반 파인트는 되는 양이었고, 불길에서 들어 올릴 때만 해도 '쉿쉿' 소리를 내며 펄펄 끓어올랐다. 이 순한 흥분제를 삼키고 해군 장성을 향해 주먹을 휘두른 퀼프가 브라스 씨에게 하던 말을 계속하라고 명령했다.

"그런데, 그 전에." 퀼프가 평소처럼 소리 없이 크게 웃으며 말했다. "자네도 한 모금 해. 아주 맛있어. 맛있고, 따뜻하고, 화끈거려."

"어, 나리." 브라스가 말했다. "저는 그냥 번거롭지 않게 마실 수 있는 물 한 모금 정도면…."

"여기에 그런 건 없어." 난쟁이가 소리쳤다. "변호사에게 물이라! 변호사에게는 녹인 납이나 유황, 끝내주게 뜨거운 피치나 타르 같은 게 어울리지. 어, 브라스, 그렇지 않아?"

"하하하!" 브라스가 웃었다. "정말 예리합니다! 살짝 재미있기도 하면서 쾌감도 있고."

"마셔." 난쟁이가 말했다. 이때쯤 술은 더 뜨겁게 데워져 있었다. "냄비 바닥에 남은 것까지 단숨에 쭉 들이켜. 목구멍을 태우고 나면 기분이 좋아질 거야."

불쌍한 샘슨은 결국 술을 몇 모금 홀짝거렸고, 술은 즉시 증류되어 뜨거운 눈물로 변해 볼을 타고 다시 냄비 안으로 뚝뚝 떨어졌다. 얼굴과 눈꺼풀이 검붉게 변하고 심하게 기침하는 중에도 브라스는 순교자의 지조로 '정말 끝내주는군요!'라는 말을 하도록 부추김을 당했다. 그가 고통으로 말을 잇지 못하는 동안 난쟁이가 대화를 다시 시작했다.

"하숙인 말이야," 퀼프가 말했다. "그가 어쨌다고?"

"그가 아직," 브라스가 중간중간 기침하며 말했다. "갈랜드 씨 집에 머물고 있습니다. 범인 심문을 하던 날 이후로 집에는 딱 한 번 들렀습니다. 그 일이 있고 난 후로 기분이 좋지 않아서 집에 머물고 싶지 않다고, 비참했다고, 그 사건에 대해 한편으로는 본인에게도 원인을 제공한 책임이 있다고 리처드에게 말했답니다. 정말 훌륭한 하숙인이 아닐 수 없습니다. 그가 하숙을 계속해 주면 정말 좋으련만."

"이봐!" 난쟁이가 소리쳤다. "자네 일이나 신경 써. 경비를 좀 줄이는 게 어때. 돈을 끌어 모으고 아껴 쓰라고, 어때?"

"저, 맹세코 사라 같은 투철한 절약가도 없습니다. 저 역시 그렇습니다, 퀼프 나리." 브라스가 대답했다.

"한잔해. 다른 쪽 눈도 적셔야지. 마셔!" 난쟁이가 소리쳤다. "자네, 내 부탁으로 서기를 쓰고 있지."

"기쁘게도. 얼마든지 좋습니다." 샘슨이 대답했다. "네, 그렇죠."

"그만 해고해." 퀼프가 말했다. "바로 경비가 줄어들 거야."

"리처드를 해고하라고요?" 브라스가 소리쳤다.

"리처드 말고 또 다른 서기라도 있어, 이 앵무새 양반아?"

"맹세코 없죠." 브라스가 말했다. "준비 못 한 일이라…."

"자네가 어떻게 알고 준비해." 난쟁이가 코웃음을 치며 말했다. "나도 지금 생각했는데! 내가 몇 번을 말해? 그 녀석은 늘 감시하기 위해, 그가 어디 있는지 알기 위해, 그리고 소소한 즐거움을 위해 음모를 꾸미는 게 있어서 자네한테 보냈다고. 그 계획의 핵심은 지하로 사라져 버린 그 영감과 손녀가 실제로는 얼어 죽은 쥐새끼보다 가난한데, 그 녀석과 그 녀석 친구는 그들을 부자로 알고 있다는 거야."

"잘 알죠." 브라스가 대답했다. "아주 잘."

"좋아, 이제 이해하지?" 퀼프가 다시 말했다. "그들은 가난하지 않아. 그럴 리 없어. 자네 하숙인 같은 사람이 전국을 들쑤시며 그들을 찾는 게 그 증거야."

"물론 이해합니다." 샘슨이 대답했다.

"물론 이해해." 난쟁이가 잔혹하게 말을 딱딱 끊어가며 대꾸했다. "그렇다면 그 친구가 이제 어떻게 되든 상관없다는 걸 잘 이해하지? 이제 그는 내게도, 자네에게도 어떤 목적에도 쓸모없는 걸 이해해?"

"사라에게 자주 이렇게 말해왔습니다," 브라스가 말했다. "그가 우리 일에 쓸모없는 존재라고. 그를 신뢰해서는 안 됩니다. 사무실에서 아주 사소하고 평범한 일을 맡겼는데, 주의를 줘도 불쑥 비밀스러운 말을 내뱉지, 뭡니까. 그 녀석이 사람을 얼마나 약 올리는지 상상도 못 할 겁니다. 정말입니다. 저는 나리에게 오직 존경과 복종만 하는…."

샘슨의 말을 적절히 끊어주지 않으면 끝없이 아첨하는 발언을 할 게 뻔했기 때문에, 퀼프 씨는 그의 정수리를 작은 냄비로 고상하게 내리치며 잠자코 입 다물어주는 것이 돕는 길이라고 말했다.

"타당합니다, 타당해요." 브라스가 미소를 띤 채 정수리를 어루만지며 말했다. "그래도 기분이 정말 좋습니다. 이루 말할 수 없을 정도로!"

"내 말이나 들어, 알았지?" 퀼프가 말했다. "그렇지 않으면 난 바로 기분이 더 좋아질 거야. 그 녀석의 동지이자 친구는 돌아올 가능성이 없어. 내가 알기로는 그 망나니는 사고를 치고 해외로 도망갔어. 그 녀석은 거기서 썩게 내버려둬."

"물론입니다. 아주 적절합니다. 아주 예리합니다!" 브라스가 해군 장성의 세 번째 동료라도 된 듯 선수상을 쳐다보며 소리쳤다. "더 예리할 수 없습니다!"

"난 그 녀석을 증오해." 퀼프가 이를 악물고 말했다. "가정사로 늘 그 녀석을 증오해 왔어. 게다가 까다로운 건달이야. 그렇지 않으면 정말 쓸모 있을 텐데. 새가슴에다 우둔하기까지 해. 난 이제 그 녀석이 필요 없어. 교수형을 당하든, 익사하든, 굶어 죽든, 지옥에나 가버리라고 해."

"아무렴요!" 브라스가 맞장구를 쳤다. "그러면 언제…하하! 그에게 소풍을 보내줄까요?"

"재판 후에." 퀼프가 대답했다. "재판이 끝나면 바로 해고해."

"틀림없이 그렇게 하죠." 브라스가 대답했다. "샐리가 조금

놀랄 수도 있지만, 워낙 자기감정을 잘 조절하는 사람이니까요. 아, 퀼프 나리, 하느님께서 나리와 사라를 좀 더 젊은 나이에 만나게 했다면 얼마나 축복된 결과가 나왔을까 하고 종종 생각합니다. 나리는 제 부친을 보지 못했죠? 정말 매력적인 분입니다. 사라는 부친의 자랑이자 기쁨이었지요. 부친이 나리 같은 사라의 짝을 찾아주고 떠났다면 더없는 행복 속에 눈을 감았을 텐데. 나리도 그녀를 좋게 생각하죠?"

"나야 그녀를 사랑하지." 난쟁이가 꺽꺽거렸다.

"나리는 정말 훌륭한 분입니다." 브라스가 말했다. "리처드처럼 사소한 문제 말고 적어둘 다른 문제는 없을까요?"

"없어." 난쟁이가 냄비를 잡으며 대답했다. "사랑스러운 사라를 위해 건배하세."

"나리, 많이 펄펄 끓지 않는 술로 건배하면," 브라스가 초라하게 제의했다. "더 좋을 듯합니다만. 제 생각에 사라가 저를 통해 나리가 한 말을 듣게 될 때 좀 전에 마신 술보다 다소 식은 술로 건배했다고 하면 훨씬 기뻐할 겁니다."

하지만 퀼프 씨는 이 간언을 들은 척도 안 했다. 샘슨 브라스는 이때만 해도 정신이 말짱했는데, 같은 도수의 술을 더 마실 수밖에 없었던 그는 몸에서 기운이 솟는 대신 회계사무실이 빠른 속도로 빙글빙글 돌고 고통스럽게 바닥과 천장이 들썩이는 기이한 체험을 했다. 얼마간 인사불성이던 그가 몸의 절반은 탁자 아래에, 나머지 절반은 벽난로 아래에 누인 채 정신을 차렸다. 이런 자세는 스스로 선택한 가장 편한 자세가 아니었기에, 브라스는 비틀거리며 간신히 자리에서 일어나 해군 장성을 붙잡고 주인을 찾으려고 주위를 둘러보았다.

처음에 브라스 씨는 주인이 자신을 그곳에 홀로 남겨둔 채 떠났다고 느꼈다. 어쩌면 밤새 가둬놓았다고 느꼈을지도 모른다. 하지만 독한 담배 냄새를 맡고 새로운 생각들이 연달아 떠오른 그가 위를 올려다보았고, 해먹에서 담배를 피우고 있는 난쟁이를 보았다.

"이만 돌아가겠습니다, 나리." 브라스가 힘없이 말했다. "안녕히 계세요."

"밤새 머물다 가지 그래?" 난쟁이가 해먹 밖으로 내려다보며 말했다. "밤새 머물다 가."

"그럴 수 없습니다." 브라스는 구토와 방이 주는 답답함으로 거의 죽을 지경에 이르러 대답했다. "괜찮다면, 마당을 지나갈 때 길이 보이게 불을 좀 비춰주면 고맙겠습니다."

퀼프가 바로 밖으로 나왔다. 다리나 머리나 팔이 먼저 빠져나온 게 아니라 몸통이 한꺼번에 빠져나왔다.

"그렇게 해야지." 퀼프가 등불을 잡고 들어 올리며 말했다. 그 등불은 그곳을 비추는 유일한 빛이었다. "조심하게, 친구. 녹슨 못들이 모두 솟아 있어서 목재들 사이로 길을 잘 살피며 가야 할 거야. 참, 가는 길에 개도 있어. 지난밤에는 한 남자를 물었고, 그 전날에는 여자를 물었지. 지난주 화요일에는 어린아이를 물어 죽였고. 농담이네. 너무 가까이 가지는 말게."

"그 개가 어느 쪽 길에 있습니까?" 브라스가 무척 당황하며 물었다.

"오른쪽 길에 살지." 퀼프가 대답했다. "그런데 가끔 왼쪽 길에 숨어 있다가 갑자기 달려들기도 해. 종잡을 수 없어. 그러니 조심하게. 안 그러면 내가 용서하지 않을 거야. 불을 비춰주지. 염려하지 말고, 자넨 길을 잘 알잖아. 그냥 쭉 가게."

퀼프는 등불을 가슴 가까이 붙여 교묘하게 빛을 가렸고, 이제는 기쁨에 취해 온몸을 흔들며 낄낄거리고 서 있었다. 브라스가 발을 헛디뎌 때때로 심하게 넘어지는 소리를 들었기 때문이다. 마침내 브라스는 그곳을 벗어났고, 아무 소리도 들리지 않았다.

난쟁이는 다시 오두막으로 들어가 문을 닫고 해먹 위로 한 번 더 몸을 던졌다.

63장

　중앙 형사 법원에서 있을 키트의 사소한 사건 해결과 그것이 곧 처리될 가능성에 관해 위안이 되는 정보를 제공한 전문직 신사의 예언은 꽤 정확한 것으로 밝혀졌다. 키트가 감옥에 들어온 지 8일째 되는 날 법정이 개정했다. 이후 하루 만에 대배심원들은 크리스토퍼 누블스의 중죄에 대한 정식 기소장을 보았고, 그로부터 이틀째 되는 날 위에 언급한 크리스토퍼 누블스는 신사 샘슨 브라스의 주거지이자 사무실에서 범의를 품고 잉글랜드 은행 총재가 발행한 5파운드 지폐 한 장을 빼내 훔쳤다는 고발장에 대해 무죄 또는 유죄의 답변을 요청받았다. 해당 사건은 제정하고 규정한 영국 법령에 위배되고, 국왕 폐하의 평화와 국왕 폐하의 왕위와 존엄을 거스른다.

　크리스토퍼 누블스는 이 기소 내용에 대해 작고 떨리는 목소리로 무죄라고 항변했다. 여기에서 겉모습만 보고 섣불리 판단하는 사람들과 만약 결백하다면 키트가 아주 크고 강하게 소리쳤어야 했다고 생각하는 사람들에게 이 사실을 주지시켜 보자. 사람이 구금당해서 불안하면 아무리 튼튼한 심장을 가졌어도 의기소침해지고, 비록 열흘이나 열하루 동안이지만, 감옥에 갇혀 돌로 된 벽과 돌처럼 냉혹한 얼굴만 보고 지내다가 사람들로 가득 찬 거대한 법정으로 갑자기 끌려 들어가게 되면 누구나 당황하고 깜짝 놀라기 마련이다. 또한 이 말도 덧붙여야 한다. 가발을 쓴 사람들은 그렇지 않은 사람들보다 훨씬 무시무시하고 위압적인 부류가 아니던가. 이 같은 상황에 더해 창백한 모습으로 걱정스러운 표정을 짓고 있는 갈랜드 씨 부자와 공증인을 보는 키트의 당연한 심리를 감안하면, 그의 기분이 다소 언짢고 편안할 수 없다는 것은 아마도 매우 놀랄 일이 아닐 것이다.

비록 키트는 체포된 날 이후로 갈랜드 씨나 위서든 씨를 보지 못했지만, 그들이 자신을 위해 변호사를 고용한 사실은 들어 알고 있었다. 그래서 키트는 가발을 쓴 신사 중 한 명이 자리에서 일어나 "판사님, 피고 측 변호인입니다"라고 말했을 때 그에게 인사했고, 가발을 쓴 다른 신사가 "판사님, 원고 측 변호인입니다"라고 말했을 때 역시 몸을 벌벌 떨며 인사를 건넸다. 그리고 키트는 자신의 변호인이 상대 변호인과 맞붙어 당장 이기리라 마음속으로 희망하지 않았을까!

먼저 원고 측 변호인이 질의를 시작했다. 이 원고 측 변호인은 아주 기세가 등등했는데 (앞선 재판에서 불행하게도 아버지를 살해한 젊은이에 대해 거의 무죄 석방의 판결을 끌어냈기 때문이다), 그가 목소리를 높여 배심원들에게 이 죄수를 무죄 방면하면 자신이 이전 재판에서 배심원들에게 그 죄수를 유죄 판결하면 분명 겪게 된다고 말한 양심의 가책과 고뇌에 못지않은 고통을 겪게 된다고 주장했다. 그리고 사건의 전말을 설명한 후 이보다 나쁜 사건은 다루어 본 적이 없다고 말했을 때, 그는 끔찍한 무언가를 말할 사람처럼 잠시 뜸을 들이다가 자신의 박식한 친구가 (이 대목에서 키트의 변호인 쪽을 슬쩍 보았다) 자신이 증인으로 소환해야 하는 티 없이 결백한 목격자의 증언에 대해 의혹을 제기하리라는 것을 이해한다고 말했다. 하지만 그는 자신의 박식한 친구가 자신이 애착하는 가장 명예로운 직업의 한 구성원—그도 잘 알다시피 과거에 존재하지 않았고, 지금껏 존재한 적 없는—인 이 사건 고발자의 인격을 훨씬 존경하고 숭상하기를 정말 바라고 그러리라 믿는다고 말했다. 또한 원고 측 변호인은 (그들의 인격을 고려할 때 충분히 알 것으로 믿으며) 배심원들에게 베비스 막스라는 곳을 아느냐고, 그 훌륭한 장소와 연관된 역사학적이고도 고상한 모임에 대해서도 아느냐고 물었다. 또 브라스 같은 사람이 베비스 막스 같은 곳에 사는데, 어떻게 그를 비도덕적이고 바르지 않은 사람이라고 생각할 수 있는지 물었다. 이 점에 대해 상당히 많은 말을 했을 때, 원고 측 변호인은 브라스에게 틀림없이 강한 감정을 느꼈을 배심원들에게 그를 보여주지 않고 말만 하는 것은 그들의 이해력에 대한 모독임을 떠올리고, 바로 샘슨 브라스를 증인석으로 불러냈다.

그러자 브라스 씨가 매우 활기차고 생기 있는 모습으로 증인석에 올라와서는 이전에 만나 기뻤고, 지난번 만남 이후로 잘 지냈느냐고 안부를 묻는 사람처럼 판사에게 고개를 숙여 인사했다. 그러고는 팔짱을 끼고 '완벽한 증거가 있소. 그러니 탈탈 털어주시오'라고 말할 듯 원고 측 변호인을 바라보았다. 원고 측 변호인은 브라스를 통해 증거들을 하나씩 털어냈고, 그 증거들은 현장에 있는 사람들에게 아주 명확하고 명백하게 제시되었다. 그런 다음 키트의 변호인이 브라스에게 질문했지만, 그는 아무것도 얻어내지 못했다. 길고 많은 질문에 아주 짧은 답변을 남기고 샘슨 브라스 씨는 영예롭게 증인석에서 물러났다.

그 뒤를 이어 증인석에 올라온 사라 역시 원고 측 변호인의 질문에는 쉽게 넘어갔지만, 키트의 변호인에게는 몹시 완고했다. 간단히 말해, 키트의 변호인은 그녀에게서 이전 말의 반복 외에는 아무것도 얻어내지 못했고 (이번에는 키트에게 불리한 증언은 좀 더 큰 목소리로 말했다), 혼란만 더한 채 그녀를 증인석에서 내려오게 했다. 그런 다음 원고 측 변호인이 리처드 스위블러를 증인석으로 호출하자, 그가 모습을 드러냈다.

이제 원고 측 변호인은 증인이 피고에게 우호적이라는 정보를 귓속말로 전해 들었고, 그 말에, 솔직히 말하면, 원고 측 변호인은 오히려 기뻐했는데, 그가 질문으로 사람을 압박하는 장점이 있었기 때문이다. 이런 이유로 그는 원고 측 법정 공무원에게 이번 증인이 성서에 입을 맞출 것을 요청하고 전력을 다해 신문을 시작했다.

"스위블러 씨." 딕이 자기 이야기를, 누가 봐도 마지못해, 최대한 상황에 맞게 하려는 모습을 보고 원고 측 변호인이 말했다. "어제저녁 어디에서 식사했습니까?"—"어제 어디에서 저녁 식사를 했느냐고요?"—"예, 어제 어디에서 저녁 식사를 했죠. 여기에서 가까운 곳입니까?"—"오, 예, 확실히 가까운 곳입니다. 여기 건너편."—"확실히 그렇다. 여기 건너편이다." 원고 측 변호인이 법정을 보며 스위블러 씨의 말을 반복했다. "스위블러 씨, 혼자였습니까?"—"뭐라고요?" 질문을 이해하지 못한 스위블러 씨가 물었다. "혼자였습니까?" 원고 측 변호인이 우레와 같은 목소리로 다시 물었다. "혼자 식사했습니까? 누군가에게 음식을 대접했습니까? 어서 답변하세요!"—"오, 네, 분명 그랬습니다." 스위블러 씨가 씽긋 웃으며 말했다. "증인, 증인이 서 있는 곳에 (어쩌면 증인석에만 서 있는 것을 감사해야 할 이유가 있겠지만) 어울리지 않는 경솔한 행동은 자제를 부탁합니다." 원고 측 변호인은 스위블러 씨가 앉아야 하는 바른 자리가 피고인석이라고 암시하듯 고개를 끄덕이며 말했다. "제 말에 주목하세요. 증인은 재판이 열릴 것을 미리 알고 어제 이곳에서 기다렸습니다. 그리고 길 건너편에서 식사했고, 누군가에게 음식을 대접했습니다. 자, 그렇다면 그 누군가가 바로 이 법정에 선 피고인의 형제입니까?" 스위블러 씨가 설명하려 들었다. "'네, 아니요'로만 대답하세요." 원고 측 변호인이 소리쳤다. "하지만 제가 설명을 좀…."—"'네, 아니요'로만 대답하세요." —"네, 그렇습니다. 하지만…."—"네, 그렇군요." 변호인이 스위블러 씨의 말을 가로막으며 소리쳤다. "정말 대단한 증인이군요!"

원고 측 변호인이 자리에 앉았다. 상황이 어떻게 돌아가는지 파악하지 못한 피고 측 변호인은 이 사안을 계속 파고들어 가기가 두려웠다. 스위블러는 겸연쩍어하며 퇴장했고, 판사, 배심원, 그리고 방청객들은 키가 6피트에다 험상궂은 얼굴과 구레나룻을 길게 기른 방종한 젊은이가 어기적거리며 걸어가는 모습을 지켜보았다. 사실 장딴지가 다 드러난 꼬마 제이컵과 스위블러는 어릴 적부터 서로 관련이 있었다. 그 진실을 아는 사람은 아무도 없었고, 모두가 잘못된 사실을 믿었다. 이 모든 것은 원고 측 변호인의 재간 때문이었다.

그때 진술을 위해 증인들이 등장하고 원고 측 변호인은 다시 한번 빛을 발한다. 갈랜드 씨는 어떤 인품 입증이나 추천도 없이 키트 어머니의 말만 믿고 키트를 고용했고, 키트는 이전 주인으로부터 갑자기 아무 이유 없이 해고된 것으로 밝혀졌다. "사실, 갈랜드 씨," 원고 측 변호인이 말했다. "당신 정도 나이가 되면 보통 조심성이 떨어지기 마련이지요." 배심원들 역시 그렇게 생각하고 키트에게 유죄 평결을 내렸다. 키트는 초라한 목소리로 결백을 주장하며 끌려 나갔다. 방청객들은 다음으로 증인석에서 심문받을 몇몇 여성 증인들에게 새로운 관심을 보이며 자리를 지켰고, 원고 측 변호인이 이들과 피고를 반대 신문해서 재판이 재미있어지리라는 소문이 돌았다.

가여운 키트 어머니는 아래층 쇠창살에서 바버라 어머니와 함께 (바버라 어머니는 언제나 같이 울어주고 아기를 맡아주는 착한 영혼이었다) 기다리고 있었고, 그들에게 이 비보가 전해졌다. 신문을 읽고 있던 간수가 두 사람에게 모든 사실을 말해주었다. 그는 아직 키트의 좋은 성품을 입증할 시간이 있기 때문에 종신 유형까지는 가지 않을 것이라고 했다. 그는 키트가 무슨 죄를 지었는지 궁금해했다. "그 아이는 훔치지 않았어요!" 키트 어머니가 울부짖었다. "음, 부인 말에 반박하지는 않겠습니다." 간수가 말했다. "어차피 그 아이가 실제로 했든 안 했든 결과는 같을 테니까."

키트 어머니의 손은 창살 사이로 키트의 손에 닿을 수 있었고, 그녀는 그 손을 움켜쥐었다. 오직 하느님과 키트의 친절을 받아본 사람만이 그 괴로움을 알 것이다. 키트는 어머니에게 용기를 잃지 말라고 했고, 아기를 들어 올려 입을 맞추는 시늉을 하며 바버라 어머니에게 어머니를 집까지 잘 데려가 달라고 속삭였다.

"어떤 친구가 우리를 위해 항소할 거예요, 어머니." 키트가 소리쳤다. "확실해요. 지금이 아니라도 머지않아 그렇게 할 거예요. 어머니, 결백이 밝혀져 다시 돌아갈 거예요. 확신해요. 꼬마 제이컵과 막내에게 어떻게 된 사정인지 설명해 주세요. 동생들이 커서도 저를 정직하지 못한 형이라고 생각한다면 아무리 멀리 떨어져 있어도 마음이 찢어질 듯 아플 테니까요. 오! 어머니를 보살펴줄 친절한 신사분 없나요!"

가여운 여인이 의식을 잃고 바닥에 주저앉는 바람에 그녀의 손이 키트의 손에서 빠져버렸다. 그때 리처드 스위블러가 팔꿈치로 구경꾼들 사이를 밀치며 황급히 들어왔고, 키트 어머니를 (약간 힘들어한 후에) 연극에서처럼 과장되게 한쪽 팔로 끌어안고 키트에게 고개를 한 번 끄덕이고는 바버라 어머니에게 따라오라고 말하며, 마차를 대기시켜 놓았기 때문에, 신속히 밖으로 나갔다.

그렇게 스위블러 씨는 그녀를 집까지 데려다주었다. 가는 길에 그가 노래와 시의 인용구로 얼마나 부조리한 일을 저질렀는지 아는 사람은 아무도 없었다. 스위블러 씨는 부인을 집에 데려다주고 정신을 차릴 때까지 기다렸다. 그리고 마차 삯이 없었던 그는 당당하게 베비스 막스로 돌아가 마부에게 (토요일 밤이므로) '잔돈'을 가지고 나올 동안 기다려달라고 말했다.

"리처드." 브라스가 활기찬 목소리로 말했다. "좋은 저녁이야."

처음에는 키트의 이야기가 떠올라 끔찍했지만, 그날 밤 스위블러는 자신의 상냥한 고용주가 어떤 심오한 악행을 저질렀다고 반쯤 의심했다. 어쩌면 그가 목격한 비참함이 남의 일에 개의치 않는 그의 본성에 충격을 주었을지도 몰랐다. 하지만 그렇기는 해도, 그 충격이 너무 강력했기에, 그는 필요한 것만 간단명료하게 말했다.

"돈?" 브라스가 지갑을 꺼내며 소리쳤다. "하하! 당연하지. 리처드, 당연해. 물론. 사람은 누구나 먹고살아야 하니까. 5파운드 지폐를 바꿀 잔돈 가지고 있나?"

"아니요." 딕이 퉁명스럽게 대답했다.

"오!" 브라스가 말했다. "여기 그 돈이 있군. 그 정도면 될 거야. 언제든 환영하네, 리처드."

이때 문까지 다가간 딕이 뒤를 돌아보았다.

"이제 힘들게 돌아오지 않아도 돼." 브라스가 말했다.

"뭐라고요?"

"무슨 말인지 알잖아, 리처드." 브라스가 양손을 바지 주머니에 쑤셔 넣고 의자를 앞뒤로 흔들며 말했다. "사실, 우리처럼 재미없고 시시한 일에 자네 같은 능력자가 있는 건 시간 낭비야. 우리 일은 정말 힘들고 따분하기 이를 데 없지. 형편없어. 이제야 하는 말이지만, 리처드, 연극무대나 그 뭐야 군대 아니면 주류 판매 허가를 받은 식당처럼 아주 고급스러운 곳이 자네 같은 사람의 천재성을 발휘하기에 좋아. 그래도 종종 들르게. 분명 샐리가 반가워할 거야. 자네가 떠나 샐리가 무척 아쉬워하지만, 사회에 대한 의무감이 그녀를 달래줄 거야. 자네는 정말 훌륭한 청년이야! 그 금액이 맞을 거야. 유리창을 깬 값은 봉급에서 제하지 않았네. 우린 친구를 떠나보낼 때 후하게 대접해. 즐겁게!"

브라스 씨의 횡설수설에 스위블러 씨는 한마디 대꾸도 하지 않고, 수상 재킷을 가지러 되돌아가 공 모양으로 생긴 통에 돌돌 말아 집어넣고는 그 통을 굴려 브라스를 쓰러뜨릴 듯 한참을 노려보았다. 하지만 그는 곧 통을 겨드랑이에 끼고 입술을 굳게 다문 채 사무실 밖으로 행진하듯 걸어 나갔다. 문을 닫았던 그가 다시 문을 열고는 이전과 같은 불길한 징조가 되는 엄숙함을 드러내며 잠시 안을 노려보았고, 고개를 한 번 끄덕이고는 유령처럼 조용히 사라졌다.

그는 마부에게 비용을 지급했고, 키트 어머니에게 위안이 되고 키트에게 도움을 주겠다는 원대한 계획을 품고 베비스 막스에서 등을 돌렸다.

하지만 리처드 스위블러처럼 쾌락에 헌신하는 신사의 삶은 지극히 불안정하다. 지난 2주 동안 그는 전혀 술에 의존하지 않고도 정신적인 즐거움을 추구했는데, 수년간 알코올의 힘으로 신나게 살아온 육체와 정신이 이를 잘 받아주지 않은 것으로 나타났다. 스위블러 씨는 바로 그날 밤 뜻밖의 병에 걸려 하루 만에 엄청난 고열로 고통받으며 드러누웠다.

64장

침대가 뜨겁고 불편해서 이리저리 뒤척였고, 무엇으로도 달랠 수 없는 극심한 갈증에 고통받았고, 어떤 자세를 취해도 편안하지 않았다. 쉴 곳 하나 없는 상념의 사막을 계속 헤매고 다녔지만, 원기를 회복하거나 휴식을 줄 광경이나 소리는 없었다. 떠나지 않는 근심, 극복해야 할 두려운 장애물, 해결되지 않은 문제들에 대한 끊임없는 걱정으로 마음속 지친 방랑은 항상 그늘지고 어두웠다. 하지만 쉽게 알아볼 수 있는 똑같은 모습의 유령이 등장하는 병든 머리는 사악한 양심처럼 모든 시야를 흐리며 잠을 끔찍하게 만들었다. 불쌍한 리처드는 이런 무시무시한 병의 고문을 천천히 당하며 침대에 누운 채로 기력과 정신이 조금씩 소진되어 가다가 마침내 일어나기 위해 병과 맞서 싸우고 고군분투하는 듯 보였을 때 다시 병마에 제압당해 깊은 잠에 빠졌지만, 꿈은 꾸지 않는 상태가 되었다.

그가 의식을 되찾았다. 그는 잠을 자고 일어난 것보다 훨씬 나은, 더없이 행복한 휴식을 취한 느낌으로 자신이 경험한 고통을 천천히 떠올렸고, 정말 긴 밤이었다는 것과 고열로 인해 의식 없이 두세 번 헛소리하지 않았나 생각했다. 이런 생각을 하다가 우연히 손을 들어 올렸는데, 그 팔이 어찌나 무겁게 느껴지는지, 그런데도 팔이 정말 가냘프고 가벼운 사실에 깜짝 놀랐다. 하지만 그는 이 일을 대수롭지 않게 여기며 행복감을 느꼈고, 그 문제에 대해 더는 파고들고 싶은 호기심을 가지지 않고 그저 잠에서 깨어 있는 상태로 줄곧 누워 있다가 어떤 기침 소리에 정신이 쏠렸다. 그 기침 소리는 지난밤 문을 잠갔는지에 대한 의구심을 품게 했고, 방안에 다른 사람이 있다는 사실에 약간의 놀라움을 느끼게 했다. 하지만 그는 이런 연속된 생각을 따라가기에는 기운이 부족했고, 사치스러운 휴식에 빠져 무의식적으로 침대의 초록색 줄무늬를, 묘하게도 그것들을 산뜻한 잔디 조각과 연관 지으며, 응시했다. 그러는 동안 초록색 줄무늬 사이의 노란색 지면이 자갈길을 만들어 잘 다듬어진 정원의 전망을 도왔다.

그는 몽상 속에서 비슷한 주택들이 연이어 다닥다닥 붙어 있는 거리를 거닐다가 길을 잃었을 때 다시 한번 기침 소리를 들었다. 기침 소리에 산책길은 다시 침대의 줄무늬로 줄어들었고,

침대에서 몸을 약간 일으켜 한 손으로 커튼을 젖히고 밖을 내다 보았다.

분명 같은 방에 여전히 촛불 옆에 있었지만, 그는 끝도 없는 놀라움으로 병들과 대야, 불가에서 리넨 조각을 말리는 모습, 병실에서나 볼 수 있을 법한 가구들―모든 것이 말끔하게 정돈되어 있었지만, 잠자리에 들 때 그곳의 상태와는 완전 딴판이었다―을 보았다. 분위기 또한 약초와 식초의 시원한 향이 가득했고, 바닥은 새로 닦은 듯 반짝반짝 윤이 났다. 뭐지? 후작 부인인가? 그렇다. 그녀가 탁자에 홀로 앉아 크리비지를 하고 있었다. 그에게 방해가 될까 봐 두려웠는지 조용한 태도로 가끔 기침하며 카드 패를 섞고, 떼고, 돌리고, 점수를 계산하고 기록하며 게임에 집중했다. 요람에서부터 숙달된 것처럼 크리비지의 모든 과정을 척척 진행했다.

스위블러 씨는 잠시 이런 것들을 곰곰이 생각했고, 힘겹게 커튼을 원래 상태로 돌려놓고 다시 베개를 베고 누웠다.

'꿈을 꾸고 있는 거야.' 리처드는 생각했다. '분명해. 잠자리에 들 때만 해도 내 손은 달걀껍데기 같지 않았는데, 지금은 속이 보일 정도야. 꿈이 아니라면 실수로 아라비안나이트 속에서 깨어났어. 런던이 아니라. 하지만 난 확신해. 나는 지금 자고 있어. 적어도 그것만은 사실이야.'

이때 작은 하녀가 다시 한번 기침했다.

'정말 굉장해!' 스위블러 씨는 생각했다. '여태 이렇게 생생한 기침을 꿈으로 꿔본 적은 없어. 기침이나 재채기를 꿈으로 꿔본 적이 있는지 모르지만, 누구도 경험하지 못한 꿈에 대한 철학의 일부일지도 몰라. 또 다른 꿈이지. 나는 꿈을 다소 빨리 꾸는 편이니까.'

스위블러 씨는 잠시 생각한 뒤 꿈인지 생시인지 확인하기 위해 팔을 꼬집었다.

'그래도 이상해!' 그는 생각했다. '잠자리에 들 때만 해도 살이 통통했는데, 지금은 살이 잡히지 않아. 다른 걸 살펴볼까.'

추가로 확인한 결과 주위를 둘러싼 물건들이 모두 진짜이며 보이는 것 역시 명백한 현실임을 확인했다.

"아라비안나이트 같은 일이 일어났어. 바로 그거야." 리처드가 말했다. "난 지금 다마스쿠스나 그랜드 카이로에 있어. 후작 부인이 지니고, 중국 황실의 공주 남편감으로 세상 남자 중 누가 가장 잘 생겼는지, 누가 가장 적격인지 또 다른 지니와 내기를 한 거지. 그래서 나와 나의 방과 방안의 모든 걸 이곳으로 옮겨왔어, 세상 남자들과 비교하려고." 스위블러 씨가 베개 위에서 힘없이 머리를 돌리고 벽 옆에 있는 침대의 저쪽을 바라보며 말했다. "어쩌면 공주가 아직 있을지도 몰라. 아니야, 그녀는 떠났어."

이런 설명으로도 만족감이 채워지지 않자, 심지어 그 설명

—여전히 약간의 신비함과 의구심을 포함하고 있었다—이 맞을지라도, 스위블러 씨는 다시 커튼을 젖히고 친구에게 처음으로 말을 걸어보기로 결심했다. 그럴 기회는 바로 찾아왔다. 카드 패를 돌리던 후작 부인이 카드를 뒤집어 잭이 나왔는데도 어드밴티지 점수를 빼먹고 계산했다. 이때 스위블러 씨가 힘껏 소리쳤다. "도망가면 2점이잖아!"

순간 후작 부인이 자리에서 벌떡 일어나더니 손뼉을 쳤다. '틀림없이 아라비안나이트야.' 스위블러 씨는 생각했다. '그곳에서는 종을 울리는 대신 항상 손뼉을 쳐. 자, 이제 흑인 노예 2천 명이 보석이 들어 있는 항아리를 머리에 이고 등장할 거야.'

하지만 후작 부인은 단지 기쁨에 겨워 손뼉을 친 것으로 보였다. 바로 웃기 시작하더니 울기 시작했고, 아랍어가 아닌 친숙한 영어로 "정말 기뻐요. 그동안 어떻게 해야 할지 몰랐어요"라고 분명히 말했기 때문이다.

"후작 부인." 스위블러 씨가 친절하게 말했다. "좀 더 가까이 와요. 우선 내 목소리가 어떻게 되었는지 알려주고, 그다음 내 살은 어떻게 된 거죠?"

슬프게 고개만 젓던 후작 부인이 다시 울음을 터뜨렸다. 그 때문에 스위블러 씨도 (몸이 매우 허했으므로) 후작 부인과 마찬가지로 눈에 눈물이 고이는 것을 느꼈다.

"부인, 부인의 태도나 주위 모습으로 추론해 볼 때," 잠시 말을 멈춘 리처드가 입술을 바르르 떨며 살며시 미소를 지었다.

"내가 그동안 아팠군요."

"네, 그랬어요!" 작은 하녀가 눈물을 훔치며 대답했다. "헛소리까지 한 걸요."

"오!" 딕이 말했다. "많이 아팠군요, 후작 부인. 내가 그랬어요?"

"거의 죽었었죠." 작은 하녀가 말했다. "회복할 거란 생각은 전혀 못 했어요. 하느님께 감사해야 해요."

스위블러 씨는 한참이나 말이 없었다. 이윽고 그가 다시 입을 열며 얼마 동안 침대에 누워 있었는지 물어보았다.

"내일이면 3주예요." 작은 하녀가 대답했다.

"3, 뭐요?" 딕이 소리쳤다.

"주." 후작 부인이 힘차게 말했다. "길고도 느리게 흘러간 3주요."

그처럼 극한의 상태에 빠져 있었다는 텅 빈 생각에 리처드는 또 다른 침묵에 빠졌고, 다시 침대에 납작하게 드러누웠다. 좀 더 편안하게 이불을 정리하며 그의 손과 이마의 열이 많이 내린 것을 느낀—그녀는 이 발견으로 크게 기뻐했다—후작 부인은 눈물을 좀 더 흘리다가 버터를 바르지 않은 얇은 토스트를 조금 만들며 차를 준비했다.

하녀가 이 일을 하는 동안 감사한 마음으로 그 모습을 지켜보던 스위블러 씨는 그녀가 참으로 편하게 행동하는 모습을 보고 깜짝 놀랐다. 이 놀라움의 출발점인 샐리에게로 생각이 옮겨 간 그는 그녀에게 한없이 고마워했다. 빵이 다 구워지자, 후작 부인은 쟁반에 깨끗한 천을 깔고 바삭바삭한 빵 조각과 묽은 홍차 한 사발을 그에게 건네며, 의식이 돌아올 때 이렇게 해주면 기운을 차린다고 한 의사의 말을 전했다. 하녀는 전문 간호사만큼 능숙하지는 않았지만, 부드러운 것은 그에 못지않아서 그의 허리를 베개로 받치고 몸을 일으켰고, 환자—가끔 움직임을 멈추고 간호사의 손을 잡고 흔들었다—가 보잘것없는 식사를 식욕을 보이며 맛있게 먹는 모습을 만족스럽게 지켜보았다. 그 음식은 어떤 상황에서도 투정 부릴 수 없을 만큼 세상에서 가장 훌륭한 산해진미였으리라. 그가 식사를 마치자 깨끗이 치우고 주변을 다시 한번 정리한 뒤 하녀는 차를 마시기 위해 탁자에 앉았다.

"후작 부인." 스위블러 씨가 말했다. "샐리는 잘 지내요?"

작은 하녀는 극도의 교활함이 얽힌 표정으로 변하며 얼굴을 찡그리고 고개를 저었다.

"아니, 최근에 그녀를 못 봤나요?" 딕이 물었다.

"못 봤느냐고요!" 작은 하녀가 외쳤다. "용서하세요, 전 도망쳤어요."

스위블러 씨는 이 말을 듣고 다시 침대에 납작하게 뻗어버렸고, 그렇게 5분 정도를 가만히 있었다. 얼마 후 그가 아주 천천히 몸을 일으키며 다시 질문했다.

"후작 부인, 그러면 지금은 어디 살아요?"

"사는 곳이요!" 작은 하녀가 소리쳤다. "여기요!"

"오!" 스위블러는 이런 외마디 말을 남기고 총이라도 맞은 듯 다시 침대에 납작하게 쓰러졌다. 그렇게 그는 하녀가 차를 다 마신 후 그릇을 정리하고 난로 주변을 청소할 때까지 말을 잃고 미동도 없이 있었다. 이윽고 작은 하녀에게 침대 옆으로 의자를 가져오라는 신호를 한 그가 다시 몸을 받치고 일어나 더 깊은 대화를 시작했다.

"그래, 도망쳤다고요?" 딕이 말했다.

"네." 후작 부인이 대답했다. "그들이 저를 찾으려고 고를 했어요."

"고⋯. 뭐라고요?" 딕이 말했다. "그들이 뭘 해요?"

"저를 고 했어요. 신문에 내는 고 있잖아요." 후작 부인이 대답했다.

"아, 아, 광고요." 딕이 말했다.

작은 하녀가 고개를 끄떡이며 눈을 깜빡였다. 그녀의 눈은 제대로 잠을 자지 못하고 눈물까지 흘린 탓에 매우 충혈되어 비극의 여신도 동료라고 윙크할 듯했다. 딕도 그렇게 느꼈다.

"말해 봐요." 스위블러가 말했다. "어떻게 여기까지 올 생각을 했는지."

"저, 그게." 후작 부인이 대답했다. "나리가 떠난 후 제겐 친구가 없었어요. 하숙인은 다시 돌아오지 않았고, 나리나 그분이 어디에 있는지도 알 길이 없었죠. 그런데 어느 날 아침, 그러니까 제가…."

"열쇠 구멍 가까이 있었다고요?" 하녀가 머뭇거리자, 스위블러 씨가 말했다.

"그게, 네, 맞아요." 작은 하녀가 고개를 끄덕이며 말했다. "나리가 저를 본 것처럼 그렇게 사무실 열쇠 구멍 가까이 있는데, 이곳에 사는 나리의 하숙방 주인이라면서 어떤 여자가 찾아와서는 나리가 무척 아픈데 돌봐줄 사람이 없다고 말하는 소리를 들었어요. 브라스 나리는 '알 바 아니오'라고 대답했고, 샐리 아가씨는 '재미있는 친구지만, 내가 상관할 일은 아니에요'라고 말했어요. 그렇게 부인은 문을 세차게 닫고 돌아갔어요. 그래서 그날 밤 이곳으로 도망쳐왔고, 제가 나리의 동생이라는 말을 주인이 믿어줘서 그때부터 쭉 이곳에 머무르게 되었어요."

"가엾은 후작 부인이 나를 위해 죽을 고생을 했군요!" 딕이 소리쳤다.

"아니에요." 하녀가 대답했다. "전혀 그렇지 않아요. 전 신경 쓰지 마세요. 서 있는 걸 좋아하고, 여기 의자 중 한 곳에 앉아 종종 잠도 잤어요. 그런데 나리가 얼마나 저 창문 밖으로 뛰어

내리려고 했는지 볼 수 있었다면, 나리가 얼마나 노래를 부르고 연설을 했는지 들을 수 있었다면, 나리는 그걸 믿지 않았을 거예요. 나리가 건강을 회복해서 정말 기뻐요. 리블러 나리."

"리블러!"[15] 딕이 생각에 잠겨 말했다. "내가 리블러라 다행이에요. 후작 부인, 부인이 아니었으면 난 죽은 목숨이나 다름없어요."

이 시점에 스위블러 씨는 작은 하녀의 손을 다시 잡고 얼마나 고마움을 느끼는지 보여주기 위해 자신의 눈도 후작 부인의 눈만큼 붉게 만들려고 애썼다. 하지만 하녀는 재빨리 그를 침대에 눕혀 분위기를 바꾸고 안정을 취하라고 다독였다.

"의사 선생님이 말하길," 하녀가 말했다. "나리는 말을 많이 하지 말아야 하고 소음도 아무것도 없어야 한다고 했어요. 이제 쉬고 다음에 다시 얘기해요. 제가 옆에 앉아 있을게요. 혹시 눈을 감으면 잠이 들지 모르니 눈을 감아요. 자고 나면 한결 나을 거예요."

이런 말들을 하며 침대 옆으로 작은 탁자를 끌어와 자리에 앉은 후작 부인은 많은 화학자의 설명에 따라 재료를 혼합해 청량음료를 만들기 시작했다. 스위블러 씨는 너무 지친 나머지 깊은 잠에 빠졌고, 약 30분 후 다시 깨어나 시간을 물어보았다.

---

15 리블러(liverer)를 '다시 살아난 사람'으로 받아들였다.

"여섯 시 반밖에 안 됐어요." 그가 일어나 앉는 것을 도우며 작은 친구가 대답했다.

"후작 부인." 이마를 어루만지다가 문득 무언가가 떠오른 듯 고개를 돌리며 리처드가 말했다. "키트는 어떻게 되었죠?"

수년간의 유배형을 받았다고 하녀가 대답했다.

"그래서 유배를 떠났나요?" 딕이 물었다. "키트 어머니…. 그녀는 어때요? 어떻게 되었죠?"

하녀가 고개를 저으며 아는 바가 전혀 없다고 대답했다.

"하지만," 작은 하녀가 천천히 말했다. "나리가 말을 삼가고, 다시 열이 나지 않게 조심하면 말할게요. 하지만 지금은 말할 수 없어요."

"말해 봐요." 딕이 말했다. "그러면 마음이 풀릴 거예요."

"오! 그래야 마음이 풀린다고요!" 작은 하녀가 겁에 질린 표정을 지으며 대답했다. "저도 그 정도는 알아요. 나리 몸이 좋아질 때를 기다렸다가 그때 말할게요."

스위블러가 작은 친구를 간절한 눈빛으로 바라보았다. 병마에 시달린 탓에 크고 움푹 들어간 그의 눈이 그 표정에 상당한 도움을 줘서 하녀는 꽤 겁을 먹었고, 그에게 그 일에 대해 더는 생각하지 말라고 간청했다. 하지만 하녀가 이미 뱉은 말은 그의 호기심을 자극했을 뿐만 아니라 그를 매우 불안하게 했다. 이런 이유로 그는 하녀에게 그 최악의 상황을 말해달라고 재촉했다.

"오! 최악의 상황은 아니에요." 작은 하녀가 말했다. "나리와는 아무 상관 없는 일이에요."

"상관없는 일…. 틈새나 열쇠 구멍을 통해 의도치 않게 무언가를 엿들었죠? 후작 부인이 들으면 안 되는 내용인가요?" 딕이 숨 가쁘게 말했다.

"네." 작은 하녀가 대답했다.

"베, 베비스 막스에서?" 딕이 다그쳤다. "브라스와 샐리의 대화를?"

"네." 작은 하녀가 다시 큰 소리로 대답했다.

리처드 스위블러가 앙상한 팔을 침대 밖으로 뻗어 하녀의 손목을 잡아당기며 그 내용을 전부 말하지 않으면 결과를 책임질 수 없다고 했다. 그는 흥분과 기대의 상태를 조금도 참지 못했다. 후작 부인은 그가 몹시 동요하는 모습을 보고, 또 사실을 털어놓았을 때 뒤따를 어떤 것보다 사실을 털어놓지 않고 미루었을 때의 결과가 더 해롭다고 보고, 환자가 자리에서 벌떡 일어나거나 뒤척이지 않고 절대 침묵을 지키는 조건으로 수락을 약속했다.

"하지만 약속을 안 지키면," 작은 하녀가 말했다. "멈출 거예요. 그러면, 말할게요."

"모두 말하기 전에 멈추면 안 돼요." 딕이 말했다. "어서 말해

봐요. 아름다운 분. 자매여, 어서 말해요. 귀여운 앵무새여, 어서. 오, 제발 언제 어디에서 그랬는지 말해줘요. 제발, 후작 부인. 이렇게 간청합니다."

세상에서 가장 근엄하고 대단한 성질의 서원(誓願)인 듯 열정적으로 간청하는 이런 말들을 물리칠 수 없어서 하녀는 이렇게 말했다.

"그러니까! 저는 도망치기 전에 우리가 카드 게임을 한 부엌에서 잠을 자곤 했어요. 샐리 아가씨가 부엌 열쇠를 주머니에 넣고 다니며 밤마다 내려와서 촛불을 끄고 난로의 불을 긁어냈어요. 그렇게 하고는 저를 어둠 속에 남겨두고 밖에서 문을 잠근 뒤 다시 열쇠를 주머니에 넣고 아침까지 돌아오지 않았어요. 아주 이른 아침에 다시 꺼내줬죠. 저는 그렇게 어둠 속에 남겨지는 게 정말이지 끔찍할 정도로 무서웠어요. 혹시 불이라도 나면 그들만 빠져나갈 것 같았거든요. 그래서 낡고 녹슨 열쇠가 눈에 띨 때마다 몰래 집어와 부엌문에 맞춰보곤 했어요. 그러다가 먼지 가득한 다락에서 맞는 열쇠를 찾았어요."

이 부분에서 스위블러 씨가 발로 과격한 반응을 보였다. 하지만 작은 하녀가 바로 입을 다물어버리자, 그는 다시 진정했고, 잠시 협정을 까먹었다고 호소하며 그녀에게 계속해달라고 간청했다.

"그들은 먹을 것도 제대로 주지 않았어요." 작은 하녀가 말했다. "오! 그들이 얼마나 절 굶겼는지 나리는 상상도 못 해요. 밤에 그들이 잠을 자러 가면 어둠 속에서 사무실에 남기고 간 비스킷이나 샌드위치를 찾기 위해 여기저기를 손으로 더듬고 다녔어요. 어쩌다가 오렌지 껍질이라도 발견하는 날이면 냉수에 넣고 와인이라 생각하고 마셨어요. 오렌지 껍질이 들어 있는 물 마셔봤어요?"

스위블러 씨는 그렇게 열정적인 물은 마셔본 적이 없다고 대답했고, 다시 하녀에게 이야기를 재개해 달라고 재촉했다.

"와인이라 생각하고 마시면 꽤 괜찮아요." 작은 하녀가 말했다. "하지만 그렇게 믿지 못한다면 분명 양념이 약간 들어간 맛일 거예요. 전 그들이 잠을 자러 가면 밖으로 나왔고, 가끔은 잠을 자러 가기 전에 밖으로 나오기도 했어요. 그리고 사무실에서 그 소동이 벌어지기 하루인가 이틀인가 전날 밤에, 그러니까 그 사내아이가 잡혀가기 전 말이에요. 위층에 올라갔더니 브라스 나리와 샐리 아가씨가 사무실 난로 앞에 앉아 있었어요. 사실대로 말하는 거예요. 금고 열쇠에 관해 들으려고 올라갔어요."

스위블러 씨는 이불이 원뿔처럼 솟아오르도록 양 무릎을 모아 세우고 얼굴에는 근심이 가득한 표정을 지었다. 하녀가 말을 멈추고 손가락을 들어 올리자, 원뿔은 사라졌지만, 근심 어린 표정은 그대로였다.

"그곳에 두 분이 있었어요." 작은 하녀가 말했다. "난롯가에 앉아 속삭이며 대화를 나누고 있었죠. 브라스 나리가 샐리 아가씨에게 '맹세하건대 아주 위험한 일이고 우리를 곤경에 빠뜨릴 수도 있어. 나는 내키지 않아'라고 말했어요. 그러자 아가씨가, 아가씨 말투 알 거예요. 이렇게 말했어요. '오라버니는 내가 본 사람 중 가장 겁 많고, 나약하고, 담이 작아. 내가 오빠로 태어나고 오라버니가 여동생으로 태어났어야 했는데. 퀼프 그 사람 우리에게 가장 소중한 고객 아니야?' 브라스 나리가 대답했어요. '분명 그렇지.' 다시 샐리 아가씨가 말했어요. '우리가 하는 일은 누구든 계속 파멸시켜야 하는 일이잖아?'—'확실히 그래.' 브라스 나리가 대답했어요. 그러자 샐리 아가씨가 말했어요. '퀼프가 원해서 키트를 파멸시키는데, 그게 뭐 대단한 일이야?'—'분명 대단한 일은 아니지.' 브라스 나리가 대답했어요. 그리고 두 분은 제대로만 하면 위험에 빠지지 않는다고 하며 한참 동안 낄낄대고 속삭이더니, 브라스 나리가 수첩을 꺼내 들고 '음, 여기 있군. 퀼프의 5파운드 지폐. 그러면 그렇게 하기로 했어'라고 말했어요. '키트가 내일 아침에 올 거야. 그 녀석이 위층에 올라간 사이 너는 밖으로 나가. 스위블러도 나갈 거야. 키트혼자 남게 될 때 내가 말을 걸며 그 녀석 모자에다 이 돈을 집어넣는 거지. 스위블러가 그곳에서 돈을 찾아내게 하면 그게 증거가 되는 거고. 이 방법으로도 크리스토퍼를 제거하지 못하고 퀼

프 씨의 원한을 풀어주지 못한다면 악마가 장난치는 걸 거야.'
샐리 아가씨가 웃으며 바로 그게 계획이라고 말했어요. 두 사람
이 나오는 듯해서 거기 있기가 두려웠던 저는 다시 아래층으로
내려왔어요. 이제 알겠죠!"

점차 몸이 달아오른 작은 하녀도 스위블러 씨만큼이나 동요
했고, 그가 침대에서 벌떡 일어나 이 이야기를 다른 사람에게
했는지 다급하게 묻는데도 막을 생각을 못 했다.

"어떻게 얘기해요?" 간호사가 대답했다. "생각하는 것만으
로도 겁이 나는데. 그 사내아이가 걸려들지 않기만을 바랐어
요. 그런데 결국 그 아이는 누명을 쓰고 유죄를 선고받고, 나
리는 해고당하고, 하숙인마저 떠난 것을 브라스 나리와 샐리
아가씨의 대화를 듣고 알게 되었어요. 물론 하숙인이 거기 있
었어도 무서워서 말을 못 했겠지만. 제가 여기 온 후로 나리는
제정신이 아니었으니, 제가 이런 말을 한들 무슨 소용이었겠
어요."

"후작 부인." 스위블러 씨가 취침 모자를 벗어 방 귀퉁이에
집어 던지며 말했다. "몇 분간 자리에서 물러나 오늘 밤 날씨가
어떤지 확인할 수 있게 허락해 준다면 내일이면 자리에서 일어
날 거예요."

"그런 생각 하면 안 돼요." 간호사가 외쳤다.

"해야만 해요." 환자가 방을 둘러보며 말했다. "내 옷이 다 어

디로 갔지?"

"기쁘게도 옷은 없어요." 후작 부인이 대답했다.

"후작 부인!" 스위블러 씨가 깜짝 놀라며 말했다.

"의사를 데려오고 약을 사느라 옷을 내다 팔 수밖에 없었어요. 하지만 나무라지는 마세요." 후작 부인의 말을 듣고 딕은 베개 위로 쓰러졌다. "서 있기에는 몸이 정말 약해요."

"부인 말이 맞는 듯해서 걱정이에요." 리처드가 애절하게 말했다. "어떻게 해야 하나! 도대체 무얼 해야 하지!"

우선 갈랜드 씨 부자에게 이 사실을 알려야 한다는 생각이 자연스럽게 떠올랐다. 아벨 씨라면 아직 사무실에 남아 있을 가능성이 컸다. 그것을 말하는 데 걸리는 짧은 시간 안에 작은 하녀는 종이에 연필로 쓴 공증 사무실 주소를 가지고 있었고, 갈랜드 씨 부자에 대한 구두 묘사는 별 어려움 없이 그들의 얼굴을 알아볼 수 있게 했을 것이다. 또 척스터 씨는 키트에게 반감이 있으니 그를 보면 피하라고 단단히 일렀다. 하녀는 변변치 않은 정보와 갈랜드 씨나 아벨 씨 중 한 명을 집으로 데려오라는 임무를 전달받고 급히 자리를 떴다.

"내 생각에," 문을 천천히 닫고 나간 하녀가 그가 편안하게 있는지 확인하기 위해 방안을 다시 빼꼼히 들여다보았을 때 딕이 말했다. "내 생각에 입을 게 아무것도 없어. 심지어 조끼 하나도?"

"네, 하나도 없어요."

"당혹스럽군." 스위블러 씨가 말했다. "불이 나면 우산이라도 하나 필요한데. 하지만 아주 잘했어요. 후작 부인. 부인이 아니었으면 난 죽었을 거예요."

65장

　영리하고 약삭빠른 성향이 작은 하녀에게는 잘된 일이지만, 그녀가 모습을 드러내기에 가장 위험한 이웃 지역에서부터 혼자 보낸 결과 절대적 권한을 가진 샐리 브라스 양에게 반환하는 꼴이 될 수도 있었다. 하지만 그런 위험을 신경 쓰지 않고 달린 후작 부인은 집을 나서자마자 어두운 첫 번째 샛길로 뛰어들었고, 우선은 목적지와 상관없이 자신과 베비스 막스 사이에 있는 족히 2마일은 되는 상점 거리를 달리는 목표를 세웠다.

　이 목표를 달성한 하녀는 공중 사무실로 가는 경로를 정하기 시작했는데, 영특하게도 주변의 시선을 끌 위험이 있는 불 켜진 상점이나 잘 차려입은 사람 대신 거리 구석진 곳에서 사과를 파는 여인이나 굴을 파는 상인들에게 물어 방향을 쉽게 알아냈다. 전서구[16]가 낯선 장소에서 처음 풀려나면 목적지로 가기 전에 잠시 그곳의 허공을 무작위로 배회하듯, 후작 부인은 안전하다는 믿음이 생길 때까지 주위를 돌다가 목적지를 향해 힘껏 내달렸다.

하녀는 보닛이 없었고—옛날에 샐리 브라스가 쓰던 큰 모자를 착용하고 있었는데, 우리가 보았듯 그녀의 머리 장식은 독특했다—지나치게 크고 엉성한 신발 때문에 속도가 나지 않았는데, 이마저도 가끔 벗겨져서 군중 속에서 찾느라 고생했다. 실제로 이 가여운 작은 하녀는 진흙이나 수로에서 벗겨진 모자나 신발을 더듬어가며 찾느라 고생했고, 그 과정에서 밀치고, 눌리고, 사이에 끼고, 이 손에서 저 손으로 떠밀리는 고통을 겪었다. 그렇게 공중 사무실에 도착했을 때쯤 그녀는 너무 지친 나머지 흐르는 눈물을 감출 수 없었다.

그래도 마침내 목적지에 도착한 것은 큰 위안이었고, 특히 공중 사무실 창가에 아직 불이 켜져 있어서 그렇게 늦지 않았다는 희망도 가졌다. 후작 부인은 손등으로 눈물을 훔치고 살금살금 현관 계단으로 올라가 유리문을 통해 사무실 안을 들여다보았다.

척스터 씨가 책상 덮개 뒤에 서서 셔츠 손목 밴드를 당겨 내

---

16 통신용으로 쓰는 비둘기.

리고, 셔츠 칼라를 세우고, 목을 좀 더 기품 있게 세우고, 안면 거울의 작은 삼각형 일부로 구레나룻을 몰래 정리하며 퇴근 준비를 하고 있었다. 난로의 잿더미 앞에 두 신사가 서 있었는데, 하녀는 그들 중 한 명이 공증인이고, 다른 한 명이 (큼지막한 외투 단추를 채우며 분명 막 나가려던 참이었다) 아벨 갈랜드 씨라고 올바르게 판단했다.

이렇게 주의 깊게 살핀 후 작은 첩자는 스스로 깊이 생각한 끝에 아벨 씨가 밖으로 나올 때까지 거리에서 기다리기로 결심했다. 그래야 척스터 씨와 만나 그 앞에서 말해야 하는 위험도 피하고 메시지 전달도 좀 더 쉬울 듯했기 때문이다. 이런 목적으로 그녀는 공증인 사무실을 빠져나와 길을 건너 맞은편 집 계단에 앉았다.

하녀가 자리에 앉아 제대로 자세를 잡기도 전에 제멋대로 걸으며 머리를 마구 돌리는 조랑말 한 마리가 춤을 추듯 거리에 나타났다. 조랑말은 뒤에 작은 사륜마차를 달고 거기에 한 남자를 태우고 있었다. 하지만 최소한의 언급도 없이 뒷다리로 벌떡 일어나거나, 걸음을 멈추거나, 다시 가거나, 아니면 다시 가만히 서 있거나, 또는 뒷걸음질을 치거나, 그것도 아니면 옆걸음질을 칠 때도 조랑말은 남자나 사륜마차는 전혀 신경 쓰지 않는 듯했다. 마치 몽상에 사로잡힌 듯, 세상에서 가장 자유로운 동물인 듯 행동했다. 마차가 공증인 사무실 앞에 도착했을 때 그 남자가 아주 공손한 자세로 "자, 그러면 워어어"라고 외쳤는데, 그 소리는 '거기 멈추는 게 내 소원입니다'라고 말에게 애원하는 듯이 들렸다. 조랑말이 순간 멈칫했다. 하지만 조랑말은 멈추라는 요청을 받았을 때 멈추면 나중에 불편하고 위험한 선례가 될 수 있다는 생각이 들었는지, 곧바로 다시 출발해서 골목 구석을 빠른 속도로 달그락거리며 달려가다가 방향을 홱 바꿔 스스로 제자리로 돌아와 멈췄다.

"오! 넌 정말 소중한 존재야!" 남자—이 남자는 안전하게 포장도로에 내려올 때까지 감히 속마음을 드러내지 못했다—가 말했다. "네게 상을 줬으면 좋았을걸. 그랬으면 좋을 텐데."

"조랑말이 뭘 어떻게 했습니까?" 계단을 내려온 아벨 씨가 숄을 목에 두르며 말했다.

"이 녀석 때문에 조마조마했습니다." 마부가 대답했다. "세상에 둘도 없는 악랄한 악당이에요. 워우 워, 가만있어!"

"이 조랑말은 험담을 들으면 절대 가만있지 않습니다." 아벨 씨가 마차에 올라 고삐를 잡으며 말했다. "다룰 줄만 알면 한없이 착한 녀석인데. 전에 있던 마부를 잃은 후로 오늘 아침까지 다른 마부의 말은 전혀 듣지 않다가 처음으로 밖에 나온 날입니다. 등에 불이 제대로 들어왔나, 어? 됐군. 내일도 이 녀석을 여기로 데려다주세요. 그러면 안녕히!"

조랑말이 독특한 자세를 취하며 앞으로 한두 번 꺼꾸러지더니 아벨 씨의 온화함에 굴복해 점잖게 속보로 달려갔다.

그러는 내내 척스터 씨가 문 앞에 서 있어서 작은 하녀는 아벨 씨에게 다가가기가 두려웠다. 그래서 이제 하녀는 마차 뒤를 쫓아가며 아벨 씨에게 멈추라고 소리칠 수밖에 없었다. 하녀가 마차를 바짝 따라붙었을 때는 숨이 너무 차서 아벨 씨 귀에 들릴 만큼 큰 소리를 내지 못했다. 상황은 절망적이었다. 조랑말이 속도를 높여 달리기 시작했기 때문이다. 하녀는 몇 분간 마차 뒤를 따라가며 달렸고, 더는 쫓아갈 수 없다고, 이제 포기해야 한다고 느낀 마지막 순간에 온 힘을 다해 마차 뒷자리에 올라탔다. 그렇게 하느라 하녀는 신발 한 짝을 영영 잃어버리고 말았다.

아벨 씨는 어떻게 하면 조랑말을 계속 달리게 할까 하는 많은 생각에 빠져 주위도 둘러보지 않고 앞만 보며 마차를 몰았다. 하녀가 어느 정도 호흡을 가다듬고 잃어버린 신발에 대한 실망감에서 벗어나 자세를 새롭게 잡고 이렇게 말할 때까지, 아벨 씨는 바로 뒤에 낯선 존재가 타고 있다는 생각은 꿈에도 못 했다.

"나리, 할 말이…."

재빨리 고개를 돌린 아벨 씨가 조랑말을 멈춰 세우며 약간 떨리는 목소리로 소리쳤다. "어이쿠, 이게 뭐야!"

"놀라지 마세요." 여전히 숨을 헐떡이며 전령이 대답했다.

"나리를 쫓아 한참을 달려왔어요."

"무슨 일이냐?" 아벨 씨가 물었다. "어떻게 여기 있지?"

"뒤로 올라탔어요." 후작 부인이 대답했다. "부디 마차를 계속 달려주세요. 멈추지 말고 시내로 가주세요, 제발 서둘러주세요. 사안이 중대해요. 나리를 보고 싶어 하는 분이 기다리고 있어요. 나리를 바로 데려오라고 저를 보냈어요. 키트와 관련한 모든 일을 알고 있고, 그를 구해내고 무죄를 입증할 수 있다고 했어요."

"얘야, 정말이냐?"

"맹세코, 사실이에요. 제발 마차를 계속 달려주세요. 빨리요! 시간이 많이 지나서 제가 길을 잃었다고 생각할 거예요."

아벨 씨는 무의식적으로 조랑말에게 출발하라고 재촉했다. 조랑말은 어떤 비밀스러운 공감 때문인지, 아니면 새로 생긴 변덕 때문인지, 중간에 속도를 늦추거나 기이한 행동도 하지 않고 쏜살같이 달려 스위블러 씨의 숙소에 도착했다. 아벨 씨가 고삐를 당기자, 조랑말은 놀랍게도 단번에 걸음을 멈췄다.

"저기예요! 저기 보이는 위쪽 방이에요." 후작 부인이 어렴풋한 불빛이 비치는 방을 가리키며 말했다. "빨리요!"

이 세상에 존재하는 사람 중 가장 순박하고 내성적인 데다 선천적으로 겁까지 많은 아벨 씨는, 사람들이 지금과 같은 상황에서 후작 부인과 같은 안내인에 의해 낯선 장소에 유인되어 강도나 살해당한 얘기를 들어왔기 때문에, 안으로 들어가기를 주저했다. 하지만 키트에 대한 관심이 다른 모든 고려를 극복했다. 아벨 씨는 일거리를 기대하며 주위를 어슬렁거리던 한 남자에게 위스커를 맡기고 하녀가 손을 잡고 길을 이끌도록 해서 어둡고 좁은 층계를 올랐다.

아벨 씨는 하녀가 불빛이 희미한 병실로 이끌고 가서 깜짝 놀랐다. 그곳에는 한 남자가 침대에 평온하게 누운 채 잠들어 있었다.

"그가 저기 저렇게 조용히 누워 있는 모습이 보기에 좋지 않나요?" 안내자가 진지하게 속삭였다. "오, 나리도 2~3일 전에 그를 보았다면 이렇게 말했을 거예요."

아벨 씨는 아무 대꾸도 없었다. 사실대로 말하면 그는 침대에서 멀찍이 떨어져 문에 바짝 붙어 있었다. 그가 주저하는 이유를 아는 듯한 안내자가 초의 심지를 다듬어 손에 쥐고 침대로 가까이 다가갔다. 그러자 잠을 자던 사람이 벌떡 일어났고, 아벨 씨는 허탈한 표정을 지으며 리처드 스위블러의 생김새를 알아보았다.

"어, 이게 어떻게 된 일입니까?" 아벨 씨가 황급히 그에게 다가가 친절하게 물었다. "아팠군요?"

"매우." 딕이 대답했다. "거의 죽다가 살아났습니다. 당신을 데려오라고 보낸 저 친구가 아니었다면 제 부고를 듣게 되었을

지도 모릅니다. 후작 부인, 괜찮다면 다시 한번 손을 잡아요. 아벨 씨. 앉으세요."

아벨 씨는 안내자의 품격을 듣고 다소 놀라는 듯했고, 의자를 침대 옆으로 당겨 자리에 앉았다.

"제가 불렀습니다만," 딕이 말했다. "후작 부인에게 설명을 들었습니까?"

"그렇습니다. 설명을 듣고 매우 어리둥절합니다. 도대체 무슨 말을 어떻게 해야 할지, 어떻게 생각해야 할지 모르겠습니다." 아벨 씨가 대답했다.

"지금은 그럴 겁니다." 딕이 말했다. "후작 부인, 침대에 좀 앉아요. 그리고 이제 내게 한 이야기를 이 신사분에게 그대로 들려줘요. 하나도 빠짐없이. 아벨 씨는 그냥 듣기만 하세요."

이야기는 다시 반복되었다. 토씨 하나 빠뜨리지 않고 중심을 벗어나거나 생략된 말 없이 전과 정확히 똑같았다. 리처드 스위블러는 하녀가 말하는 동안 방문자에게 시선을 고정했고, 이야기가 끝나자마자 바로 입을 열었다.

"다 들었으니, 까먹지 마세요. 전 지금 머리가 너무 어지럽고 이상해서 아무것도 제안할 수 없습니다. 하지만 당신과 당신 친구들은 무엇을 해야 하는지 잘 알고 있을 겁니다. 시간이 너무 지체되어 한시가 급합니다. 그동안 빨리 달렸다면, 오늘 밤은 더 빨리 달려 집으로 가세요. 아무 말도 말고 그냥 집으로 가세요. 후작 부인이 필요하면 항상 이곳에 있으니 찾아오면 됩니다. 저도 1~2주 동안은 이 집에 머물 겁니다. 그렇게 해야 할 여러 이유가 있으니까요. 후작 부인, 불을 비춰줘요! 저를 보느라 시간을 지체한다면 절대 용서하지 않을 겁니다!"

아벨 씨에게 충고나 설득을 더 할 필요는 없었다. 그는 즉시 방을 나갔고, 아벨 씨에게 아래층까지 불을 비춰주고 돌아온 후작 부인이 조랑말이 아무 저항도 하지 않고 쏜살같이 달려갔다고 스위블러에게 알렸다.

"잘했어요!" 딕이 말했다. "믿음이 갑니다. 이제부터 그를 존경할 겁니다. 후작 부인, 분명 피곤할 테니 저녁을 들고 맥주를 좀 마셔요. 맥주를 마셔요. 당신이 그러는 모습을 보면 내가 맥주를 마시듯 내게도 그만큼 도움이 될 겁니다."

스위블러의 이 확언만큼 작은 간호사가 진수성찬을 마음껏 탐닉하도록 설득할 말은 없었을 것이다. 하녀는 스위블러가 만족하도록 음식을 먹고 맥주를 마시며 그에게도 음료를 챙겨주었고, 식사가 끝나자 모든 것을 말끔하게 정리한 뒤 낡은 침대보로 몸을 돌돌 말고 난로 앞에 누웠다.

이때쯤, 스위블러 씨는 꿈속에서 혼자 중얼거리고 있었다. "펴라, 펴라, 골풀로 된 잠자리를 펴라. 아침이 부끄러움에 얼굴을 붉힐 때까지 머물 테니. 잘 자요, 후작 부인!"

66장

    아침에 잠에서 깬 리처드 스위블러는 서서히 방에서 속삭이는 목소리를 의식하게 되었다. 커튼 사이로 밖을 내다보며, 그는 후작 부인 주위에 모여 그녀에게 매우 진지하면서도 아주 차분한 어조—분명 그에게 방해가 될까 봐 두려워서—로 얘기하고 있는 갈랜드 씨, 아벨 씨, 공증인, 독신 신사를 찾아냈다. 그는 지체 없이 그들에게 그렇게 조심할 필요가 없다고 알렸고, 네 명의 신사는 곧바로 침대 옆으로 다가왔다. 먼저 늙은 갈랜드 씨가 손을 뻗으며 기분이 어떠냐고 물었다.

    딕이 여전히 도움이 필요하지만 훨씬 좋아졌다고 대답하려는데, 작은 간호사가 신사들의 참견을 시기하듯 그들을 옆으로 밀치고 그의 베개까지 들어가 그 앞에 아침을 내려놓았다. 그리고 그가 말을 하거나 듣다가 피로해질 수 있으니 식사부터 해야 한다고 고집을 부렸다. 마침 배가 고파 죽을 지경이었고, 놀랍게도 밤새 양 갈빗살과 진한 흑맥주를 비롯한 산해진미를 먹는 꿈을 선명하게 계속 꾸었던 터라, 스위블러 씨는 묽은 홍차와 버터를 바르지 않은 빵이라도 마구 먹어 치우고 싶은 심정이었다. 그런 그가 조건부로 식사하는 것에 동의했다.

"그건," 딕이 잡고 있던 갈랜드 씨의 손을 압박하며 말했다. "식사 전에 제 질문에 솔직하게 답해주는 겁니다. 너무 늦었습니까?"

"자네가 어젯밤에 훌륭하게 시작한 일을 마무리하는 것 말인가? 그렇지 않네. 그 점에 대해서는 마음 놓게. 분명 늦지 않았어." 노신사가 대답했다.

이 말을 듣고 안심이 되었는지, 환자는 왕성한 식욕을 보이며 식사했다. 하지만 그가 아무리 열정적으로 먹는다고 해도 먹는 모습을 지켜보는 간호사의 눈만큼 열정적이지는 않았다. 식사는 이렇게 했다. 스위블러 씨는 왼손에 빵 한 조각이나 차 한 잔을 들고 한입 물거나 한 모금 마시면서, 때에 따라 다르지만, 항상 오른손에 후작 부인의 한쪽 손바닥을 꽉 밀착했다. 그리고 잡은 후작 부인의 손을 흔들거나 입을 맞추기 위해 음식물을 삼키는 그 순간에 아주 진지하고 엄숙한 의도를 품고 가끔 하던 행동을 멈추곤 했다. 그가 먹거나 마시기 위해 입속으로 무언가를 집어넣을 때마다 후작 부인의 얼굴은 말로 표현할 수 없을 만큼 밝아졌지만, 그가 고마움을 표시할 때면 얼굴에 그늘이 드리우며 훌쩍이기 시작했다. 후작 부인은 웃을 때나 울 때나 '여기, 이 가여운 친구 보이죠. 제가 어떻게 할 수 있을까요?'라고 호소하는 눈빛으로 방문객들을 바라볼 수밖에 없었고, 그때마다 방문객들도, 이를테면 현장에 있는 사람으로서, '없죠. 어떻게 할 수 없어요'라는 표정으로 한결같은 대답을 했다. 환자가 식사하는 내내 무언극은 계속되었고, 창백하고 수척한 모습의 환자도 무언극에서 작지 않은 역을 맡았는데, 그가 어떤 식사 자리에서, 좋은 말이나 나쁜 말이나, 시작부터 끝까지 한마디도 하지 않고, 아주 사소하고 중요하지 않은 몸동작만으로 그렇게 많이 표현한 적이 있었는지는 꽤 의문이 들 수도 있다.

마침내—솔직히 말하면 금방—스위블러 씨는, 그에게 그렇게 먹게 하는 것은 조심스러운 일이었지만, 회복기의 환자가 먹을 수 있는 만큼 많은 빵과 차를 먹어 치웠다. 하지만 후작 부인의 보살핌은 여기에서 끝나지 않고 밖으로 나가 물이 가득 담긴 대야를 들고 들어와 얼굴과 손을 씻기고 머리까지 빗겨주었다. 말하자면 그와 같은 상황에 있는 사람 중 가장 말쑥하고 단정한 사람으로 만들어주었다. 이 모든 과정은 그가 어린아이고 그녀가 간호사인 듯 아주 딱딱하게 사무적으로 이루어졌다. 스위블러 씨는 하녀의 이런 보살핌을 형언할 수 없는 일종의 감사하는 놀라움으로 표현했다. 이윽고 그들은 이 모두를 끝내고, 후작 부인이 한쪽 구석으로 물러나 보잘것없는 (그때는 이미 식어버린) 아침을 먹을 때 잠시 그쪽을 바라보던 그가 허공에 대고 열심히 악수했다.

"신사님들," 딕이 정신을 차리고 고개를 돌리며 말했다. "죄송합니다. 저처럼 한번 건강이 바닥을 친 사람은 쉽게 피로해지기 마련이지요. 이제 다시 힘이 나고 말도 할 만합니다. 이곳에는 다른 것과 마찬가지로 의자가 부족하니, 괜찮다면 그 침대에 그냥 앉으면 됩니다."

"그래 우리가 뭘 하면 되겠나?" 갈랜드 씨가 친절하게 물었다.

"저쪽에 있는 후작 부인을 냉철한 진심에서 진정한 후작 부인으로 대해주면 감사하겠습니다." 딕이 대답했다. "하지만 여러분은 그렇게 할 수 없기에, 그리고 '그래 우리가 뭘 하면 되겠나?'라는 질문이 여러분이 저를 위해 할 것이 아니라 여러분의 관심을 받을 자격이 있는 다른 누군가를 위해 할 것이기에, 부디 무엇을 할 계획이었는지만 제게 알려주길 바랍니다."

"우리가 여기 온 게 그 때문이네." 독신 신사가 말했다. "왜냐하면 또 다른 사람이 자네를 찾아올 테니까. 우리가 무엇을 할 계획인지 알려주지 않으면 걱정할 듯해서 문제를 해결하기 전에 먼저 자네를 찾아왔네."

"신사님들," 딕이 말했다. "감사합니다. 보다시피 저처럼 무기력한 상태에 있는 사람은 누구나 불안해지기 마련이지요. 계속하세요."

"자, 나의 친구여, 보시게." 독신 신사가 말했다. "밝혀진 사실의 본질이 무엇이든 신의 섭리로 알려진 점을 우리는 의심하지 않네."

"후작 부인이 한 말을 의미합니까?" 딕이 후작 부인을 가리키며 말했다.

"물론 그녀의 말을 의미하네. 우리는 하녀의 말을 의심하지 않을 뿐만 아니라 그 정보를 적절히 사용해서 불쌍한 키트를 즉시 사면하고 해방할 걸로 믿지만, 그렇다고 이 악행의 주범인 퀼프까지 잡을 수 있을지는 의문이네. 이 의구심은 우리가 지금 잠깐 나눈 대화에서도 가장 확실한 주제가 되었네. 어쩔 수 없어 그가 도망칠 아주 작은 기회라도 준다면 그 결과는 정말 끔찍할 것이라는 점에 자네도 동의하리라 믿네. 그러니 혹시 법망을 빠져나갈 사람이 생기더라도 절대 그 사람이 퀼프가 되어서는 안 되네. 분명 자네도 우리와 생각이 같을 거야."

"물론입니다." 딕이 대답했다. "누군가는 놓칠 수밖에 없다고 해도 맹세코 누구도 그렇게 되지 않기를 바랍니다. 법은 제 안의 악뿐만 아니라 다른 모든 사람 안의 악을 막기 위해 만들어졌으니, 그 빛을 차단하면 안 되지요."

독신 신사는 스위블러 씨가 문제를 제기한 빛이 세상에서 가장 밝은 빛이 아니라는 듯 살며시 미소 짓고는, 우선 자신들이

할 일을 전략적으로 심사숙고했다고 설명했다. 그들의 계획은 조심성 많은 사라에게서 자백을 받아내는 것이었다.

"우리가 얼마나 많은 걸 알고 있고, 그걸 어떻게 알게 되었고," 독신 신사가 말했다. "본인이 이미 위태로운 상태에 빠진 걸 그녀가 알게 되면, 우리는 그녀를 이용해 나머지 두 사람도 효과적으로 처벌할 수 있는 희망이 생기네. 우리가 그렇게 할 수 있다면, 그녀는 내가 신경 쓴 어떤 것 때문에 무죄가 될지도 몰라."

딕은 이 계획을 품위 있는 자세로 경청하기는커녕, 그 당시 자신이 보여줄 수 있는 만큼의 많은 따뜻함을 드러내며, 그 늙은 수사슴은 (그러니까 사라는) 어떤 뇌물이나 협박 또는 감언이설에도 넘어오지 않는 완고하고 쉽게 녹거나 틀로 모양을 만들 수 없는 놋쇠 같은 종류의 사람이기 때문에, 퀼프보다 다루기가 훨씬 어려운 걸 알게 될 것이라고 말했다. 다시 말해 그들은 그녀에게 상대가 되지 않으며 분명히 진다는 것이었다. 하지만 그들에게 다른 방법을 채택하라는 촉구는 쓸모없었다. 독신 신사가 자신들의 공동 계획을 설명했다고 기술했지만, 그들 모두가 한꺼번에 말했다고, 그들 중 한 명이 우연히 잠시 침묵을 지키고 있었다면 그는 다시 말할 기회를 잡기 위해 숨을 헐떡거리고 가슴을 두근거리며 서 있었다고 썼어야 했다. 한 마디로 그들은 조급함과 걱정의 정점을 찍어서 설득이 가능하거나 이성적으로 판단할 상태가 아니었다. 그들의 결심을 재고하도록 유도하기보다 지금껏 몰아친 바람 중 가장 격렬한 바람의 방향을 바꾸는 편이 차라리 쉬웠다. 그래서 공증인, 갈랜드 씨, 독신 신사는 스위블러 씨에게 어떻게 키트 어머니와 두 자녀를 계속 신경 써 왔는지, 어떻게 한 번도 키트를 잊지 않고 그의 형량을 줄이기 위해 노력했는지, 키트가 유죄라는 사실을 보여주는 강력한 증거와 그의 결백에 대한 약해지는 희망 사이에서 얼마나 혼란스러워했는지, 지금과 오늘 밤사이 모든 것이 행복하게 정리될 것이므로 리처드 스위블러가 어떻게 마음의 평화를 찾아야 하는지를 말해주고 무수히 많은 친절하고 다정한 말—앞의 말을 다시 인용할 필요는 없는데—을 더한 후 아주 중요한 때에 방을 나갔다. 그렇지 않았다면 리처드 스위블러는 틀림없이 다시 열병이 뻗쳐 죽었을지도 모른다.

스위블러 씨가 짐꾼이 어깨에 멘 거대한 짐을 바깥의 짐 부리는 장소에 내려놓을 때 나는 것과 같은 소리—그 때문에 집이 흔들리고 벽난로 위 선반의 작은 약병이 울리는 듯했다—에 놀라 짧은 낮잠에서 깨어날 때까지, 아벨 씨는 손목시계와 방문을 무척이나 자주 바라보며 뒤에 남아 있었다. 이 소리를 듣자마자 아벨 씨가 자리에서 벌떡 일어났고, 비틀거리며 다가가 문을 열었다. 그리고 보았다! 한 명의 건장한 남자가 어마어마한 크기의 음식 운반 바구니와 함께 서 있는 것을. 짐꾼은 이 거대한 바구니를 방안으로 끌어 옮긴 후 즉시 포장을 벗기고 차, 커피, 와인, 러스크, 오렌지, 포도, 삶기 위해 다리를 묶은 닭, 칼 프 풋 젤리[17], 칡, 사고[18], 기타 맛 좋은 원기 회복제 같은 보물들을 쏟아냈다. 상점도 아닌 곳에서 이런 물건들이 나오는 것은 불가능하다고 생각한 작은 하녀는 입과 눈에서 똑같이 물을 흘리며 할 말을 잃은 채 그 자리에 우두커니 박혀 있었다. 하지만 아벨 씨는 그렇게 놀라지 않았고, 그처럼 큰 바구니를 모두 비워낸 건장한 남자도 눈만 깜빡였다. 아주 갑자기 나타났기 때문에 음식 운반용 바구니 (아주 컸다) 안에서 나온 듯한 멋진 노부인 역시 놀란 기색 없이 발끝으로 이쪽저쪽 소리 없이 분주하게 움직이며 찻잔에 젤리를 가득 따르고, 작은 냄비에 닭고기 수프를 끓이고, 환자를 위해 오렌지 껍질을 벗겨 작은 조각으로 자르고, 자신의 기분 전환을 위해 더 많은 양의 고기가 준비될 때까지 작은 하녀에게 와인과 여러 가지 음식 조각을 자꾸만 주기 시작했다. 스위블러 씨는 이 모든 광경이 너무 뜻밖이고 당황해서 오렌지 두 개와 작은 젤리를 먹었을 때, 건장한 사내가 모든 것을 풍족하게 남기고 빈 바구니를 들고 나가는 모습을 보았을 때, 마음속으로 그런 불가사의한 일을 즐길 자신이 없어서 다시

---

17 송아지 다리를 삶아 추출한 젤라틴에 레몬주스와 와인을 넣어 굳힌 것.

18 사고 야자나무에서 나오는 쌀알 모양의 흰 전분. 흔히 우유와 섞어 디저트를 만들 때 씀.

침대에 누워 잠에 빠졌다.

그사이 어느 카페로 간 독신 신사, 공증인, 갈랜드 씨는 편지를 써서 샐리 브라스 양에게 보냈다. 그녀와 상담을 원하는 미지의 친구를 위해 가능한 한 빨리 동료와 함께 와달라는 다소 모호하고 간단한 내용이었다. 편지는 효과가 좋았다. 심부름꾼이 서신을 전달하고 돌아온 지 채 10분도 지나지 않아 브라스 양이 모습을 드러냈다.

"여기 앉으세요." 독신 신사가 말했다. 샐리가 보기에 그는 혼자 방에 있었다.

브라스 양은 무척이나 뻣뻣하고 냉랭한 상태로 의자에 앉았고, 서신을 보낸 묘령의 사람이 하숙인이라는 사실에 조금도 놀라지 않는—실제로도 그랬다—듯했다.

"나를 만날 거란 예상은 못 했겠지요?" 독신 신사가 말했다.

"별로 생각이 없었어요." 미녀가 대답했다. "그저 일 때문이라고 생각했습니다. 숙소 문제라면 당연히 오라버니에게 정기 통지를 하거나 돈을 내면 됩니다. 그러면 아주 간단히 정리됩니다. 당신은 책임 있는 당사자이니, 그런 경우 적법한 돈과 적법한 통지는 같은 효력을 지닙니다."

"조언 감사합니다." 독신 신사가 대답했다. "그 생각에 전적으로 동의합니다. 하지만 당신에게 이야기하려는 건 그 문제가 아닙니다."

"오!" 샐리가 말했다. "그러면 그 내용을 상세히 설명해 주겠어요? 제 생각에 제 일과 관련 있는 듯한데."

"어, 분명 법과 관련이 있습니다."

"좋아요." 샐리가 대답했다. "오라버니와 저를 같은 사람으로 생각하면 됩니다. 저한테 지시를 내려도 되고 제가 조언할 수도 있습니다."

"나 말고도 다른 이해 당사자가 더 있으니 다 같이 논의하는 게 좋을 듯합니다." 독신 신사가 자리에서 일어나 내실로 통하는 방문을 열며 말했다. "여러분, 여기 브라스 양입니다!"

갈랜드 씨와 공증인이 심각한 표정을 지으며 안으로 들어섰고, 의자 두 개를 끌어와 독신 신사를 중심으로 울타리를 싸듯 조심성 있는 사라의 양옆에 앉아 그녀를 구석으로 가두었다. 이런 상황에서 오빠 샘슨이라면 틀림없이 당황하거나 불안한 모습을 보였겠지만, 그녀는 너무도 태연하게 양철통을 꺼내 코담배를 한 줌 집어 들이마셨다.

"브라스 양." 공증인이 이런 절체절명의 상황에서 말문을 열었다. "우리처럼 전문직에 종사하는 사람들은 서로를 잘 이해합니다. 필요하면 해야 할 말을 아주 짧게 줄이기도 하지요. 얼마전 도망친 하녀를 찾는 광고를 냈죠?"

"흠." 샐리 양이 갑자기 얼굴을 붉히며 말했다. "그게 어쨌다는 거죠?"

"하녀를 찾았습니다." 공증인이 요란하게 손수건을 꺼내며 말했다. "그녀를 찾았습니다."

"누가 찾았죠?" 사라가 성급하게 대답을 요구했다.

"우리가요. 우리 셋이요. 어젯밤에 찾았습니다. 그게 아니라면 우리가 벌써 당신에게 얘기했을 겁니다."

"그래서 지금 그 말을 하려고요." 브라스 양은 하녀의 죽음에 관해서라면 전부 모른다고 부정할 작정으로 단호하게 팔짱을 끼며 말했다. "무슨 할 말이라도 있나요? 물론 하녀에 관해 뭔가 손에 넣은 게 있겠지요? 증명해 보세요. 그러면 되잖아요. 증명해 봐요. 그 애를 찾았다고 했죠. 혹시 모르는 듯해서 말하는데, 여러분이 찾은 그 계집애는 세상에서 가장 교활한 거짓말쟁이에다 좀도둑에 악마 같은 아이예요. 이곳에 데리고 왔나요?" 그녀가 날카롭게 주변을 둘러보며 덧붙였다.

"아니요. 여기에 없습니다." 공증인이 대답했다. "하지만 아주 안전한 곳에 있습니다."

"하!" 샐리가 마치 작은 하녀의 코를 비틀어 당기듯 독살스럽게 양철통에서 한 줌의 코담배를 잡아채며 소리쳤다. "이제 그 아이는 안전할 겁니다. 확실해요."

"그러기를 바랍니다." 공증인이 대답했다. "하녀가 도망친 걸 알게 되었을 때 혹시 부엌문 열쇠가 두 개라는 사실이 생각나던가요?"

샐리 양이 코담배를 한 번 더 들이마시고 고개를 갸우뚱하며 질문자를 바라보았다. 그녀의 입가에는 호기심을 자아내는 경련이 일어났고, 아주 교활한 표정을 짓고 있었다.

"열쇠가 두 개였습니다." 공증인이 거듭 말했다. "하녀는 그 열쇠 중 하나로 당신이 그녀를 단단히 가두었다고 생각하는 밤마다 집안을 돌아다니며 은밀한 이야기를 엿들었습니다. 그중 하녀가 털어놓은 특별한 얘기를 오늘 판사 앞에서 당신도 듣게 될 겁니다. 세상 가장 불행하고 결백한 어린아이를 절도죄로 기소하기 전날 밤에 당신과 브라스가 함께 꾸며낸 협의 내용을 말입니다. 그 아이는 당신이 이 불쌍한 어린 증인에게 가한 모욕적인 언사들로, 그밖에 더 강한 어떤 것들로 특징 지어졌다고 말할 수 있는 끔찍한 계략에 의해 기소되었지요."

샐리가 또다시 코담배를 들이마셨다. 비록 얼굴은 놀랍도록 차분했지만, 작은 하녀와 관련해서 비난받으리라는 예상과는 아주 다른 내용에 분명 큰 충격을 받은 듯했다.

"자, 자. 브라스 양." 공증인이 말했다. "표정 관리를 아주 잘하는군요. 내가 보기에 당신은 이 비도덕적인 계략이 탄로 나서 두 음모자가 틀림없이 법의 심판을 받게 되리라는 생각은 꿈에도 못한 걸로 보입니다. 하지만 이제 당신이 어떤 죗값과 형벌을 받게 될지 잘 알 테니, 자세히 얘기하지는 않습니다만, 한 가지 제안하려 합니다. 당신은 영광스럽게도 아직 교수형에 처하지 않은 가장 끔찍한 악당 중 한 명의 여동생입니다. 숙녀에게 감히 말하지만, 당신은 모든 면에서 오빠 못지않습니다. 하지만 당신들 두 사람과 관련해 제3의 악당 퀼프는 이 모든 사악한 계략을 처음부터 끝까지 꾸민 주동자이며 당신들보다 더 지독하게 나쁜 사람입니다. 그러니 브라스 양, 오빠를 위해 이 일의 진상을 모두 밝혀주기를 부탁합니다. 분명히 말하지만, 당신이 그렇게 해주면 당신의 안전과 안위는 보장할 겁니다. 현재로서는 당신의 안전은 보장되어 있지 않습니다. 당신 오빠가 다치지 않게 하겠습니다. 당신이 듣고 있듯이 우리는 당신과 오빠에게 불리한 증거를 충분히 확보하고 있습니다. 당신에게 자비를 베풀고자 이 방법을 제안하는 건 아닙니다. 사실대로 말하면 눈곱만큼도 배려하고 싶지 않지만, 필요하니 어쩔 수 없이 하는 겁니다. 즉, 작전상 이렇게 제의하는 겁니다." 위서든 씨가 시계를 꺼내며 말했다. "이런 일에 시간은 아주 소중하지요. 가능한 한 빨리 결정해 주기를 바랍니다."

샐리 양이 얼굴에 어떤 미소를 지으며 세 신사를 차례로 한 명씩 번갈아 바라보다가 코담배를 두세 번 집더니, 이때쯤에는 남은 게 거의 없어서, 검지와 엄지로 양철통 바닥을 빙빙 돌아가며 긁어모았다. 같은 과정을 반복하고 조심스럽게 양철통을 주머니에 넣으며 그녀가 말했다.

"지금 바로 결정해야 하나요?"

"그렇습니다." 위서든 씨가 대답했다.

매력적인 샐리가 막 입을 열고 대답하려는 순간 카페 문이 벌컥 열리더니 샘슨 브라스가 방 안으로 머리를 들이밀었다.

"실례합니다." 브라스가 다급한 목소리로 말했다. "잠깐만요!"

이렇게 말하면서 그가 자신의 등장으로 만들어진 경악할 만한 분위기는 일체 무시하고 방 안으로 들어와 문을 닫고는 기름 낀 장갑이 유골인 듯 입맞춤하고 가장 비굴한 인사를 건넸다.

"사라." 브라스가 말했다. "괜찮다면 잠자코 있어 줄래. 내가 말할게. 신사 여러분, 믿지 않겠지만, 세 분이 행복하게 의견 일치를 보고 단결한 모습을 보니 기쁩니다. 비록 제가 운이 없는 사람이지만, 아니죠, 이런 모임에 이렇게 신랄한 표현을 써도 되는지 모르지만, 제가 범죄자지만, 다른 사람처럼 저도 감정이 있습니다. 어떤 시인이 감정은 모두에게 주어진 공통된 것이라고 말하는 걸 들었습니다. 신사 여러분, 만약 그 시인이 돼지였다면, 그래서 그런 의견을 뱉었다면 여전히 그는 불멸하는 존재였을 겁니다."

"오라버니나 멍청이가 아니면 입 닥치고 있어." 브라스 양이 거칠게 말했다.

"내 사랑하는 동생, 사라." 오빠가 대꾸했다. "고맙구나. 하지만 나는 내가 무슨 말을 할지 알고 있고, 그에 따라서 마음껏 나를 표현할 거야. 위서든 씨, 손수건이 주머니 밖으로 나왔군요. 괜찮다면 제가…."

브라스 씨가 손수건을 넣어주려고 다가가자, 공증인이 혐오 감을 드러내며 몸을 움츠렸다. 평소 호감을 주는 모습과는 아주 다르게 얼굴이 긁히고, 한쪽 눈이 시퍼렇게 멍들고, 처참하게 찌그러진 모자를 쓴 브라스가 갑자기 걸음을 멈추고 측은한 미 소를 지으며 신사들을 둘러보았다.

"저를 피하는군요." 샘슨이 말했다. "심지어 제가 그의 머리 에 숯불을 쌓아놓는다고 해도[19] 저를 피할 겁니다. 그래요! 아! 저는 무너져가는 집이고, (존경하는 신사 여러분에게 이런 표현 을 써도 될지 모르지만), 그 쥐들은 제게서 도망칩니다! 신사님 들, 어떻게 여러분의 대화를 듣게 되었느냐 하면, 사실 이곳으 로 가는 여동생을 우연히 보게 되었습니다. 어디로 가는지 궁금 하기도 하고―감히 이렇게 말해도 될지 모르지만―자연스럽 게 의심이 생겨 동생을 뒤쫓아 왔습니다. 그리고 모든 걸 듣게 되었습니다."

"미치지 않았으면," 샐리 양이 끼어들었다. "입 다물고 더는 말하지 마."

"사랑하는 동생, 사라." 브라스가 공손함을 유지하며 말했다. "고맙지만, 난 계속 말할 거야. 영광스럽게도 같은 계열의 직업

---

19 원수를 은혜로 갚는다는 의미.

을 가진 위서든 씨, 그리고 당연히 하숙인이며 우리 집에서 환대받는 독신 신사분, 어쩌면 제 제안을 듣고 처음에는 거절할지도 모른다고 생각합니다. 정말 그렇게 생각합니다. 이제, 신사 여러분." 공중인이 말을 가로막으려 하자, 브라스가 이를 눈치채고 말했다. "부디, 제가 말할 수 있게 해주세요."

위서든 씨는 침묵을 지켰고, 브라스가 계속 말을 이어갔다.

"저를 한 번 봐준다면," 브라스가 녹색 덮개를 걷어 올리고 흉측하게 색이 변한 눈을 드러내 보이며 말했다. "이걸 보면 어쩌다 이렇게 되었는지 자연스럽게 궁금증이 생길 겁니다. 얼굴을 보면 이 할퀸 상처가 왜 생겼는지 궁금할 겁니다. 또 모자를 보면 어쩌다 이 꼴이 되었는지 궁금하겠지요, 여러분." 브라스가 꽉 움켜쥔 주먹으로 모자를 세게 내리치며 말했다. "이 모든 질문의 답은 바로 퀼프입니다."

세 신사는 멍하니 서로의 얼굴만 바라보며 아무 말도 하지 않았다.

"저는 이 모든 질문의 답이 퀼프라고 했습니다." 브라스는 확실히 알아두라는 듯 샐리를 흘깃 보며 평소 모습과 달리 악의에 차서 말했다. "퀼프, 퀼프, 그는 저를 속여 지옥의 소굴로 유인했고, 제가 불에 그을리고, 타고, 멍들고, 불구가 되는 모습을 지켜보며 낄낄대고 웃더군요. 퀼프는 한 번도, 단 한 번도 대화를 나누는 동안 저를 개보다 나은 존재로 대우한 적이 없습니다. 늘 진심으로 그를 증오해 왔지만, 요즘처럼 증오한 적도 없습니다. 퀼프가 그 일을 사주했음에도 본인은 아무 관계도 없다는 듯 딱 잡아떼며 저를 쌀쌀맞게 대했습니다. 그를 신뢰할 수 없습니다. 그게 살인이었다면 퀼프는 울부짖고, 미쳐 날뛰고, 활활 타오르는 기분 중 하나를 분출할 겁니다. 제가 겁을 먹을 수 있다는 생각은 전혀 못 하고 말이지요. 자," 브라스가 다시 모자를 들어 멍든 한쪽 눈을 덮개로 가리고는 실제로 몸을 웅크리며 비굴하게 말했다. "그 결과는 무엇일까요? 여러분, 그래서 제가 어떻게 되었을까요? 이 상처 자국으로 충분히 짐작하겠지요?"

아무도 대꾸하지 않았다. 브라스가 어려운 문제라도 낸 듯 잠시 히죽거리며 웃었다.

"간단히 말해, 결과가 이렇습니다. 진실이, 가릴 수 없기에, 밝혀졌다면—진실은 그 나름대로 매우 숭고하고 거대합니다. 신사 여러분, 비록 우리가 다른 숭고하고 장엄한 것을, 예를 들어 뇌우처럼, 본다고 항상 기쁘지는 않더라도 말입니다—그가 저를 배신하는 것보다 제가 그를 배신하는 게 낫습니다. 전 이제 글렀습니다. 그러니 누군가가 희생양이 되어야 한다면 제가 그 사람이 되어서 그 점을 이용하는 게 좋을 듯합니다. 내 사랑하는 동생, 사라. 넌 나와 비교해 안전한 편이잖니. 나는 내 살길을 찾아야겠어."

브라스는 이렇게 말하고 서둘러 자초지종을 다 까발렸다. 그는 다정한 고용주에 대해서는 최대한 신랄하게, 본인에 대해서는 인간이라는 약점으로 몰아가며 다소 성인처럼, 그리고 신성한 인물로 표현하며 모든 이야기를 털어놓았다. 그는 이렇게 결론 내렸다.

"자, 신사 여러분, 저는 무슨 일이든 확실히 매듭을 짓는 사람입니다. 속담에도 있듯 쇠뿔도 단김에 빼라고 저는 준비가 되었습니다. 그러니 여러분이 원하는 대로 처리하고 원하는 곳으로 데려가세요. 제가 한 말을 서면으로 확인받고 싶다면 진술서를 쓰겠습니다. 여러분이 선처하리라 믿습니다. 여러분은 명예를 지키고 인정이 많은 분이니까요. 저는 어쩔 수 없어 퀼프를 따랐습니다. 사흘 굶어 도둑질 안 할 사람 없지만, 그래도 법은 따라야 합니다. 그래서 저는 또한 필요에 의해 여러분을 따릅니다. 물론 하나의 수단으로 그런 것이기도 하지만 말입니다. 또한 오랫동안 그렇게 느껴왔기 때문이기도 합니다. 신사 여러분, 퀼프를 응징해 주세요. 무겁게 짓눌러주세요. 고통스럽게 해주세요. 발로 완전히 뭉개주세요. 오랫동안 제게 그렇게 했으니까."

이야기가 결론에 이르자, 샘슨은 화를 삭이고 다시 장갑에 입을 맞추며 기생충 같은 인간과 겁쟁이만이 지을 수 있는 미소를 지었다.

"이 사람이," 그때까지 손으로 머리를 받치고 앉아 있던 샐리가 고개를 들어 쓰라린 경멸의 눈초리로 오빠를 머리부터 발끝까지 살피며 말했다. "이런 사람이 내 오라버니라니! 같이 일하고, 그 때문에 힘들어하고, 남자 같은 구석이 있다고 믿어온 사람이라니!"

"사랑스러운 사라," 샘슨이 힘없이 손을 비비며 말했다. "우리의 친구들이 불안해하잖니. 넌 실망해서 네가 무슨 말을 하는지도 모르면서 속내를 드러내는 거라고."

"그래, 이 한심한 비겁자야." 사랑스러운 아가씨가 말했다. "난 이해해. 내가 오라버니보다 먼저 털어놓을까 봐 걱정한 것. 내가 유혹에 넘어가서 말했다고 생각하지! 이 사람들이 20년 동안 쫓아다녀도 난 입도 뻥긋 안 해!"

"헤헤!" 브라스는 자신의 격을 밑바닥까지 떨어뜨리며, 샐리와 성별을 바꿔 그나마 있던 일말의 남자다움마저 동생에게 줘버린 듯, 바보 같이 히죽거렸다. "사라, 그렇게 생각하지. 아마도 그렇게 생각할 거야. 말은 그렇게 해도 행동은 아주 달랐을 거야. 신사 여러분, 우리의 존경하는 아버지인 폭시의 격언을 잊지 않게 될 겁니다. '항상 모두를 의심하라.' 평생을 살며 꼭 필요한 격언이지요! 만약 내가 모습을 드러냈을 때 너 자신이 살길을 마련하지 않았다면 아마 지금쯤은 네가 사실을 고백하고 있으리라 생각해. 그래서 내가 한 거야. 너의 수치와 수고를 덜어주려고." 브라스가 약간 기가 살며 덧붙였다. "나리들, 만약 있다면 수치심은 제 것입니다. 여성은 그런 일을 당하지 않는 편이 더 좋으니까요."

여성은 그런 일을 당하지 않는 편이 더 좋다는 브라스의 견해와 특히 위대한 선조의 권위를 존중하기에 선조가 규정하고 후손이 행동으로 옮기는 고상한 원칙이 항상 분별 있는 것인지는, 실제로 바라는 결과를 낳는지는 겸손하게 의심해 봐야 할지도 모른다. 소위 세상 물정에 밝은 사람, 현명한 고객, 영리한 개, 약삭빠른 사람, 사업의 큰손 등으로 불리는 많은 성공한 인물들이 이 격언을 자신들의 북극성이자 나침반으로 생각해 왔고 매일 그렇게 따른다는 점을 고려하면, 이것은 분명 대범하고 주제넘은 의심이다. 하지만 조용히 이런 의문이 마음에 들 수도 있다. 브라스 씨가 샐리를 지나치게 의심하지 않고, 동생을 따라와 신사들의 얘기를 엿듣지 않고, 샐리가 신사들의 합동 회의를 처리했다면, 또는 그가 동생을 따라와 신사들의 얘기를 엿들었지만 그렇게 황급히 서둘러 그녀의 뒤통수를 치지 않았다면 (샐리에 대한 불신과 질투심이 없었다면 그렇게 하지 않았겠지만), 어쩌면 결국에는 더 좋은 입장에 놓일 수도 있지 않았을까 하는 의문 말이다. 그래서 속물들은 항상 갑옷을 입고 그런 의심을 하며 악만큼이나 선으로부터 자신을 보호한다. 항상 현미경처럼 세상을 세심하게 살피고 가장 무해한 경우에도 쇠사슬 갑옷을 입는 불편함과 어리석음 또한 말해 무엇하랴.

　세 신사는 조금 떨어진 곳에서 잠시 대화를 나눴다. 협의는 아주 간단하게 끝났다. 공증인이 탁자 위에 놓인 필기구를 가리키며 브라스 씨에게 진술서를 작성하고 싶으면 그렇게 할 기회를 주겠노라고 말했다. 동시에 공증인은 그에게 치안판사 앞에 출두할 것과 그가 한 말과 행동은 전적으로 그의 의지에 의한 것임을 확인시켰다.

　"신사님들." 브라스가 장갑을 벗고 굽실거리며 말했다. "저를 호의로 대해준다면 그에 맞게 행동할 생각입니다. 그렇지 않으면 저는 세 신사분의 반대편에 서게 될 것입니다. 그러니 제가 모든 것을 털어놓을지는 여러분의 호의에 달렸습니다. 위서든 씨, 현기증 같은 게 날 듯한데 벨을 눌러 따뜻하고 자극적인 음료 한 잔만 주문해 주겠습니까. 지나간 일이야 어찌 되었든 당신의 건강을 위해 건배할 수 있다면 더없이 기쁠 겁니다." 브라스가 애처로운 미소로 주위를 둘러보며 말했다. "과거에는 언젠가 세 분이 베비스 막스에 있는 제 누추한 응접실 마호가니 의자에 앉을 날이 있기를 기대했었는데, 덧없는 희망이 되었군요. 아 이런!"

　이때 브라스는 감정이 너무 복받쳤는지 신선한 다과가 나올 때까지 어떤 말도 행동도 할 수 없었다. 다과를 먹고 흥분이 많이 가라앉자, 진술서를 작성하기 위해 자리에 앉았다.

사랑스러운 사라는 오빠 브라스가 진술서를 작성하는 동안 팔짱을 끼거나 뒷짐을 지고 남자 보폭으로 천천히 방안을 걷다가 간혹 멈춰 서서 코담배 갑을 꺼내 뚜껑을 잘근잘근 씹었다. 그녀는 한참을 계속 오가다가 꽤 지쳐 문에서 가까운 의자에 앉아 잠이 들고 말았다.

그녀는 어떤 이유에서 오후의 땅거미가 질 때 몰래 도망칠 속셈이었기 때문에 그렇게 잠든 것이 허위인지 속임수인지는 생각해 볼 문제였다. 잠에서 깨어 의도적으로 떠났는지, 아니면 몽유병자처럼 무심코 잠결에 걸어 나갔는지는 논쟁의 대상이었다. 하지만 그곳에 모인 사람들은 모두 한 가지 의견에 (가장 주된 의견이었다) 동의했다. 그녀가 어떤 상태에서 걸어 나갔든 다시 돌아오지는 않았다는 것이다.

'오후의 땅거미'에 대해 언급했으니, 브라스가 진술서를 작성하는 데 꽤 오랜 시간이 걸린 것으로 추론된다. 진술서 작성은 저녁이 되어서야 완료되었고, 마침내 이 일이 끝나자, 그 가치 있는 사람과 세 신사는 전세 마차를 타고 판사의 개인 집무실로 향했다. 판사는 브라스를 따뜻하게 맞아주었고, 내일도 그를 만나는 기쁨을 누릴 수 있도록 보안이 철저한 장소에 억류했다. 그리고 내일 퀼프의 체포영장을 확실히 발부하고 (다행히 현재 시내에 머무는) 국무대신에게 모든 상황을 설명해서 반드시 키트가 지체 없이 사면되도록 하겠다고 즐겁게 약속하고 세 신사를 집으로 돌려보냈다.

이제 퀼프의 악행도 막바지로 치달아 응징받을 것으로 보였다. 응징은 흔히 천천히, 특히 죄가 무거울수록 더디게 움직이지만, 그가 저지른 악행의 냄새를 확실히 맡고 추격의 속도를 높이기 시작했다. 응징이 비밀스럽게 다가오는 동안 응징의 희생자는 이를 알지 못하고 상상 속의 승리감에 취해 악행의 길을 고수한다. 여전히 응징은 그의 뒤를 따라오고 한번 시작한 응징은 절대 옆길로 새지 않는다.

용무를 끝낸 세 명의 신사는 서둘러 스위블러의 하숙방으로 돌아왔고, 그들은 그가 한 시간 반이나 자리에 앉아 활기차게 대화를 나눌 정도로 건강이 빠르게 회복 중이라는 사실을 알게 되었다. 갈랜드 부인은 얼마 후 집으로 돌아갔지만, 아벨 씨는 여전히 스위블러 씨와 함께 자리에 앉아 있었다. 자신들이 한 일을 모두 설명한 후 갈랜드 부자와 독신 신사는 서로 미리 얘기라도 나눈 듯 공증인, 환자, 작은 하녀를 남겨두고 자리를 떠났다.

"병세가 상당히 호전된 듯하니," 위서든 씨가 스위블러 옆에 앉으며 말했다. "직업상 알게 된 몇 가지 소식을 알려줄까 합니다."

리처드에게 법률문제와 연결된 신사가 전하는 직업적인 소식은 즐거운 기대로 보이지 않았다. 그는 마음속으로 이미 여러 차례 받은 지급 요구 편지와 관련한 한두 개의 체납금 때문일 걸로 생각했다. 그는 대답하는 동안 안색이 변했다.

"그렇게 하세요. 하지만 불쾌한 일은 아니길 바랍니다."

"그런 일이라면 좀 더 좋은 때에 말할 겁니다." 공증인이 대답했다. "우선 이걸 말하지요. 오늘 이 자리에 모인 친구들은 지금 제가 할 말을 전혀 모릅니다. 그리고 그들이 당신에게 보인 호의는 전적으로 자발적인 것이지, 어떤 보상을 바라고 한 행동이 아니라는 말부터 전합니다. 경솔하고 부주의한 사람에게 도움이 되라고 하는 말입니다."

스위블러는 고마움을 표하고 자신도 그러기를 바란다고 말했다.

"당신에 관해 수소문을 좀 해봤습니다." 위서든 씨가 말했다. "이렇게 우리가 모이게 된 오늘처럼 이런 상황에서 당신을 만나게 될 줄은 생각도 못 했습니다. 당신은 도싯셔 주 첼스본 교구에 살던 독신녀이자 고인이 된 레베카 스위블러의 조카입니다."

"고인이라고요!" 딕이 소리쳤다.

"돌아가셨습니다. 당신이 현재와 다른 방식으로 살았다면 2만 5천 파운드의 소유주가 (유언에 그렇게 적혀 있고, 저는 이 점에 대해 의심할 이유를 찾지 못했습니다) 되었을 겁니다. 현재 상황에서는 매년 150파운드를 연금으로 받게 될 겁니다. 그래도 축하할 일이라고 봅니다."

"그럼요." 딕이 흐느끼는 동시에 웃으며 말했다. "오, 세상에! 이제 불쌍한 후작 부인을 학교에 보낼 수 있어요. 그리고 그녀는 비단옷을 입고 여분의 돈을 가질 거예요. 그렇지 않으면 다시는 이 침대에서 일어나지 않을 겁니다!"

67장

앞 장에서 충실히 서술한 일들에 대해 전혀 알지 못하고, 지뢰가 발밑에서 솟아오른다는 사실을 꿈에도 생각하지 못한 채 (진행 중인 일에 대한 경고가 끝까지 없었고, 거래 내내 모든 것이 철저히 비밀로 유지되었기 때문이다), 퀼프 씨는 별다른 의심 없이 음모의 결과에 대만족하며 외딴집에 틀어박혀 있었다. 그는 몇 가지 회계장부 정리에 몰두하며—그의 조용하고 은밀한 휴식에 딱 맞는 일이었다—자신의 소굴에서 한 발짝도 나가지 않고 꼬박 이틀을 매달렸다. 장부를 정리한 지 3일째 되는 날 역시 같은 일에 몰두하며 외출할 생각이 없었다.

브라스 씨가 자백한 다음 날이었다. 결과적으로 그날은 퀼프의 자유를 제한할 조짐이 보였고, 그에게 매우 불쾌한 소식이 갑자기 전해졌다. 난쟁이는 집 위로 낮게 드리운 구름을 직감하지 못하고 평소처럼 흥겨운 상태였다. 장부 정리에 지나치게 몸과 마음을 빼앗긴 듯하면 작은 새된 소리를 지르거나 울부짖거나 그런 성질의 다른 짓으로 긴장을 풀며 단조로운 일상에 변화를 주었다.

여느 때처럼 톰 스콧이 퀼프의 시중을 들었다. 소년은 두꺼비처럼 난로 위로 웅크리고 앉아 가끔 주인이 등을 돌릴 때 그의 찡그린 얼굴을 똑같이 흉내 내곤 했다. 선수상도 아직 그대로 그곳에 있었다. 얼굴은 달궈진 부지깽이에 흉물스럽게 그을렸고, 3인치 못으로 찍혀 코끝에는 전에 없던 장식물이 생겼지만, 덜 찢긴 부분에는 여전히 붙임성 있게 미소가 남아 있어서 고문자에게 더 많은 분노와 모욕을 도발하는 완강한 순교자 같았다.

그날은 도시에서 가장 높고 가장 밝은 곳마저 축축하고, 어둡고, 춥고, 음울했다. 저지대의 늪 같은 지점에는 두꺼운 안개가 구석구석 들어차 있었고, 1~2야드 거리의 모든 물체가 흐릿하게 보였다. 강에 세워진 경고등이나 불빛도 짙은 안개에는 힘을 쓰지 못했다. 거칠게 살을 뚫고 들어오는 냉기와 노에 의지한 채 갈 길을 찾으려 애쓰는, 가끔 들려오는 당황한 뱃사공의 외침으로 몇 마일 밖에 강이 존재한다는 사실만 짐작할 뿐이었다.

힘없이 천천히 움직였지만, 엷은 안개는 날카롭게 파고드는 성질이 있었다. 털옷과 모직 속에 몸을 숨기고 있어도 소용없었다. 엷은 안개는 몸을 움츠린 나그네의 뼛속까지 뚫고 들어와 추위와 고통으로 그들을 괴롭히는 듯했다. 손에 닿는 모든 것이 축축하고 끈적끈적했다. 안개에 유일하게 저항하는 따뜻한 불길만이 즐겁게 불꽃을 일으키며 활활 타올랐다. 난로 주위에 모여 앉아 야생화와 황야의 날씨 때문에 길을 잃은 여행자들 이야기를 나누며 집에 있어야 하는 날이었고, 전에 없이 따뜻한 난로를 사랑하게 되는 날이었다.

알다시피 난쟁이의 기질은 난롯가를 차지하고 앉아 유쾌하고 싶은 마음이 들 때 혼자 즐기는 것이었다. 방 안에 있는 안락함을 누구보다 잘 아는 그는 톰 스콧을 시켜 화로에 석탄을 쌓게 하고 그날 할 일은 집어치고 놀기로 마음먹었다.

이를 위해 새 양초를 켜고 불 위에 연료를 더 쌓아 올렸다. 그리고 다소 야만적이고 식인종 같은 방식으로 손수 요리한 소고기 스테이크를 먹어 치우고, 큰 그릇에 독한 펀치를 담아 끓이고, 파이프에 불을 붙이고는 저녁 시간을 보내기 위해 자리에 앉았다.

그때 누군가가 낮게 오두막 문을 두드리는 소리가 그의 주의를 끌었다. 그 소리가 두세 번 반복될 때쯤 그가 작은 창문을 살며시 열고 고개를 내밀며 거기 누구냐고 따졌다.

"저 혼자예요, 퀼프." 여자 목소리였다.

"혼자라고!" 난쟁이가 좀 더 잘 보기 위해 목을 쭉 빼고 소리 쳤다. "여긴 무슨 일로 왔어? 망할 여편네. 감히 괴물의 성에 오다니."

"전할 게 있어요." 퀼프 부인이 대답했다. "화는 내지 마세요."

"사람을 껑충껑충 뛰게 하고 손가락을 튕길 만큼 기분 좋은 소식이야?" 난쟁이가 물었다. "친애하는 장모님이 죽기라도 했어?"

"무슨 소식인지 몰라요. 좋은 소식인지 나쁜 소식인지 몰라 요." 퀼프 부인이 대답했다.

"살아 있군." 퀼프가 말했다. "장모와 상관없는 소식이란 말 이지. 집으로 돌아가. 정말 좋알거리네. 집으로 가!"

"편지를 가지고 왔어요." 온순한 작은 여인이 말했다.

"여기 창문으로 던지고 당신 갈 길이나 가." 퀼프가 말을 가 로챘다. "안 그러면 뛰어나가서 확 할퀴어 버릴 테니까."

"아니요, 그러지 마세요, 퀼프. 제발 제 말 좀 들어주세요." 순종적인 퀼프 부인이 눈물로 호소했다. "제발!"

"그러면 말해봐." 난쟁이가 사악하게 웃으며 으르렁거렸다. "짧고 간단하게. 말해, 뭐야?"

"오늘 오후에 집으로 배달되었어요." 퀼프 부인이 떨리는 목 소리로 말했다. "누가 보냈는지 모른다며 어떤 소년이 가지고 왔는데, 아주 중요한 내용이라 당신한테 직접 전해줘야 한다고 했어요. 그런데," 퀼프가 편지를 받기 위해 손을 뻗자, 그녀가 덧붙였다. "제발, 안으로 좀 들여보내 주세요. 당신은 여기가 얼마나 춥고 축축한지, 이리로 오면서 안개 때문에 몇 번이나 길을 잃었는지 모를 거예요. 5분만이라도 몸을 좀 말리게 해주세요. 그러면 바로 떠날게요. 맹세코 그렇게 할게요."

그녀의 다정한 남편은 잠시 주저했다. 하지만 편지에 답장해 줘야 할 경우 아내가 전달자가 될 수도 있다는 생각에서 창문을 닫고 문을 열어주며 들어오라고 명했다. 기꺼이 그의 명령에 따른 퀼프 부인은 불 앞에 무릎을 꿇고 앉아 손을 녹이며 작은 봉투를 건넸다.

"몸이 젖은 걸 보니 기쁘군." 편지를 낚아챈 퀼프가 곁눈질로 부인을 훔쳐보며 말했다. "추위에 떠는 걸 보니 기뻐. 길을 잃었다니 정말 기분이 좋아. 울어서 눈이 빨개진 걸 보니 기분이 정말 좋군. 코가 얼어서 파리한 걸 보니 흐뭇하구먼."

"오, 퀼프!" 퀼프 부인이 흐느꼈다. "당신은 정말 잔인해요!"

"내가 죽었다고 생각해?" 퀼프가 세상에서 가장 이상하게 찡그린 표정을 연달아 지으며 말했다. "내 재산을 차지하고 좋아하는 다른 사람과 결혼할 생각을 해? 하하하! 그랬어?"

이런 조롱에도 가여운 작은 여인은 대단히 기뻐하는 퀼프 씨에게 아무런 대답도 못 했고, 무릎을 꿇은 채 손을 녹이며 흐느껴 울었다. 하지만 그가 아내를 주시하며 정신없이 웃고 있던 바로 그때, 그의 눈에 덩달아 기뻐하는 톰 스콧의 모습이 들어왔다. 이런 이유로—그의 기쁨에는 건방진 동업자가 없었을지도 모른다—난쟁이는 바로 소년의 멱살을 잡고 문가로 질질 끌고 가서 약간의 실랑이 끝에 그를 마당으로 쫓아냈다. 그가 보여준 이런 관심에 대한 보답으로, 소년은 곧바로 물구나무를 선 채 창가로 걸어가서—이런 표현을 써도 된다면—신발로 집안을 들여다보며 거꾸로 매달린 밴시[20]처럼 발끝으로 창문을 톡톡 두드렸다. 당연히 퀼프 씨가 지체 없이 효과가 확실한 부지깽이를 챙겨 잽싸게 몸을 숨긴 다음 젊은 친구에게 한두 번 존경의 표시를 해주자, 소년은 다급히 사라졌고, 이윽고 밖이 고요해졌다.

"사소한 일은 마무리가 되었군." 난쟁이가 냉랭하게 말했다. "편지를 읽어봐야지. 흠!" 편지가 시작되는 지점을 보며 그가 중얼거렸다. "내가 아는 글씨체인데. 아름다운 샐리군!"

그는 봉투를 열고 아름답고, 통통하고, 법을 아는 손으로 쓴 다음의 글을 읽어 내려갔다.

"새미가 음모에 넘어가 신뢰를 저버렸습니다. 모든 걸 발설했어요. 도망치는 게 좋을 겁니다. 낯선 자들이 당신을 찾아갈 테니까요. 그들이 아직 조용한 건 당신을 놀라게 하려는 거예요. 서두르세요. 전 바로 도망쳤습니다. 찾을 수 없는 곳에 있어

---

20 구슬픈 울음소리로 가족 중 누군가가 곧 죽게 될 것을 알려주는 여자 유령.

요. 제가 당신이라면 또한 찾을 수 없는 곳으로 도망칠 겁니다. 최근까지 B. M에 있던 S. B로부터."

퀼프가 편지를 대여섯 번 반복해서 읽을 때 얼굴에 나타나는 변화무쌍한 표정을 묘사하려면 새로운 언어가 필요하리라. 표현력 때문에 그런 표정은 쓴 적도, 읽은 적도, 말한 적도 없다. 퀼프는 오랫동안 말 한마디 하지 않았고, 상당한 간격을 두고, 그동안 퀼프 부인은 남편의 표정이 불러낸 공포로 거의 전신이 마비된 상태였다, 가쁜 숨을 내쉬었다.

"그 녀석이 여기에 있다면, 여기 있기만 하다면…."

"오, 퀼프!" 퀼프 부인이 말했다. "무슨 일이에요? 누구에게 그렇게 화가 난 거예요?"

"그놈을 익사시켜 버릴 텐데." 퀼프가 아내에게는 조금의 주의도 기울이지 않고 말했다. "아주 쉽게 죽일 텐데. 바로, 그리고 금방 죽일 텐데. 옆에 강물이 흐르고 있으니, 말이야. 오! 그놈이 여기 있다면! 즐겁게 살살 달래며 강둑으로 데려가서는 단춧구멍을 붙잡고 농담하는 척하다가 갑자기 밀어서 물에 풍당 빠뜨릴 텐데! 물에 빠진 사람은 세 번 물 위로 떠 오른다고 하더군. 아! 그렇게 그놈 얼굴이 물 위로 불쑥 세 번 떠오르면 놀려 먹을 거야, 아, 얼마나 재미있을까!"

"퀼프!" 퀼프 부인이 위험을 무릅쓰고 남편의 어깨에 손을 올리며 말을 더듬었다. "뭐가 잘못되었나요?"

그녀는 퀼프가 혼자 상상하는 즐거움에 너무 겁을 먹어서 제대로 말할 수가 없었다.

"피도 눈물도 없는 똥개 같으니!" 퀼프가 두 손을 천천히 비비고 힘껏 마주 잡으며 말했다. "그 녀석의 비겁함과 비굴함이 침묵을 지키는 최고의 보증이라 생각했는데. 오, 브라스, 내 사랑하는 선하고, 정 많고, 충직하고, 듣기 좋은 말 잘하고, 매력적인 친구. 네놈이 여기에 있기만 하다면!"

남편의 주절거림을 가만히 듣고만 있어야 할 것 같아 뒤로 물러나 있던 퀼프 부인이 용기를 내어 그에게 다시 다가가 막 말을 하려던 그때, 퀼프가 황급히 문으로 달려가더니 톰 스콧을 불렀다. 톰은 최근의 질책을 떠올리고 재빨리 모습을 드러내는 것이 신상에 좋다고 판단했다.

"저기!" 난쟁이가 소년을 안으로 잡아당기며 말했다. "부인을 집까지 바래다줘. 여긴 문을 닫을 테니까, 내일은 이곳에 오지 말고. 내가 소식을 전하거나 나타나기 전까지는 돌아오지 말라는 말이다. 알아들었어?"

톰이 뾰로통한 표정으로 고개를 끄덕이고는 퀼프 부인에게 따라오라고 손짓했다.

"그리고 당신은," 난쟁이가 그녀에게 말했다. "나에 대해 아무것도 묻지 말고, 나를 찾지도 말고, 나에 대해 어떤 말도 하지 마시오. 난 죽지 않으니 안심하고. 이 녀석이 당신을 챙길 거야."

"하지만 퀼프. 무슨 일이에요? 어디로 갈 거예요? 말해주세요."

"내 말대로 해," 난쟁이가 아내의 팔을 움켜쥐며 말했다. "당장 가. 아무것도 하지 말고, 아무 말도 하지 않는 게 당신에게 최선이야."

"무슨 일이 일어났어요?" 퀼프 부인이 소리쳤다. "오! 말 좀 해주세요."

"그래," 난쟁이가 으르렁거렸다. "아니. 그게 당신과 무슨 상관이야. 시키는 대로 하라고 했잖아. 그렇게 하지 않거나 내 말을 거역하면 무사하지 못할 거야. 어서 가!"

"갈게요. 바로 갈게요. 하지만," 퀼프 부인이 머뭇거렸다. "한 가지만 대답해 주세요. 그 편지가 착한 넬과 관련 있나요? 이건 꼭 물어보고 싶어요. 반드시 물어봐야 해요, 퀼프. 그 아이를 속이고 제가 얼마나 많은 낮과 밤을 슬픔으로 보냈는지 당신은 모를 거예요. 그 아이에게 어떤 피해를 줬는지 모르지만, 크든 작든 모두 당신을 위해 그랬어요. 그 아이를 속일 때 양심의 가책을 느꼈어요. 제발 질문에 답 좀 해주세요."

격분한 난쟁이가 대답 대신 뒤로 돌아서 평소 자주 쓰던 무기를 격렬하게 집어 들자, 톰이 힘을 써서 재빨리 부인을 밖으로 끌어당겼다. 톰의 행동은 아주 적절했다. 미친 듯이 화가 난 퀼프가 근처 길가까지 쫓아갔기 때문이다. 짙은 안개가 그의 시야를 가리지 않았다면, 매 시각 더 짙어지지 않았다면, 아마도 더 먼 곳까지 쫓아갔을 것이다.

"이름을 숨기고 여행하기에 정말 좋은 밤이군." 퀼프가 충분히 숨을 고르고 천천히 돌아오며 말했다. "여기 있자. 이곳이 더 좋을지도 모르니. 한없이 쾌적하고 자유로운 곳이니까."

퀼프는 온 힘을 다해 진흙 속에 깊이 파묻힌 낡은 대문 두 짝을 잠그고 육중한 들보로 빗장을 질렀다. 이 일을 끝낸 그가 엉겨 붙은 머리카락을 흔들어 눈 주위로부터 떼어냈다. 아주 강하고 빠르게.

"이쪽 부두와 다음 부두 사이 울타리는 쉽게 기어오를 수 있어." 난쟁이가 이런 예방조치를 하며 말했다. "뒤에 샛길이 있지. 그 길로 도망치면 돼. 사람은 모름지기 자기 갈 길을 알아야 해. 오늘 밤, 이 사랑스러운 장소에서 나의 길을 찾으려면. 이 것들이 있는 한 반갑지 않은 손님들이 찾아와도 두려워할 필요는 없어."

퀼프는 (날이 많이 어두워졌고, 안개가 너무 짙어졌기 때문에) 손으로 길을 더듬으며 겨우 은신처로 돌아왔다. 그리고 잠시 불 앞에서 생각에 잠겨 있다가 서둘러 도망칠 수 있게 준비물을 챙겼다.

몇 가지 필수품을 모아 주머니에 쑤셔 넣으며 퀼프는 한 번도 쉬지 않고 낮은 목소리로 혼잣말을 지껄였고, 샐리 양의 쪽지를 다 읽은 후에 그랬듯 계속 이를 바득바득 갈았다.

"오, 샘슨!" 그가 중얼거렸다. "훌륭한 녀석, 널 안아줄 수만 있다면! 내 팔 안에 네 놈을 끌어안고 갈비뼈가 으스러지도록 꽉 조일 수만 있다면! 전에 그랬듯이 말이야. 그러면 참으로 좋은 너와 나의 만남이 될 텐데. 브라스, 다시 우리가 우연히 마주친다면 잊히지 않을 인사를 나눌 거야, 날 믿어. 브라스, 이번에 모든 일이 잘 풀리자마자 멋진 선택을 했어. 아주 생각이 깊고 참회하는 선한 선택이었어. 오, 겁쟁이 변호사 양반, 우리가 이 방안에서 다시 얼굴을 마주 보게 된다면 우리 둘 중 한 명은 얼마나 흡족할까!"

이쯤에서 그가 말을 멈추고 펀치 그릇을 들어 올려 입술에 갖다 대고는 시원한 물로 바싹 마른입을 식히듯 길게 한 번에 쭉 들이켰다. 그러더니 갑자기 잔을 내려놓고 준비물 챙기는 일을 다시 시작하며 혼잣말을 계속했다.

"샐리가 있었지." 퀼프가 눈을 번뜩이며 말했다. "샐리는 기백과 투지와 목적의식이 있어. 그런데 그녀는 잠이 든 거야, 겁에 질린 거야? 그놈을 칼로 찌르거나 독살할 수도 있었잖아. 샐리는 이런 일이 일어날 걸 알고 있었을지도 몰라. 그런데 왜 뒤늦게 내게 경고했지? 창백한 얼굴에다 붉은 머리카락을 하고 병약하게 웃으며 저기, 요기, 바로 저기에 앉아 있을 때 어째서 나는 그 녀석이 무슨 생각을 하는지 몰랐을까? 이럴 줄 알았으

면 그날 밤 때리지 않는 건데, 그놈의 속마음을 알았더라면, 그
놈을 속여 잠들게 할 약도 지질 불도 없었더라면!"

다시 펀치를 들이켜고 이글이글 타오르는 불 위로 몸을 움츠
리며 그가 중얼거렸다.

"이 일도 최근 일어난 다른 문제나 근심처럼 그 노망난 늙은
이와 손녀 때문이야. 초라하고 하찮은 떠돌이들! 이제는 내가
악령이 되어 따라다녀 주지. 그리고 너, 상냥한 키트, 정직한 키
트, 도덕적이고 결백한 키트, 너도 조심해야 해. 난 내가 증오하
는 사람은 물어뜯으니까. 나의 사랑스러운 친구, 난 널 증오해.
그럴 만한 타당한 이유도 있어. 오늘 밤은 네놈만큼 자랑스러
워. 이제 내 차례가 올 거야. 무슨 소리지!"

누군가가 그가 닫은 대문을 두드렸다. 힘차고 격렬한 노크였
다. 그러고는 다시 잠잠해졌다. 문을 두드린 사람이 안에서 무
슨 소리가 나는지 엿듣는 듯했다. 그때 더 요란하고 성가신 노
크 소리가 들렸다.

"이렇게 빨리 올 줄이야!" 난쟁이가 말했다. "이렇게 간절히
날 원하다니! 실망하게 해서 미안하군. 난 준비가 다 됐어. 샐
리, 고마워!"

퀼프가 이렇게 말하며 촛불을 껐다. 하지만 난로의 붉은 불
길을 잠재우려고 성급하게 시도하다가 그만 화로를 쓰러뜨리고
말았다. 화로는 앞으로 구르다가 넘어지며 자신이 쏟아낸 불타

는 잉걸불 위로 떨어졌다. 그 결과 방안이 칠흑 같이 어두워졌다. 여전히 대문을 두드리는 시끄러운 소리가 들렸다. 그는 문쪽이라고 짐작되는 길을 따라 조심스럽게 밖으로 나갔다.

그 순간 노크 소리가 멈췄다. 이때가 대략 여덟 시쯤이었지만, 땅 위에 깔린 짙은 안개가 보이는 모든 것을 덮어버렸다. 그는 마치 하품하는 어둑한 동굴의 입으로 들어가듯 몇 발짝을 쏜살같이 내달렸다. 그때 길을 잘못 들었다고 생각하며 걸음의 방향을 바꿨다. 그러고는 어디로 가야 할지 몰라 가만히 서 있기만 했다.

"그들이 다시 문을 두드리면," 퀼프가 자신을 둘러싼 어둠 속을 꿰뚫어 보려 안간힘을 쓰며 말했다. "그 소리로 방향을 잡을텐데. 자, 어서. 한 번 더 두드려!"

열심히 귀를 기울이며 서 있었지만, 소음은 다시 들리지 않았다. 사막 같은 그곳에는 멀리서 이따금 들리는 개 짖는 소리뿐이었다. 개 짖는 소리는 먼 곳에서 들렸고—어떤 때는 이쪽에서, 어떤 때는 저쪽에서 들렸다—심지어 배 위에서도 들려서 길을 찾는 데 도움이 되지 않았다.

"담장이나 울타리만 찾아도," 난쟁이가 팔을 뻗은 채 천천히 앞으로 걸어가며 말했다. "돌아갈 길을 알 수 있을 텐데. 이곳으로 좋은 친구를 맞기에 오늘은 멋진 검은 악마의 밤이야! 소원만 이루어진다면 다시는 해가 뜨지 않아도 상관없어."

이 말들이 입술을 빠져나왔을 때 그는 비틀거리다가 쓰러졌고, 다음 순간 차갑고 어두운 물속에서 허우적대고 있었다.

거품을 일으키며 귓속으로 물이 밀려 들어오는데도, 퀼프는 다시 대문을 두드리는 소리에 이어 외치는 소리도 들을 수 있었고, 그 목소리가 누구의 것인지도 알아차렸다. 이렇게 허우적대며 물을 튕기면서도, 그는 그들이 길을 잃고 처음의 출발 지점으로 다시 돌아온 것도, 자신이 물에 빠지고 있는데 보고만 있는 것도, 손만 내밀면 자신을 구할 수 있는데 그렇게 할 수 없는 것도, 그들이 못 들어오게 문을 잠그고 빗장을 친 사람이 자신이라는 것도 알 수 있었다. 그들의 외침에 퀼프가 고함으로 답했는데, 그 고함에 마치 돌풍이라도 분 듯 수백 개의 불빛이 눈앞에서 흔들리며 춤을 춘 듯했다. 하지만 소용없었다. 강한 밀물이 목구멍을 채우고 급류가 그를 덮쳤다.

퀼프는 또 한 번의 사투를 벌이다가 손으로 물을 치며 위로 올라왔고, 사납게 번뜩이는 그의 눈에 자신이 떠다니는 곳 가까이에 있는 검은 물체가 보였다. 배의 선체였다. 부드럽고 미끄러운 배의 표면을 만질 수 있었다. 이제 크게 한 번 소리쳤지만, 외침이 끝나기도 전에 저항할 수 없는 물이 다시 덮쳐 그를 선체 밑으로 몰아넣고는 시체를 운반했다.

강물은 섬뜩한 화물을 재미있게 가지고 놀다가 이제는 끈적끈적한 말뚝에 부딪히게 해서 멍들게 하고, 이제는 진흙이나 긴

수풀 속에 숨기고, 이제는 거친 돌과 자갈 위로 질질 끌고 다니고, 이제는 그냥 가는 대로 내버려두는 척하다가 곧바로 낚아챘다. 강물은 그 못생긴 노리갯감을 싫증 날 때까지 가지고 놀다가 어느 습지—많은 겨울밤 동안 해적들이 사슬에 묶인 채 끌려다닌 음울한 곳이다—위로 던져버리고는 피가 빠져 표백이 되도록 내버려두었다.

시체는 홀로 그곳에 누워 있었다. 하늘은 화염을 뿜듯 붉게 물들었고, 시체를 그곳으로 데려간 강물은 강을 따라가며 뭔가 뚱한 기미를 보였다. 방금 시체가 버려진 그곳에 지금은 살아 있는 한 남자가 붉은빛을 내는 폐허처럼 자리하고 있었다. 그 남자의 얼굴 위로 환한 빛이 일렁였다. 눅눅한 바람에 헝클어진 머리카락이 죽음을 조소—죽은 자가 살아 있을 때 즐겼을 듯한 조소로—하듯 머리 주변에서 휘날리고 그의 옷은 밤바람에 한 가로이 펄럭였다.

68장

불 켜진 방, 빨갛게 타오르는 불꽃, 유쾌한 얼굴들, 음악 같은 반가운 목소리, 사랑과 환영의 말들, 따뜻한 마음, 그리고 행복의 눈물. 대단한 변화다! 바로 키트가 서둘러 가서 맞이할 기쁜 일들이었다. 사람들이 그를 기다리고 있었고, 그도 그것을 알고 있었다. 키트는 그들과 함께하기도 전에 기뻐 죽지는 않을까 두려웠다.

간수들은 이런 기쁨을 위해 온종일 키트를 준비시켰다. 키트는 나머지 죄수들과 함께 내일 나가지 않아도 되었다. 그들이 키트에게 먼저 말해주었다. 그들은 키트에게 사건에 대한 의혹이 제기되어 조사가 이루어졌고, 결국 사면되었다고 했다. 마침내 그날 저녁이 되자, 간수들은 몇 명의 신사들이 모여 있는 방으로 그를 데려갔다. 맨 앞에 자리한 옛 주인이 다가와 그의 손을 부여잡았다. 키트는 무죄를 입증해서 사면된 이야기를 전해 들었다. 그는 차마 주인의 얼굴을 볼 수 없었지만, 목소리가 들리는 쪽으로 고개를 돌려 무슨 말이든 하려다가 의식을 잃고 쓰러졌다.

키트가 다시 의식을 되찾도록 한 그들은 그에게 마음을 차분히 하고 남자답게 이 상황을 받아들이라고 말했다. 누군가는 불쌍한 어머니를 생각해야 한다고 했다. 키트가 이 기쁜 소식에 압도된 것은 어머니를 많이 생각했기 때문이다. 키트 주변으로 모여든 사람들은 진실이 세상에 알려져 온 마을과 지역 주민들이 그의 불행에 동정을 표한다고 전했다. 하지만 그의 귀에는 이런 말들이 들리지 않았다. 지금껏 그의 머릿속에는 오직 집 생각뿐이었다. 어머니도 이 사실을 아세요? 뭐라고 하셨죠? 누가 어머니에게 소식을 전했나요? 그는 이 말밖에 할 수 없었다.

그들은 키트에게 와인을 좀 마시게 하고, 그가 정신을 가다듬고, 들을 수 있고, 감사를 표할 수 있을 때까지 잠시 친절한 말을 해주었다. 이제 그는 자유의 몸이었다. 갈랜드 씨는 키트가 진정되었으면 이제 떠날 때라고 생각했다. 신사들이 키트 주위로 몰려와 악수했다. 키트는 그들이 보여준 관심과 따뜻한 약속에 한없이 고마워했다. 하지만 그는 다시 말할 힘이 빠져버렸고, 갈랜드 씨의 팔에 기대고도 두 발로 계속 서 있기 위해 무척 애를 썼다.

그들이 음울한 복도를 지나가자, 그곳에서 기다리던 간수들이 자신들만의 거친 방식으로 키트의 석방을 축하했다. 그중에는 면회소에서 신문을 보던 간수도 있었지만, 그의 태도는 그다지 따뜻하지 않았다. 사실 그의 축하의 말속에는 퉁명스러운 무언가가 있었다. 그는 키트를 사기죄로 그곳에 들어와 합당한 자격 없이 특권을 누리는 불법 침입자로 간주했다. 하지만 그는 키트가 선량한 청년 같으니 감옥에 있을 이유가 없고, 그래서 석방이 빠르면 빠를수록 좋다고 생각했다.

마지막 문이 그들 등 뒤에서 닫혔다. 그들은 외벽을 지나 키트가 어둑한 돌들에 둘러싸여 있을 때 그토록 자주 머릿속으로 상상했던, 그의 모든 꿈속에 나타났던 바깥의 그 거리에 섰다. 거리는 전보다 더 넓고 더 분주해 보였다. 날씨가 좋지 않은 밤이었지만, 키트의 눈에는 얼마나 유쾌하고 즐겁게 보였을까! 작별 인사를 건네던 신사 중 한 명이 키트에게 얼마의 돈을 손에 쥐여주었다. 그는 돈의 액수도 확인하지 않고 불쌍한 재소자를 위한 모금함을 몇 걸음 지났을 때 재빨리 되돌아가 그곳에 돈을 넣었다.

갈랜드 씨의 마차가 인근 거리에서 기다리고 있었다. 키트를 데리고 마차에 오른 갈랜드 씨는 마부에게 집으로 가줄 것을 명령했다. 처음에 그들은 안개 때문에 사람이 걷는 속도로 천천히 말을 달리며 횃불을 밝혀야 했다. 하지만 강을 벗어나 가까운 도시의 일부를 뒤로하게 되자 이런 조심은 할 필요가 없게 되었고, 마차는 비로소 빠른 속도로 달릴 수 있었다. 도로를 전속력으로 달려도 키트에게는 더디게만 느껴졌다. 하지만 그들이 여행의 목적지에 가까워졌을 때, 그는 조금 천천히 가달라고 부탁했고, 이제 집이 시야에 들어오자, 그들은 마차를 멈추고 잠시 그에게 숨 고를 시간을 주었을지도 모른다.

하지만 마차는 멈추지 않았다. 갈랜드 씨가 마부에게 단호하게 말했기 때문에 말들은 걸음을 재촉했고, 이미 그들은 정원 문에 다다랐다. 잠시 후 그들은 대문 앞에 도착했다. 안에서 시끌벅적하게 떠드는 소리와 요란한 발소리가 들렸다. 문이 열렸다. 키트가 안으로 뛰어 들어갔고, 키트 어머니가 아들의 목을 감싸 안았다.

또한 그곳에는 한결같은 지지를 보내준 바버라 어머니가 이렇게 기쁜 날이 오리라는 희망을 잃어버린 그 슬픔의 날 이후로 한 번도 아기를 팔에서 내려놓지 않은 것처럼 아직도 키트의 막냇동생을 안고 있었다. 그녀는, 신의 축복이 있기를, 전에 한 번도 울어보지 않은 여인처럼 눈물을 흘리며 훌쩍였다. 작은 바버라—가여운 작은 바라라는 훨씬 야위고 훨씬 창백했지만, 여전히 무척 예뻤다—는 나무 잎사귀처럼 바들바들 떨며 벽에 몸을 기대고 서 있었다. 갈랜드 부인은 어느 때보다 상냥하고 말쑥해 보였는데, 주위에 잡아주는 사람이 없어서 그만 의식을 잃고 돌처럼 쓰러졌다. 세차게 코를 풀며 모든 사람을 껴안고 싶어 하는 아벨 씨도 있었다. 모두의 주위를 돌며 아무것도 아닌 일에 순간 충실한 독신 신사도 있었다. 그리고 착하고 귀엽고 생각이 깊은 꼬마 제이컵이 맨 아래 계단에 줄곧 혼자 앉아, 노인처럼 두 손을 무릎에 올린 채, 타인에게 문제를 일으키지 않으며 왁자하게 웃고 있었다. 그들 한 명 한 명은 모두 제정신이 아니라 한동안 함께 혹은 각자 온갖 종류의 바보 같은 행동을 했다.

심지어 나머지 사람들이 약간 정신을 차리고 조금씩 대화를 나누며 미소를 되찾았을 무렵에는 바버라—그녀는 인정 많고, 자상하고, 바보 같은 작은 여자였다—가 갑자기 사라졌다. 그녀는 거실 뒤쪽에서 기절한 상태로 발견되었는데, 기절에서 정신을 차리는가 싶더니 히스테리를 일으키며 다시 기절했다. 몸이 매우 좋지 않았던 그녀는 많은 양의 식초와 차가운 물을 마시고도 기어이 처음보다 조금도 나아지지 않았다. 그러자 키트 어머니가 키트에게 "바버라에게 가서 말을 건네줄 수 있니?"라고 말했고, 키트가 "네"라고 대답했다. 키트가 부드러운 목소리로 "바버라!"라고 말하자, 바버라 어머니가 바버라에게 "키트다"라고 말했다. 바버라가 (여전히 눈을 감은 채) "오! 정말 키트예요?"라고 말했고, 바버라 어머니는 "분명 키트가 맞아. 이제 아무 문제 없어"라고 대답했다. 그리고 키트가 자신은 안전하고 건강하다며 바버라를 더 안심시켰다. 그러자 바버라가 또 다시 발작하듯 웃음을 터뜨리고는 또다시 발작하듯 울음을 터뜨렸다. 이를 본 바버라 어머니와 키트 어머니가 서로 고개를 끄덕이며 꾸짖는 시늉을 했고—이것이 바버라의 정신을 더 빨리 차리게 했다—간호 경험이 있는 그들이 바버라가 회복하는 증상임을 예리하게 인지하고 "이제 괜찮을 거야"라고 하며 키트를 안심시킨 후 돌려보냈다.

자! (바로 옆방인) 그곳에는, 키트와 그의 지인들이 상류층 사람이라도 된 것처럼, 와인이 담긴 디캔터와 그런 종류의 음식이 풍성하게 차려져 있었다. 또한 그곳에는 엄청난 속도로, 요즘 인기 있는 말을 빌려, '가정식' 건포도가 들어 있는 케이크를 향해 걸어가서는 따라 나온 무화과와 오렌지에서도 눈을 떼지 못하며 그 시간을 최대한 목적에 맞게 이용하는 꼬마 제이컵이 있었다. 키트가 방으로 들어서자, 독신 신사가 (그는 그렇게 서두르는 사람이 절대 아니었다) 모든 잔에 술을 채우고 키트의 건강을 위해 건배하자고 제의했고, 그에게 살아 있는 동안 절대 다른 친구를 원하지 않겠다고 말했다. 갈랜드 씨, 갈랜드 부인, 아벨 씨도 같은 말을 했다. 하지만 이런 영광과 특별함은 여기에서 끝나지 않았다. 독신 신사가 곧 주머니에서—단호하면서도 주저함 없이—묵직한 은시계를 꺼냈기 때문이다. 시계 뒷면에는 화려한 장식체로 키트의 이름이 새겨져 있었다. 다시 말해 독신 신사가 키트를 위해 산 시계가 분명했고, 그 자리에서 그에게 주는 선물이었다. 갈랜드 부부도 선물을 준비했다는, 곧 준다는 암시를 줄 수밖에 없었고, 아벨 씨도 그를 위한 선물이 있다고 했다. 그리고 그런 키트가 세상에서 가장 행복한 사람이라는 것을 독자 여러분은 믿어도 됩니다.

아직 그가 만나지 못한 친구가 한 명 있었는데, 이 친구는 편자를 단 네발 달린 짐승이라는 이유로 가족 구성원에 편히 낄 수 없기 때문에, 키트는 기회를 엿보다가 방에서 슬쩍 빠져나와 마구간으로 달려갔다. 키트가 빗장에 손을 얹는 순간 조랑말은 가장 우렁찬 소리를 내며 울었고, 그가 문지방을 넘기도 전에 (고삐라는 치욕은 참지 못하기에) 놓아기르는 마구간 안을 이리저리 껑충껑충 뛰어다녔고, 그가 가까이 다가가 쓰다듬어주고 토닥여주자 외투에 코를 문지르며 어떤 조랑말보다 사랑스럽게 그를 반겨주었다. 이것은 조랑말이 처한 환경에서 할 수 있는 최고의 진심 어린 환대였고, 키트는 위스커의 목에 부드럽게 팔을 두르고 조랑말을 끌어안았다.

그런데 바버라는 어떻게 그곳에 왔을까? 그리고 어쩌면 그렇게도 다시 말쑥해졌는지! 기운을 차린 그녀는 거울부터 봤다. 그 많고 많은 장소 중에 바버라는 어떻게 그 마구간에 있을까? 어쨌든 키트가 멀리 떠나 있는 동안 위스커는 다른 사람이 주는 먹이는 먹지 않고 오직 바버라가 주는 것만 먹었다. 그래서 키트가 그곳에 있으리라는 생각은 꿈에도 못 하고 위스커가 잘 있는지 그저 둘러보러 왔다가 우연히 마주치게 되었다. 얼굴이 붉어지는 바버라!

키트는 충분히 위스커를 쓰다듬었을지도 모른다. 아니면 조랑말보다 쓰다듬을 더 좋은 것이 있었는지도 모른다. 어쨌든 그는 바버라에게 위스커를 맡기고 그녀의 몸이 좀 더 좋아지기를 바랐다. 그렇다. 바버라의 몸은 훨씬 좋아졌다. 바버라—이때 바버라가 아래를 보며 얼굴을 좀 더 붉혔기 때문에—는 키트가 자신을 바보라고 생각했을까 봐 걱정했다. "절대 그렇지 않아." 키트가 대답했다. "음!" 바버라가 그 말에 기뻐하며 헛기침했다. 최대한 작은 소리의 헛기침이었다.

위스커는 정말 때와 장소를 잘 가리는 조랑말이다! 마치 대리석으로 만들어진 조랑말처럼 조용했다. 위스커는 뭔가 아는 듯한 표정이었지만, 그는 항상 그랬다. "너와 악수할 시간이 없었어, 바버라." 키트가 말했다. 바버라가 손을 내밀었다. 아, 바버라는 떨고 있었다. 바보처럼 가슴을 두근거리며 떨고 있는 바버라!

바로 팔이 닿을 거리였다. 팔은 그리 길지 않다. 그리고 바버라의 팔은 절대 길지 않았다. 게다가 바버라는 팔을 쭉 뻗지 않고 살짝 굽힌 상태였다. 서로 악수할 때 바버라와 매우 가까운 거리에 있던 키트는 여전히 그녀의 눈썹에 작은 눈물이 대롱대롱 매달려 떨고 있는 것을 보았다. 키트가 바버라 몰래 그것을 봐야 하는 것은 당연했다. 바버라가 무의식적으로 눈을 들어 키트를 찾아내야 하는 것도 당연했다. 그 순간 어떤 충동이나 계획도 없이 키트가 바버라에게 키스하는 것은 당연할까? 그렇든 그렇지 않든 키트는 바버라에게 키스했다. 바버라는 "아이 망측해"라고 말하면서도 키트가 키스하도록 가만히 있었다. 그것도 두 번이나. 키트는 키스를 세 번 할 수도 있었다. 위스커가 기쁨으로 경련을 일으키듯 뒷발을 차며 고개를 흔들지 않았다면, 바버라가 겁에 질려 도망가지 않았다면. 하지만 바버라는 볼이 왜 그렇게 빨개졌느냐고 자기 어머니와 키트 어머니가 물어볼 것 같아서 그들이 있는 곳으로 바로 가지는 않았다. 참으로 앙큼한 바버라!

파티의 첫 번째 들뜬 분위기가 진정되고 키트와 키트 어머니, 그리고 바버라와 바버라 어머니가 꼬마 제이컵과 아기와 함께 여유 있게—어차피 그곳에서 하룻밤 묵어야 했기 때문에 서두를 필요가 없었다—저녁 식사를 즐기고 있을 때, 갈랜드 씨가 키트를 불러 둘만이 대화를 나눌 수 있는 방으로 데려가서는 할 말이 있다고 했고, 그 이야기를 들으면 깜짝 놀랄 거라고 했다. 이 말을 듣고 키트의 표정이 무척 걱정스럽게 바뀌며 창백해지자, 노신사가 서둘러 기분 좋은 소식이고 놀라더라도 기분 좋게 놀랄 거라고 덧붙였다. 그리고 내일 아침 여행을 떠날 수 있는지 물어보았다.

"여행을 간다고요?" 키트가 물었다.

"나와 옆방의 친구와 함께. 여행의 목적이 무엇인지 짐작할 수 있겠니?" 키트가 한층 파리해진 얼굴로 고개를 저었다.

"오, 그래. 난 네가 벌써 알고 있다고 생각하는데." 키트의 주인이 말했다.

키트가 횡설수설하며 알아들을 수 없는 어떤 말을 중얼거렸다. "넬"이라는 단어를 서너 번 또박또박 말하며 그럴 리 없다고 덧붙이듯 고개를 저었다.

하지만 갈랜드 씨는 키트가 그렇게 말하자 '다시 생각해 보아라'라는 말 대신 짐작이 맞는다고 진지하게 대답했다.

"마침내 그들의 도피처를 알아냈다." 갈랜드 씨가 말했다. "그곳이 우리 여행의 목적지다."

키트가 말을 더듬으며 그들이 어디에 있는지, 어떻게 찾았는지, 그동안 넬은 잘 지냈으며 행복했는지 등의 질문을 했다.

"넬은 의심의 여지 없이 행복하게 잘 지낸다." 갈랜드 씨가 대답했다. "그리고 음, 머지않아 그러리라 믿는다. 몸이 약해져서 병을 앓는 중이라고 했는데, 오늘 아침에는 좋아졌다고 들었고, 그들도 희망에 차 있었다. 일단 앉자. 마저 들려주마."

갈랜드 씨가 말하는 동안 키트는 간신히 숨을 쉴 수 있었다. 갈랜드 씨는 어떻게 자신에게 동생이 하나 있는지 (키트도 갈랜드 씨가 동생에 대해 말하는 것을 들었던 기억이 있고, 응접실에 걸린, 갈랜드 씨가 젊은 시절 찍은 사진을 본 것도 기억했다), 어떻게 동생이 젊은 시절 먼 길을 떠나 친구인 목사와 함께 시골에서 살게 되었는지 그에게 이야기했다. 자신들은 형제로서 서로 사랑했지만, 어떻게 수년 동안 만나지 못하고 가끔 편지로 안부를 전하며, 항상 다시 한번 만나기를 고대했지만, 대부분 사람이 그렇듯, 현재는 그저 그렇게 흘러가는 대로 두고 미래는 과거 속으로 사라지게 내버려두었는지. 어떻게 성격이 온순하고 내성적인—아벨 씨처럼—동생이 마을 주민들로부터 학사로 불리며 (그들이 그렇게 불렀기 때문에) 큰 사랑을 받고 그들에게 온정과 호의를 베풀었는지. 어떻게 그런 동생의 상황을 아주 느리게 긴 시간이 걸려 알게 되었는지 (그 이유는 학사가 자신의 선행은 절대 칭찬받을 만한 것이 아니라며 숨기고, 타인의 덕행은 찾아내 극찬하는 것을 기뻐하는 사람이었기 때문이다). 그런 이유로 좀처럼 마을 사람들에 대해 얘기하지 않던 동생이 어떻게 머릿속이 온통 친절하게 대해준 두 사람 생각으로 가득 차서 며칠 전 보내온 편지에서는 처음부터 끝까지 그들에 대해 누누이 말했고, 눈물 없이 들을 수 없는 그들의 방랑과 사랑 이야기를 했는지. 편지의 수신인은 어떻게 그들이 바로 그토록 찾아 헤맨 사람들이 틀림없고 하늘의 뜻으로 동생의 보호 아래 놓였다고 믿게 되었는지. 어떻게 자신이 추가적인 정보를 사실에 근거해 의심의 여지 없이 써 보냈는지, 그리고 어떻게 그날 아침 답장이 도착했고 자신의 첫 번째 생각이 확신으로 굳어졌는지, 어떻게 여행을 (내일 떠날 계획이었다) 계획하게 되었는지 키트에게 말해주었다.

"내일 떠나기 전까지," 노신사가 자리에서 일어나 키트의 어깨에 손을 올리며 말했다. "충분한 휴식이 필요하다. 오늘 같은 날은 장사라도 녹초가 되는 법이니까. 잘 자렴. 그리고 하늘이 우리의 여행에 좋은 결실을 맺어주길 바란다!"

69장

　다음 날 아침 키트는 게으름을 피우지 않고 동이 트기도 전
자리에서 벌떡 일어나 반가운 여행 준비를 시작했다. 어제의 일
로 정신이 없고, 지난밤 예기치 않은 소식까지 접한 탓에 긴 어
둠의 시간을 뒤척이며 아주 불편한 꿈을 꾸었던 터라, 바로 일
어나는 것이 최선이었다.

　하지만 그것이 같은 결과를 마음에 두고 하는 고된 노동의
시작이었다 해도, 그것이 그해 궂은 계절에 도보로 떠나는, 궁
핍과 어려움 속에서 해야 하는, 오직 엄청난 고통과 피로와 괴
로움이 있어야 완성할 수 있는 긴 여정의 시작이었다 해도, 그
것이 그에게 최고의 결의와 인내력을 요구하고 최대의 강인함
이 확실히 필요하지만, 행복하게 여행을 마쳤을 때 넬에게 행운
과 기쁨을 안겨주며 끝날 듯한 어떤 고통스러운 모험적인 계획

의 시작이었다 해도, 키트의 마음속에서는 유쾌한 열의가 올라왔을 것이다. 그래서 키트는 여행에 대한 열정만큼 조급함을 느꼈다.

설레고 흥분되는 것은 비단 키트만이 아니었다. 그가 일어나기 15분 전부터 온 집안사람이 활기에 차서 바쁘게 움직였다. 모두가 준비를 용이하게 하는 무언가를 하려고 서둘렀다. 독신 신사는 사실 스스로는 아무것도 할 수 없었지만, 다른 사람들을 감독하며 누구보다 분주하게 움직였다. 짐 꾸리기를 비롯한 기타 여행 채비는 힘차게 진행되어 동틀 무렵 모든 준비가 끝났다. 그러자 키트는 사람들이 그렇게 발 빠르게 움직이지 않기를 바라는 마음이 들었다. 여행을 위해 전세를 낸 마차가 아홉 시는 되어야 도착할 테고, 그때까지 한 시간 반이 남았는데, 아침 식사를 빼고 달리 할 일이 없었기 때문이다.

하지만 그곳에는 바버라가 있었다. 바버라 역시 분명 바쁘게 움직이고 있었지만, 키트가 거들어줘서 훨씬 좋았다. 다른 어떤 방법보다 시간도 잘 갔다. 바버라도 키트의 도움을 거부하지 않았다. 지난밤 일이 갑자기 떠오른 키트는 분명 바버라도 자신을 좋아하고 있고 자신도 바버라를 좋아한다고 생각했다.

자, 바버라는, 사실대로 말하면—뭐 반드시 그리고 당연히 그렇지만—가족 중에서 여행 준비로 북적이는 것이 가장 달갑지 않은 듯했다. 키트가 솔직한 마음에서 이 여행이 정말 기쁘고 설렌다고 말했을 때 바버라는 더 풀이 죽었고, 전보다 훨씬 즐거워 보이지 않았다.

"크리스토퍼, 오랫동안 집을 비웠잖아." 바버라가 말했다. 아무렇지 않은 척 말하는 것은 불가능했다. "오랫동안 집을 비웠으니 다시 떠나는 걸 기뻐하면 안 된다고 생각해."

"하지만 다른 일도 아니고," 키트가 대답했다. "넬을 다시 데려오는 일이야! 넬을 다시 볼 생각만 해도, 네가 넬을 보게 된다는 생각만 해도 너무 기뻐."

바버라는 그 점이 딱히 좋게 느껴지지 않는다는 말을 아예 못 했다. 대신 갑자기 머리를 한 번 홱 젖혀 불편한 심기를 명확히 표현했다. 키트는 그 모습에 적잖이 당황했고, 단순히 바버라가 왜 저렇게 차갑게 반응하는지 의아해했다.

"네가 넬을 보게 되면 여태껏 본 사람 중 가장 사랑스럽고 가장 아름답다고 말할 거야." 키트가 두 손을 비비며 말했다. "분명 그렇게 말할걸!"

바버라가 다시 머리를 홱 젖혔다.

"왜 그래, 바버라?" 키트가 물었다.

"아무것도 아니야." 바버라는 이렇게 대답하고 입을 뾰로통하게 내밀었는데—화가 났거나 보기에 추한 행동은 아니었다—확실히 평소보다 입술이 붉어 보였다.

키트가 바버라에게 키스했을 때 학자가 된 만큼 학생들에게 그렇게 빨리 지식을 전달하는 학교는 없다. 그는 이제 바버라의 행동이 무엇을 의미하는지 알았다. 그는 즉시 배운 것을 가슴에 새겼고—바버라가 책인 셈이었다—명료하게 인쇄된 책이 그 앞에 놓여 있었다.

"바버라." 키트가 말했다. "나한테 화가 난 건 아니지?"

오, 이런! 바버라가 왜 화가 났겠는가? 그녀가 무슨 권리로 화를 내겠는가? 그녀가 화가 났건 말건 무슨 상관인가? 누가 신경 쓴다고!

"흠, 내가 신경 써." 키트가 말했다. "당연히 내가 신경 쓰지."

바버라는 왜 당연한지 알지 못했다.

키트는 바버라가 당연히 안다고 확신했다. 그렇다면 바버라가 다시 생각할까?

분명 바버라는 다시 생각할 것이다. 그런데 아니다. 바버라는 왜 당연한지 알지 못했다. 키트의 말이 무슨 의미인지 이해하지 못했다. 게다가 바버라는 위층에서 지금껏 자신을 기다리고 있다고 확신했고, 정말 가봐야 했다.

"하지만, 바버라." 키트가 바버라를 살며시 잡으며 말했다. "우리 사이좋게 헤어지자. 힘들 때 항상 네 생각을 했어. 네가 없었다면 훨씬 비참했을 거야."

세상에나! 얼굴이 붉어지고 겁먹은 작은 새처럼 바들바들 떨고 있는 바버라는 어찌나 예쁘던지!

"바버라, 정말, 맹세코 진실이야. 말로는 반도 못해." 키트가 말했다. "네가 넬을 보고 기뻐하길 바란 건, 단지 나를 기쁘게 하는 것에 너도 기뻐하는 게 좋기 때문이야. 그뿐이야. 바버라, 넬에 관한 일이라면 난 뭐든 할 수 있어. 너도 나만큼 넬을 알면 분명 그렇게 생각할 거야. 그렇다고 확신해."

바버라는 감동했고, 냉담했던 것에 대해 키트에게 사과했다.

"너도 알다시피," 키트가 말했다. "난 항상 넬을 천사처럼 말하고 생각해 왔어. 다시 넬을 만나기를 고대하고 있을 때도 그녀가 늘 짓던 그 미소를 생각하고, 나를 보며 기뻐하는 모습을 생각하고, 손을 내밀며 '나의 오래된 친구 키트'라고 하거나 그녀가 늘 얘기했던 그런 말들을 생각해. 나는 넬이 행복하고 주위에 친구와 함께 있는 모습을 상상해. 그리고 마땅히 그럴 테고, 당연히 그래야 하듯, 그렇게 성장한 모습을 보게 되리라 상상해. 넬에게 내가 어떤 사람인지 말하면 난 그녀의 오래된 하인이자 상냥하고, 착하고, 따뜻한 여주인으로서 그녀를 몹시도 사랑한 사람이고, 여주인을 섬기기 위해 어떤 손해도 겪을 생각을 했던—그래, 여전히 그럴 생각인—사람이야. 한때는 넬이 친구들과 함께 돌아와서 나를 기억하지 못하거나 나 같은 녀석을 아는 걸 부끄러워하며 차갑게 말할지도 모른다는 생각에 두려웠어. 그 생각은 내가 지금 말하는 것보다 훨씬 날 아프게 했을지도 몰라. 하지만 다시 생각하니 내가 넬에게 잘못하고 있다는 생각이 분명히 들더구나. 그래서 내가 넬에 대해 처음 생각한 대로, 그녀가 전에 늘 그랬듯, 그렇게 다시 그녀를 만나고 싶어. 이렇게 희망하니, 그리고 넬의 옛 모습을 떠올리니 내가 항상 그녀를 기쁘게 해주려고 했듯, 여전히 그녀의 하인이라면 내가 그녀에게 보이고 싶은 모습이 되려고 하는 듯한 그런 느낌이 들었어. 그렇게 생각하는 게 나는 좋으면 좋았지, 나쁘지는 않아. 나는 그렇게 생각하게 된 데 대해 그녀에게 감사해. 그리고 그녀를 더 사랑하고 존중할 거야. 바버라, 이게 내 진심이야. 맹세코 그래!"

고집이 세거나 변덕스럽지 않은 작은 바버라는 회한으로 가득 차 목 놓아 울었다. 그리고 우리는 이것이 어떤 대화로 더 이어졌는지 알아볼 필요가 없어졌다. 때마침 마차가 도착하는 소리에 이어 정원 문에서 선명한 종소리가 뒤따라 들리자, 잠시 조용하던 집안이 다시 북적이며 전보다 열 배는 더한 생기와 활기로 가득 찼기 때문이다.

여행용 마차와 동시에 전세 마차를 타고 도착한 척스터 씨가 독신 신사에게 서류와 돈을 인도했다. 볼일을 마친 그는 분주하게 단란한 가족들 속으로 들어가 어슬렁거리거나 아침을 들고 다니며 상류층처럼 무관심한 표정으로 마차에 짐 싣는 과정을 지켜보았다.

"속물도 가나 봐요?" 그가 아벨 갈랜드 씨에게 물었다. "늙은 버팔로가 좋아하지 않을 듯해서 지난번 여행에는 따라가지 않은 걸로 아는데."

"늙은 버팔로?" 아벨 씨가 물었다.

"노인 말입니다." 척스터 씨가 살짝 무안해하며 대답했다.

"우리 고객이 데려가고 싶어 합니다." 아벨 씨가 건조하게 대답했다. "그리고 이제 그런 염려는 안 해도 됩니다. 제 아버님과 친척 관계에 있는 분이 찾는 대상과 신뢰가 두터워서 이들의 방문이 분명 환영받을 테니까요."

'아!' 척스터 씨가 창밖을 보며 생각했다. '나만 빼고 모두 가는군! 나보다 속물이 우선이라니. 5파운드는 훔치지 않은 걸로 밝혀졌지만, 녀석이 항상 그런 짓과 같은 무슨 일을 꾸미고 있다고 난 확신해. 난 그 일이 일어나기 훨씬 전부터 늘 그렇게 말했어. 오, 대단히 아름다운 여인이군! 정말 놀랍도록 귀여운 아가씨야!'

척스터 씨가 칭찬한 대상은 다름 아닌 바버라였다. (출발 준비가 모두 끝났기 때문에) 바버라가 마차 주변을 서성이고 있을 때 갑작스럽게 관심에 사로잡힌 그가 으스대며 정원으로 걸어 내려가서는 추파를 던지기 좋은 거리에 자리를 잡았다. 여성에 대한 경험이 상당히 많고, 이성의 마음을 단번에 사로잡는 방법에 정통한 척스터 씨는 자리를 잡자마자 허리에 한 손을 올리고 다른 한 손으로 흘러내리는 머리카락을 정리했다. 이는 상류층이 선호하는 행동이었고, 이런 행동과 함께 우아하게 휘파람을 불었는데, 이것은 사람들에게 그가 뭔가 대단한 일을 해낸 것으로 읽혔다.

하지만 도시와 시골의 차이 때문인지 아무도 교묘하게 환심을 사려는 인물에게 관심을 보이지 않았다. 가엾은 사람들은 여행을 떠나는 이들에게 작별 인사를 하고, 서로의 손에 입을 맞추고, 손수건을 흔드는 등 그렇게 길든 통속적인 행동에 온통 정신이 팔렸다. 이제 독신 신사와 갈랜드 씨가 마차 안에, 좌마(左馬) 기수가 말안장에, 머리부터 발끝까지 단단히 몸을 감싼 키트는 마차 뒤 하인석에 앉았다. 갈랜드 부인, 아벨 씨, 키트 어머니, 꼬마 제이컵이 그곳에 있었고, 바버라 어머니는 아기를 돌보며 멀찌감치 떨어져 있는 것이 보였다. 모두가 고개를 끄덕이고, 손짓하고, 허리를 굽혀 절하거나 크게 소리치며, 있는 힘껏 "잘 다녀오세요!"라고 말했다. 잠시 후 마차가 시야에서 사라졌다. 척스터 씨는 처음 있던 자리에 그대로 혼자 남아 바버라에게 손을 흔드는 키트의 모습을, 키트에게 손을 흔드는 바버라의 모습을 호색한의 눈으로, 즉 척스터의 눈으로—척스터는 일요일마다 공원에서 품격 있는 아가씨들이 사륜마차에서 호감을 느끼며 바라보는 성공한 남자였다—바라보았다.

척스터 씨가 이런 말도 안 되는 광경에 넋이 나가 자리에 박힌 듯 꼼짝하지 않고 서서 키트를 극악무도한 자들의 왕자이자 속물들의 대왕이라고 내심 얼마나 항의하든, 그리고 이 역겨운 상황을 보고 돈을 훔친 과거의 악행까지 어떻게 기억을 거슬러 올라가든 말든 우리의 목적과는 무관한 일이다. 우리의 목적은 달리는 마차를 따라가며 춥고 황량한 여행길에 오른 여행자들과 동행하는 것이리라.

모질도록 추운 날이었다. 매서운 바람이 불어 딱딱한 땅을 표백하고, 나무와 덤불에 쌓여 있던 하얀 서리를 흔들고, 그것을 먼지처럼 소용돌이치게 하며 그들에게 사납게 달려왔다. 하지만 키트는 날씨 따위는 개의치 않았다. 바람이 옆에서 울부짖을 때는 신경이 곤두섰지만, 그 속에는 자유와 새로움이 있어서 이를 기쁘게 받아들였다. 바람이 서리를 품고 지나갈 때는 마른 나뭇가지와 시든 잎사귀를 짓누르며 황급히 휩쓸어버렸는데, 마치 여행자들과 막연한 공감대를 형성한 것처럼 모든 것이 서두르는 듯했다. 돌풍이 거세질수록 마차는 한층 힘차게 앞으로 나가는 듯이 보였다. 돌풍과 엉켜 맞서 싸우며 전진하고 하나씩 격파해 나가는 것은 좋았고, 돌풍이 세력을 모아 사납게 불어오는 모습을 보는 것도 좋았다. 또한 바람이 쌩하고 지나갈 때 잠시 몸을 숙이는 것도, 그러면 고개를 돌려 쇳소리를 내며 멀리 달아나는 바람 앞에 튼튼한 나무들이 몸을 움츠리는 모습을 보는 것도 좋았다.

거센 바람은 종일 쉬지 않고 몰아쳤다. 밤은 티 없이 맑고 별이 총총했다. 하지만 바람은 잦아들 줄 몰랐고, 추위가 살을 에는 듯했다. 가끔—긴 여정의 막바지에 다다르며—키트도 별수 없이 날이 좀 풀리기를 바랐지만, 말을 교체하기 위해 마차를 멈췄을 때 충분히 달리게 되자—늙은 기수장에게 삯을 지불하느라 부산하게 움직였고, 새로운 기수장을 올리고 말을 마차에 맬 때까지 이리저리 달렸다—피가 솟구쳐 손가락이 따끔거리고 욱신거리며 몸이 몹시 더워졌다. 그때 그는 1도 덜 추워지면 여행의 기쁨과 영광도 반으로 줄어드는 것 같다고 느꼈다. 다시 힘차게 마차에 뛰어오른 키트는 경쾌한 바퀴 소리에 맞춰 노래를 부르며, 따뜻한 침대에서 잠을 자는 마을 사람들을 뒤로한 채, 인적이 드문 길을 따라 여정을 이어갔다.

한편 마차 안에 있던 두 노신사는 잠이 오지 않아서 대화로 긴 여정의 지루함을 달랬다. 두 사람의 마음이 걱정과 기대에 차 있었기 때문에 대화의 주제는 자연스럽게 이렇게 생긴 여행과 이 여행에 대한 그들의 희망과 두려움으로 이어졌다. 그들은 두려움보다 희망이 컸고, 두려움은 거의 없거나 전혀 없는 정도로, 누구라도 갑자기 막연한 희망을 품게 되면 당연히 생기는 설명하기 어려운 불안감과 계속되는 기대감 그 이상은 아니었다.

밤이 어느덧 새벽을 향해 달려갈 때쯤 대화가 잠시 끊어졌다. 점차 말수가 줄어들어 깊은 사색에 잠겨 있던 독신 신사가 동료를 보며 불쑥 말을 꺼냈다.

"남의 말을 잘 들어주는 편입니까?"

"보통 사람들만큼은." 갈랜드 씨가 빙그레 웃으며 답했다. "관심이 있으면 그렇고, 관심이 없으면 그러는 척합니다. 왜 그러죠?"

"짤막한 이야기가 있는데," 독신 신사가 대답했다. "당신에게 할까 합니다. 아주 짧습니다."

대답이 없자 잠시 머뭇거리던 그가 노신사의 소매를 지그시 잡으며 이렇게 말을 이어갔다.

"한때 진심으로 서로를 아끼던 형제가 있었습니다. 열두 살 정도 나이 차가 났지요. 아마도 나이 차 때문인지 서로를 더 아낀 듯합니다. 그런데 그들 사이에 큰 틈이 생기면서 두 사람은 경쟁자가 되고 말았습니다. 동시에 한 여인을 목숨만큼 사랑하게 된 겁니다."

"동생—민감하고 조심성이 많은 이유가 있었습니다—이 먼저 그 사실을 알게 되었습니다. 그가 얼마나 지독한 괴로움과 비탄과 정신적 고뇌를 겪었는지는 굳이 말하지 않아도 알 겁니다. 동생은 어려서부터 허약한 아이였습니다. 원래 건강하고 힘이 센 데다 참을성이 많고 사려가 깊었던 형은 수많은 날을 그렇게 좋아하는 운동도 마다하고 동생이 누운 소파 옆에 앉아 옛날이야기를 들려주었습니다. 그러면 동생의 창백한 얼굴이 발갛게 상기되곤 했지요. 그리고 동생을 팔에 안고 풀밭으로 데려가서는 화창한 여름날을 보며 자신만 빼고 모든 자연이 건강하다고 생각하는 가여운 동생을 보살폈습니다. 형은 어떤 식으로든 열과 성을 다해 동생을 간호했습니다. 가여운 약한 동생이 형을 사랑하게 하려고 형이 했던 모든 일들을 다 설명하지는 않아도 될 듯합니다. 그런데 형제들 사이에 시련의 시간이 닥치자, 동생의 마음은 그 옛날 형에 대한 추억으로 가득 찼습니다. 하늘은 동생에게 형의 희생에 보답하라고 용기를 주었습니다. 그래서 동생은 형의 행복을 위해 떠났습니다. 그는 그 이유를 단 한 번도 밝히지 않았고, 그곳을 떠나 타지에서 숨이 끊어지기를 바랐습니다."

"형은 그 여인과 결혼했습니다. 하지만 오래되지 않아 여인은 아기인 딸만 남기고 세상을 떠났습니다."

"대대로 내려오는 가족사진을 보면, 그들의 얼굴 생김새나 모습이 세대가 바뀌어도 정말 똑같거나 조금씩 닮은 사실을 깨닫게 됩니다. 절대 늙지도 변하지도 않는 초상화를 거슬러 올라가다 보면, 가문 전체의 모든 죄악을 상쇄할 만큼 선한 천사와도 같은 아름다운 소녀를 만나게 됩니다."

"딸은 엄마를 꼭 빼닮았습니다. 아이가 젖먹이일 때 아내를 떠나보낸 형이 아내를 닮은 딸에게 얼마나 집착하고 헌신했을지 짐작할 겁니다. 딸은 성인이 되었고, 사랑의 가치도 모르는 사람에게 마음을 줘버렸습니다. 음! 딸을 아끼던 아버지는 사랑에 빠져 수척해진 딸의 모습을 차마 볼 수가 없었습니다. 아버지는 사내가 자신이 생각하는 것보다 좀 더 자격이 있을지도 모른다고 생각했습니다. 딸과 같은 사람을 아내로 맞으면 그렇게 되리라 믿었지요. 결국 형은 두 사람이 손을 잡게 해주었고, 두 사람은 결혼했습니다."

"결혼을 시작으로 줄곧 모든 고통이 뒤따랐습니다. 딸은 내내 차가운 무관심과 부당한 비난에 시달렸고, 내내 가난에 허덕였고, 내내 말할 수 없을 만큼 비참하고 애처로운 하루하루를 참으며 보내야 했습니다. 딸은 심성이 곱고 성격이 곧아서 모진 일도 해냈지만, 가진 재산을 모두 탕진하고 말았습니다. 딸의 아버지는 사위 때문에 빈털터리가 되었고 (그들은 한집에 살았습니다), 딸의 학대와 불행을 매 순간 옆에서 목격했습니다. 딸은 남편 말고는 자신의 운명에 대해 비통해하지 않았습니다. 딸은 인내하며 강한 아버지의 사랑에 의지해 살았지만, 과부가 된 지 3주 만에 어린 두 아이를 남기고 세상을 떠났습니다. 그때 손자는 열 살이나 열두 살이었고, 다른 한 명은 어린 엄마가 죽었을 때 그랬듯 소녀—연약함에서, 나이에서, 모습에서, 용모에서 동일한 그런 다른 어린아이—였습니다."

"두 아이의 할아버지인 형은 무너졌습니다. 시간의 무게 때문이 아니라 슬픔의 무게에 무너지고 말았습니다. 남은 재산으로 장사를 시작했습니다. 처음에는 그림을 거래하다가 나중에는 골동품들을 팔지요. 어릴 때부터 그런 것들을 좋아했는데, 그때 취향이 불안하고 불안정한 생계 수단이 된 겁니다."

"손자는 커가면서 성격이나 외모 모두 아버지를 닮아갔습니다. 반면 손녀는 엄마를 꼭 빼닮아서, 아이를 무릎에 누인 형은 아이의 부드러운 푸른 눈을 볼 때마다 끔찍한 꿈에서 깨어나는 듯했고, 딸이 환생한 느낌을 받았습니다. 제멋대로인 손자는 집을 뛰쳐나가 자기 취향에 더 맞는 친구들을 찾았고, 형은 손녀와 단둘이 살게 되었습니다."

"그때부터 형의 마음 깊은 곳에 자리 잡은 죽은 두 사람에 대한 사랑이 이 작은 손녀에게로 모두 옮겨갔습니다. 손녀의 얼굴을 보며, 형은 시시각각 자신이 아주 어릴 때 보았던 변화와 보고 알게 되었던 모든 고통과 딸이 겪었던 모든 일을 떠올렸습니다. 손자는 아버지가 그랬듯 방탕하고 비정한 행동으로 돈을 탕진했고, 때때로 그들에게 일시적인 궁핍과 곤경을 안겨주기도 했습니다. 그때부터 형의 마음은 가난과 욕망이라는 음울한 공포에 갇히게 되었습니다. 그의 이런 공포 속에 본인에 대한 걱정은 없었습니다. 두려움은 손녀에 대한 것이었지요. 이 공포는 밤낮으로 그 집에서 유령처럼 그를 따라다니며 괴롭혔습니다."

"동생은 여러 나라를 돌아다니며 홀로 여행했습니다. 스스로 결정한 이런 유배 생활은 사람들의 오해를 샀고, 동생은 자신의 마음을 아프게 하고 자신이 가는 길에 쓸쓸한 그림자를 드리우게 한 것에 대한 비난과 경멸을 (고통이 없지는 않았지만) 견뎌 냈습니다. 이런 일 말고도 동생과 형은 소식을 나누기가 힘들었고, 종종 연락이 끊어지기도 했습니다. 그렇다고 연락이 완전히 끊어진 건 아니라서 (이야기 사이 사이에 긴 공백과 틈이 있지만) 지금껏 말한 내용을 알게 되었습니다."

"그리고 동생은 형과의 행복했던 어릴 적 꿈—고통 속에서 형의 간호를 받으며 행복했기에—을 전보다 자주 매일 밤 꾸었습니다. 다시 어린 소년이 되어 형 곁에 있었습니다. 결국 동생은 최대한 서둘러 사업을 정리했고, 가진 것들을 모두 돈으로 바꿨고, 두 사람 모두에게 충분한 명예로운 재산을 가지고, 모든 걸 받아들이는 열린 마음과 손으로, 사지를 도려낸 듯 손발을 떨며, 인간이라면 견디기 힘든 벅찬 감정을 안고 어느 저녁 형의 상점 앞에 도착했습니다."

마지막에 독신 신사의 목소리가 떨리더니 말을 멈췄다.

"나머지는," 잠시 가만히 있던 갈랜드 씨가 독신 신사의 손을 꼭 쥐며 말했다. "알고 있습니다."

"예." 친구가 말했다. "우리는 뒤이어 일어난 일을 같이 알고 있습니다. 형을 찾아 헤맸지만, 지금까지는 헛수고였다는 것도 알 겁니다. 우리는 극도로 경계하고 기민하게 행방을 찾아다닌 끝에 그들이 떠돌이 극단과 함께 한 사실을 알아내고 찾아갔지만, 그들은 떠난 뒤였습니다. 제발 이번만은 너무 늦지 않기를!"

"늦지 않을 겁니다." 갈랜드 씨가 말했다. "이번에는 반드시 만날 거예요."

"그렇게 되기를 믿고 또 소망합니다." 독신 신사가 대답했다. "정말 그렇게 믿고, 소망합니다. 그런데 좋은 친구여, 마음이 무거워지고 슬픔이 밀려와서 희망도 이성도 무너지는 듯합니다."

"그럴 겁니다." 갈랜드 씨가 말했다. "지난 일을 떠올리며 생긴 자연스러운 현상입니다. 음울한 때와 장소고, 무엇보다 난폭하고 쓸쓸한 밤이니까요. 정말 우울한 밤입니다. 들어보세요! 바람이 얼마나 대단한지!"

70장

　날이 밝았지만, 마차는 여전히 달리고 있었다. 집을 떠난 후 가벼운 식사와 휴식으로 여기저기에서 시간을 허비했고, 특히 밤에는 생생한 말로 교체하느라 지체하는 일이 잦았다. 쉬지 않고 달렸지만 거친 날씨는 계속되었고, 길은 자주 경사지고 험했다. 목적지에 도착하기도 전에 또 다른 밤을 달려야 하리라.

　이제 추위에 무덤덤해지고 익숙해진 키트는 남자답게 여행을 계속했고, 피를 계속 돌게 하는데 많은 신경을 쓰고 모험적인 여행의 행복한 결말을 꿈꾸며 주변의 모든 것에 감탄하느라 불편한 생각을 할 겨를이 없었다. 날이 저물어 갈수록 그와 동료들의 조바심은 커졌지만, 시간은 가만히 있지 않았다. 겨울의 짧은 해는 어느새 간데없이 사라졌고, 아직 한참을 가야 하는데 다시 어둠이 찾아왔다.

땅거미가 내려앉으며 바람이 잦아들었다. 멀리서 들리는 바람의 신음은 더 낮고 애절해졌다. 바람이 살그머니 도로로 불어와 양쪽의 마른 가시나무 사이에서 은밀하게 덜그럭거리자, 유령이 좁은 길을 따라 성큼성큼 걸어올 때 그의 옷이 쓸려 바스락거리는 듯했다. 점차 바람이 소강상태로 접어들어 잠잠해지더니 눈이 내리기 시작했다.

눈송이들이 빠르게 떨어져 두껍게 쌓이더니 곧 몇 인치 깊이의 땅에 엄숙한 정적이 널리 퍼졌다. 바퀴 소리도 들리지 않았고, 선명한 말발굽 소리도 무뎌져 터벅터벅 걷는 소리마저 죽어버렸다. 전진하는 마차의 생명력이 천천히 입을 다물고 죽음 같은 어떤 것이 그 자리를 차지했다.

속눈썹에 얼어붙어 시야를 방해하는 떨어지는 눈을 손으로 막으며, 키트는 가장 가까이에서 깜빡이는 불빛—이 불빛은 그들이 그리 멀지 않은 곳의 마을에 접근하고 있다는 사실을 말해주었다—을 찾으려고 애썼다. 그는 그런 때에도 사물을 충분히 볼 수 있었지만, 정확히 볼 수는 없었다. 이제 큰 교회의 첨탑이 시야에 들어왔고, 그것은 곧 나무, 외양간, 길 위의 그림자—밝은 램프가 땅에 비친 모습이었다—로 바뀌었다. 이제는 마부, 행인, 마차가 앞에서 가고 있거나 좁은 길에서 그들을 만났는데, 그것 역시 가까이 다가가면 그림자로 바뀌어버렸다. 벽, 파괴된 건물, 튼튼한 박공널이 길 위에 솟아 있는 듯해서 그곳을 향해 저돌적으로 말을 달려가면 그냥 길이었다. 또한 제대로 된 길을 가는지 의심이 들게 하고 불확실성을 키우며 낯선 갈림길, 다리, 폭포가 여기저기에서 불쑥불쑥 나타났지만, 그들은 여전히 같은 텅 빈 길을 가고 있었고, 그런 것들은 옆을 지나갈 때 마찬가지로 어둑한 환영들로 바뀌었다.

그들이 어느 인적 없는 역사(驛舍)에 도착했을 때 천천히 마차에서 내린—사지가 얼어붙어 감각이 없었기 때문이다—키트가 목적지까지 얼마나 가야 하는지 물어보았다. 그런 변두리는 이미 한밤중이라 사람들이 잠자리에 들었지만, 위층 창문에서 누군가가 10마일이라고 대답했다. 10분이라는 시간이 한 시간처럼 길게 느껴졌지만, 마침내 한 형체가 몸을 부들부들 떨며 요청한 말을 끌고 나왔고, 잠시 지체한 후 그들은 다시 움직였다.

처음 3~4마일을 지난 후에는 구덩이와 마차의 바퀴 자국으로 가득한 들판을 횡단하는 길이었는데. 이제는 눈으로 덮인 그 길이 두려움에 떠는 말들에게 너무 많은 함정이 되어서 마차는 아주 천천히 달릴 수밖에 없었다. 지금쯤 마음이 아주 어지러운 상태의 사람들에게는 가만히 앉아서 아주 천천히 움직이는 것은 견디기 힘든 일이었기에, 세 사람은 아예 마차에서 내려 마차 뒤를 따라 터벅터벅 걸었다. 목적지까지 거리는 끝없이 멀어 보였고, 걷는 것이 가장 힘들었다. 세 사람 모두 내심 마부가 분명 길을 잃었다고 생각하고 있을 때 가까운 곳에서 교회 종이 자정을 알렸고, 마차가 멈춰 섰다. 마차는 아주 조용히 움직였지만, 눈 밟는 소리가 그치자 엄청난 소음이 순간 정적으로 바뀐 듯 고요함이 놀랍도록 선명해졌다.

"여깁니다." 마부가 말에서 내려 작은 여인숙 문을 두드리며 말했다. "신사분들, 쉿! 여기는 열두 시만 되어도 아주 한밤중입니다."

노크 소리가 크고 길었지만, 잠든 손님을 깨우지는 못했다. 모든 것이 전처럼 여전히 어둡고 고요했다. 그들은 뒤로 조금 물러나 창문들을 올려다보았다. 창문은 그냥 흰색을 칠한 집에 달린 검정 천과 다를 바 없었다. 불빛은 보이지 않았다. 그 집이 텅 비었거나 잠든 사람이 죽었을지도 몰랐다. 집 주위에 어떤 생명의 느낌도 없었기 때문이다.

모두가 낮은 목소리로 입을 열었지만, 서로 말이 맞지 않았다. 그들은 방금 자신들이 야기한 무서운 소음을 다시 만들고 싶어 하지 않았다.

"우리는 계속 갑시다." 노인의 동생이 말했다. "기수장에게 이곳 사람들을 깨우라고 하고. 할 수 있다면 말이에요. 나는 우리가 너무 늦게 도착하지 않은 걸 확신할 때까지 앉아서 쉴 수가 없습니다. 그러니, 갑시다."

그들은 그렇게 했다. 기수장에게 여인숙에서 제공하는 숙소를 잡으라고 했고, 여인숙 문을 다시 두드리라고 했다. 키트는 집을 떠나올 때 마차 안에 매달아 놓은 짐 하나를 들고 그들 뒤를 따랐다. 넬이 맡기고 간 새장 속의 새였다. 소녀가 그 새를 보면 기뻐하리라는 것을 그는 알고 있었다.

길은 완만한 내리막이었다. 길을 계속 내려가자, 그들 귀에 들리던 종이 있던 교회와 교회 주변에 몰려 있던 작은 마을이 시야에서 사라졌다. 문 두드리는 소리가 선명하게 다시 들려왔고, 그 소리가 그들의 마음을 불편하게 했다. 그들은 기수장이 참아주기를 바랐고, 그렇지 않으면 자신들이 돌아올 때까지 고요함을 깨지 말아 달라고 말하고 싶었다.

낡은 교회의 탑이 유령처럼 순백의 눈옷을 입고 그들 앞에 다시 우뚝 서 있었다. 얼마 지나지 않아 그들은 교회 앞에 다다랐다. 교회 건물은 새하얀 설경 속에서도 회색으로 고색창연했다. 종탑 벽에 달린 아주 오래된 해시계는 바람에 날려 쌓인 눈 더미 때문에 모습이 거의 보이지 않았고, 그것이 무엇인지 좀처럼 알려진 적이 없는 듯했다. 시간은, 마치 어떤 낮도 우울한 밤이라는 그 자리를 한 번도 대신한 적이 없는 듯, 그 자체가 무디고 낡아 보였다.

교회 쪽문이 가까이 있었지만, 쪽문에서 교회 묘지에 이르는 갈림길은 하나 이상이었다. 어느 길을 택해야 할지 몰랐던 그들은 다시 걸음을 멈춰 섰다.

마을의 거리—높이나 연도가 제각각인 형편없는 작은 집들이 불규칙하게 모여 있었는데, 어떤 집들은 정문이, 어떤 집들은 후문이, 어떤 집들은 도로가 끝나는 쪽으로 박공널이 있었고, 여기저기에 이정표가 있거나 길 위의 자리를 침범해 오두막이 서 있었다. 만약 이것도 거리라고 부를 수 있다면 그렇게 부르자—가 가까이에 있었다. 희미한 불빛이 멀지 않은 곳에 있는 방에서 새어 나왔다. 키트가 길을 물어보려고 그 집을 향해 달려갔다.

키트의 첫 외침에 안에서 한 노인이 대답했다. 추위를 막기 위해 어떤 옷을 목에 두르고 바로 여닫이창에 모습을 드러낸 노인이 누가 이 야심한 시각에 집 밖에서 자신을 부르는지 물었다.

"이 엄동설한에," 노인이 투덜거렸다. "그것도 이런 밤에 사람을 깨우다니. 난 일 때문에 자다가 깨면 안 됩니다. 마을에서 내가 맡은 일은, 특히 이런 계절에는, 차갑게 유지하는 겁니다. 대체 무슨 일이오?"

"연로하고 몸이 불편한 걸 알았다면 깨우지 않았을 거예요." 키트가 말했다.

"연로해!" 노인이 언짢게 키트의 말을 반복했다. "내가 몇 살로 보이느냐? 네가 생각하는 것처럼 난 그렇게 나이가 많지 않다. 건강으로 말하면, 어지간한 젊은이보다 나아. 안타깝게도 보통은 그렇지만, 난 나이에 비해 힘이 세고 원기가 왕성하다.

내 말은, 그래 나이가 들면 당연히 약해지고 물러지지. 초면에 너무 심하게 말했구나, 용서하길 바란다." 노인이 말했다. "밤에는 잘 보이지 않아서—나이나 병 때문은 아니고—네가 낯선 사람인 줄 몰랐다."

"주무시는데 깨워서 죄송합니다." 키트가 말했다. "그런데 영감님이 저기 교회 묘지문 쪽에서 만날 분도 이곳이 처음이에요. 목사관을 찾아 먼 길을 왔습니다. 어딘지 알려줄 수 있나요?"

"알려줄 수 있지." 노인이 떨리는 목소리로 대답했다. "내년 여름이면 내가 여기에서 교회지기로 일한 지 꼭 50년이 되니까, 잘 알지. 오른쪽 길이다. 목사님께 나쁜 소식이 있는 건 아니길 바란다."

키트는 그에게 감사의 말을 전하고 서둘러 그런 일이 아니라고 대답했다. 그가 뒤로 돌아서려던 그때, 어떤 아이의 목소리가 그의 주의를 끌었다. 고개를 든 그는 이웃한 창문에서 아주 작은 사람의 모습을 보았다.

"저게 뭐예요?" 그 아이가 간절하게 소리쳤다. "내 꿈이 이루어졌나요? 누구든 제발 내게 깨어 있으라고 말해줘요."

"불쌍한 녀석이지!" 키트가 대답하기 전에 교회지기가 말했다. "요즘은 어떠니, 얘야?"

"내 꿈이 이루어졌어요?" 아이가 다시 소리쳤다. 그 목소리가 너무 간절해서 듣는 사람의 마음에 전율을 일으켰을지도 모른다. "아니. 절대 그럴 리 없어요. 어떻게 그럴 수 있어요! 오!
어떻게 가능해요."

"네 말이 맞는 듯하구나." 교회지기가 말했다. "애야, 다시
자렴."

"아아!" 아이가 절망에 찬 목소리로 울부짖었다. "절대 그럴
리 없다는 걸 알고 있었어요. 묻기 전에 알았어요. 하지만 오늘
밤도 지난밤도 똑같아요. 잠이 오지 않아요. 잠이 들면 다시 또
끔찍한 꿈을 꾸는걸요."

"다시 잠을 청해봐." 노인이 달래며 말했다. "곧 잠이 들
거야."

"아니요. 가만히 있는 편이 나아요. 꿈은 너무 잔인하니까.
차라리 가만히 있는 게 나아요." 아이가 대답했다. "꿈을 꾸는
건 무섭지 않아요. 하지만 너무 슬퍼요. 너무너무 슬퍼요."

교회지기는 아이에게 신의 축복을 빌어주었고, 아이는 눈물
을 글썽이며 작별을 고했다. 키트는 다시 혼자가 되었다.

아이의 의도를 알 수 없었기에, 아이가 한 말보다 아이의 행
동에서 더 그랬지만, 키트는 자신이 들었던 말에 가슴이 뭉클
해져 서둘러 돌아왔다. 교회지기가 알려준 길을 따라간 그들
은 곧 목사관 담장 앞에 도착했다. 주변을 둘러보다가 멀리 보
이는 황폐한 건물들 사이에서 외롭게 반짝이는 빛 하나를 발
견했다.

그 빛은 보기에는 낡은 퇴창[21] 같은 것에서 새어 나왔고, 위로 돌출한 벽의 깊은 그림자로 둘러싸여 별처럼 반짝였다. 그들 머리 위에 있는 별들만큼 밝고 희미하게 빛나는, 그 별들만큼 외롭고 움직임이 없는, 그 빛은 하늘을 밝히는 영원한 등불과 친척이라는 사실을 주장하며 동료애로 불타는 듯했다.

"저게 무슨 빛이죠!" 독신 신사가 소리쳤다.

"그들이 사는 집이," 갈랜드 씨가 말했다. "틀림없어요. 근처에 다른 집은 보이지 않으니까."

"이렇게 늦은 시각에 깨우기가…." 독신 신사가 주저하며 대답했다.

이때 키트가 바로 끼어들어, 그들이 초인종을 누르고 대문에서 기다리는 동안 자신이 불빛이 새어 나오는 곳으로 가서 사는 사람이 있는지 확인하게 해달라고 간청했다. 허락받은 키트는 숨 막히는 간절함을 안고, 여전히 새장은 손에 들고, 곧장 불빛이 보이는 곳으로 향했다.

무덤 사이를 같은 속도로 빠르게 달리기는 쉽지 않았다. 다른 때 같으면 좀 더 천천히 걷거나 다른 길로 돌아갔을지도 모른다. 하지만 키트는 장애물은 신경 쓰지 않고, 속도도 늦추지 않고, 앞으로만 달려 곧 불빛이 보이는 창문 근처에 이르렀다.

---

21 벽에서 내민 창.

그는 최대한 조용히 다가갔고, 하얗게 색이 바랜 담쟁이덩굴이 옷깃에 스쳐 바스락거릴 정도로 벽에 가까이 붙어 귀를 기울였다. 안에서는 아무 소리도 들리지 않았다. 교회도 이처럼 고요하지는 않으리라. 유리창에 볼을 대고 다시 귀를 기울여 보았다. 들리지 않았다. 그런데도 주위가 너무 조용해서, 그는 안에 사람이 있다면 당연히 잠자는 사람의 숨소리도 들을 수 있다고 생각했다.

그 늦은 밤에 불은 켜져 있는데 아무도 없는 이상한 상황이었다.

창문 아랫부분에 커튼이 쳐져 있어서 방안을 볼 수 없었다. 유리창에 비치는 그림자도 없었다. 벽을 타고 올라가 안을 들여다보았다면 위험이 따랐으리라. 분명 시끄러운 소리가 났을 테고, 혹시라도 그 아이가 그곳에 산다면 그 소리에 놀랐으리라. 몇 번이고 귀를 기울여 보았지만, 여전히 지루한 고요함뿐이었다.

천천히 조심스럽게 그 자리를 떠나 그 집을 끼고 몇 발짝 걸어 마침내 문 앞에 다다랐다. 그가 노크했다. 아무런 응답이 없었다. 하지만 안에서 이상한 소리가 들렸다. 무슨 소리인지 단정하기는 어려웠다. 누군가가 고통 속에서 낮게 신음하는 소리와 닮은 듯했지만, 아주 규칙적이고 끊임이 없어서 그것은 아니었다. 이제는 일종의 노랫소리 같기도 하고, 이제는 통곡하는 소리 같기도 했다. 그 소리가 한 번도 변하거나 멈추지 않았기 때문에 그의 상상 속에서 다르게 들렸다. 그가 지금껏 한 번도 들어본 적 없는 소리였다. 그 음색에는 두렵고 등골을 오싹하게 하는 섬뜩한 무언가가 있었다.

듣는 사람의 몸속에서는 서리와 눈 속을 뚫고 달릴 때보다 더 차가운 피가 흘렀다. 하지만 그는 다시 한번 문을 두드렸다. 응답은 없었고, 소리는 중단 없이 계속되었다. 그가 걸쇠를 살며시 잡고 무릎으로 문을 밀었다. 문이 안에서 잠겨 있었지만, 압박을 이기지 못하고 경첩이 돌아갔다. 그는 불길이 오래된 벽 위로 일렁이는 모습을 보고 안으로 들어섰다.

71장

　장작불의 흐릿한 붉은 빛—방안에는 등불도 촛불도 켜져 있지 않았기 때문에—이 한 형체를 보여주었다. 형체는 키트에게서 등을 돌리고 벽난로 앞에 앉아 단속적으로 타오르는 불 위로 몸을 숙이고 있었다. 불을 쬐는 사람의 모습이었다. 그런데 아니었다. 그곳에서 몸을 구부정하게 웅크리고 있었지만, 따뜻한 불길에 손을 뻗지도 않고 어깨를 움츠리거나 떨지 않는 모습이 바깥의 강추위를 생각하면 사치스러운 행동처럼 보였다. 그 형체는 키트가 방금 들었던 구슬픈 소리를 내며 팔다리를 끌어모으고, 고개를 숙이고, 팔로 가슴을 감싸 안고, 손가락을 꽉 움켜쥔 채 앉은 자리에서 쉼 없이 앞뒤로 몸을 흔들었다.

　안으로 들어서자, 육중한 문이 요란한 소리를 내며 등 뒤에서 닫히는 바람에 키트는 깜짝 놀랐다. 하지만 그 인물은 아무 말도, 돌아보지도, 심지어 그 시끄러운 소리를 들었다는 일말의 표시도 없었다. 그 모습은 늙은이의 것이었고, 그의 백발은 그가 응시하는 벽난로의 재와 닮아 있었다. 그, 희미해지는 빛과 꺼져가는 불길, 시간이 갉아먹은 방, 고독함, 헛된 인생, 음울함이 모두 동료애를 느끼고 있었다. 재, 먼지, 허물어지는 집까지도!

키트가 말하려고 애쓰며 입에서 겨우 몇 마디 꺼냈지만, 본인도 무슨 말인지 거의 알 수 없었다. 비탄에 잠긴 인물은 여전히 똑같은 낮고 음산한 울음소리를 내며—계속 의자를 앞뒤로 흔들며—그의 출현에 아무런 변화도 보이지 않고 주의를 기울이지도 않았다.

그가 나가려고 빗장에 손을 올려놓았을 때 어떤 모습—분명 장작 하나가 부러져 떨어졌고, 떨어지면서 불길이 일었다—이 그의 주의를 끌었다. 그는 원래 있던 곳으로 돌아가서 한 걸음 앞으로 걸어갔고, 또 한 걸음, 또 한 걸음 걸어갔다. 그리고 또 한 걸음 걸어가 그 형체의 얼굴을 보았다. 그렇다! 변하긴 했지만, 잘 아는 얼굴이었다.

"할아버지!" 키트가 한쪽 무릎을 꿇고 몸을 굽혀 노인의 손을 잡으며 소리쳤다. "할아버지. 저예요!"

노인이 천천히 키트 쪽으로 몸을 돌리며 공허한 목소리로 중얼거렸다.

"여기 또 있군! 도대체 오늘 밤에는 왜 이렇게 혼령이 많은 거야!"

"할아버지, 혼령이 아니에요. 옛 하인이에요. 이제 알아보세요? 넬은, 넬은 어디 있어요?"

"모두 그 말만 하는군요!" 노인이 절규했다. "다들 같은 질문만 해요. 영혼이여!"

"넬은 어디 있어요?" 키트가 다그쳤다. "오, 제발 그것만 말해주세요. 할아버지, 그것만!"

"넬은 저쪽 안에서 자고 있어요."

"하느님 감사합니다!"

"아아! 하느님 감사합니다!" 노인이 따라 했다. "난 넬이 잘 때면 지금껏 하늘에 대고 기도했어요. 수없이 많은 밤을. 내내. 하느님은 아세요. 들어봐요! 넬이 나를 불렀나요?"

"아무 소리도 듣지 못했어요."

"들었죠. 지금 넬 목소리가 들리잖아요. 지금 저 소리가 안 들린다고요?"

노인이 벌떡 일어나 다시 귀를 기울였다.

"이래도 아니라고요?" 노인이 확신에 찬 미소를 지으며 소리쳤다. "나만큼 넬 목소리를 잘 알아듣는 사람이 있을까요? 조용! 조용해요!"

노인은 키트에게 조용히 하라는 몸짓을 하며 살금살금 옆방으로 걸어 들어갔다. 잠시 후 (그동안 노인이 넬을 부드럽게 달래는 소리가 들렸다) 노인이 등불을 손에 들고 돌아왔다.

"아직 자고 있어요." 노인이 소곤거렸다. "당신 말이 맞아요. 넬은 날 부르지 않았어요, 잠꼬대한 게 아니라면 말이에요. 자면서 날 부른 적도 있거든요. 그 애 옆에 앉아서 지켜보면 입술은 움직이는데 소리가 들리지 않아요. 날 부르는 소리인데. 저 불빛에 눈이 부셔서 잠이 깰까 봐 가지고 나왔어요."

노인은 방문객이라기보다는 자기 자신에게 말하고 있었다. 하지만 탁자에 등불을 내려놓으려던 바로 그때, 어떤 순간적인 기억이나 호기심에 이끌린 듯, 그가 등불을 얼굴 가까이 치켜들었다. 그러고는 바로 그 행동에서 동기를 망각한 듯 돌아서서 다시 등불을 내려놓았다.

"넬은 곤히 자고 있어요." 노인이 말했다. "당연해요. 천사들이 땅에 눈을 잔뜩 뿌려줘서 가장 가벼운 발소리가 더 가벼워졌을 테니까요. 그리고 바로 그 새들이 죽었으니, 넬을 깨우지 않을 거예요. 넬은 늘 새들에게 모이를 주곤 했어요. 겁 많은 새들은 아무리 춥고 배가 고파도 사람을 피하기 마련인데, 절대 넬을 떠나지는 않았어요!"

노인이 다시 말을 멈추고 귀를 기울였다. 거의 숨도 쉬지 않고 긴 시간 귀를 기울였다. 환청이 사라지자, 그는 낡은 상자를 열고 살아 있는 생명체를 다루듯 몇 가지 옷을, 애정을 듬뿍 담아 꺼내고는 손으로 매만지며 쓰다듬기 시작했다.

"문밖에 빨갛게 익은 포도가 네가 따주기만을 애타게 기다리는데." 노인이 중얼거렸다. "어째서 거기에 한가로이 누워 있을까! 꼬마 친구들이 몰려와서 '넬, 어디 있어? 상냥한 넬?'하고 외치는데 어째서 거기에 한가로이 누워 있을까! 넬을 보지 못해서 친구들이 흐느껴 우는데. 넬은 언제나 아이들을 다정하게 대했어요. 정말 짓궂은 아이도 넬의 말은 잘 따랐고, 넬도 그런 아이들은 더 다정하게 대했어요. 암요, 넬은 그랬어요."

키트는 말할 힘조차 없었다. 그의 눈에는 눈물이 가득 고였다.

"넬의 작고 편안한 드레스예요! 넬이 가장 아끼는 옷이에요." 노인이 옷을 가슴에 부여안고 떨리는 손으로 쓰다듬으며 소리쳤다. "깨어나면 이 옷을 보고 싶어 할 거예요. 그들이 장난치려고 여기에 숨겼는데, 분명 이 옷을 입을 거예요. 이 옷을 입을 거예요. 이제 세상의 모든 부를 준다며 넬을 귀찮게 하지 않을 거예요. 이것 봐요. 이 신발. 정말 낡았죠. 넬은 우리의 긴 마지막 여행을 추억하려고 신발을 버리지 않고 간직했어요. 그 길을 맨발로 걸었다는군요. 사람들이 나중에 말해줬어요. 넬의 발이 돌에 찢기고 멍이 들었다고. 넬은 한 번도 그런 말을 안 했으니까요. 안 했어요. 아, 가엾어라! 그때 이후로 지금껏 기억해요. 절뚝거리는 모습을 보이지 않으려고 항상 내 뒤에서 걸었기 때문에 발을 볼 수가 없었어요. 그런데도 내 손을 잡아주었지요.

나를 이끌어주듯 말이에요."

노인은 넬의 옷을 입술에 꽉 물었다가 조심스럽게 내려놓고 이따금 조금 전 들어갔던 방을 애처로운 눈빛으로 바라보며 다시 독백을 이어갔다.

"넬은 잠꾸러기가 아니었어요. 그때는 건강했으니까. 참고 기다려야 해요. 넬이 다시 건강해지면 상쾌한 아침에 일어나, 늘 그랬듯, 여기저기를 돌아다닐 거예요. 나는 종종 넬이 산책하던 길을 따라 걷곤 해요. 하지만 이슬 맺힌 땅에 날 안내해 줄 넬의 작은 발자국은 어디에도 남아 있지 않아요. 누구지? 문을 닫아요. 어서! 우린 아직 저 냉혹한 추위를 몰아내고 넬을 따뜻하게 하기에 충분하지 않아요!"

그 순간 정말 문이 열렸다. 갈랜드 씨와 독신 신사가 다른 두 사람과 동행해서 들어왔다. 교장과 학사였다. 교장은 등불을 손에 들고 있었다. 보아하니 교장이 꺼진 등불에 연료를 채우기 위해 오두막으로 간 사이 키트가 이 집에 들어온 모양이었다.

교장과 학사를 본 노인은 다시 온순해졌고, 문이 열렸을 때 말속에 담겨 있던 노기—아주 허약하고 슬픈 것에도 그 용어를 적용할 수 있다면—가 누그러지며 전에 앉았던 자리에 앉았다. 그리고 서서히 이전처럼 의자를 흔들며 건조하고 종잡을 수 없는 소리를 내기 시작했다.

노인은 낯선 사람에게 전혀 관심을 보이지 않았다. 그들을 보았지만, 흥미나 호기심은 느끼지 못하는 듯했다. 노인의 동생은 그들과 떨어져 서 있었다. 학사가 의자를 끌어와 노인 옆에 앉았다. 긴 침묵 후 학사가 입을 열었다.

"오늘 밤도 주무시지 않는군요." 학사가 부드럽게 말했다. "제게 한 약속을 좀 더 염두에 두기를 바랐습니다. 좀 쉬세요."

"잠이 나를 떠나," 노인이 대답했다. "모두 넬에게 갔어요!"

"영감님이 이렇게 지켜보고 있는 걸 넬이 알면 가슴이 아플 텐데요." 학사가 말했다. "손녀의 마음을 아프게 하지 않을 거죠?"

"그렇게 한다고 넬이 일어날지는 나도 모르겠어요. 너무 오랫동안 잠을 자는군요. 경솔한 말이겠지만, 좋고 행복한 잠이에요. 그렇죠?"

"물론입니다." 학사가 대답했다 "그렇고말고요!"

"잘됐어요! 그리고 일어나면," 노인의 목소리가 떨렸다.

"또한 행복할 겁니다. 어떤 말로도 표현할 수 없을 만큼, 인간의 마음으로는 상상할 수 없을 만큼 더 행복할 겁니다."

그들은 노인이 다시 등불을 들고 넬의 방을 향해 발끝으로 살금살금 걸어가는 모습을 지켜보았고, 그가 조용한 방 안에서 말하는 소리를 들었다. 그들은 서로의 얼굴을 쳐다보았고, 모두의 뺨에 눈물이 흘렀다. 넬이 여전히 잠들어 있지만 움직임이 있었다고 속삭이며 그가 다시 돌아왔다. 넬의 손이 약간, 아주 조금씩이지만, 자신을 찾는지 분명히 움직였다고 말했다. 전에도 넬이 깊은 잠에 빠졌을 때 그런 적이 있었다고 했다. 이런 말을 하며 그는 다시 의자에 털썩 주저앉아 두 손으로 머리를 감싸고 절대 잊히지 않는 비명을 질렀다.

가난한 교장이 학사에게 노인 쪽으로 가서 이야기하자고 했다. 그들은 노인의 손가락을 조심스럽게 풀어주고—노인은 백발을 비틀어 움켜쥐고 있었다—손을 꼭 잡았다.

"제 말은 들을 거예요." 교장이 말했다. "장담합니다. 우리가 간청하면 저나 당신 얘기를 들을 겁니다. 넬이 항상 그랬으니까."

"넬이 좋아하는 소리라면 난 들을 겁니다." 노인이 소리쳤다. "넬이 사랑한 건 모두 사랑해요."

"알고 있습니다." 교장이 대꾸했다. "저도 확신합니다. 넬을 생각해 보세요. 영감님이 넬과 함께 한 모든 슬픔과 고통을 생각해 보세요. 함께 겪은 많은 시련과 모든 평화로운 기쁨을."

"생각해요. 생각해. 난 그것 말고 다른 건 생각하지 않아요."

"오늘 밤은 그것만 생각하세요. 다른 생각은 하지 말고 마음을 달랠 수 있는 것들만 생각하길. 그리고 옛날에 사랑한 것과 그때로 마음을 열어보세요. 그게 넬이 정말 영감님에게 하고 싶은 말인지도 몰라요. 넬을 위해 말하는 겁니다."

"조용히 말하는 게 좋겠어요." 노인이 말했다. "넬을 깨우지 않으려면. 넬의 눈동자, 넬의 미소를 다시 보면 기쁠 거예요. 지금도 넬의 앳된 얼굴에 미소가 남아 있지만, 굳어서 변화가 없어요. 내가 움직이게 할 겁니다. 하지만 지금은 자고 있으니, 우리 넬을 깨우지 말아요."

"그래요. 잠자고 있는 넬 얘기는 그만하고, 영감님이 넬과 함께 여행했을 때, 멀리 여행을 떠났을 때—넬이 집에 있을 때, 영감님이 넬과 도망친 그 낡은 집에 있을 때—그 옛날 넬이 즐거웠던 때의 얘기를 해요." 교장이 말했다.

"넬은 항상 명랑했어요. 아주 명랑했어요." 노인이 교장에게서 눈을 떼지 않고 그를 바라보며 소리쳤다. "넬은 태어날 때부터 온화하고 평화로운 아이였어요. 처음 볼 때부터 행복한 천성을 지닌 아이였어요."

"영감님이 전에 말하길," 교장이 뒤이어 말했다. "모든 좋은건 엄마를 닮아서 그렇다고. 넬의 엄마를 생각할 수 있어요? 기억하세요?"

계속 교장을 바라보았지만, 노인은 아무 대답도 하지 않았다.

"아니면 따님 이전의 누군가는 기억하세요?" 학사가 말했다. "오래전 일이고 그 시간이 고통스러워 더 길게 느껴지겠지만, 따님을 잊지는 않았죠? 딸의 죽음으로, 심지어 그 아이가 얼마나 소중한지 또 그 아이의 마음을 알기도 전에, 그 아이가 영감님에게 가장 소중한 사람이 되었지요. 자, 먼 옛날 일을 생각해

보세요. 영감님이 누군가와 함께 보낸 유년 시절로 돌아가 보세요. 아주 어릴 때 영감님을 가슴 깊이 사랑한 또 다른 아이가 떠오를 겁니다. 오랫동안 잊고 산, 오랫동안 만나지 못한, 영감님과 오랫동안 떨어져 지낸 동생이 떠오를 겁니다. 마침내 그가 영감님에게 위로와 위안을 주려고 돌아왔습니다."

"한때, 형이 제 곁에 있어 주었듯 이제 당신과 함께하기 위해 돌아왔습니다." 독신 신사가 노인 앞에 무릎을 꿇으며 절규했다. "당신이 제게 준 그 옛날의 애정을 이제 끝없는 보살핌과 배려와 사랑으로 보답하기 위해 돌아왔습니다. 바다가 우리를 갈라놓아도 당신 곁에 있기 위해. 지나가 버린 황량한 세월에 대한 당신의 변하지 않는 진실과 마음 씀씀이를 증명하기 위해 말이에요. 우리가 가난하고 어리석은 아이들일 때 우리가 함께 보낸 우리의 유년 시절이 가장 행복한 순간이었다고 한마디만 해주세요. 우리는 언제나 서로에게 가장 귀중하고 소중한 사람이었고, 앞으로도 그렇다고 한마디만 해주세요."

노인이 사람들의 얼굴을 하나씩 둘러보며 입술을 움직였지만, 어떤 대답도 나오지 않았다.

"이제 우리가 함께하면," 동생이 말을 이어갔다. "아무것도 우리를 떼어놓지 못해요! 우리의 사랑과 유대감은 우리 앞에 많은 날이 펼쳐져 있던 유년 시절에 시작되었고, 우리가 그것이 사실임을 증명했으니 다시 시작될 겁니다. 결국 우리는 어린아이일 뿐입니다. 부와 명예를 좇아 세상을 돌아다니던 떠돌이 영혼이 말년에 태어난 곳으로 돌아가 죽기 전에 다시 어린아이가 되려고 하듯, 그렇게 우리도 유년은 그들보다 불운하지만, 말년은 더 행복하게, 소년일 때 자주 갔던 곳에 보금자리를 틀고, 어른이 되어 이룬 희망 하나 없이 집으로 돌아가는 것이, 우리가 가지고 멀리 떠났던 건 하나도 다시 가지고 가지 않는 것이, 부서진 삶의 파편은 하나도 남기지 않고 맨 처음 아꼈던 걸 남기는 것이 진정 처음의 어린아이로 돌아가는 겁니다. 심지어," 동생이 목소리를 바꾸며 덧붙였다. "비록 제가 이름조차 붙이기 두려운 것이 지나갔을지라도, 비록 그렇고 그렇게 될지라도 (하늘이시여 그러기를 금하고 저희를 구하리니!) 우리 헤어지지 말고 그 큰 고통 속에서 그런 위로를 받으며 살아요."

동생이 이런 말을 하는 동안 노인은 조금씩 안쪽 방으로 뒷걸음질 쳤고, 대답이라도 한 것처럼 입술을 떨며 그곳을 가리켰다.

"넬에게서 내 마음을 떼어놓으려고 작당하는군. 절대 그렇게 못 합니다. 내가 살아 있는 한. 나는 친척도 친구도 없어요. 넬 뿐이에요. 그런 걸 가져본 적이 없어요. 넬이 내 전부입니다. 우리를 떼어 놓기에는 너무 늦었어요."

그들에게 물러가라고 손짓하며, 물러가며 넬을 다정하게 부르며 노인은 조용히 방으로 들어갔다. 남은 사람들은 서로 가까이 모여 잠시 낮은 목소리로 몇 마디 나눈 뒤—감정에 북받쳐 중간중간 말이 끊어지거나 말이 쉽게 나오지 않았다—그를 따라 방으로 들어갔다. 아주 조심스럽게 걸었기 때문에 그들은 아무런 소음도 일으키지 않았다. 하지만 그들 중 누군가가 훌쩍였고, 그것은 비탄과 애도의 소리였다.

소녀가 죽었기 때문이다. 소녀는 작은 침대에 누워 영면에 들었다. 이제 장엄한 정적은 놀라운 일이 아니었다.

소녀는 죽었다. 잠이 든 것이 아니었다. 아주 아름답고 고요한, 고통의 흔적 하나 없는 너무도 아름다운 얼굴이었다. 마치 신의 손으로 갓 빚어져 생명의 숨결을 기다리는 듯했다. 이 세상을 살다 간 사람 같지 않았다.

침대는 아이가 평소 좋아하던 곳에서 모은 겨울철 열매와 푸른 나뭇잎으로 여기저기 장식되어 있었다. '제가 죽으면, 빛을 사랑하고, 하늘이 항상 그 위에 있는 무언가를 옆에 놓아주세요.' 소녀의 유언이었다.

소녀는 죽었다. 사랑스럽고 다정하고 인내심 많은 고귀한 넬은 죽었다. 그녀의 작은 새—손가락에 작은 힘만 줘도 부서질 듯한 가엾고 연약한 새—가 새장 안에서 민첩하게 날개를 퍼덕였지만, 아이의 강한 심장은 침묵하며 움직임이 없었다.

소녀가 너무도 이른 시기에 겪은 근심, 고통, 노고의 흔적은 다 어디에 있을까? 모두 사라졌다. 과연 슬픔은 그녀 안에서 죽었지만, 평화와 완전한 행복이 태어났다. 그것은 소녀의 평온한 아름다움과 깊은 휴식 속에 그려졌다.

이런 변화 속에 어느 하나 바뀐 것 없이, 여전히 소녀의 옛 모습이 그곳에 누워 있었다. 그렇다. 오래된 난롯가는 전과 같이 그 예쁜 얼굴 위로 미소를 짓고 있었다. 그 얼굴은 꿈처럼 고통과 근심이 가득했던 곳을 지나갔다. 그와 똑같이 생긴 온화하고 사랑스러운 얼굴이 어느 여름날 저녁 가난한 교장의 학교 문 앞에, 차갑고 비가 오던 밤 용광로 불 앞에, 죽어가던 소년의 조용한 머리맡에 있었다. 그렇게 우리는 죽음 후에 나타나는 장엄한 모습의 천사들을 알게 되리라.

노인은 힘없는 팔 하나를 잡고 작은 손이 따뜻해지도록 가슴에 꼭 묻고 있었다. 소녀가 마지막 미소와 함께 그에게 뻗은 손이었다. 그를 긴 여행 내내 이끌어주던 손이었다. 그는 이따금 그 손에 입을 맞추고 다시 가슴에 안으며 좀 더 따뜻해졌다고 중얼거렸다. 그가 이렇게 말할 때면 괴로움에 찬 그 모습이 주위 사람들에게 뭐라도 좀 해보라고 애원하는 듯 보였다.

소녀는 죽었고, 이제 어떤 도움이나 필요도 때가 늦었다. 심지어 그녀가 빠르게 시들어가는 동안에도 생명으로 가득 채운 듯한 낡은 방들, 그녀가 가꾸었던 정원, 그녀가 즐겁게 해주었던 사람들, 오랜 시간 사색에 잠기게 한 소음 없는 장소, 바로 어제까지 걸어갔던 길들도 이제 더는 소녀가 없는 것을 알고 있었다.

"아닙니다." 교장이 고개를 숙여 소녀의 뺨에 입을 맞추고 하염없이 눈물을 흘리며 말했다. "하늘의 심판은 이 세상에서 끝나지 않습니다. 그 세상이 어떤 세상인지 생각해 보세요. 그녀의 어린 영혼이 날개를 단 하늘나라와 비교해 보세요. 이 침대 위에서 간곡한 기도로 그녀를 다시 살릴 수 있다고 해도 우리 중 누가 그런 기도를 할까요!"

72장

아침이 밝자, 그들은 비통함의 주제에 관해 좀 더 차분하게 말할 수 있었고, 소녀의 삶이 어떻게 막을 내렸는지 들었다.

소녀가 죽은 지 이틀이 되었다. 그들은 소녀의 죽음이 다가오고 있음을 알고 모두 그 주위에 모여 있었다. 소녀는 동이 트자마자 숨을 거두었다. 그들은 소녀가 죽기 전날 이른 저녁부터 책을 읽어주며 말을 걸어보았지만, 시간이 흐르며 그녀는 잠에 빠져들었다. 소녀가 꿈속에서 하는 희미한 소리를 듣고, 그들은 그 꿈이 노인과 함께 다닌 여행에 관한 이야기고, 그 꿈속에는 고통스러운 장면 없이 두 사람을 친절하게 도와주고 함께 한 이들에 관한 것만 있었다고 말할 수 있었다. 소녀가 꿈속에서 종종 '행운이 깃들기를!'하고 진심을 담아 말하는 것을 들었기 때문이다. 소녀는 전에 한 번도 정신을 잃은 소리를 한 적이 없었지만, 딱 한 번 깨어나 하늘에서 아름다운 음악이 들린다고 말했다. 하늘만이 알 것이다. 음악 소리였는지도 모른다.

아주 조용한 잠에서 마침내 눈을 뜬 소녀가 다시 입맞춤해주기를 부탁했다. 입맞춤이 끝나자, 소녀는 얼굴에 사랑스러운 미소를 띠고 노인을 돌아보며—그들은 그렇게 사랑스러운 미소는 본 적이 없고 절대 잊을 수도 없다고 했다—양팔로 그의 목을 감싸 안았다. 처음에 그들은 소녀가 그렇게 죽은 것을 알지 못했다.

소녀는 다정하고 친구 같은 자매에 대해 자주 말했었다. 넬은 자신이 얼마나 그들을 생각하고 그들이 밤에 강가를 산책할 때 얼마나 많이 지켜보았는지 그들에게 말해주었으면 했다. 불쌍한 키트도 보고 싶다고 늘 말해왔고, 최근에는 자주 말하곤 했다. 소녀는 누군가가 자신의 사랑을 키트에게 전해주었으면 했다. 하지만 그런 다음에는 키트에 대한 생각이나 말은 한 번도 하지 않고 옛날의 맑고 즐거운 웃음을 지어 보였다.

그 외의 사람들에 대해 소녀는 어떤 중얼거림이나 불평의 말도 하지 않았다. 매일 매일 그들에게 더욱더 진심으로 감사했을 뿐 차분하고 변치 않는 태도를 보이며 그렇게 여름날 저녁 빛처럼 사그라졌다.

날이 밝자마자 소녀와 친구가 되었던 아이가 찾아와서 그녀의 가슴에 말린 꽃을 올려놓게 해달라고 청했다. 전날 밤 창가로 나와 교회지기와 얘기한 아이였다. 그들은 아이의 작은 발자국에서 눈의 흔적을 보았다. 잠을 자러 가기 전 소녀의 방 근처에서 서성이고 있었던 것이다. 아이는 그들이 소녀를 그곳에 혼자 남겨두었다고 생각했고, 그 생각을 참을 수 없었다.

아이는 그들에게 자신의 꿈에 관해 다시 말했다. 그것은 소녀가 전에 그랬듯 회복되어 그들에게 다시 돌아오는 꿈이었다. 아이는 아주 조용히 할 테니 소녀를 한 번만 보게 해달라고 간청했고, 형이 죽었을 때도 종일 그 옆에 앉아서 자리를 지켰기 때문에 그녀를 보고 겁을 먹지 않을까 하는 걱정은 할 필요가 없다고 했다. 그들은 아이의 소원을 들어주었다. 아이는 약속을 지켰고, 아이의 순수한 행동은 모두에게 교훈이 되었다.

그때까지도 노인은 한 번도 입을 열지 않았고—소녀에게 말할 때만 빼고—침대 옆에서 꿈틀거리지도 않았다. 하지만 그는 소녀가 아끼던 친구를 보는 순간, 그녀에게서 좀 더 가까운 자리를 그 아이에게 내어주듯 움직였다. 그들은 이런 모습을 본 적이 없었다. 그는 침대를 손가락으로 가리키며 처음으로 눈물을 왈칵 쏟았고, 그 곁에 서 있던 그들—그 아이를 보고 노인의 마음이 움직였음을 알고—은 노인과 아이만 있도록 자리를 비켜주었다.

아이는 서툰 말솜씨로 소녀에 관해 말하며 노인을 위로했고, 휴식이나 산책 등 하고 싶은 것을 해보라고 설득했다. 이제 소

녀의 모습을 세상 사람들의 눈으로부터 영원히 거두어야 할 날
이 왔을 때 아이는 그녀가 떠나는 모습을 볼 수 없도록 노인을
데리고 밖으로 나갔다.

그들은 소녀의 침대를 장식하기 위해 싱그러운 잎들과 야생
열매를 모아야 했다. 그날은 일요일—청명한 겨울 오후였다—
이었고, 그들이 마을의 거리를 지나가자, 그 길을 오던 사람들
이 비켜서며 조용히 인사를 건넸다. 누군가는 친절하게 노인의
손을 잡고 흔들었고, 누군가는 그가 휘청거리며 지나갈 때 모
자를 벗고 서 있었고, 많은 이들이 그가 지나갈 때 "아, 불쌍해
라!"하고 탄식했다.

"이보시오!" 노인이 어린 안내자의 어머니가 사는 집에 잠시
멈추고는 말했다. "어째서 오늘 마을 사람들이 모두 검은 옷을
입고 있는 거요? 모두 상장(喪章)이나 검은 크래이프[22]를 달고
있구려."

부인은 말할 수 없다고 했다.

"어, 부인도 검은 옷을 입었잖소!" 노인이 말했다. "보통 낮에
는 창이 닫혀 있지 않은데 모두 닫혀 있구려. 무슨 일이오?"

부인은 다시 한번 말할 수 없다고 했다.

"돌아가자." 노인이 서두르며 말했다. "어떻게 된 일인지 알

---

22 주로 상복이나 상장 따위로 쓰는 쭈글쭈글한 검정 비단.

아야만 한다."

"안 돼요. 안 돼." 아이가 노인을 잡으며 소리쳤다. "우리가 한 약속 잊었어요? 우리는 넬과 내가 자주 가는 초원길로 가는 거예요. 그곳에서 내가 넬과 함께 화관을 만드는 모습을 봤잖아요. 돌아가지 말아요!"

"넬은 지금 어디 있느냐?" 노인이 물었다. "말해다오."

"몰라요?" 아이가 되물었다. "남겨두고 왔잖아요, 방금."

"맞아. 그랬지. 그래. 남겨두고 왔어, 그렇지?"

노인이 손으로 이마를 지그시 누르며 갑자기 생각난 듯 주변을 멍하니 두리번거리다가 길을 건너 교회지기의 집으로 향했다. 교회지기와 귀먹은 조수가 난로 앞에 앉아 있었다. 그들을 보자마자 둘은 자리에서 벌떡 일어났다.

아이가 급히 손짓으로 무언의 신호를 보냈다. 눈 깜짝할 사이였지만, 그게 아니라도 노인의 표정으로 충분했다.

"오늘, 오늘 누굴 땅에 묻는 겁니까?" 노인이 물었다.

"아, 아니요. 누굴 묻어요?" 교회지기가 대답했다.

"아, 그래요! 정말입니까?"

"오늘은 휴일입니다." 교회지기가 부드럽게 대답했다. "오늘은 일하지 않습니다."

"그러면 가던 길을 가야지." 노인이 아이에게로 돌아서며 말했다. "확실해? 나를 속이는 건 아니지? 짧은 시간이지만, 난 지난번 네가 나를 볼 때와는 많이 달라졌다."

"가던 길 가세요, 영감님." 교회지기가 말했다. "하느님이 두 사람과 함께 할 겁니다."

"난 갈 준비가 다 되었다." 노인이 온순하게 말했다. "애야, 가자." 그리고 그는 아이의 뒤를 따라갔다.

이제 종—소녀가 밤낮으로 살아 있는 사람의 목소리라고 여기며 엄숙한 위안을 얻던 바로 그 종이었다—이 아주 어리고 아름답고 착한 소녀를 위해 무자비하게 조종을 울렸다. 노쇠한 연령, 원기 왕성한 생명, 피어나는 젊음, 혼자서는 아무것도 할 수 없는 유아기의 아이가 쏟아져 나와—목발을 짚고, 힘과 건강을 자랑하며, 희망으로 얼굴을 붉히며, 막 인생의 출발선에 서서—소녀의 무덤 주위로 속속 모여들었다. 눈이 거의 보이지 않는 노인들, 10년 전에 죽었다고 해도 놀랍지 않은 노파들, 청각장애인, 시각장애인, 다리를 저는 사람, 치매 노인 등 거의 모든 종류의 산송장이나 다름없는 사람들도 요절한 소녀의 마지막 모습을 보기 위해 그곳을 찾았다. 아직 무덤 위를 기어다니고 살금살금 움직일 수 있는 사람에게 죽음을 가두는 무덤은 무슨 의미일까?

그들은 인파로 붐비는 길을 따라 소녀를 옮겼다. 그 길을 덮은, 새롭게 내린 눈처럼 순수했다. 소녀가 이 세상에 머문 시간은 덧없이 지나갔다. 하늘이 자비를 베풀어 이 평화로운 장소로 데려왔을 때 앉았던 그 현관 아래로 그녀가 다시 지나갔다. 낡은 교회가 자신의 조용한 그늘 속으로 그녀를 받아주었다.

그들은 소녀를 오래된 아늑하고 조용한 구석 자리로 데려갔다. 소녀가 자리에 앉아 수없이 사색에 잠기고 그 포장된 바닥에 자신들의 짐을 조용히 풀어놓았던 곳이다. 빛이 채색한 창문 하나를 통해 쏟아져 들어왔다. 그 창가에서 큰 나뭇가지들은 여름에 쉴 새 없이 바스락거렸고, 새들은 온종일 즐겁게 노래를 불렀다. 이제 햇살 속에서 나뭇가지들이 산들바람에 몸을 떨며 시시각각 변하는 빛을 소녀의 무덤 위로 비추리라.

흙은 흙으로, 재는 재로, 먼지는 먼지로 돌아가리라! 어린아이의 손 하나가 작은 화환을 무덤 위로 떨어뜨리자, 여기저기에서 숨죽인 흐느낌이 들렸다. 어떤 사람들—적지 않은 사람들이었다—은 무릎을 꿇기도 했다. 모두가 진정으로, 진심으로 슬퍼했다.

장례식이 끝났다. 고인의 친구와 친지들은 떨어져 서 있었고, 마을 사람들이 표지석으로 덮이기 전에 무덤을 보기 위해 주위로 당겨 둘러섰다. 누군가가 바로 이 장소에서 소녀가 어떻게 앉아 있었는지, 어떻게 그녀가 책을 무릎 위에 올려놓고 생각에 잠긴 눈으로 하늘을 올려다보았는지 기억해 냈다. 또 다른 누군가는 그녀가 저녁에 겁도 없이 혼자 교회에 들어가, 모든 것이 쥐 죽은 듯 고요한데, 두꺼운 벽의 낡은 구멍으로 비치는 달빛에만 의지해 종탑 계단을 올라가는 모습을 보고는, 어떻게 그토록 가냘픈 소녀가 저렇게 대담할 수 있는지 놀랐다고 말했다. 늙은 사람들은 이렇게 속삭였다. 소녀가 천사들을 보고 이야기를 나눴다고. 그리고 그들은 그녀가 어떻게 보였고 어떻게 말했는지 기억해 냈고, 어떤 사람들은 그녀의 이른 죽음은 그럴 만한 이유가 있다고 생각했다. 이렇게 사람들은 작은 무리를 이루고 와서 무덤을 내려다보고 다른 사람에게 그 자리를 양보했고, 조문객들이 조용히 삼삼오오 짝을 지어 떠나자 교회에는 때에 맞게 교회지기와 애도하는 친구들만 남았다.

그들은 무덤이 닫히고 묘비가 세워지는 것을 지켜보았다. 저녁 땅거미가 내리고, 그 고요한 시간 어떤 것도 이 신성한 장소의 정적을 방해하지 않을 때—달이 무덤과 묘비에, 기둥, 벽, 천장에, 무엇보다 아이의 고요한 무덤 위로 밝은 빛을 쏟아낼 때—모든 외면의 것들과 내면의 사고가 불멸의 확신으로 충만하고 세속적인 희망과 두려움이 먼지 속에서 겸손해질 때, 그들은 평온하고 순종적인 마음으로 변해 넬을 하느님께 맡겼다.

아! 그 죽음이 가르치는 교훈을 명심하기란 쉽지 않지만, 누구도 그것을 배척하지 않게 하자. 우리 모두 반드시 배워야 하는 것이고 강력한 우주의 진리이니. 힘겹게 숨을 몰아쉬는 모든 연약한 영혼을 해방하기 위해 죽음이 순결한 어린 영혼을 데려갈 때 수백 가지의 선행이 자비와 자선과 사랑의 모습으로 나타나 세상을 돌아가게 하고 축복한다. 슬퍼하는 인간들이 그렇게 푸른 무덤 위에서 흘리는 모든 눈물 중에 몇 가지는 선을 낳고 몇 가지는 온화한 성품이 된다. 절대 파괴자의 발밑에서 그 악한 힘에 맞서는 밝은 창조물이 생겨나고, 그의 어두운 길은 천국으로 가는 한 줄기 빛이 된다.

노인이 집에 도착했을 때는 늦은 시각이었다. 아이는 돌아오는 길에 작은 구실을 만들어 자기 집으로 그를 데려갔다. 먼 길을 휴식 없이 걸어온 그는 난로 옆에 쓰러져 깊은 잠에 빠졌다. 노인은 완전히 지쳐 있었고, 그들은 그를 깨우지 않으려고 조심했다. 그는 오랜 시간 잠을 잤다. 마침내 그가 깨어났을 때는 달빛이 환히 비치는 밤이었다.

노인의 동생은 노인이 너무 오래 자리를 비워서 불안한 마음에 문 앞에서 그를 기다리고 있었다. 그때 노인이 어린 안내자와 함께 길에 모습을 드러냈다. 동생은 노인을 자기 팔에 기대게 하고 느릿느릿 불안하게 걷는 그를 집까지 부축했다.

노인은 곧장 소녀의 방으로 향했다. 넬을 찾지 못한 그가 사색이 되어 정신 나간 표정을 하고 그들이 모여 있는 방으로 돌아왔다. 그는 그곳에서부터 소녀의 이름을 부르며 교장의 오두막으로 달려갔고, 그들은 그를 뒤따라갔다. 노인은 소녀를 찾지 못했고, 그들이 그를 다시 집으로 데려왔다.

최대한 동정과 애정의 말로 설득하며, 그들은 노인에게 같이 자리에 앉아 자신들이 무슨 말을 하는지 들어보라고 권유했다. 그들은 앞으로 닥칠 일에 대해 그가 마음의 준비를 하도록 아주 작은 것에도 노력을 기울였고, 넬이 행복한 운명을 살았다는 열정적인 말로 설명하다가 결국 모든 사실을 말했다. 그 말이 끝나자마자 그는 살인을 당한 사람처럼 그들 가운데 쓰러졌다.

그들은 한참 동안 그가 살아나리라는 희망을 품지 못했다. 대신 강한 슬픔을 느꼈는데, 다행히 그는 의식을 되찾았다.

만약 죽음 뒤에 오는 공허함—지친 공허함—익숙하고 사랑하는 무언가가 매번 사라질 때 가장 의지가 강한 사람에게 찾아오는 적막감, 모든 가재도구가 그 사람을 기억하는 기념물이 되고 모든 방이 무덤이 될 때 생명이 없고 의식이 없는 것들 사이에 생기는 유대에 대해 전혀 알지 못하는 사람이 있다면, 만약 이것을 알지 못하고 경험하지 못한 사람이라면, 노인이 얼마나 오랫동안 소녀를 애타게 그리워하고 무언가를 찾기 위해 이곳저곳을 떠돌며 방황했는지 희미한 짐작조차 못 하리라.

노인이 무엇을 생각하고 기억하든 그것은 모두 오직 소녀에게 묶여 있었다. 동생에 관한 이야기는 전혀 이해하지 못했고, 이해하려 하지도 않는 듯했다. 그는 애정을 담은 말이나 자기 자신에 대한 관심에는 무관심했다. 그들이 그에게 이런 말이나 다른 이야기—하나만 빼고—를 하면 한참을 인내심 있게 듣다가도 그냥 돌아서서 전처럼 소녀를 찾았다.

　노인의 마음속에 하나뿐인, 그리고 전부인 하나의 주제를 건드릴 수는 없었다. 죽었어! 그는 이 단어를 들을 수도, 가슴에 담을 수도 없었다. 조금이라도 죽음을 떠올리게 하는 말이 나오면 그 말을 처음 들었을 때 그랬듯 발작을 일으키며 쓰러졌다. 아무도 그가 어떤 희망으로 살아가는지 알 수 없었지만, 소녀를 다시 찾는 희망—그것은 희미하고 그늘진 희망이었고, 하루하루 현실에서 멀어지고 하루하루 그를 쇠약하게 하고 비탄에 잠기게 하는 희망이었다—임은 명확했다.

　그들은 이 마지막 슬픔의 장소에서 노인을 데리고 나가면 바뀐 장소가 그를 각성시키거나 그에게 활기를 주지 않을까 하고 생각했다. 노인의 동생은 이런 문제에 능통하다고 알려진 사람들에게 조언을 구했고, 그 사람들이 직접 찾아와서 그를 보았다. 일부 전문가는 그가 대화하고 싶어 할 때 그 장소에서 직접 대화를 나눴고, 그가 혼자 말없이 이리저리 돌아다니는 모습을 자세히 살펴보았다. 결국 전문가들은 그를 다른 곳으로 데려가도 그곳으로 다시 돌아오려 할 것이라고 했다. 그의 마음이 그곳에 사로잡혀 있기 때문이라고 했다. 만약 그를 단단히 잡아두고 경계를 세운다면 감옥에 가두는 꼴이 될 테고, 그렇지 않고 그가 무슨 수단을 써서 도망친다면 이리저리 배회하다가 그곳으로 돌아오거나 길거리에 쓰러져 죽을 것이다.

노인은 처음에는 아이를 따랐지만, 이제는 아이에게 어떤 영향도 받지 않았다. 가끔은 아이를 옆에서 걷게 하거나, 심지어 손을 건네 아이가 있는 것을 알아차리거나, 아이의 뺨에 입을 맞추거나, 머리를 쓰다듬기 위해 걸음을 멈추기도 했다. 그러다가도 어떤 때는 혼자 있게 내버려두라고 아이에게 호소하며—불친절하게 말하지는 않았다—주위에 가까이 오는 것을 용납하지 않았다. 하지만 혼자 있든, 작은 친구와 있든, 아무리 돈이 들고 희생이 따르더라도 도움을 주려는 또는 위안이나 마음의 평화를 주려는 사람들과 함께 있든—아무리 이런 것들을 구상해 보아도 그에게는 항상 같았다. 어떤 것에도 사랑이나 관심을 보이지 않았다—그는 마음이 깨져버린 사람이었다.

마침내 어느 날 그들은 노인이 등에 봇짐을 메고, 손에 지팡이를 쥐고, 소녀의 밀짚모자와 소녀가 평소에 가지고 다니던 물건들이 담긴 바구니를 들고 아침 일찍 사라진 것을 알게 되었다. 그들이 노인을 찾으려고 사방으로 수색할 준비를 하고 있을 때, 그를 본, 얼굴이 하얗게 질린 학생 하나가 들어와서는 방금 소녀의 무덤 옆에 앉아 있는 그를 보았다고 전했다.

그들은 서둘러 그곳으로 갔고, 조용히 문으로 다가간 그들은 열심히 누군가를 기다리는 노인의 모습을 보았다. 그들은 그를 방해하지 않고 온종일 멀리서 지켜보았다. 어둠이 짙게 깔리자, 자리에서 일어난 그는 집으로 돌아와서 잠자리에 들었고 "내일은 넬이 올 거야"하고 중얼거렸다.

　다음날도 동이 트자마자 노인은 다시 그곳으로 갔고, 해가 뜰 때부터 저녁까지 그곳에 머물렀다. 그는 그날 밤에도 침대에 누워 "내일은 넬이 올 거야"하고 중얼거렸다.

　그때 이후로 노인은 하루도 빠지지 않고 그 무덤에서 종일 넬을 기다렸다. 얼마나 많은—탁 트인 전원을 따라 펼쳐진 새로운 여행지, 광활한 하늘 아래 휴식을 취할 장소, 거닐 만한 숲과 들과 사람들의 발길이 닿지 않은 길—풍경이, 얼마나 많은—또렷이 기억하는 음성, 얼마나 많은 잠깐 스치는 수많은 모습, 펄럭이는 드레스, 바람에 흥겹게 날리는 머리카락—일견(一見)이, 얼마나 많은—이루어지기도 했고, 또 이루어지기를 바라는 수많은—꿈들이 오래되고, 적막하고, 고요한 교회에 앉아 있는 노인 앞에 나타났는지! 노인은 자신이 무슨 생각을 하는지, 어디를 갔었는지 한 번도 말하지 않았다. 그저 밤이면 은밀한 만족감에 젖어 다시 밤이 오기 전에 넬과 도망치는 상상을 하며 그들과 함께 앉아 있곤 했다. 그들은 여전히 "오! 부디 내일은 보내주세요!"라고 말하는 노인의 속삭임을 들을 수 있었다.

　마지막 날은 따스한 봄날이었다. 노인이 돌아와야 할 시각에 오지 않아서 그들이 그를 찾아 나섰다. 그는 묘비 위에 쓰러져 영원히 잠들어 있었다.

그들은 노인을 그토록 사랑하는 넬 옆에 묻어주었다. 이제 두 사람은 손을 맞잡고 자주 기도하며 사색했던 교회에 나란히 잠들었다.

73장

　사건을 기록하던 자를 멀리 이곳까지 데려오며 감기고 있던 마법의 얼레가 이제 속도를 늦추고 결국 멈췄다. 목적지 앞에 놓여 있다. 우리의 추적도 끝에 도달했다.

　이 이야기의 길 위에서 우리와 함께했던 작은 무리의 사람들을 해산시키고 이제 여행을 끝내는 일만 남았다.

　그 사람 중 가장 먼저 서로 단짝인 샘슨 브라스와 샐리에게 정중히 주의를 기울여보자.

　앞서 보았듯이 샘슨 씨는 자수하고 사법부에 의해 구금되었고, 그 상태로 있는 것이 좋다는 아주 강력한 압박을 받아서 오랜 시간 사법부의 보호 아래 머물렀다. 그 기간 한 보호관이 브라스에게 특별한 관심을 보이며 아주 가까이 두는 바람에, 그는 작은 마당을 나가는 일 외에 운동하러 밖으로 나가지도 못해서 사회생활이 거의 단절되어 버렸다. 브라스가 매일 상대해야 하는 사람들은 그를 겸손하고 내성적인 사람으로 이해했고, 그가 그곳에서 나가기를 바랐기 때문에, 그를 자신들의 쾌적한 집에서 빼내기 전에 보석 조건으로 각자 1천5백 파운드를 가진 두 명의 재산가를 신원보증인으로 내세울 것을 요구했다. 다른 조건을 제안했다면 풀어줘도 다시 돌아올 듯했기 때문이다. 브라스 씨는 이 농담 같은 말에 감명받고 그 정신을 최대한 실행에 옮겼다. 아주 넓은 인맥을 동원해 공동재산이 15펜스에서 반 펜스 모자라는 두 친구를 신원보증인으로 내세워 보석을 신청했고, 이에 양측 모두가 합의했다. 하지만 스물네 시간 검토한 끝에 이 신사들이 신원보증인으로서 거부당하자, 브라스 씨는 그곳에 머물러 있기로 동의했다. 즉, 최상류층의 일원으로 불리는 (장난을 좋아하는) 대배심이 그를 심판하기 위해 위증과 사기를 담당하는 열두 명의 익살꾼 앞으로 소환할 때까지 그곳에 머물러 있기로 동의한 것이다. 그런데 대배심은 아주 경박하게 기뻐하며 차례로 그에게 유죄를 선고했다. 그게 아니라 대중들은 일시적으로 흥분해 있었다. 그들은 브라스 씨가 전세 마차를 타고 이 익살꾼들이 모여 있는 건물로 이동할 때 썩은 달걀과 새끼 고양이 사체를 던지며 그를 갈기갈기 찢어 죽이고 싶은 것처럼 행동했는데, 이는 상황을 점점 더 재미있게 했고, 분명 그도 이 상황을 좀 더 즐겼다.

이 재미있는 분위기를 한층 더 끌고 가기 위해 브라스 씨는 변호인을 통해, 안전 보장과 사면 약속을 믿고 불리한 증언을 해서 사법부에 체포되었으니, 법이 그런 성격의 문제에 대해 허용할 수 있는 범위 내에서 관대함을 베풀어 달라고 요청했다. 진지한 논의 끝에 이 사안은 (과장하기 어려운 다른 기술적인 문제 사안과 함께) 판사에게 결정을 회부했고, 그동안 샘슨 씨는 이전 장소로 다시 이송되었다. 마침내 회부한 몇 가지 사안은 샘슨 씨에게 유리하게, 몇 가지는 불리하게 판결이 났다. 결과적으로 그는 국외로 유배되지 않고 특정한 낮은 제약을 받으며 조국에 봉사하도록 허락받았다.

그 제약은 이랬다. 브라스 씨는 복역 기간에 누렇게 변색한 회색 제복을 입고, 머리는 짧게 깎고, 귀리죽이나 멀건 수프를 주식으로 하는 여러 명의 생활보장 대상자들이 사는 널찍한 저택에서 그들과 함께 거주했다. 또한 끝없는 계단을 오르는 연습에도 매일 참여해야 했고, 다리가 허약해지지 않도록 한쪽 발에는 쇠로 된 발찌를 부적처럼 차고 있어야 했다. 이런 형법적 조건을 다 충족시킨 그는 어느 날 저녁 새로운 주거지로 이송되었고, 그곳에서 아홉 명의 신사와 두 명의 숙녀와 마찬가지로 왕족 소유의 마차 중 하나를 타고 퇴소 장소로 이송되는 영광을 누렸다.

이런 하찮은 처벌에 더해, 그의 이름은 변호사 명부에서 지워져 완전히 삭제되었다. 그의 변호사 자격 말소는 훗날 엄청난 수모와 치욕의 대상이 되었고, 놀라운 악행 적 의뢰 사건으로 사람들 입에 오르내렸다. 이것이 사실이듯, 아직도 사람을 변호할 자격이 없는 많은 이름이 여전히 명부에 남아 있다.

샐리 브라스에 관해 말하면, 서로 대립하는 소문이 무성했다. 누군가는 남장을 하고 부두로 가서 뱃사람이 되었다고 자신 있게 얘기했고, 또 다른 누군가는 근위보병 연대에 사병으로 자원했는지 어느 저녁 제임스 파크의 초소에서 군복에 장총을 든 채로 경비를 서는 모습을 보았다고 비관적으로 속삭였다. 그 밖에도 이런 비슷한 소문이 많이 떠돌아다녔지만, 진실은 5년이 지나 (이 기간에 그녀가 목격된 직접적인 증거는 전혀 없었다) 다음과 같이 밝혀졌다. 음식 찌꺼기나 버려진 동물 내장을 찾으러 나온 듯 도로와 수로 안을 살피며 남루한 차림의 두 사람이 황혼 녘 세인트 자일스의 후미진 골목에서 슬금슬금 기어 나오는 모습이, 발을 끌고 웅크린 채로 벌벌 떨며 거리를 걷는 모습이, 여러 차례 목격되었다. 이런 모습은 춥고 음울한 밤—끔찍한 유령들이 구름다리나 어두운 지하 또는 석탄저장소와 같은 런던의 외진 곳에서 늘어지게 잠을 자다가 거리로 스멀스멀 기어 나오는—에만 목격되었는데, 질병, 악, 굶주림이 인간의 몸을 하고 나타난 것이다. 사람들은 이들이 샘슨과 동생 샐리라고 추측하며 수군거렸고—그들은 그것이 추측이 아니라는 사실을 알았어야 했는데—오늘날까지도 꺼림칙한 밤이면 그들이 혐오스러운 모습으로 움츠린 행인들 사이를 종종 지나다닌다고 한다.

퀼프의 시체가 발견되었다. 한참의 시간이 흐른 뒤였다. 시체가 강변으로 쓸려 나온 그 장소 가까이에서 사인 규명이 이루어졌다. 일반적인 추정은 자살했다는 것이었고, 모든 상황이 이 추정에 힘을 실어줘서 그렇게 판결이 났다. 시체는 심장에 말뚝이 박힌 채 인적이 드문 교차로 한가운데 매장되었다.[23]

훗날 이 끔찍하고 야만적인 매장의식은 폐지되었고, 퀼프의 유골이 은밀하게 톰 스콧에게 양도되었다는 소문이 돌았다. 하지만 이 소문에 대해서도 의견이 분분했다. 누군가가 톰이 자정에 묘를 파내 미망인이 일러준 창가 장소에 고이 묻어주었다고 했기 때문이다. 이 서로 다른 두 소문 모두 톰 스콧이 배심원 앞에서 하는 심리(審理)에서 눈물을 뚝뚝 흘렸다는 단순한 사실에서 비롯되었을 가능성이 있다. 보기에 놀라운 일이지만, 실제로 그는 눈물을 뚝뚝 흘렸다. 게다가 그는 배심원을 폭행하려는 강한 의지를 표명하다가 저지당하고 법정 밖으로 쫓겨나 법정의

---

23 영국에서 자살한 사람의 심장에 말뚝을 박아 교차로에 묻는 관행은 1823년 이후 중단되었지만, 작가는 퀼프의 처참한 죽음을 강조하기 위해 시대를 역행하고 있다.

유일한 창문을, 물구나무를 서서 막아버렸다. 그러자 경계심 많은 하급 관리가 그 발을 솜씨 좋게 옆으로 치워버렸다.

주인의 죽음으로 세상에 내던져진 톰은 손과 머리를 써서 헤쳐 나가기로 결심했고, 그 결심에 따라 물구나무서기로 밥벌이를 시작했다. 하지만 영국 태생이라는 점이 이 직업의 성장에 넘을 수 없는 장애물임을 깨달은 그는 (그런데도 톰의 물구나무서기 기술은 많은 명성과 인기를 얻었다) 우연히 만난 이탈리아인을 떠올리게 하는 소년의 이름으로 바꾸었고, 그 후 그의 물구나무서기는 큰 성공을 거둬 관중을 구름처럼 몰고 다녔다.

퀼프 부인은 누군가를 속인 사실에 심한 양심의 가책을 느꼈고, 그 일을 입 밖으로 절대 꺼내지도 생각하지도 않고 그저 눈물만 흘렸다. 남편에게 친척이 없어서 그녀는 부자가 되었다. 남편이 유서라도 남겼다면 아마도 거지가 되었으리라. 첫 번째 결혼을 어머니가 부추겨서 한 퀼프 부인은 두 번째 결혼은 누구와도 상의하지 않고 똑똑하고 젊은 남자와 했다. 그 남자가 결혼 조건으로 장모가 원외 연금 수혜자가 되어야 한다고 해서 그들은 결혼 후 단둘이 살며, 보통 부부처럼만 싸우며, 난쟁이의 돈으로 행복하게 살았다.

갈랜드 씨 부부와 아벨 씨는 전과 다름없이 (곧 알게 되겠지만, 가족에 변화가 생기는 점을 제외하고) 지냈다. 얼마 지나지 않아 아벨 씨는 공증인과 사업 동료가 되었고, 이를 축하하는 만찬회, 무도회, 그리고 성대한 행사가 열렸다. 아벨 씨는 무도회에서, 우연히 초대받고 온, 지금껏 본 사람 중 가장 수줍음을 많이 타는 아가씨를 만나 사랑에 빠졌다. 어쩌다가 그런 일이 생겼는지, 서로의 사랑은 어떻게 확인했는지, 누가 먼저 사랑을 고백했는지 아무도 알지 못했다. 하지만 분명한 사실은 머지않아 그들은 결혼했고, 그보다 더 확실한 사실은 그들이 가장 행복했고, 그에 못지않게 확실한 사실은 그들은 그럴 자격이 있다는 것이었다. 또한 미덕과 박애의 증식은 세상의 귀족화에 적지 않은 보탬이 되고 인류에 적지 않은 기쁨이 되기에 그들이 아이를 낳은 사실을 글로 쓸 수 있어서 무척 기쁘다.

죽을 때까지 독립적인 성격과 원칙을 고수한 위스커의 삶이 조랑말로서는 무척 길어서, 그는 조랑말 계의 올드 파[24]로 불렸다. 위스커는 작은 사륜마차를 달고 갈랜드 씨와 아벨 씨 사이를 자주 왕래했고, 아버지와 아들이 자주 자리를 가졌기 때문에, 그 안으로 위엄 있게 걸어 들어가는, 새로운 시설에 혼자만의 마구간을 소유하게 되었다. 위스커는 아벨 씨의 아이들이 어릴 때는 자신을 낮춰 같이 놀아주었고, 친구의 우정을 쌓을 만큼 자랐을 때는 아이들과 함께 작은 방목장에서 개처럼 이리저리 뛰어다녔다. 하지만 위스커의 관대함은 쓰다듬거나 말발굽

---

24 Old Parr, 오랜 연수를 자랑하는 영국산 스카치위스키.

을 보거나 꼬리를 잡는 데까지였지, 누구도 등에 타거나 고삐를 잡는 것을 절대 허락하지 않았다. 이로써 친한 사이에도 넘지 못할 선이 있고, 서로 절대 하찮게 생각해서는 안 되는 점들이 있음을 보여주었다.

위스커도 말년에는 따뜻한 애정이 그리웠다. 목사가 죽고 착한 학사가 갈랜드 씨와 함께 살기 위해 왔을 때 그에게 깊은 우정을 느끼며 일말의 저항도 없이 등에 타도록 기꺼이 허락했기 때문이다. 위스커는 죽기 2~3년 전부터 아무 일도 하지 않고 편안하게 살았다. 그가 죽기 전 마지막으로 한 행동은 (쉽게 격노하는 노인처럼) 수의사를 발로 걷어찬 것이었다.

스위블러 씨의 건강은 아주 느리게 회복되었다. 연금을 받게 된 그는 열병으로 누워 있을 때 한 맹세를 지키기 위해 후작 부인에게 멋진 옷을 사주고 곧바로 학교에 보냈다. 후작 부인에게 의미 있는 이름을 지어주려고 상당 기간 고민한 끝에, 듣기에도 좋고 고풍스러운 면이 있어서 신비함마저 느껴지는 소프로니아 스핑크스로 정했다. 이 새로운 이름을 달고 눈물을 흘리며 스위블러가 정해준 학교에 입학한 후작 부인은, 곧바로 모든 경쟁자를 멀리 따돌리고 여러 중간 과정을 뛰어넘어 한 단계 높은 과정을 밟았다. 그리고 이것을 말하는 것이 정당하리라. 스위블러 씨는 여섯 해 동안 후작 부인의 학비를 대느라 쪼들리는 생활을 했지만, 그녀를 교육하려는 열정만은 절대 식지 않았고, 한 달에 한 번 자신을 취미가 별나고 인용에서 가장 천재적인 문학 신사라고 생각하는 여교사를 방문할 때 그녀로부터 후작 부인이 발전한 소식을 들으면 (진지한 태도로) 충분한 보상을 받았다고 생각했다.

한마디로 스위블러 씨는, 적당히 추측해서, 후작 부인이 만으로 19세가 될 때까지―19세가 되자 외모는 출중해졌고, 똑똑하고 유머 감각이 풍부한 여인이 되었다―그 학교에 보냈고, 그다음 무엇을 해줄까 하고 진지하게 고민하기 시작했다. 스위블러 씨가 이 문제를 중심 주제로 생각하며 정기 방문 일에 학교에 갔을 때 후작 부인이 어느 때보다 아름다운 미소를 지으며 더 산뜻한 모습으로 그를 만나기 위해 혼자 내려왔다. 그때―처음 든 생각은 아니지만―이런 생각이 그에게 떠올랐다. 후작 부인과 결혼하면 얼마나 편안할까! 그래서 리처드가 그녀에게 물어보았다. 그녀가 무슨 말을 했든 대답은 '아니요'가 아니었고, 그들은 바로 그 주에 진짜 결혼했다. 그 때문에 스위블러 씨는 이후에 기회가 있을 때마다 결국 자신이 결혼할 사람을 저금했다고 입버릇처럼 말했다.

그들은 세를 놓은 햄스테드의 작은 시골집―이 작은 오두막은 문명화된 세상에 사는 남자라면 누구나 선망의 대상인 흡연실을 정원에 갖췄다―에 살기로 의견을 모았고, 신혼 기간이 끝난 후에는 아예 그 집을 사버렸다. 척스터 씨는 일요일―

보통 아침 식사를 시작할 때부터 와 있었다—마다 이 은신처에서 하루를 보내며 그들에게 사회의 잡다한 소식과 최신 정보를 전해주었다. 척스터 씨와 키트의 앙숙 관계는 몇 년간 계속되었고, 척스터 씨는 키트가 무죄로 판결이 났을 때보다 사람들이 5파운드를 훔쳤다고 말했을 때 그를 더 좋게 생각했다고 주장했다. 유죄라고 할 때는 무언가 대담하고 용감해 보였는데 무죄로 밝혀지자 은밀하고 교활한 그의 성격이 나타난다고 생각한 듯하다. 하지만 그도 서서히, 결국에는 키트와 화해했고, 심지어 키트를 후원하며 존경까지 하게 되었고, 사람이 상당히 개조되면 그렇듯 용서받고자 했다. 하지만 그는 1실링의 상황만은 절대 잊지도 용서하지도 않았다. 키트가 또 다른 1실링을 얻기 위해 돌아왔다면 충분히 잘 되었겠지만, 처음의 1실링을 해결하러 돌아왔으니 그의 품성에 큰 오점을 남겼고, 그 오점은 어떤 뉘우침이나 회개로도 씻을 수 없다고 주장했다.

항상 약간 철학적이고 사색적인 성향을 보여 온 스위블러 씨는 때때로 흡연실에서 깊은 명상에 잠겼다. 그때마다 그는 버릇처럼 머릿속으로 소프로니아의 부모에 관한 수수께끼를 풀고 있었다. 소프로니아는 자신을 고아라고 생각했지만, 여러 가지 소소한 정황들을 모아본 스위블러 씨는 브라스 양이 이에 관해 틀림없이 좀 더 많은 것을 알고 있다고 생각했다. 하지만 아내에게서 샐리와 퀼프의 이상한 대화 내용을 전해 듣고는, 퀼프가 이 수수께끼를 풀려고 했으면 평생에 걸쳐서라도 풀 수 있었을까 하는 잡다한 걱정을 하게 되었다. 하지만 그는 이런 추측을 하면서도 마음은 평온했는데, 소프로니아가 누구보다 명랑하고 정 많고 돈을 저축하며 앞날을 생각하는 아내였기 때문이다. 딕도 (척스터 씨와 가끔 다투는 것을 제외하면. 그런데 그의 아내는 이 다툼을 말리기보다 다소 부추기는 사리 분별이 있었다) 소프로니아에게 애착을 가진 가정적인 남편이었다. 스위블러 씨와 소프로니아는 크리비지 게임을 수십만 번도 넘게 했다. 딕의 명예를 위해 이 말을 덧붙인다. 비록 우리가 그녀를 소프로니아로 부르고 있지만, 그는 그녀를 처음부터 끝까지 후작 부인으로 불렀고, 그가 그녀를 자신의 병실에서 발견한 것을 기리는 날마다 척스터 씨가 저녁 식사 때 찾아와서 성대한 잔치가 벌어졌다.

도박꾼 아이작 리스트와 자울은 나무랄 데 없는 기억력을 가진 신뢰할 수 있는 공범 제임스 그로브스 씨와 함께하는 동안 다양한 성공을 거뒀지만, 도박에서 한 번의 실패를 겪은 뒤 뿔뿔이 흩어졌고. 그들의 사기 경력은 길고 강한 법의 팔에 갑작스럽게 저지당했다. 이 실패는 뜻밖에도 새로운 동료 프레데릭 트렌트가 적발되며 시작되었는데, 그래서 프레데릭 트렌트는 그들이 지은 죄의 벌과 자신이 지은 죄의 벌을 알지도 못한 채 벌을 받는 노리개가 되었다.

젊은 프레드에 대해 말하면, 그는 잠시 해외를 떠돌아다니며 변통수로 그럭저럭 살아갔다. 인간을 짐승보다 나은 존재로 만드는 모든 지적 능력을 악용하며 살아가다가 너무 타락한 나머지 짐승보다 못한 인간으로 전락했다는 의미다. 머지않아 그의 시체가 어떤 낯선 사람에 의해 확인되었는데, 그 사람은 익사자 시체를 찾아가도록 공시하는 파리의 한 병원을 우연히 방문했다가 프레드의 얼굴을 (이전의 실랑이로 상처가 나고 멍이 들었지만) 알아보았다. 하지만 이 낯선 사람은 고국으로 돌아갈 때까지 그 사실을 알리지 않았고, 결국 그의 시체는 전혀 회수되거나 관리되지 않았다.

독신 신사라는 호칭이 더 친숙한 노인의 동생은 외롭게 시골에서 혼자 사는 불쌍한 교장을 불러와서 동반자 친구로 지낼 수도 있었을 것이다. 하지만 겸손한 교장은 감히 시끄러운 도시에서 살아갈 용기가 나지 않았고, 오래된 교회 묘지의 집이 좋아져 버렸다. 그래서 교장은 학교에서, 그 장소에서, 그리고 넬의 꼬마 애도자에 대한 애착 속에서 차분하게 행복한 삶을 살며 평화롭게 조용히 자기 길을 갔다. 그리고 그의 친구—이렇게만 간단히 표현해도 알 것이다—가 합당한 감사를 표한 덕에 이제 더는 가난한 교장이 아니었다.

교장의 친구—독신 신사 또는 노인의 동생으로 여러분이 원하는 대로 부르면 된다—는 마음속 깊이 슬픔을 안은 채 살아갔지만, 그렇다고 염세주의나 은둔적 비관으로는 커지지 않았다. 자기 자신을 아꼈던 그는 다시 세상으로 나갔다. 아주 오래, 아주 오랫동안 노인과 넬의 발자취를 따라가는 일이 가장 큰 즐거움이 되었고 (넬의 마지막 이야기로부터 갈 수 있는 데까지 가며), 그들이 멈춘 곳에서 멈추고, 그들이 고통받던 곳에서 그 고통을 같이 느끼고, 그들이 기뻐하던 곳에서 같이 기뻐했다. 그들에게 친절을 베푼 사람들은 독신 신사의 수색을 벗어나지 못했다. 학교에 있던 자매―친구가 없던 그들은 넬의 친구였다―와 밀랍 인형의 잘리 부인, 코들린, 쇼트까지 이 모두를 찾아냈다. 그리고 나를 믿어라. 그는 용광로에 불을 지피던 남자도 잊지 않았다.

키트의 사연이 널리 퍼져 많은 사람이 일어났고, 그의 장래를 위해 많은 것을 제공했다. 처음에 키트는 한 번도 갈랜드 씨의 일을 그만둘 생각이 없었지만, 갈랜드 씨가 거듭 충고하고 조언해서 알맞은 때가 되면 변화를 꾀하기로 진지하게 생각했다. 키트가 절도죄를 지었다고 믿고 그 믿음에 따라 행동했던 몇몇 신사들은 그를 위해 놀라 숨이 막힐 정도의 좋은 일자리를 제안했다. 그들은 키트 어머니도 궁핍한 생활에서 구해내 행복하게 해주었다. 그러니, 키트가 종종 말했듯, 그의 커다란 불행은 이후 번영의 원천이 되었다.

키트는 평생 독신으로 살았을까? 아니면 결혼했을까? 물론 결혼했다. 그렇다면 바버라 말고 아내가 될 만한 여자가 또 있을까! 가장 재미있는 사실은 그가 결혼을 너무 일찍 하는 바람에 꼬마 제이컵—이 이야기에서 이미 언급했듯 종아리에 브로드천으로 만든 판탈롱이 입혀지기도 전에—이 삼촌이 되었을까 하는 것이다. 비록 가장 재미있는 부분은 아니지만, 당연히 막내 역시 삼촌이 되었다. 이 놀라운 일에 대한 키트 어머니와 바버라 어머니의 기쁨은 말로는 표현이 안 된다. 그 둘은 이 일에서 마음이 잘 맞고 다른 모든 일에서도 서로 잘 통한다는 사실을 알게 되면서 함께 살았고, 이후로도 쭉 사이좋은 친구로 지냈다. 그들이 분기에 한 번 모두 함께 가면—극장 1층 석으로—애슐리 극장은 이를 축복했고, 극장 외벽을 칠했을 때면 키트 어머니는 늘 키트의 마지막 대접이 저기에 도움이 되었다고 말했고, 만약 자신들이 그냥 지나친 걸 극장 주인이 알면 그가 어떤 기분일까 하고 궁금해했다.

키트의 아이들이 여섯 살과 일곱 살이 되었을 때 그들 사이에는 또 한 명의 예쁜 바버라가 있었다. 먼 훗날 부부가 아이에게 굴의 의미를 가르칠 때 아이의 모습은 꼬마 제이컵과 정말 똑같았다. 물론 또 다른 아벨도 그들 사이에 있었다. 그 아이는 아벨 갈랜드 씨의 대자(代子)였다. 스위블러 씨가 특별히 좋아하는 딕도 있었다. 그 작은 아이들 무리는 밤이면 키트 주변으로 모여들어 죽은 넬의 이야기를 다시 들려달라고 했다. 그럴 때면 키트는 흔쾌히 이야기를 들려주었다. 그는 아이들이 이야기를 다 듣고 좀 더 해달라고 울면, 넬처럼 착한 사람들이 천국에 간다고 아이들을 가르치며 착하게 살면 언젠가 천국에 가서, 자신이 소년일 때 그랬듯, 그녀를 만날 수 있다고 말해주었다. 그런다음 그가 자신이 얼마나 궁핍하게 살았는지, 넬이 너무 가난해서 배우지 못한 자신에게 어떻게 글을 가르쳤는지, 그리고 노인이 '넬은 항상 키트에게 웃어주지'라고 얼마나 자주 말했는지 들려주면, 아이들은 눈물을 닦고 그녀의 모습을 상상하며 다시 즐거워했다.

키트는 가끔 아이들을 데리고 넬이 살던 거리에 가보곤 했다. 하지만 그곳은 새롭게 바뀌어 이제 예전 모습은 찾아볼 수 없었다. 골동품 상점은 오래전에 철거되었고, 그 자리에 넓은 길이 나 있었다. 그는 처음에 상점이 있던 곳을 지팡이로 사각형을 그려 아이들에게 보여주었지만, 시간이 지날수록 위치가 분명히 기억나지 않아서 대략 그 주변만을 말할 때면 아이들은 혼란에 빠졌다.

이것이 지난 몇 년간 일어난 변화들이고, 모든 것이 이 이야기처럼 그렇게 지나갔다.

(끝)

1812년	2월 7일 영국 포츠머스에서 해군 경리국 하급 관리의 아들로 태어남. 8남매 중 장남.
1817년	켄트주 로체스터 근처의 채텀에 정착.
1821년	채텀의 윌리엄 자일스 학교 입학.
1824년	2월~5월까지 디킨스의 부친이 채무자 감옥에 수감. 이 기간에 디킨스는 구두약 공장에서 일함.
1827년	집안 형편 때문에 학교를 그만두고 법무사 사환으로 취업.
1832년	배우가 되려고 극장 오디션을 보려 했으나 심한 감기로 참가 못 함.
1833년	『먼슬리 매거진Monthly Magazine』에 「포플러 거리에서의 산책A Dinner at Poplar Walk」을 게재.
1834년	『모닝 크로니클Morning Chronicle』의 기자가 됨.
1836년	2월 그동안 쓴 기사들을 모아 『보즈의 스케치Sketches by Boz』로 출간. 캐서린 호가스와 결혼. 존 포스터와 만남.
1837년	1월 『벤틀리스 미셀러니Bently's Miscellany』 창간호 발간. 『픽윅 페이퍼Pickwick Papers』 단행본으로 출간.

1838년	『올리버 트위스트Oliver Twist』 출간.
1839년	『니컬러스 니클비Nicholas Nickleby』 출간.
1841년	1840~1841년까지 『마스터 험프리의 시계Master Humphrey's Clock』에 연재했던 『오래된 골동품 상점The Old Curiosity Shop』과 『바너비 러지Barnaby Rudge』 출간. 『오래된 골동품 상점』은 당시 판매고가 10만 부에 이름.
1842년	1~6월 미국을 여행하고 『미국 여행기American Notes』 출간.
1843년	『크리스마스 캐럴』 출간.
1844년	1843~1844년 월간지에 연재한 『마틴 처즐윗Martin Chuzzlewit』 출간.
1845년	가족과 함께 약 1년 동안 이탈리아를 여행함.
1846년	잠시 『데일리 뉴스Daily News』의 편집장을 맡음. 『이탈리아의 초상Pictures from Italy』 출간.
1848년	1846~1848년 월간지에 발표한 『돔비와 아들Dombey and Son』 출간.
1850년	주간지 『하우스홀드 워즈Household Words』 창간. 1849~1850년 월간지에 연재한 『데이비드 코퍼필드David Copperfield』 출간.
1851년	부친과 딸 도라 사망.
1853년	1852~1853년 월간지에 연재한 『황폐한 집Bleak House』 출간.

1857년	1855~1857년 월간지에 연재한 『리틀 도릿Little Dorrit』 출간.
1859년	새 주간지 『올 더 이어 라운드All the Year Round』 창간. 여기에 31주 동안 『두 도시 이야기A Tale of Two City』 연재.
1861년	『위대한 유산Great Expectations』 출간.
1863년	어머니와 아들 월터 사망.
1865년	1864~1865년 월간지에 연재한 『우리 모두의 친구Our Mutual Friend』 출간.
1867년	두 번째 미국 여행. 잉글랜드와 아일랜드에 이어 보스턴과 뉴욕, 워싱턴 등지에서 낭송회 개최.
1868년	4월까지 미국 동부 낭송회 개최. 이후 영국으로 돌아와 낭송회 이어감.
1870년	런던에서 12회에 걸친 고별 낭송회 개최. 『에드윈 드루드의 미스터리The Mystery of Edwin Drood』 집필 도중 6월 9일 뇌출혈로 세상을 떠남. 웨스트민스터 사원 '시인의 묘역'에 묻힘.